HEYNE BÜCHER

SCIENCE FICTION

Ein Verzeichnis aller im
Wilhelm Heyne Verlag erschienenen
Shadowrun™-Bände finden Sie
am Schluß des Bandes

SHADOWRUN

LISA SMEDMAN

DAS NEUNTE LEBEN

Neununddreißigster Band
des
SHADOWRUN™-ZYKLUS

Deutsche Erstausgabe

WILHELM HEYNE VERLAG
MÜNCHEN

HEYNE SCIENCE FICTION & FANTASY
Band 06/6139

Titel der amerikanischen Originalausgabe

THE FOREVER DRUG

Deutsche Übersetzung von
CHRISTIAN JENTZSCH

Umwelthinweis:
Dieses Buch wurde auf chlor- und
säurefreiem Papier gedruckt

Redaktion: Ralf Oliver Dürr

Erstausgabe bei ROC, an imprint of Dutton Signet,
a member of Penguin Putnam Inc.

http://www.heyne.de
Printed in Germany 2000
Umschlagbild: FASA Corporation
Umschlaggestaltung: Nele Schütz Design, München
Technische Betreuung: M. Spinola
Satz: Schaber Satz- und Datentechnik, Wels
Druck und Bindung: Elsnerdruck, Berlin

ISBN 3-453-17946-3

Ein großes Dankeschön an John Hart und Dana Noah für ihre Erinnerungen und Erzählungen über die Küstenprovinzen Kanadas und an all jene, deren Begeisterung und Ideen zu diesem Roman beigetragen haben.

NORD

CIRCA 2061

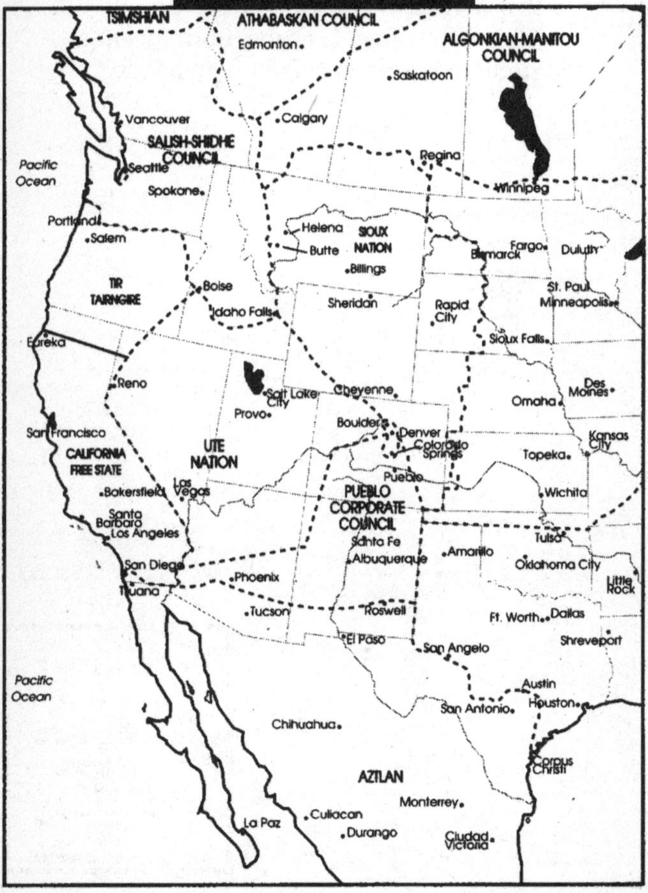

AMERIKA

CIRCA 2061

1

Das Kopfnicken von jemandem auf Heroin ist unverwechselbar. Ich konnte den Junkie in dem Mädchen schon von weitem erkennen. Es schwebte dahin, halb bei Bewusstsein, und mühte sich, das Kinn nicht auf die Brust fallen zu lassen, wie eine Person, die krampfhaft versucht, nicht einzuschlafen. So wie die Kleine gekleidet war, ging ich davon aus, dass sie heute Nacht arbeitete. Enge schwarze Hot Pants, oberschenkelhohe rote Lederstiefel und eine Bluse aus haarfeinen Glasfasern, deren Webmuster ein Spinnennetz darstellte. Das Material pulsierte in weichem Licht und ließ ihre Brüste wie eine Markise aussehen.

Die Geschäfte waren vermutlich gut gelaufen. Der UCAS-Flugzeugträger *Leviathan* hatte an diesem Nachmittag nach zwei Monaten auf See festgemacht und die über viertausend Mann Besatzung tummelten sich auf den Straßen von Halifax. Einer dieser Matrosen lehnte sich gerade über die Lehne der Bank, auf der der Junkie zusammengesunken war, und beäugte anerkennend die Auslage. Die Brüste des Straßenmädchens waren voll entwickelt, aber in Anbetracht seiner Größe und Knochenstruktur schätzte ich es auf elf Jahre – zu jung für einen Menschen, um die Pubertät schon hinter sich zu haben. So etwas erreicht man mit selektiver Hormonbehandlung.

Der Matrose bemerkte, dass ich das Mädchen ansah, und bedachte mich mit einem drohenden Blick. Es war klar, dass er gegen jeden Mann kämpfen würde, der so dumm war zu versuchen, ›sein‹ Mädchen aufzugabeln. Ich ignorierte ihn und schaute absichtlich von dem Mädchen weg.

Die Kleine tat mir leid, aber ich konnte nichts für sie

tun. Selbst Lone Stars Rauschgiftdezernat würde sich nicht mit ihr abgeben. Weiche Drogen wie Heroin interessierten das Dezernat nicht. Im Augenblick beschäftigte man sich dort mit BTL-Chips und der in den letzten Wochen zu beobachtenden rasanten Zunahme von Überdosen. Aber natürlich nicht in North End. In diesem Teil der Stadt werden illegale SimSinn-Chips ganz offen an Straßenecken und in Restaurants verkauft. Die Deals und das Einwerfen der Ware gehen ganz offen und für jeden sichtbar über die Bühne, der sich die Mühe macht, dabei zuzuschauen.

Ich ging die Gottingen Street entlang und bog nach rechts ab. Abgesehen von zwei Ork-Matrosen, die Arm in Arm einhertorkelten und unanständige Lieder grölten, hatte ich die Duffus Street für mich allein. In diesem Stadtteil waren die Gehsteige niemals überfüllt, auch nicht an einem heißen Sommerabend wie diesem. North End ist keine Gegend, wo man sich nach Einbruch der Dunkelheit noch aufhalten will. Nicht, wenn man nicht gerade SIN-los und verzweifelt ist. Oder ein Matrose, der auf eine anständige Prügelei mit ein paar harten Burschen aus ist.

Die Straßenbeleuchtung war praktisch nicht vorhanden und die Häuser waren bis auf die Graffiti an den Wänden düster und seelenlos. Die Stadt hatte die antiquierte Siedlung mit Sozialwohnungen in Mulgrave Park saniert und die Blockhäuser abgerissen, die noch vor der Jahrtausendwende gebaut worden waren. Die ›neuen‹ Häuser waren genauso hässlich: Gebäude aus vorfabrizierten Betonplatten, die in denselben öden Farben gestrichen waren: Grau, Schmutziggelb und Regierungsgrün.

Die Absicht, die man mit dieser Siedlung verfolgte, bestand darin, den SIN-losen einen warmen, trockenen Schlafplatz zu geben. Die Bewohner waren in ›Mikroapartments‹ untergebracht – Schlafräume mit ungefähr den Abmessungen eines mittelgroßen Toilettenraums. Sie wurden rasch ›Särge‹ genannt und viele davon wurden genau das. Gerüchten zufolge war hinter den namenlosen Plastiktüren der Mikroapartments von Mulgrave Park mehr als eine Leiche verstaut.

Ich blieb an der Kreuzung stehen und markierte das Revier mit einem Spritzer auf ein verblasstes Bandengraffito. North End war früher mein Revier gewesen, als ich noch in der Abteilung K9 des Star arbeitete, einer Unterabteilung des Streifendezernats. Ich war in diesen Straßen nicht mehr auf Streife gewesen, seit ich als ›irreguläre Kraft‹ für das Taktische Dezernat arbeitete, aber ab und zu machte ich dort immer noch gern einen Spaziergang, um meine Marke aufzufrischen und sie wissen zu lassen, dass ich die Gegend weiterhin im Auge behielt. Ich bezweifelte, dass mich hier irgendjemand wiedererkennen würde. Früher war ich nie in menschlicher Gestalt auf Streife gewesen.

Seit meiner ›Beförderung‹ zum Taktischen Dezernat waren vier Monate vergangen. Technisch gesehen, war ich kein *Angestellter* Lone Stars. Ich war mehr so etwas wie ein freier Mitarbeiter, eine Art Kopfgeldjäger. Ich bekam eine Fangprämie: eine bestimmte Summe für jeden eingefangenen Para in Abhängigkeit von seiner Größe.

Paranormale Tiere sind meine Spezialität. Deshalb war ich auch der Magischen Einsatzgruppe zugeteilt. Obwohl die Einheit eigentlich zum Taktischen Dezernat gehört, arbeiten wir doch eng mit dem Dezernat für Paranormale Untersuchungen zusammen. Die DPU-Beamten sind für alles verantwortlich, was einen thaumaturgischen Aspekt hat: magisch befähigte Kriminelle, Nosferatu-Gangs, Toxische Geister – die ganze Leier. Außerdem sind sie auch für das Einfangen paranormaler Tiere zuständig.

Ich hoffte unentwegt, dass ich eines Tages einen

wirklich bedeutsamen Auftrag bekommen würde. Wie zum Beispiel den Fall, den das DPU vor zwei Monaten übernommen hatte, als ein Megalodon, ein riesiger ›paläontologischer‹ Hai von der Größe eines Wals, ein Stück aus einem *Frachter* herausgebissen hatte, man stelle sich das vor, und zwar direkt im Hafen von Halifax, um sich dann die mundgerechten Happen der Rettungsboote einzuverleiben, die zu Wasser gelassen wurden, als das Schiff sank. Falls es mir gelang, mit einem vergleichbar gefährlichen Para fertig zu werden, beugte vielleicht jemand die Vorschriften für mich, sodass ich mich den Jungens und Mädels in Blau dann auch offiziell würde anschließen können.

Aber mir überträgt man in der Regel nur Kleinkram. Wie diesen Auftrag vor zwei Wochen. Das Aufspüren einer Brombeerkatze, eines paranormalen Tiers, das jemand illegal aus Europa eingeführt hatte, und zwar ausgerechnet als *Haustier*. Die magisch aktive Katze setzte ihre Suggestivkräfte zur eigenen Unterhaltung ein, indem sie Menschen dazu veranlasste, mit Messern zu ›spielen‹. Eine ganze Familie lag im Krankenhaus, aber man gestattete mir nicht, den Minitiger auszuradieren. Weil Brombeerkatzen unter das Gesetz zum Schutz vom Aussterben bedrohter Arten von 2054 fielen. Ich konnte das Vieh lediglich auf einen Baum jagen – und dann am Ball bleiben, nachdem es mich mit seiner Magie geblendet hatte. Den Geistern sei Dank für meinen außerordentlichen Geruchssinn, sonst hätte ich es verloren.

Ich hasse Katzen.

Ich war der einzige Gestaltwandler von allen irregulären Kräften Lone Stars in Halifax – was bei einem Sicherheitskonzern, der für seine Speziphobie bekannt war, nicht weiter verwundern konnte. Wenn man einen Blick auf die demografische Zusammensetzung der Festangestellten wirft, ist der Fall klar. Über achtzig Prozent der gegenwärtigen Beamten Lone Stars sind Menschen. Die meisten Streifenpolizisten und Detectives fühlten sich in meiner Gesellschaft nur wohl, wenn ich in menschlicher Gestalt war.

Es half, dass meine menschliche Gestalt attraktiv war. Ich habe dunkles Haupthaar und einen Bart, dessen Haare um Mund und Kinn länger und heller sind und ein wenig an Schnurrhaare erinnern. Meine Augenbrauen treffen sich in der Mitte und sind außen hochgezogen, sodass sie betonen, was die Damen ein ›wölfisches‹ Grinsen nennen. Meine Ohren sind ganz leicht zugespitzt – obwohl nicht annähernd so spitz wie Elfenohren – und mit winzigen Haarbüscheln auf den Spitzen versehen, die so hell sind, dass man sie nur fühlen, nicht aber sehen kann. Doch obschon ich in der Stadt hauptsächlich meine menschliche Gestalt benutze, bereitet mir meine wahre Gestalt viel mehr Freude. Lang gestreckt und geschmeidig, schnell und schlank, üppiges grau-braunes Fell und blitzende weiße Zähne. Der Inbegriff animalischer Kraft.

Würde ich jedoch in meiner Wolfsgestalt herumlaufen, wäre die Wahrscheinlichkeit recht hoch, vom DPU als widerrechtlich frei herumlaufender Para festgenommen zu werden. Einer stillschweigenden Übereinkunft mit Lone Star zufolge ist es mir gestattet, im Rahmen eines Einsatzes innerhalb der Stadt meine Tiergestalt anzunehmen. Ansonsten bewege ich mich in menschlicher Gestalt. Was eine bittere Ironie ist, da die Regierung der UCAS mich rein rechtlich als ›Tier‹ einstuft.

Vielleicht wird Gestaltwandlern eines Tages der Status von Metamenschen gewährt. Aber wahrscheinlich nicht zu meinen Lebzeiten.

Gummi quietschte auf Asphalt und das Blöken einer Hupe erfüllte die Straße. Aus meiner Versunkenheit gerissen, schaute ich auf. Ein Zwerg, der gerade die

Duffus Street überquerte, war direkt vor einen Ford Americar gelaufen. Der Zwerg, der einen fleckigen Trainingsanzug trug, hatte den zielstrebigen Blick eines Kokainsüchtigen auf der Suche nach seinem nächsten High. Vollkommen auf sein Ziel fixiert, nahm er die immer noch blökende Hupe und die lautstarken Flüche des Fahrers gar nicht wahr, während der Wagen ihm schlingernd auswich und in der Dunkelheit der hereinbrechenden Nacht verschwand.

Ich konnte den Zwerg von weitem riechen, und zwar trotz des dichten Smogs, der sich im Verlauf der gegenwärtigen Hitzewelle gebildet hatte. Dem Zwerg haftete der saure Geruch von jemandem an, der seit langem nicht mehr gebadet hatte. Normalerweise hat Schweiß einen angenehmen, erdigen Geruch. Aber dieser Bursche stank nach nervöser Angst, Stadtschmutz und etwas schwächer nach süßlichem Crack-Rauch.

Der Blick des Zwergs irrte umher und begegnete meinem. Er stufte mich in einem einzigen hektischen Augenblick als *kein Dealer* ein und konzentrierte sich sofort wieder auf den Gehsteig direkt vor ihm. Wenig später war er den Block entlang marschiert und außer Sicht.

Ich passierte gerade die letzten Häuser der Siedlung, als ich Schüsse hörte. Zuerst acht oder neun Schüsse aus einer kleinkalibrigen Handfeuerwaffe, die in rascher Folge abgegeben wurden, dann eine Pause, als das Magazin gewechselt wurde, und dann noch ein halbes Dutzend Schüsse. Jemand spie so schnell wie möglich Blei aus und fluchte mit lauter, panikerfüllter männlicher Stimme. Jemand anders – entweder ein Kind oder eine Frau – schrie dazu. Der Hall, mit dem die Geräusche unterlegt waren, verriet mir, dass sie aus einem geschlossenen Raum kamen – wahrscheinlich aus der Tiefgarage auf der Rückseite der Siedlung.

Ich zögerte einen Augenblick, aber die Schreie gaben den Ausschlag. Ich war zwar nicht mehr beim Streifendezernat, dennoch fühlte ich mich immer noch verpflichtet zu reagieren. Es war keine Polizeistreife in Sicht.

Ich zog Hemd, Schuhe und Hose aus. Niemand achtete auf mich, als ich die Sachen unter einem geparkten Wagen verstaute. In diesem Stadtteil mit all seinen Verrückten und Chipheads rechtfertigte ein nackter Mann nicht mehr als einen flüchtigen Blick. Der Besitzer des Wagens fuhr hoffentlich nirgendwohin, sodass meine Kleidung noch an Ort und Stelle sein würde, wenn ich zurückkam.

Dann ließ ich mich auf dem schmutzigen Gehsteig auf Hände und Knie sinken und … *verwandelte mich.*

Körper und Gliedmaßen streckten sich und meine Knochen knackten, als meine Kniegelenke in die andere Richtung knickten. Graues Fell überzog meinen Körper in seidiger Fülle und meine Ohren spitzten sich. Krallen wuchsen aus Fingern und Zehen, die sich zu stumpfen Pfoten zurückbildeten, aus meinem Rückgrat wuchs ein buschiger Schwanz und meine Zähne wurden länger und spitzer.

Das Geräusch der Schreie und Schüsse bekam einen anderen Klang, als mein Gehör sich veränderte. Die tieferen Töne traten ein wenig in den Hintergrund, während die höheren klarer wurden. Mein Geruchssinn intensivierte sich. Sogar von hier aus, einen Block entfernt, konnte ich den durchdringenden Geruch von Schießpulver, den Gestank menschlicher Furcht und frischen Urins wahrnehmen, dazu etwas … nun ja, etwas *Ungewöhnliches*, besser konnte ich es nicht beschreiben.

Ich lief den Block entlang und um die Ecke des nächsten Gebäudes, der Auseinandersetzung entgegen. Als ich die Tiefgarage betrat und die Rampe nach unten lief, an Autowracks und Obdachlosenmüll vorbei, sah ich vier Gestalten vor mir. Zwei lagen am Boden und bewegten sich nicht – die Tätowierungen auf dem Arm identifizierten sie als Gangmitglieder – und zwei waren noch auf den Beinen. Einer der beiden letzteren, ein weiblicher Elfenteenager, stand völlig reglos da, einen Ausdruck verzückter Freude im Gesicht, den Kopf auf die Seite gelegt und die Arme ausgestreckt. Eine Lichtkugel vom Durchmesser eines Speisetellers schwebte direkt hinter der Elfe und das kalte, bläulichweiße Licht rahmte ihren Kopf ein wie ein Heiligenschein. Die Elfe war gekleidet wie ein Straßenschamane: Die schwarze Lederjacke war mit Runenzeichen übersät, ihre Haare waren mit Federn geschmückt und um den Hals trug sie einen Medizinbeutel an einer Kordel.

Die andere aufrechte Gestalt – ein stämmiger Troll mit einem einzelnen Horn mitten auf der Stirn, das wie das Horn eines Einhorns spiralförmig gewunden war – drehte mir den Rücken zu, während ich die letzte Rampe der Tiefgarage hinunterlief und das unterste Geschoss erreichte. Er ballerte wie wild auf die Lichtkugel. Die wuchtige Pistole in seiner Hand spie Feuer, als er Kugel um Kugel in das Ding jagte.

Plötzlich traf eine seiner Kugeln die Elfe in die Brust. Ihr T-Shirt färbte sich rot und sie sank auf die Knie. Doch trotz der starken Schmerzen, welche die Wunde ihr bereiten musste, lächelte die Elfe noch immer. Sie stöhnte leise, aber es klang mehr nach sexueller Lust als nach Schmerz. Ich fragte mich, ob die Lichtkugel die physikalische Manifestation eines die Gefühle beherrschenden Zaubers sein konnte.

Der Troll schrie gequält auf, als die Elfe plötzlich zusammenbrach. Die Lichtkugel bewegte sich jetzt auf ihn zu. Nach zweimaligem vergeblichem Abdrücken – das Magazin war leer – warf der Troll die Pistole nach dem Ding aus Licht. Er hatte gut gezielt. Die Waffe traf die Lichtkugel genau in der Mitte – und flog durch sie hindurch, ohne Schaden anzurichten. Immer noch fluchend, fuhr der Troll herum und floh. Seine Militärstiefel aus Kunstleder knirschten auf den funkelnden Glasscherben, mit denen der Betonboden übersät war.

All das war in den zwei Sekunden geschehen, die ich brauchte, um die Ecke zu umrunden. Als der Troll an mir vorbei rannte, entschloss ich mich spontan, ihn laufen zu lassen. Die Elfe lebte noch – aber wahrscheinlich nicht mehr lange. Der Geruch ihres frischen Blutes überwältigte mich fast. Speichel troff von meiner Zunge, da ich gegen meine Instinkte ankämpfte.

Die Kugel aus blassem bläulich-weißem Licht schwebte langsam auf mich zu, wie von einem unsichtbaren Windhauch getrieben. Ich spürte, wie sich mein Nackenfell sträubte, und knurrte leise. Ich wusste nicht, warum, aber das Ding erfüllte mich mit einem Gefühl der Furcht. Und ich lasse mich nicht so leicht einschüchtern.

Die Lichtkugel hielt inne, was mir Gelegenheit gab, meine Sinne auf den Astralraum zu richten. Ich musste herausfinden, womit ich es zu tun hatte. Die kalten grauen Mauern ringsumher verschwammen zu nebelhaften unstofflichen Flächen und die Schrift auf ihnen verschwand. Ich konnte erkennen, dass die Aura der Elfe rasch verblasste, da sie starb. Die Lichtkugel dehnte sich aus und verlängerte sich …

Ich wollte verdammt sein, aber das war kein Zauber. Die Lichtkugel war *lebendig*.

Das Wesen war riesig. Mit seinem knollenförmigen Leib und mindestens zwanzig sich windenden, langen Fangarmen hatte es die Größe und Form eines Oktopus. Die Farbe war ein violett gesprenkeltes Gelb wie bei einer alten Prellung. Ein einzelnes schwarzes Auge von der Größe eines Tellers öffnete und schloss sich in einem beständigen Blinzeln. Ein Fangarm streichelte den Nacken der Elfe und sog die Reste ihrer Aura mit Hilfe von Saugnäpfen in der Spitze des Fangarms auf.

Drek, das Ding nährte sich von ihr. Fraß sie lebendig.

Die anderen Fangarme tasteten sich in meine Richtung und wallten dabei wie in einer unsichtbaren Strömung. Als sie näher kamen, hüllte der Gestank des Wesens mich ein und ließ mich würgen. Es war der Gestank von in der Sonne verwestem Fleisch. Von verfaultem, von Fliegen umschwärmtem Obst. Von trübem, schlammigem, von Algen schleimigem Wasser.

Jeder Instinkt in mir schrie mich an zu fliehen und der logische Teil meines Hirns stimmte völlig mit ihnen überein. Was konnte ich tun? In einen Fangarm beißen und hoffen, dass das Ding nicht seine anderen neunzehn einsetzte, um mich ebenso zu erledigen wie die Elfe und die beiden Menschen, die tot auf dem Boden lagen? Beim K9 hatte ich geschworen, zu dienen und zu beschützen. Ich fühlte mich immer noch an diesen Eid gebunden, besonders in den Grenzen meines alten Reviers. Aber nun, da die Aura der Elfe völlig erloschen war, gab es niemanden mehr, den ich beschützen konnte.

Ich wich langsam und mit gesträubtem Fell zurück, wobei ich durch gebleckte Zähne knurrte. Für diese Angelegenheit musste ich Unterstützung anfordern.

Das Ding schwebte näher, während seine Fangarme sich in einem hypnotischen Rhythmus wanden. Zu spät erkannte ich, dass es mich in eine Ecke drängte. Ich wich seitlich aus und ein Fangarm wand sich an der Stelle durch die Luft, wo ich eben noch gestanden hatte. Den Geistern sei Dank bewegte sich dieses Ding langsam und seine Fangarme trieben träge dahin. Aber es gab ziemlich viele davon. Zu viele, um ihnen lange ausweichen zu können. Zudem konnte ich nicht wissen, welche magischen Tricks das Wesen vielleicht noch auf Lager hatte.

Ich prägte mir sorgfältig seine Position ein und richtete meine Sinne dann wieder auf den Normalraum. Das Wesen wurde zu einer Lichtkugel. War das Leuchten ein wenig trüber geworden? Ich war mir nicht sicher. Aber die Fangarme waren nahe gewesen. Zu nahe. Ich duckte mich – und sprang dann durch eine Lücke auf die nächste Ebene der Tiefgarage. Keine Zeit verschwenden, dachte ich, als ich die Rampe emporjagte. Dies war ganz eindeutig ein Fall für die Magische Einsatzgruppe. Und ich war durchaus bereit, Geld darauf zu verwetten, dass ich den Auftrag bekommen würde, diesen Para aufzuspüren. Ich hatte seine Witterung aufgenommen und würde seine Fährte überall erkennen.

Ich grinste, während ich über die Straße und zu einer öffentlichen Telekomzelle lief.

2

Die leuchtende Lichtkugel war längst verschwunden, als eine Abordnung der Magischen Einsatzgruppe erschien. Aber die drei Leichen waren noch da. Abgesehen von der Elfe, die eine große und ziemlich offensichtliche Schusswunde in der Brust hatte, waren sie äußerlich unversehrt. Todesursache: unbekannt.

Ich blieb in der Nähe des Tatorts, nachdem die Detectives, die im Kielwasser der Einsatzgruppe folgten, meine Befragung abgeschlossen hatten, und beobachtete, wie die Leichen markiert und in Säcke gepackt wurden. Die beiden menschlichen Opfer waren Angehörige der Weeds, einer Obdachlosengang, die sich in der Gegend herumtrieb, die früher einmal der Stadtpark gewesen war. Ich erkannte sie an ihren Armtätowierungen: Windenranken und Löwenzahn, die aus den Augenhöhlen eines grinsenden Totenschädels wuchsen. Die beiden hatten das übliche Vorstrafenregister: Drogenhandel, Hehlerei, schwerer Raubüberfall. Wie der Troll waren sie mit Pistolen bewaffnet. Mit dem Unterschied, dass sie ihre nicht benutzt hatten.

Die Elfe war eine Straßenschamanin mit Wohnsitz in der Summer Street. Sie war nur einmal verhaftet worden und zwar wegen der Anwendung eines nicht lizenzierten Illusionszaubers. Ansonsten hatte sie keine Vorstrafen.

Kaum waren die Leichen unterwegs zur Gerichtsmedizin und der Tatort magisch begutachtet und freigegeben worden, begann der Zuständigkeitsstreit, welches Dezernat die Untersuchung führen würde. Detectives aus zwei Dezernaten waren am Tatort erschienen und mittlerweile in einen lautstarken Streit vertieft. Der weibliche Detective vom Dezernat für Paranormale Untersuchungen meinte, die Untersuchung falle in ihre Zuständigkeit, da ein paranormales Tier mit magischen Fähigkeiten in die Sache verwickelt war. Der Detective vom Drogendezernat bestand darauf, dass es sein Fall sei, da diese drei Todesfälle mit einer laufenden Untersuchung in Zusammenhang standen, die in der letzten Woche unter dem Namen ›die grinsenden Leichen‹ Schlagzeilen gemacht hatte.

Bisher hatte es zehn Tote gegeben, die heutigen Leichen nicht eingeschlossen. Alle waren als Fälle von Überdosis eingestuft worden. Wahrscheinlich deshalb, weil die ersten beiden Leichen – ein Zwergenpaar aus Dartmouth – als BTL-User bekannt waren, Chipheads, die sich schon seit langem das Hirn mit Silikonträumen grillten. Am Morgen ihres Todestages hatten sie Freunden gegenüber erwähnt, sie würden sich eine novaheiße neue Droge besorgen.

Keine der zehn Leichen hatte irgendwelche Spuren von Gewaltanwendung erkennen lassen und die Streifenbeamten, welche auf die Notrufe reagierten, hatten die Leichen sämtlich als ›grinsend‹ beschrieben – trotz der Tatsache, dass dies anatomisch unmöglich war. Aus früheren Gesprächen mit Gerichtsmedizinern wusste ich, dass die Muskulatur einer Leiche normalerweise im Tode erschlafft und sich erst etwa drei Stunden später im Zuge der einsetzenden Leichenstarre verkrampft. Aber aus irgendeinem unerklärlichen Grund waren die Gesichter all dieser ›Überdosis‹-Opfer zu einer Miene erstarrt, die sich nur als euphorisch beschreiben ließ. Das hätte die Streifenbeamten darauf aufmerksam machen müssen, dass sie es nicht mit einer BTL-Überdosis zu tun hatten. Magie war im Spiel.

Die Elfe, die von der Lichtkugel getötet worden war, hatte dieselbe Miene aufgesetzt, ebenso wie die beiden Gangmitglieder, die mit ihr in dem Parkhaus gestorben waren. Diesmal hatte die Polizei jedoch einen glaubhaften Zeugen: mich. Aus meiner Schilderung des Vorfalls schloss der DPU-Detective, dass die tentakelbewehrte Kreatur Magie eingesetzt hatte, um allen drei Opfern das Leben auszusaugen.

Es sah so aus, als sollte das DPU den Fall doch noch bekommen.

Ich fuhr mit der Magischen Einsatzgruppe zum Hauptquartier von Lone Star Halifax zurück, einem Gebäude von der Größe einer kleinen Arcologie, das einen ganzen Häuserblock an der Ecke Gottingen und Rainnie Street einnimmt. Ich dachte mir, es sei an der Zeit, mich beim Sergeant zu melden und zu sehen, ob er einen neuen Auftrag für mich hatte. Als ich durch den Flur schlenderte, steckte ich die Nase ins Büro von Dass Mchawi, Magierin und Detective beim DPU, dazu wahrscheinlich die beste Expertin für die Klassifizierung paranormaler Lebewesen, die das Dezernat hatte.

Sie erledigte gerade Papierkram. Sie hatte sich über ihren Computer gebeugt – einen kleinen Laptop mit einem Monitor, der wie eine Kristallkugel geformt war. Das Design war fast zu schön – eine Folge des Umstands, dass das Dezernat für Pananormale Untersuchungen zu viel Phantasie und einen zu großen Etat hatte.

Der Laptop reagierte auf stimmliche Eingaben, aber Dass gab ihren Text mit Hilfe einer Tastatur ein, die sie eingestöpselt hatte und auf der sie mit zwei Fingern herumhackte. Ihre kurz geschnittenen Haare waren unter einem dieser buntscheckigen ›Sammelkäppis‹ verborgen, die der letzte Schrei waren. Sie trug eine weite weiße Hose und ein hellrotes Hemd, das mit den stilisierten Umrissen von Schlagzeugern bedruckt war, deren Arme sich im Rhythmus ihres Herzschlags bewegten. Dass erzählte den Leuten gern, es handle sich um einen magischen Effekt, aber in Wirklichkeit war er technologischer Natur. Winzige, in den Stoff eingenähte Sensoren bewirkten Farbveränderungen in den Fasern, welche die Schlagzeuger durch eine Reihe festgelegter Posen jagten.

Dass war in den Küstenprovinzen geboren und aufgewachsen, jedoch auf der Suche ihres schamanischen ›Erbes‹ viel gereist, wobei sie sich eine Menge Wissen über paranormale Lebewesen angeeignet hatte. Ihre Familie lebte bereits seit Generationen in Halifax, hatte schon hier gelebt, als dieser Teil der Welt noch zu Kanada gehörte. Ihre Ururgroßeltern waren in Africville geboren, einer afro-kanadischen Siedlung, die im letzten Jahrhundert eingeebnet worden und jetzt unter dem Seaview Park begraben war. Davor … tja, Dass wusste nicht genau, aus welchem Teil Afrikas ihre Vorfahren stammten. Westafrika war keine schlechte Vermutung, da der Sklavenhandel dort seinen Ursprung genommen hatte. Aber sie hatte in Ostafrika eine Tradition gefunden, die sie ansprach, bei den Stämmen der Bantu.

Dass hatte ursprünglich einen anderen Nachnamen gehabt – der jetzt ein streng gehütetes Geheimnis und nur Lone Stars Personalabteilung bekannt war. Sie hatte den Namen Mchawi aus dem Suaheli entlehnt, wo es ›Magier‹ bedeutete. Tatsächlich sprach sie sogar ein wenig Suaheli und begrüßte mich in dieser Sprache, als sie von ihrer Arbeit aufsah.

»*Salamu*, Romulus. Wie ich höre, hattest du heute Abend Ärger.«

Ich lehnte mich an den Türrahmen. Dass war die einzige bei Lone Star, die mich mit meinem menschlichen Namen – Romulus – anredete, den mir meine ersten Pflegeeltern gaben, nachdem sie eine Geschichte über zwei Jungen gelesen hatten, die von einer Wölfin gesäugt worden waren. Die übrigen Detectives vom DPU nannten mich normalerweise ›Rover‹ oder ›Fido‹ – zwei Spitznamen, die ich verabscheute. Dass war außerdem die einzige, die immer freundlich roch. Die anderen Detectives waren zwar höflich, aber ihr Lächeln erreichte niemals ihre Poren.

»Ich hatte gehofft, du weißt vielleicht, worauf ich da gestoßen bin, Dass«, sagte ich. »Ich habe so etwas noch nie zuvor gesehen und der DPU-Detective, der zum Tatort kam, schien auch nicht zu wissen, was es ist.« Ich beschrieb ihr das Wesen – sowohl sein physikalisches als auch sein astrales Erscheinungsbild.

»Klingt nach einem Irrlicht«, sagte Dass nach kurzem Nachdenken.

»Ein eher harmloser Name«, stellte ich fest.

Sie nickte. »Ja, aber Irrlichter nähren sich von intelligenten Lebensformen, indem sie ihnen die Lebensessenz entziehen. Sie regen die Lustzentren im Gehirn ihrer Opfer an, sodass die armen Schweine nicht die Willenskraft aufbringen, sich loszureißen – wenigstens sterben sie glücklich. Aber ein Irrlicht in Halifax? Sie ziehen abgelegene Gebiete vor. Die Manaverschmutzung in den Städten ist zu hoch.«

»Aber ich habe eines hier in der Stadt gesehen.«

»Ja, das hast du.«

Das gefällt mir an Dass. Sie zieht meine Beobachtungen nicht in Zweifel, wie dies die anderen Detectives tun. Sie nimmt sie für bare Münze, auch wenn die Logik ihnen zu widersprechen scheint. Außerdem kommt sie immer gleich auf den Punkt.

»Hast du den Auftrag bekommen, es aufzuspüren und festzusetzen?«

»Das weiß ich noch nicht«, sagte ich. »Ich hatte gehofft, mit dem Sergeant darüber reden zu können. Ist er beschäftigt?«

Er musste mich gehört haben. »Hey, Romulus!«, rief Sergeant Raymond vom anderen Ende des Flurs. »Wir haben noch eine Brombeerkatze für Sie. Das Vieh wurde an Bord einer Vergnügungsjacht unten im Hafen gesichtet. Stehen Sie noch eine Jagd durch, Junge?«

Ich hörte Gelächter aus einem anderen Büro. Ich knurrte und bleckte die Eckzähne. Ich wusste, dass Raymond mich hinter meinem Rücken Fido nannte, aber ›Junge‹ war seine offene Beleidigung für mich, die an die Herr-Sklave-Beziehung mancher Hundebesitzer erinnerte. Wenn er mir wirklich eins auswischen wollte, rief er mich mit einer Pfeife. Außerdem riss er gern Witze darüber, mich zur ›Stubenreinheit‹ zu erziehen.

Als würde ich das Büro verunreinigen, indem ich es markierte. Nein, meine Marke war draußen auf der Eingangstreppe, wo sie hingehörte.

Dass verdrehte die Augen in stummem Mitgefühl und wandte sich wieder ihrem Computer zu.

Ich schlenderte durch den Flur zu Raymonds Büro. Der Sergeant hatte sich auf seinem Stuhl zurückgelehnt und rauchte eine Zigarette. Der Dunst stach mir in die Nase.

Der Sergeant war groß für einen Menschen, über zwei Meter, und hatte durchdringende blaue Augen sowie Haare, die trotz seiner wütenden Dementis an den Schläfen grau wurden. Er trug Zivilkleidung – einen konservativen, frisch gebügelten Anzug, aber mit einem Gehabe der Autorität, welches vermuten ließ, dass er das Tragen einer Uniform gewöhnt war.

Mit einem Zucken seines Fingers setzte er Telekinese ein, um einen der Chips auf seinem Schreibtisch in seinen Computer zu dirigieren. Unter Benutzung desselben Zaubers schob er ein Lesegerät in meine Richtung. Mochten die Geister verhüten, dass er mir je etwas tatsächlich geben musste. Dabei hätte er ja zufällig eine Hand berühren können, die in Wirklichkeit eine Pfote war …

Ich zwang mich, den Anweisungen des Sergeants genau zuzuhören.

»Das ist der Bericht unserer Streifenbeamten unten im Hafen«, sagte er. »Ist gerade eingegangen. Sie können ihn sich unterwegs durchlesen. Die Katze macht sich ziemlich unbeliebt, indem sie auf Boote geht und Passagiere und Besatzung dazu veranlasst, über Bord zu springen. Gegenwärtig hält sie sich auf einer Jacht namens *Partylöwe* auf.« Er verdrehte die Augen angesichts der Ironie dieses Namens. »Den Zeugen zufolge war die Katze nass, als sei sie selbst ins Meer gefallen. Und es gibt nichts Gemeineres als eine nasse Katze. Vielleicht mit Ausnahme eines tollwütigen Hundes …«

Er sah auf und wartete auf eine Reaktion, aber den Gefallen tat ich ihm nicht.

»Bisher«, fuhr er fort, »handelt es sich nur um einen

Fall von Belästigung. Aber wenn diese Katze jemanden über Bord springen lässt, der nicht schwimmen kann …«

Ich beendete den Satz: »Dann ist es Mord.«

»Kaum.« Der Sergeant sah mich an, als sei ich ein Idiot. »Wir reden hier über ein dämliches Tier. Es folgt nur seinen Instinkten. Ebensogut könnte man eine Hauskatze wegen Mordes an Mäusen unter Anklage stellen.« Seine stahlblauen Augen fixierten mich mit starrem Blick. Stechender Zigarettenqualm strömte aus seinem Mund und unterstrich seine Worte. »Vergessen Sie nicht, Romulus, dass Sie nicht dorthin gehen, um einen Verbrecher zu verhaften. Sie fangen Tiere ein. Jetzt lesen Sie sich den Bericht durch, dann schnappen Sie sich den Hover und machen sich an die Arbeit. Fangen Sie die Katze ein, damit wir den kleinen Para nach Europa schicken können, wo er hingehört.«

»In Ordnung.« Ich unterdrückte das Knurren in meiner Kehle. Der Spruch mit dem ›dämlichen Tier‹ war ebenso Absicht gewesen wie die Bemerkung, Paras dorthin zu schicken, wo sie hingehörten. Aber ich hielt meine Wut im Zaum, wieder einmal. Sergeant Raymond suchte lediglich einen Vorwand, um mich wieder zum K9 zu schicken. Ich wollte ihm keinen geben.

»Wie viel bekomme ich dafür?«, fragte ich.

»Dasselbe wie für die letzte. Zweihundertfünfzig Nuyen bei Lieferung.«

»Was ist mit dem Irrlicht? Bekomme ich den Auftrag auch?«

»Mit dem was?«

»Dem Para mit den Fangarmen – der heute Abend drei Leute in der Tiefgarage in North End getötet hat. Ich kann es aufspüren. Ich habe seine Witterung.«

»Das war es also«, sagte der Sergeant. Ich sah, dass er beeindruckt war, weil ich den Para identifiziert hatte. Aber nur für einen Augenblick. »Uh-uh. Das ist nicht Ihre Liga, Junge. Bleiben Sie bei dem, was Sie am besten können: Katzen jagen.«

Er schaute auf seinen Schreibtisch. Ich war entlassen.

Ich trabte in die Tiefgarage und hörte mir dabei den Bericht auf dem Chip an, den Raymond mir gegeben hatte. Ich sah mir Bilder von nassen und zitternden Leuten an, während sie beschrieben, wie sie plötzlich einen überwältigenden Drang verspürt hätten, über die Schiffsreling zu klettern und ins Meer zu springen. Zu denen, die sich für eine Runde mitternächtliches Schwimmen entschieden hatten, gehörten auch drei Matrosen eines Fischerboots und der Steuermann eines Schleppers, aber die meisten der von der Hafenpolizei aufgefischten Leute waren Passagiere an Bord eines ›Schnapskreuzers‹ – einer Jacht, die von einer Hochzeitsgesellschaft gechartert worden war, um eine nächtliche Hafenrundfahrt zu unternehmen. Sogar die Braut war über Bord gesprungen. Ihr langes weißes Kleid war klatschnass, der Spitzenbesatz mit einem Ölfilm vom dreckigen Hafenwasser überzogen. Auf jeden Fall denkwürdige Flitterwochen.

Und dort war die Brombeerkatze zuletzt gesehen worden: an Bord der gemieteten Jacht. Dem Bericht zufolge kreuzte sie ziellos im Hafen herum und spie immer noch Hochzeitsgäste in den Ozean. Der Hafenpolizei reichte es völlig, der Jacht zu folgen und die Leute aufzufischen. Sie überließen es der Magischen Einsatzgruppe, sich um die Katze zu kümmern.

Wenigstens bekam ich den Hover. Eine unerwartete Dreingabe. Der Hover war eine abgespeckte Version der Hovertrucks, die von Lone Stars amphibischen Taktischen Einsatzteams benutzt wurden. Er hatte in etwa die Größe eines normalen Stadtwagens, zwei Sitze und Flügeltüren und glitt auf einem Luftkissen dahin, das ihn mit Geschwindigkeiten von bis zu 120 Stundenkilometern über Land und Wasser trug, auch bei stürmischerer See, die ein kleineres Boot zum Kentern bringen würde. Wie der große Hovertruck diente auch der Hover der Personenbeförderung. Er war gepanzert, doch ihm fehlten die eingebauten Waffen. Sein Zweck war derselbe wie der eines bescheidenen Streifenwagens: Er sollte Beamte schnell zum Schauplatz eines Verbrechens bringen.

Der diensthabende Fahrer war heute Nacht ein Mensch namens Hunt. Ich war ihm schon einmal bei einem Manöver der Magischen Einsatzgruppe begegnet. Er war ein Rigger und hatte seinen Körper mit so viel Cyberware vollgestopft, wie er aufnehmen konnte. Schon vom anderen Ende der Tiefgarage konnte ich das Plastik und Metall in seinem Körper und auch die Schmiermittel riechen, welche für ein reibungsloses Funktionieren seiner Cyberware sorgten.

Licht glitzerte auf den Chrom-Pupillen von Hunts Cyberaugen, als er mich in der strahlend hell erleuchteten Tiefgarage begrüßte, und ein zweiter Adamsapfel hüpfte in seinem Hals auf und ab, wo ein Kehlkopfmikrofon implantiert war. Die Hand, die meine schüttelte, war mit künstlicher Haut überzogen. Sie zuckte leicht – eine Folgeerscheinung seiner implantierten Reflexbooster und Adrenalinstimulatoren.

Gerüchten zufolge hatte Hunt außerdem einen ›Cyberschädel‹ – eine Kappe aus Keramik und Kunststoff, die mit seinem natürlichen Schädel verschmolzen war. Es hieß, er habe ihn sich nach einem Unfall mit dem Streifenwagen einsetzen lassen, bei dem er sich eine Gehirnerschütterung zugezogen hatte. Wenn das stimmte, hatte die Operation keine sichtbaren Narben hinterlassen. Die einzige sichtbare Erinnerung an diesen Unfall war eine diagonale Narbe, die direkt unter der Nase seine Lippe teilte.

Wie oft ich auch Cyberware sah, ich staunte immer wieder darüber. Kybernetische Implantate waren etwas, das ich niemals haben konnte. Die regenerativen Eigenschaften meines Körpers bewirkten, dass alle körperfremde Materie abgestoßen wurde. In meiner Kindheit waren meine dritten Pflegeeltern mit mir zum Zahnarzt gegangen, der eine Krone auf einen Zahn setzte, den ich mir abgebrochen hatte. Am nächsten Morgen hatte der Zahn die Krone abgestoßen und war nachgewachsen. Bei dieser Gelegenheit hatten sie entdeckt, was ich wirklich war, und mich in ein Internat geschickt. Die Leiter hatten versucht, mich zu einem braven kleinen Menschlein zu erziehen, indem sie mich jedesmal verprügelten, wenn ich meinen natürlichen Instinkten nachgab oder mich weigerte, Englisch zu sprechen. Zum Glück für sie verheilen meine Wunden so rasch, dass ich niemals blaue Flecken oder gar Blutergüsse habe.

Ich knurrte bei der Erinnerung. Mein Fell sträubt sich immer noch, wenn ich an diesen Ort denke.

Hunt trug eine braune Lederjacke, die unter beiden Achselhöhlen ausgebeult war, wo er jeweils eine Ruger Thunderbolt – die schwerste Pistole, mit denen Lone Star seine Beamten ausrüstet – im Halfter trug. Im Gegensatz zu ihm trage ich fast nie eine Kanone. Ich würde sie nur auf der Straße liegen lassen müssen, wenn ich meine Gestalt wechsle. Außerdem sind meine Zähne Waffe genug.

Hunt betätigte den Signalgeber in seiner Handfläche und deaktivierte die Schlösser des Hover. Die Flügeltüren schwangen nach oben. Ich hielt inne, da ich versucht war, den Hover zu markieren, aber meine Ausbildung erinnerte mich daran, dass wir uns noch innerhalb des Gebäudes befanden. Nicht *innerhalb* – das war die goldene Regel.

Als wir uns auf den Schalensitzen des Hover niederließen, bedachte Hunt mich mit einem warnenden Blick.

»Diesmal werden Sie nicht wieder versuchen, den Kopf aus dem Fenster zu halten, nicht wahr?«, sagte er streng. Es war ein Befehl, keine Frage.

Ich nickte, während ich mich mit dem Fünfpunktgurt anschnallte. »Keine Sorge«, antwortete ich. »Das werde ich nicht.« Ich konnte mich immer noch lebhaft an den schmerzhaften Bruch erinnern, den ich mir zugezogen hatte, als der Fahrtwind während des Manövers meine Wange gegen den Fensterrahmen geschmettert hatte.

»Gut.« Er stöpselte sich in die Computerkontrollen des Hover ein und schloss die Augen, als der Motor röhrend zum Leben erwachte. Der Hover wurde von einem Luftkissen angehoben, als sich der ballonartige Sack unter ihm füllte. Die Türen der Tiefgarage öffneten sich und wir glitten die Rampe empor und auf die Straße. Ich hörte Hunts Cyberaugen leise surren, als sie auf Lichtverstärker umschalteten. Wir fuhren lediglich mit Positionslichtern. Die Scheinwerfer würden wir erst einschalten, wenn wir uns dem Bestimmungsort näherten. Aber wir benutzten das Blaulicht und die Sirene.

Kaum hörte ich das Jaulen, als ich mich nicht mehr beherrschen konnte. Es war der Ruf des Rudels, der Ruf der Jagd. Ich warf den Kopf in den Nacken und sang mit, die Augen geschlossen, da meine Stimme sich hob und senkte. Ein Schauder überlief mich und ich stieß einen Jubelschrei aus.

»*Müssen* Sie das tun?«, schrie Hunt über den Motorenlärm hinweg.

»Tut mir leid.« Ich grinste. »Ich kann nicht dagegen an.« Aber danach war ich still. Trotz des Zwischenfalls mit dem offenen Fenster hatte ich ein gutes Arbeitsverhältnis zu Hunt und das wollte ich nicht verderben.

Wir jagten durch die Straßen der Stadt und der Verkehr teilte sich vor uns, während wir uns dem Hafen näherten. Welches Fahrzeug er auch lenkte, Hunt bewegte es gern mit Höchstgeschwindigkeit. Sie hatten ihm nicht umsonst den Spitznahmen ›Boy Racer‹ gegeben. Gebäude huschten vorbei, bis wir am Maritime Museum abbogen. Dann schossen wir eine Rampe hinunter und auf den Ozean. Jetzt konnte Hunt richtig Gas geben. Der Motor heulte auf.

Das Meer war dunkel und ruhig und auf dem Wasser spiegelten sich die Lichter von Halifax. In der Ferne, links von uns, konnte ich die MacDonald Bridge sehen, die von jedermann immer noch ›die alte Brücke‹ genannt wurde, obwohl die neuere MacKay Bridge im letzten Jahrhundert erbaut worden war. Wir wendeten uns von der Brücke ab und hielten die Innenstadt rechts und den Vorort Dartmouth links von uns. Den Beamten der Hafenpolizei zufolge, die uns über Funk auf dem laufenden hielten, war die Jacht auf Georges Island, einem unbewohnten Hügel mitten im Hafen von Halifax, auf Grund gelaufen.

Einen Augenblick später sahen wir die Insel. Georges Island ist eine niedrige Erhebung aus Schlamm, Schlick und Treibsand mit einem Durchmesser von einem dreiviertel Kilometer, der mit baufälligen und weiß gebleichten Häusern gesprenkelt ist, die aus dem Hover wie geschmolzene Zuckerwürfel aussahen. Ein unbemannter Leuchtturm krönt den Mittelpunkt der Insel, aber der Rest ist ein Gewirr aus dornigen Ranken und verkümmerten Bäumen, das vom Abfall der Gangs umgeben ist, welche an diesen einsamen Fleck kommen, um einen draufzumachen und zu feiern. Die Insel liegt im Hafen von Halifax wie der Kadaver eines treibenden Wals, ein Schandfleck und zugleich ein Paradies für kriminelle Aktivitäten.

Der Bug der Jacht hatte sich in den weichen Schlick

der Insel gebohrt und sie hatte ein wenig Schlagseite. Die Schraube drehte sich immer noch und wirbelte Schaum am Heck auf, während drinnen Festbeleuchtung herrschte. Laute techno-keltische Musik dröhnte in die Nacht. Einige Passagiere in Anzug oder Abendkleid – wahrscheinlich Mitglieder der Hochzeitsgesellschaft – krochen über das schiefe Deck. Andere waren in das trübe Wasser gesprungen und tummelten sich jetzt unsicher ans Ufer. Verloren schauten sie zum Polizeiboot, das zu groß war, um sich der Insel so weit zu nähern, dass es sie aufnehmen konnte. Die Stimmen der Hafenpolizisten knisterten im Funkgerät, da sie ein kleineres Boot riefen, um die Passagiere von der Jacht zu bergen, die sie mit einem Scheinwerfer anstrahlten.

Hunt umkreiste die Jacht und setzte den Hover neben ihr auf den Strand. Wir glitten mühelos auf die Insel und über das Treibholz und die anderen Abfälle hinweg, die dort lagen. Kaum hatte Hunt den Hover angehalten, als ich schon die Flügeltür öffnete und meinen Sicherheitsgurt löste. Ich trat auf die Sprosse neben der Tür und sprang dann auf den schlammigen Strand.

Während ich mich der Jacht näherte, hielt ich nach einem Besatzungsmitglied Ausschau. Der wahrscheinlichste Kandidat war eine Orkfrau mit einer Kellnerschürze, deren weiße Bluse voller Essensflecken war und deren Fliege sich gelöst hatte. Ich strahlte sie an.

»Lone Star«, erklärte ich. »Magische Einsatzgruppe. Wie ich höre, haben Sie ein paranormales Tier an Bord.«

»Bei der Liebe des Herrn, ja«, rief die Frau. »Sogar 'ne ganze Zeit.« Ihr Cape-Breton-Akzent war unüberhörbar. Als sie ›Zeit‹ sagte, hörte es sich an wie ›Zoit‹. Ihre knorrigen Hände kneteten geistesabwesend ihre Schürze, während sie fortfuhr.

»Alles fing damit an, dass wir 'ne Katze auf dem Boot gesehen haben. Wir wollten nur nicht, dass sie auf Tische und Bänke springt und die Hochzeitstorte anschleckt. Und ehe wir uns versahen, sprangen Leute über Bord. Drei, vielleicht vier gingen über die Reling, als erstes die Braut. Wir wollten wenden, um sie aufzufischen, und dann hat der Skipper durchgedreht und volle Kraft gegeben und direkt auf die Containerdocks zugehalten. Hätte uns ein schönes Loch ins Boot gerammt. Die verdammte Katze war da und rieb sich an seinem Bein. Jim hat versucht, das Steuer zu übernehmen, und dann hat Jim plötzlich so komisch geguckt und ist auch über die Reling gesprungen. Dann hat der Skipper Georges Island angesteuert und die ganze Zeit sind dabei Leute über Bord gesprungen, bis wir auf Grund gelaufen sind. Jesus, Maria und Joseph, aber was für 'ne Nacht!«

Die Handvoll Passagiere, die sich hinter ihr versammelt hatten, nickten bestätigend. Einer von ihnen, ein junger Elf mit strohblondem Haar und einem Brillant in der Nase, murmelte düster, dass er sein Geld zurückerwarte. Er versuchte ständig, sich den Schlamm von seinem cremefarbenen Smoking zu wischen. Sein Atem stank nach Alkohol.

»Wo ist die Katze jetzt?«, fragte ich die Orkfrau.

»Das kleine Mistvieh ist vom Schiff gesprungen, als wir auf Grund gelaufen sind«, antwortete sie. Dann zuckte sie die Achseln. »Gut, dass wir sie los sind.«

»Danke.«

Ich ging zum Bug der Jacht und bückte mich, um mir den Boden genauer anzusehen. Aus einem Bullauge fiel Licht und beleuchtete den nassen Uferschlamm. Der Strand war ein Durcheinander von Fußspuren. Tiefe Eindrücke, wo Passagiere und Besatzung vom Boot gesprungen waren, wurden von flacheren überdeckt, wo sie ziellos herumgelaufen waren. Eine

Unzahl frischer Witterungen – menschliche und metamenschliche – drang mir in die Nase. Doch im Schlamm war auch ganz deutlich ein Pfotenabdruck zu erkennen. Ich bückte mich und schnüffelte, dann knurrte ich ob der bekannten Witterung. Es war der unverkennbare Gestank einer Brombeerkatze. Nasses Fell, Wut und der arrogante Geruch aus den Duftdrüsen in den Pfoten. Das verdammte Vieh hatte noch innegehalten, um über den Rumpf der Jacht zu kratzen, bevor es auf die Insel verschwunden war.

In Wolfsgestalt ist mein Geruchssinn schärfer, aber ich brauchte meine menschlichen Hände, um die Ausrüstung zu handhaben, die ich zum Einfangen der Katze mitgebracht hatte. Ich ging zum Hover zurück und holte eine Betäubungspistole und drei von den Granaten, welche die Abteilung für Magische Forschung des DPU seit meiner letzten Begegnung mit einer Brombeerkatze entwickelt hatte. Ich nahm die hellblauen, eiförmigen Plastikovale aus ihren Verpackungen und lächelte über den stechenden Kräutergeruch. Diesmal würde mir der Minitiger nicht entkommen. Mit einer energischen Drehung des Oberteils machte ich die Granaten scharf.

Ich wählte einen Käfig der Größe 2, einen zusammenklappbaren Würfel aus feinem Maschendraht. Der Käfig war ein weiteres Produkt der Forschungsabteilung und mit einer magischen Schutzvorrichtung imprägniert. Keine lebende Kreatur konnte die magische Barriere durchdringen, sobald die Käfigtür geschlossen war.

»Haben Sie die Spur von dem Para aufgenommen?«, schrie Hunt über den Motorenlärm des Hover hinweg. In seinen verchromten Augen spiegelte sich die flackernde Armaturenbeleuchtung.

Als ich nickte, warf er mir ein Kopfset zu. »Halten Sie Funkverbindung.«

Ich befestigte das Halfter für die Betäubungspistole unter der Achsel und steckte die Granaten in eine Tasche. Dann streifte ich mir das Kopfset über. Normalerweise benutzte ich keines, aus demselben Grund, warum ich weder Schmuck noch Armbanduhren trage: es würde abfallen, wenn ich meine Wolfsgestalt annahm.

»Viel Glück!«, rief Hunt. »Ich halte mich im Hover in Bereitschaft. Funken Sie einfach, wenn Sie mich brauchen.«

Ich folgte der schwachen Witterung der Brombeerkatze landeinwärts in die Dunkelheit zwischen den verfallenen Häusern. Hin und wieder musste ich mich bücken und die Erde beschnüffeln, um die Witterung nicht zu verlieren, aber im allgemeinen war sie so frisch, dass ich ihr mit meinem menschlich-abgestumpften Geruchssinn in normalem Marschtempo folgen konnte. Die Spur führte mich über die Insel zu einem verrotteten Pier, wo früher einmal eine Fähre angelegt hatte, als Georges Island noch ein öffentlicher Park war.

Zwei Gestalten gingen über den Pier. Eine war mein Ziel: die Katze. Die andere war eine Frau – Größe und Gestalt nach ein Mensch. Wahrscheinlich ein Passagier von der Jacht, den die Katze gezwungen hatte, sie zu begleiten. Würde die Katze die Frau nur zum Spaß am Ende des Piers ins Wasser springen lassen?

Nein, das passte nicht zusammen. Während ich der Spur der Katze gefolgt war, hatte ich keine menschliche Witterung wahrgenommen. Die Katze und die Frau konnten sich gerade erst getroffen haben. Aber wer war sie dann?

Während mir diese Fragen durch den Kopf gingen, schlich ich näher und flüsterte gleichzeitig in mein Kopfset, dass ich das Ziel ausgemacht hatte. Ich kann mich in menschlicher Gestalt ziemlich leise bewegen, aber ich nehme an, meine Aufregung über die Entdeckung der Katze machte mich ungeschickt. Oder vielleicht hatte die Katze auch eine besondere Kraft und konnte ihre Feinde verfluchen. Jedenfalls stolperte ich kurz darauf über ein verrostetes Stück Maschendraht und fiel auf die Nase. Dabei ließ ich den Käfig fallen, der mit lautem Klirren auf den Boden fiel.

Die Katze fuhr sofort herum und ihre reflektierenden Augen machten mich als Ursache des Lärms aus. Während ich mich aufrappelte, fing die Katze an zu schimmern und verschwamm. Sie benutzte ihre Fähigkeit der Adaption, um sich farblich an die Nacht, das Schwarz des Piers und das ölige Glitzern des Wassers hinter ihr anzupassen.

Fluchend nahm ich eine Granate aus der Tasche, zog sie ab und warf sie in Richtung Pier. Doch ich hatte schlecht gezielt. Die Granate prallte gegen einen Stützpfahl und fiel ins Wasser, um mit einem dumpfen *Plop* unter Wasser zu explodieren. Blasen trugen den Kräutergeruch an die Oberfläche, aber ich wusste, dass nicht annähernd genug von der Droge freigesetzt worden war.

Ich spurtete vorwärts und riss dabei die Betäubungspistole aus dem Halfter. Jede Faser meines Körpers sehnte sich danach, sich zu verwandeln und die Verfolgung aufzunehmen. Aber ich behielt meine menschliche Gestalt bei. Als ich die Entfernung zwischen mir und der Katze verringerte, tauchte sie plötzlich wieder auf. Für einen winzigen Augenblick, während ich auf den Pier stürmte, erhaschte ich einen Blick auf ein Tier mit schwarzem Rücken, weißer Brust, weißem Kinn und weißen Beinen. Die Zeichnung war absolut symmetrisch. Sie hatte ein breites Gesicht und große goldene Augen, die ihr einen unschuldigen, kätzchenhaften Ausdruck verliehen. Doch ich erkannte in ihr die verdorbene kleine Kreatur, die sie auch war. Inzwischen war ich nur noch ungefähr zwanzig Meter entfernt. Ich riss die zweite Granate aus der Tasche, zog sie ab und ...

Die Katze miaute. Der Laut war langgezogen, mehr ein Heulen als ein Miauen. Er hallte durch die Nacht, ließ mir einen Schauder der Lust über den Rücken laufen und bewirkte, dass die Haare auf meinen Ohrspitzen bebten. Zu spät wurde mir vage bewusst, dass ich mich auf diese Situation hätte vorbereiten und Ohrstöpsel hätte mitbringen müssen. Ich spürte, wie meine Willenskraft erlahmte, und betrachtete die Granate in meinen schlaffen Fingern. Es war so leicht, sie einfach loszulassen, sie ins Meer zu werfen. Und dann nur meinem Schwanz nachzujagen, immer im Kreis herum und herum und ...

Drek. Ich hasse Katzen. Ganz besonders magisch aktive.

Ich biss die Zähne zusammen und wehrte mich gegen die Zwangsvorstellungen, die sich wie ein dichter Nebel auf meinen Verstand gelegt hatten. Ich ließ den Arm vorschnellen und kegelte die Granate in Richtung der Katze. Das blaue Ei holperte über die morschen Planken des Piers dem Fleck schimmernder Dunkelheit entgegen, zu dem die Katze wieder geworden war. Irgendein Wunder ließ die Granate kaum einen Meter vor den Pfoten der Katze innehalten, dann explodierte sie mit einem gedämpften Knall.

Ein Sprühregen aus Katzenminzeflocken segelte wie Konfetti durch die Luft. Das Zeug war hoch konzentriert, hydroponisch gezüchtet und zum Zweck maximaler Wirksamkeit schockgetrocknet worden. Kaum wurde die Katze von der Wolke eingehüllt, als ich spürte, wie sich die Krallen der Herrschaft lösten, welche die Katze in meinen Geist geschlagen hatte. Die Katze hob ihre Schutztarnung auf, sah sich einmal hektisch um und rollte einen Augenblick später auf dem Rücken herum. Sie wedelte in einem Anfall von Entzücken mit den Pfoten in der Luft herum und drehte den Kopf hierhin und dorthin, während sie den berauschenden Duft der Droge einsog.

Ich zielte sorgfältig mit meiner Betäubungspistole und briet der Katze eins über. Der Pfeil bohrte sich in ihre Flanke und einen Moment später lag sie still. Ich ging über den Pier zu ihr, die Pistole noch in Bereitschaft. Als ich mich davon überzeugt hatte, dass das Vieh ausgeschaltet war und dies auch noch die nächsten ein, zwei Stunden bleiben würde, ging ich zum Käfig zurück, klappte ihn auseinander und stopfte die Katze hinein. Trotz meiner Abneigung gegen das Tier ging ich behutsam vor, denn ich wollte keine Anklage wegen vorsätzlicher Verletzung einer gefährdeten Art riskieren – obwohl ich den Verdacht hatte, dass dies ein Mischling war, vielleicht eine Kreuzung mit einer gewöhnlichen Hauskatze. Brombeerkatzen sind normalerweise pechschwarz.

Erst als das Tier sicher im Käfig untergebracht war, warf ich einen eingehenderen Blick auf die Frau auf dem Pier. Sie war schlank, menschlich – und sehr, sehr attraktiv.

Normalerweise stehe ich nicht auf Menschen. Die Frauen sind viel zu kompliziert und bestehen auf eine ganze Reihe umständlicher Werberituale, bevor sie sich besteigen lassen. Und sie verbergen ihren erregenden weiblichen Duft hinter stechenden blumigen Gerüchen, die so stark sind, dass sie einen zum Niesen bringen. Aber diese hatte etwas an sich, das mich genauer hinschauen ließ. Und genauer schnüffeln – obwohl ich höflich war und Distanz wahrte.

Sie hatte dunkle schulterlange Haare, die erste graue Strähnen aufwiesen, und Augen so braun, dass sie nur aus Pupille zu bestehen schienen. Außer wenn Licht auf sie fiel. Dann konnte ich goldene Sprenkel im Dunkelbraun erkennen.

Normalerweise achte ich nicht besonders auf das Merkmal, welches die Menschen Rasse nennen – für mich sehen alle Menschen ziemlich gleich aus –, aber ich nahm an, dass diese Frau ihre Ursprünge irgendwo im Mittleren Osten hatte. Ihrem Gesicht haftete eine geschmeidige Grazie an, breite Wangenknochen, die sich zu einem schmalen Kinn und vollen Lippen verjüngten. Der Schwung ihrer Augenbrauen war perfekt. In den Augenwinkeln saßen winzige Fältchen und über ihre Stirn lief die Andeutung einer Furche. Ich schätzte sie auf Mitte bis Ende dreißig. Höchstens Anfang vierzig.

Haare und Kleider waren klamm und sie roch nach Salzwasser und Diesel. Sie trug ausgefranste Jeans und eine perlenbestickte Lederweste und war barfuß. Über ihre Füße liefen die braunen Linien von Sandalenriemen. Eine silberne Kette mit einem herzförmigen Anhänger hing um ihren Hals. Bei ihrem Anblick zuckte ich zusammen, da ich mir die Blasen vorstellte, die meine Finger werfen würden, sollte ich sie irrtümlich anfassen.

Die Frau stand lässig auf dem Pier und ihre braunen Augen sahen mich fragend an. Trotz der Kühle der Nacht zitterte sie nicht. Sie starrte mich sekundenlang mit Augen an, die meine Seele zu erforschen schienen. Der Blick und die Augen waren eine absonderliche Mischung aus Unschuld und Erfahrung. Sie hatten etwas Kindliches an sich, aber auch eine wissende Gelassenheit, die andeutete, dass sie viel vom Leben gesehen hatte. Als sie sprach, war ihre sanfte Stimme mit einem Akzent behaftet, den ich nicht kannte. Er klang so, als hätten sich mehrere verschiedene Akzente zu einem vereint.

»Wer sind Sie?«, fragte sie.

»Ich gehöre zur Magischen Einsatzgruppe Lone Stars.«

Das sagte ihr nichts. Offensichtlich hatte sie von dieser Sondereinheit noch nie etwas gehört, obwohl sie in letzter Zeit häufig Schlagzeilen im Trid gemacht hatte und sogar in mehreren Reden Präsident Haeffners erwähnt worden war.

Sie sah sich um. »Wo bin ich?«

Sie musste von außerhalb sein, es sei denn, das Schwimmen zur Insel hatte sie vollkommen desorientiert.

»Georges Island«, antwortete ich. »Waren Sie an Bord der *Partylöwe*?«

»Der was?«

»Der Jacht, die von der Hochzeitsgesellschaft für eine nächtliche Hafenrundfahrt gechartert wurde.«

Die Falten auf ihrer Stirn glätteten sich. »Hafen?« Sie schaute über das Wasser auf die Lichter der Innenstadt. »Was für eine Stadt ist das?«

»Halifax.« Ich sah sie an und wünschte, ich hätte eine Taschenlampe gehabt. Meine Nachtsicht ist ziemlich gut und ich glaubte, keine Schrammen oder andere Kopfverletzungen zu sehen, aber ich konnte es nicht mit Sicherheit sagen. Vielleicht war sie auf Droge?

Ich schnüffelte. Ich witterte keine illegale Substanz, noch sah ich irgendwelche Datenbuchsen für das Einwerfen von BTL-Chips.

»Wie heißen Sie?«, fragte ich.

Ihr Lächeln ließ ihr Gesicht erstrahlen. »Ich werde Jane genannt.«

»Von wem?«

»Von meinen Freunden. Von denen, welche die Katzen verkaufen.«

Meine Nase zuckte. Ich hob den Käfig. »Katzen wie diese?«

Sie nickte.

»Mehr als eine Katze?«

»Mindestens ein Dutzend.«

Ich konnte meine Aufregung kaum verhehlen. Dies war kein einmaliges Auftauchen eines paranormalen Tiers. Das klang nach einem organisierten Schmuggelunternehmen.

»Macht es Ihnen etwas aus, mit aufs Revier zu kommen und ein paar Fragen zu beantworten?« Ich ließ unerwähnt, dass ich keine Befugnis hatte, sie zu vernehmen, da ich kein Detective der Polizei war. Aber da ich Zugang zum Revier hatte – zumindest zu gewissen Bereichen –, konnte ich wahrscheinlich in eines der Verhörzimmer schlüpfen.

Ich rechnete mit einem Protest oder zumindest einer höflichen Ablehnung, aber die Frau zuckte lediglich die Achseln. »Es macht mir nichts aus.«

Ich funkte Hunt an. »Romulus hier. Ich bin auf der Westseite der Insel. Den Para habe ich gefangen und zum Transport bereit gemacht. Außerdem nehmen wir noch eine Zivilistin mit zurück aufs Revier: eine Zeugin, die möglicherweise darüber Auskunft geben kann, wo sich noch mehr von diesen Wesen aufhalten. Ende.«

Hunts Stimme kam knisternd über Kopfset. »Roger. Eine gefangene Katze, ein Wolf und eine Zivilistin bereit zum Abtransport. Bin sofort da. Ende.«

Ich hob den Käfig auf. Die Brombeerkatze wog nur etwa fünf Kilo, aber jedes dieser Kilos war fünfzig Nuyen wert. Wenn ich die Leute ausfindig machte, die diese Tiere in die UCAS schmuggelten, würde ich ein Vermögen verdienen. Nicht nur das, ich würde auch einen ›Fall‹ lösen – wie ein regulärer Polizeibeamter. Sergeant Raymond würde mich dafür belobigen müssen.

Jane starrte auf die bewusstlose Katze. »Sie sind sehr

schön«, sagte sie mit weicher Stimme. »Es ist nicht richtig, so eine herrliche Kreatur einzusperren.«

Ich teilte ganz gewiss nicht Janes Ansichten über Brombeerkatzen. Die einzig gute Katze ist eine eingesperrte Katze, was mich betrifft. Und genau das hatte ich mit jedem der kleinen Unholde vor. Für zweihundertfünfzig Mäuse pro Stück.

3

Kaum war ich mit Jane auf dem Revier angelangt, als sie unkooperativ wurde. Sie behauptete, nichts mehr darüber zu wissen, dass Brombeerkatzen in die UCAS geschmuggelt würden, und weigerte sich, mit Informationen über die ›Freunde‹ herauszurücken, die sie illegal verkauften. Sie wollte mir nicht einmal ihre persönlichen Daten nennen. Als ich nach ihrem vollen Namen, Adresse, Beruf, Geburtsdatum und Geburtsort fragte, bekam ich nur immer wieder dieselbe Antwort. »Ich weiß es nicht.«

Verärgert ließ ich sie erst einmal in einem Verhörzimmer schmoren. Ich war drauf und dran, ihr zu sagen, sie könne nach Hause gehen – wo immer das auch sein mochte. Doch als ich zufällig Dass auf dem Flur begegnete, beschloss ich, meiner Eingebung zu folgen. Jane hatte etwas Ungewöhnliches an sich. Ihre Körpersprache passte nicht ganz zum Unterton ihrer Stimme und auch nicht zu ihrer Witterung. Ich bat Dass um einen weiteren Gefallen. Sie war einverstanden und wir kehrten gemeinsam ins Verhörzimmer zurück.

»Das ist Detective Mchawi«, sagte ich. »Macht es Ihnen etwas aus, wenn sie bei unserem Gespräch anwesend ist?«

Jane zuckte die Achseln. »Es macht mir nichts aus.« Ihr Blick ruhte auf Dass' Hemd und folgte den Schlagzeugern, die ihr Programm abspulten. Als Dass sich setzte, griff Jane über den Tisch und strich mit der Fingerspitze über den Stoff. Die Geste – und ihre ehrfürchtige Miene – erinnerten mich an ein Kind, das etwas Neues und Wunderbares entdeckt. Sie ließ sie wunderschön aussehen.

»Haben wir Ihre Erlaubnis, Magie anzuwenden?«, fragte ich. »Sie haben das Recht abzulehnen.«

»Magie?« Etwas blitzte hinter ihren Augen, als sie einen scharfen Blick in meine Richtung warf. Sie schien etwas sagen zu wollen – und dann erlosch das Funkeln. Sie nickte. »Sie haben meine Erlaubnis.«

Ich nickte Dass zu. Sie verschränkte die Finger in einem komplexen Muster, sprach ein paar Worte auf Suaheli und wirkte den Zauber. Dann musterte sie Jane durchdringend.

Ich stellte Jane dieselben Fragen wie zuvor. Ihre Antworten waren ebenfalls dieselben: »Ich weiß es nicht.«

Wir gingen die Fragen zu den Personalien durch – ein Vorgang, der nicht einmal eine Minute dauerte –, dann versuchte ich sie zu provozieren, indem ich wiedergab, was sie mir zuvor erzählt hatte. Ich stellte Fragen, die sie in eine bestimmte Richtung drängten – was ein guter Vernehmungsfachmann vermeidet –, aber mittlerweile war ich ziemlich verzweifelt. Als ich wieder dieselben nichtssagenden Antworten bekam, entschuldigte ich mich und bedeutete Dass, mit mir nach draußen auf den Flur zu gehen.

»Und?«, fragte ich.

»Sie sagt die Wahrheit. Sie hat nicht die geringste Ahnung, wer sie ist und woher sie kommt.« Dass starrte durch die Einwegscheibe auf Jane, die geduldig in dem leeren Raum wartete, die Hände ordentlich im Schoß gefaltet. Nein, nicht ordentlich gefaltet. Ihre Finger waren in einer Geste verschränkt, die derjenigen entsprach, welche Dass für das Wirken des Zaubers benutzt hatte, der es ihr ermöglichte, Wahrheit und Lüge zu unterscheiden. Janes goldgesprenkelte Augen starrten in meine, als könne sie durch das getönte Glas und direkt in meine Gedanken schauen. Ich riss den Blick von ihr los.

»Als ich sie auf Georges Island getroffen habe, hat sie mir gesagt, dass sie Jane heißt«, sagte ich zu Dass.

Sie lachte. »Wie in Jane Doe?«*

»Vermutlich«, sagte ich mit einem Seufzer. »Lügt sie, wenn sie sich angeblich nicht erinnern kann, was sie mir vorhin über ihre ›Freunde‹ erzählt hat, die Brombeerkatzen schmuggeln?«

»Sie lügt nicht. Sie hat es einfach vergessen, genau wie alles andere auch.«

»Also hat sie eine Amnesie?« Ich runzelte die Stirn. »Was könnte sie verursacht haben?«

»Keine Ahnung«, sagte Dass. »Ich bin kein Neurologe.«

Sie warf einen Blick auf ihre Armbanduhr. Ich verstand den Wink.

»Danke für deine Hilfe, Dass«, sagte ich rasch. »Aber kann ich dich noch um einen Gefallen bitten? Würdest du einen Netzhaut- und DNS-Scan genehmigen? Vielleicht verrät uns das, wer Jane Doe ist.«

Dass zögerte und ich schnappte einen Geruch auf, in dem eine Spur von Verärgerung lag. Hatte ich unsere Freundschaft zu stark strapaziert? Doch dann nickte sie. »Ich kläre das für dich«, sagte sie.

Ich öffnete die Tür zum Verhörzimmer und winkte Jane hinaus auf den Flur. »Danke für Ihre Mitarbeit«, sagte ich zu ihr. »Da ist nur noch eine Sache, um die ich

---

* Jane Doe und John Doe sind die gebräuchlichen Namen für nicht identifizierte Leichen. – *Anm. d. Übers.*

Sie bitten möchte. Ein Netzhaut- und DNS-Scan. Das dauert nur fünf Minuten und tut nicht weh. Nur einmal ins Auge leuchten und in den Arm pieksen. Normalerweise verlangen wir so etwas von Zeugen nicht, aber es könnte mir dabei helfen herauszufinden, wer Sie sind.«

Sie war einverstanden und wir gingen den Flur entlang zum Scan-Labor. Ich gab dem für die Aufnahme der Personalien zuständigen Beamten die wenigen Informationen, die ich über Jane hatte, wobei ich nur zum Spaß Doe als Nachnamen nannte, um dann mit dem Griffel IDENTIFIKATION hervorzuheben.

Der Netzhautscan dauerte nur eine Minute, aber danach mussten wir zwanzig Minuten warten, weil die Labortechs gerade Schichtwechsel hatten. Jane schien immer nervöser zu werden, je länger wir im Wartezimmer saßen. Ich nahm eine schwache Ausdünstung der Angst wahr, die von ihr ausging, aber sie wurde von dem Desinfektionsmittel überlagert, das nach der scharfen chemischen Interpretation eines Pinienwaldes roch.

Als Jane an der Reihe war, folgte sie dem Labortech – einem Zwerg in medizinisch-weißer Kleidung – in die Testkammer. Ich ging mit und setzte mich in einer Ecke des überfüllten Raums auf einen Plastikstuhl. Während der Zwerg die Spritze vorbereitete, starrte Jane neugierig auf seinen Bart im ›Pharao-Stil‹. Sein Gesicht war glatt rasiert bis auf den Kinnbereich, wo ein üppiger Bart geflochten und mit Lederbändchen in eine Form gebracht war, die an einen Griff erinnerte.

Jane saß ganz ruhig da, während der Tech ihr den Gummischlauch um den Arm band. Doch kaum hatte er ihr die Armbeuge mit einem metallisch riechenden Desinfektionsmittel eingesprüht, als plötzlich der Teufel los war.

»Nein!«, schrie Jane. Sie schlug dem Zwerg die

Spritze aus der Hand, zog die Knie an die Brust und trat zu. Der Labortech wurde von Janes Tritt gegen die Brust vollkommen überrascht. Er flog rückwärts und prallte gegen einen Materialwagen, der hinter ihm stand. Der Wagen kippte um und Objektträger und Spritzen flogen auf den Flur.

Während andere Techs in die Kammer gerannt kamen, rappelte der Zwerg sich auf. Seine Augen funkelten. »Was, zum Teufel, hat sie für ein Problem?«, schrie er, wobei sein Bart vor Wut zitterte. »Sie hat sich zu dem Test bereit erklärt, oder nicht?«

Ich war aufgesprungen, um Jane zu bremsen, aber das war gar nicht nötig. Sie war von ihrem Stuhl gefallen und lag zusammengekrümmt wie ein Fötus auf dem Boden. Tränen liefen aus ihren geschlossenen Augen und ihr Atem kam in kurzen Stößen, die wie Schluchzer klangen. Ich bedeutete den Techs, die in die Kammer geeilt kamen, sie sollten sich zurückhalten, dann kniete ich mich neben Jane und berührte ihre Schulter.

»Jane?«

»Nein«, flüsterte sie. »Nicht die Maske. Bitte nicht ...« Dann steckte sie sich die Finger in den Mund und lutschte daran, während ein Ausdruck intensiver Qual ihr Gesicht verzerrte. Sie stank nach Furcht.

Ich schüttelte sie leicht. »Jane?«

Nach einem langen Augenblick nahm sie die Finger aus dem Mund. Ihre Augen öffneten sich. In ihnen stand Verwirrung, als sie meinem Blick begegneten.

»Wo ...?« Sie schluckte. »Was ...?«

»Sie sind bei Lone Star in Halifax«, sagte ich zu ihr. »Im Scan-Labor. Der Tech will Ihnen nur etwas Blut für eine DNS-Probe abnehmen.«

»Nein, will ich nicht«, sagte der Zwerg, der sich mit einer Hand die Brust hielt. »Ihre Jane Doe kann mich mal.«

Ich funkelte ihn an. »Sie ist geistig nicht ganz auf der Höhe«, knurrte ich, »daher ist sie für ihre Taten nicht verantwortlich. Sie …« Ich hielt abrupt inne. Warum verteidigte ich eigentlich diese Fremde? Doch als ich in ihr tränenüberströmtes Gesicht schaute, zerrte etwas an meinen Gefühlen. Von ihren Erinnerungen abgeschnitten, war Jane ganz allein auf der Welt – wie ich es früher einmal auch gewesen war.

Jane erhob sich plötzlich, setzte sich auf den Stuhl und beschrieb dabei seltsame Gesten mit den Händen, als glätte sie einen weiten Rock. Dann legte sie den rechten Arm, um den immer noch der Gummischlauch gebunden war, auf den Tisch neben sich. »Ich kann es gar nicht erwarten, das Sphygmomanometer in Betrieb zu sehen, Herr Doktor«, sagte sie zu dem Zwerg. »Bitte zeigen Sie mir, wie die Vorrichtung funktioniert.«

Ich drehte mich verblüfft zu ihr um und starrte sie an. Sie sprach zwar Englisch, jedoch mit einem unüberhörbaren deutschen Akzent. Sie saß aufrecht da, das Kinn hochmütig erhoben. Allein die veränderte Haltung verwandelte sie. Obwohl ich sie erst kurze Zeit kannte, sah ich einen eindeutigen Unterschied. Sie *roch* sogar anders. Zuversichtlicher, nicht mehr so verängstigt. Sie war nicht mehr Jane Doe. Sie war … jemand anders.

Sogar der Zwerg bemerkte die Veränderung. Er hielt vorsichtig Abstand. »Was, zum Teufel, versucht sie jetzt abzuziehen?« Seine Augen verengten sich argwöhnisch zu Schlitzen.

»Ich weiß es nicht.« Ich hob eine Spritze auf und zeigte sie Jane. »Irgendwelche Einwände, dass Ihnen eine Blutprobe entnommen wird?«, fragte ich sie.

»Fahren Sie fort«, sagte sie kurz angebunden.

Ich hielt dem Zwerg die Spritze hin. Doch er schüttelte den Kopf und hob die Hände in einer abwehrenden Geste. Ich drehte mich zur Tür um. Die anderen Labortechs waren alle bis auf eine Technikerin verschwunden, die das Durcheinander aufräumte, welches der umgestürzte Wagen hinterlassen hatte.

»Nehmen Sie die Probe?«, fragte ich sie, indem ich die Spritze hochhielt.

Sie schüttelte den Kopf. »Auf keinen Fall«, sagte sie. »Die Frau ist durchgeknallt.«

Ich funkelte die Techs wütend an. Als ich mich wieder zu Jane umdrehte, hatte sich ihre Haltung erneut verändert. Sie saß nicht mehr kerzengerade und hielt das Kinn auch nicht mehr so hoch. Sie schüttelte leicht den Kopf und blinzelte, als sei sie gerade aufgewacht. »Ist es vorbei?«, fragte sie.

Ich seufzte und legte die Spritze nieder. »Es ist vorbei«, sagte ich.

Der Netzhautscan musste reichen.

Ich veranlasste, dass die Techs den Scan durch die Datenbanken laufen ließen. Ohne Resultat: Weder hatte Jane eine Systemidentifikationsnummer noch fand sich ein Eintrag in irgendeiner von Lone Stars Datenbanken.

Falls sie je verhaftet worden war, dann nicht in einem von Lone Stars Zuständigkeitsbereichen. Und die decken fast ganz Nordamerika ab.

»In Ordnung, Jane«, sagte ich, indem ich ihren Arm berührte. »Wir sind hier fertig. Sie können ...«

Ich hatte ihr vorschlagen wollen, nach Hause zu gehen, aber dann war mir eingefallen, dass Jane nicht wusste, wo ihr Zuhause war. Stattdessen fischte ich eine Karte aus meiner Tasche. Darauf standen Name und Adresse eines Asyls für die SIN-losen auf der Barrington Street nicht weit von den Docks. Nicht der angenehmste Stadtteil, aber einmal dort angelangt, würde sie dort gut aufgehoben sein. Ich kritzelte meinen Namen auf die Rückseite der Karte.

»Hier«, sagte ich zu Jane, als ich sie aus dem Scan-Labor und zum Ausgang Rainnie Street führte. »Das ist die Adresse eines Asyls, wo sie schlafen können. Zeigen Sie an der Tür die Karte vor und sagen Sie, Romulus hätte Sie geschickt. Andernfalls wird man Ihnen sagen, der Laden sei voll.«

Ich hielt ihr die Tür auf. Die Sonne ging gerade auf und färbte den Himmel über der Halifax-Zitadelle in einem grellen rosastichigen Orange. Sie folgte meinem Blick und schaute zu der Militärfestung aus dem 19. Jahrhundert hoch – die jetzt ein Hochsicherheitsgefängnis von Lone Star war – und ihr Gesicht nahm einen Ausdruck intensiven Kummers an. Dann wanderte ihr Blick höher zum sonnengefärbten Himmel dahinter und ihre Miene wurde weicher.

»Das ist wunderschön«, flüsterte sie. »Es fühlt sich gut an …«

Ich unterbrach ihren Gedankengang, indem ich ihr einen Kredstab in die Hand drückte. Auf dem Stab waren höchstens noch zehn Nuyen, aber das war mehr als genug für ein Ortsgespräch. Ich bezweifelte zwar, dass Jane mir doch noch Informationen liefern konnte, aber ich wollte den Kontakt zu ihr trotzdem nicht abreißen lassen.

»Falls Sie sich an etwas erinnern sollten, benutzen Sie den Kredstab und rufen Sie mich an«, sagte ich. Ich nahm ihr die Visitenkarte wieder ab und kritzelte noch eine Telekomnummer darauf.

Sie blinzelte, dann steckte sie den Kredstab ein.

Ich zeigte in Richtung der Barrington Street. »Das Asyl liegt in dieser Richtung. Viel Glück.«

»Vielen Dank, Romulus«, sagte sie. »*Se'seterin.*«

Strahlender Morgen? Der Ausdruck stammte aus dem Sperethiel, der Sprache der Elfen. Wo hatte sie ihn aufgeschnappt? Von ihren ›Freunden‹, den Katzenschmugglern?

Ich gähnte und sah ihr nach. Es war eine lange Nacht gewesen. Während Jane sich entfernte, fragte ich mich, ob ich sie wohl wiedersehen würde.

4

An diesem Abend machte ich einen Spaziergang zum Stadtpark. Ich wartete, bis es dunkel war. Die Stadt ist dann ruhiger – weniger Menschen auf der Straße – und die Nacht kommt mir immer wie eine viel natürlichere Zeit vor, um unterwegs zu sein.

Bis zum Beginn dieses Jahrhunderts war der Stadtpark genau das gewesen – ein öffentlicher Park. Doch nach der Erfindung von SimSinn hatten die Leute es nicht mehr nötig gehabt, in Fleisch und Blut in den Park zu gehen, weil sie es nun virtuell tun und dabei schlechtes Wetter und unschöne Begegnungen vermeiden konnten. Im Geist scheint jeden Tag die Sonne. Und dort gibt es auch keine Gangs, die einen ausrauben.

Ich folgte einem Weg durch die Bäume, der mehr aus Abfällen als aus Kies bestand. Die Blumenbeete auf beiden Seiten waren von Unkraut überwuchert, die Fischteiche waren ausgetrocknet und enthielten nur noch verkrusteten Schlamm und die Springbrunnen hatten schon vor langer Zeit aufgehört zu sprudeln. Eingestürzte Steinmauern waren mit Gang-Graffiti besprüht. Der Stadtpark war zu einem Asyl für die SIN-losen geworden, für Obdachlose, die sich in den Bäumen aus Metall- und Holzresten Hütten gebaut hatten. Das Licht von Lagerfeuern flackerte durch Ritzen in den Baumhütten und laute stampfende Musik hallte durch den Park, da verschiedene Ghettoblaster Revierkämpfe miteinander ausfochten. Über den Lärm jaulender Gitarren und hämmernder Bässe hinweg hörte ich raue Stimmen lachen und ab und zu einen dumpfen Schlag oder ein Klatschen, wenn Müll aus einer der Baumhütten geworfen wurde.

Der Boden war mit Abfällen übersät. Ein widerlicher Geruch nach verdorbenem Essen stieg mir in die Nase, als meine Füße Einwickelpapier aus Plastik aufwirbelten. Stechender Rauch von Herdfeuern senkte sich von oben herab und hin und wieder roch ich Haschisch oder süßlichen Crack-Rauch. Es gab auch angenehmere Gerüche, die an die ehemalige Pracht des Parks erinnerten. Ich kam an einem wild wuchernden Rosenstrauch vorbei, der wahrscheinlich nur seiner zähen Dornen wegen überlebt hatte, und sog den vollen samtigen Geruch ein.

Ich hörte ein leises Zischen und fuhr gerade noch rechtzeitig herum, um ein Gangmitglied an einem Seil heruntergleiten zu sehen, das von einer der Baumhütten herabhing. Eine behandschuhte Hand hielt das Seil, die andere eine Streetline Special. Die Kanone war winzig und verschwand fast gänzlich in der zierlichen Hand des Gangmitglieds. Es handelte sich um billige Massenware, die nicht sonderlich akkurat schoss. Aber auf diese Entfernung konnte das Gangmitglied mich gar nicht verfehlen.

Ich betrachtete das Mädchen von oben bis unten, als seine Füße den Boden berührten, und ignorierte das Rascheln der Blätter über mir, das mir verriet, dass sich weitere Gangmitglieder heranpirschten und mich einkreisten. Aus Polizeiberichten wusste ich, dass sie Schlingen aus Monofaser bevorzugten: moleküldünne beschwerte Drähte, die einem Opfer mit einem einzigen scharfen Ruck den Kopf abrissen. Ich kämpfte gegen den Drang an, das Kinn auf die Brust zu pressen – es würde mir ohnehin nichts nützen –, und konzentrierte mich auf das Gangmitglied vor mir. Das Mädchen würde der Anführer sein und entscheiden, ob die Gang mit mir palaverte – oder ob sie mich zerschnitten wie ein Stück Fleisch und sich später über die Teile stritten.

Das Mädchen war ein drahtiger Mensch mit Schlitzaugen und einem Schopf weißblonder Haare. Es hatte seine Augen durch Anime-Augen ersetzt, Cyberaugen, die Comicfiguren nachempfunden waren, welche vor der Jahrhundertwende populär gewesen waren. Sie waren weit aufgerissen und starr und verliehen dem Mädchen ein kindliches Aussehen, das nicht zu seinem maliziösen Lächeln passte. Wahrscheinlich war es über zwanzig, aber mit diesen Augen konnte ich nichts anderes als ein Mädchen in ihm sehen.

Die Anführerin trug ein schwarzes T-Shirt mit abgerissenen Ärmeln, um mit ihren tätowierten Armen zu prahlen, die als Ergebnis des ständigen Kletterns Muskeln wie Drahtseile aufwiesen. Ihre Hose war marineblau mit goldenen Streifen an den Seiten: eine Uniformhose, wahrscheinlich von irgendeinem Matrosen der UCAS-Marine gestohlen, der den fatalen Fehler begangen hatte, sich nach Einbruch der Dunkelheit in den Stadtpark zu verirren.

Ich stand nicht weit von dem Baum mit der Hütte entfernt, in der sie wahrscheinlich wohnte. Mit langsamen Bewegungen und ständigem Blickkontakt zur Anführerin öffnete ich meinen Reißverschluss und markierte den Baumstamm. Das war eine Herausforderung, die sogar ein Mensch verstehen konnte.

Die Anführerin ließ das Seil los, war mit ein, zwei schnellen Schritten bei mir und drückte mir den Pistolenlauf gegen die Brust.

Ich lächelte. »Damit kannst du mich nicht umbringen«, sagte ich zu ihr.

Das stimmte nur zum Teil. Wenn sie mir in den Kopf oder ins Rückgrat schoss, würde ich genauso sterben wie ein gewöhnlicher Mensch. Andernfalls brauchte ich nur in meine Wolfsgestalt zu wechseln, um beschädigtes Gewebe und Knochen zu regenerieren. Eine Kugel in die Brust würde höllisch wehtun und ich würde mich keuchend und blutend auf dem Boden wälzen. Aber sie würde mich nicht umbringen.

Sie sah, dass ich nicht bluffte. Sie senkte die Pistole und legte den Kopf auf die Seite. Ihre übergroßen Augen, die in ihrem Erwachsenengesicht bestürzend kindlich wirkten, starrten mich an.

»Was willst du?«

»Ich suche einen Troll mit einem Horn wie das von einem Einhorn«, sagte ich, während ich den Reißverschluss meiner Hose zuzog. »Er ist ein Weed wie du.« Natürlich riet ich nur. Der Troll hatte eine langärmelige Jacke getragen, als ich ihn in der Tiefgarage gesehen hatte.

»Warum?«

»Ich will das Ding erwischen, das seine Chummers umgelegt hat«, antwortete ich.

»Bist du vom Star?«, fragte sie in einem Tonfall, in dem eine unverhohlene Drohung knisterte.

Während ich mir meine Antwort überlegte, hörte ich es in den Ästen über mir rascheln und spürte, wie etwas Fadenartiges das Haarbüschel auf der Spitze meines linken Ohrs berührte. Ich verhielt mich völlig reglos, da ich wusste, wenn ich eine falsche Bewegung machte, würde sich die Monofaserschlinge einen Sekundenbruchteil später um meinen Hals legen. Meinen Kopf kann selbst ich *nicht* regenerieren.

»Ich bin Kopfgeldjäger«, sagte ich. »Lone Star zahlt erstklassig für das Aufspüren gefährlicher paranormaler Wesen wie jenes, das die beiden Weeds in der Tiefgarage in North End umgelegt hat.«

»Wovon redest du?«, schnaubte sie. »Stud und die anderen waren auf Droge. Das hat sie erledigt.«

Ich schüttelte den Kopf. »Es war ein Para. Ich hab's selbst gesehen.«

»Du warst da?«

»Ich kam zufällig vorbei. Ich hörte Schüsse und ging nachsehen.«

»Die meisten Leute hätten gemacht, dass sie wegkommen«, sagte sie.

»Ich bin nicht die meisten Leute.« Ich bedachte sie mit meinem wölfischsten Grinsen.

Sie dachte nach, dann sagte sie: »Warte hier.« Sie hob ihre behandschuhte Hand und gab mit raschen Bewegungen ihrer Finger lautlose Anweisungen in der Bandensprache.

Wir warteten im Irrenhaus des Stadtparks und lauschten den dröhnenden Ghettoblastern und dem Geschrei aus den Bäumen. Ein Polizeihubschrauber flog niedrig über den Park. Der Sog seines Propellers peitschte die Äste der Bäume, während der Finger eines Suchscheinwerfers auf die baufälligen Baumhütten zeigte. Ich hörte Pistolenschüsse und ein oder zwei Kugeln prallten jaulend von dem goldenen Stern ab, der auf den gepanzerten Bauch des Hubschraubers gemalt war. Ich unterdrückte ein Knurren. Die Penner im Park schossen auf ein Vehikel, das Lone Star gehörte. Doch jetzt war nicht der rechte Zeitpunkt, Aufhebens deswegen zu machen.

Der Hubschrauber flog weiter und der Rotorenlärm verlor sich in der Nacht.

Ein Ast ächzte, als er von einer schweren Last gebeugt wurde, dann glitt eine stämmige Gestalt an dem Seil herab, das auch die Anführerin benutzt hatte. Es war der Troll aus der Tiefgarage. Er baute sich vor mir auf, über zweihundert Kilo nackte Bedrohung. Inmitten seiner Stirn prangte ein spiralförmiges Horn und seine unteren Eckzähne ragten bis über seine Oberlippe. Eines seiner spitzen Ohren war abgerissen. Das andere war mit Ohrringen gespickt, die aus den Abreißringen von Getränkedosen gemacht waren. Der Troll sah aus wie Anfang dreißig, war aber vermutlich gerade mal zehn. Trolle werden nur ungefähr fünfzig Jahre alt und schnell erwachsen.

»Hallo, Stud«, redete ich ihn mit dem Namen an, den die Anführerin zuvor benutzt hatte.

Er starrte mich einen Augenblick an, dann wanderte sein Blick zur Anführerin. »Ich hab diesen Wichser in meinem ganzen Leben noch nie gesehen.«

»Doch, hast du«, sagte ich. »Pass auf.« Ich zog das Hemd aus, öffnete die Hose und ließ sie einfach auf meine Knöchel fallen. Während ich mich auf Hände und Knie sinken ließ, hörte ich die Anführerin sagen: »Er zeigt gern, was er hat, was?«

Dann verwandelte ich mich.

Ich spitzte die Ohren und hörte das scharfe Einatmen des Trolls, als er sah, wie ich mich in einen Wolf verwandelte.

»Du warst der Hund in der Tiefgarage«, flüsterte er.

Ich japste vergnügt und ließ die Zunge heraushängen. Dann verwandelte ich mich wieder zurück.

Die Anführerin betrachtete meine menschliche Gestalt anerkennend, als ich mich wieder anzog. Ich zwinkerte ihr zu, dann wandte ich mich wieder an den Troll.

»Die Lichtkugel, die den Kopf der Elfe berührt hat …«

»Meine Freundin«, knurrte der Troll. Seiner drohenden Miene konnte ich entnehmen, dass er mich sofort umlegen würde, falls ich erwähnte, dass er der Elfe aus Versehen eine Kugel in die Brust gejagt hatte.

»Das war ein paranormales Lebewesen«, fuhr ich fort. »Ein Irrlicht. Woher ist es gekommen?«

»Das ist Halo.«

»Wer ist Halo?«

»Nicht wer … was.« Sein Gesicht verzog sich zu einem verträumten Lächeln. »Die Droge ist echt Sahne«, antwortete er. »Laugt dich vollkommen aus – danach bist du tagelang so schwach wie 'ne neugeborene Katze. Gibt aber den besten Kick aller Zeiten. Wie 'ne wirklich gute Nummer. Du willst einfach noch mehr.«

»Wusstest du, dass es sich um ein Lebewesen handelt?«

Der Troll schüttelte seinen großen Kopf. »Erst als es Punk und Mick umgelegt hat. Da hat Alishia einen Blick im Astralraum darauf geworfen und fing an zu schreien. Als das Ding sich an sie ranmachte, wollte ich's umnieten. Sie ist nicht mal annähernd so cool wie die beiden und das Biest hätte sie mit Sicherheit geschafft.«

Die Anführerin warf dem Troll einen Blick zu. »Also ist Halo wirklich ein Para? Dieser Bursche hier erzählt keine Märchen?«

»Ich schätze, so ist es«, sagte der Troll.

Mein Verstand versuchte immer noch zu verarbeiten, was ich soeben erfahren hatte. Das tentakelbewehrte Monstrum, das in der Tiefgarage in North End drei Leute umgebracht hatte, wurde auf der Straße als Droge verkauft. Jemand hatte eine Möglichkeit gefunden, Irrlichter in einer städtischen Umgebung am Leben zu erhalten, und verkaufte ein ganz neues High: den tödlichen Kick der Ekstase, den ein Irrlicht benutzte, um sich seine Opfer zu unterwerfen, von deren Lebensenergie es sich nährte.

Es sah ganz so aus, als hätte das Drogendezernat doch Anspruch auf den Fall.

»Wo kann man das Halo kaufen?«, fragte ich.

Damit zog ich mir schiefe Blicke zu. Ich sah, dass der Troll mit sich rang, ob er es mir sagen sollte oder nicht. Einen Dealer zu verpfeifen ist eine hervorragende Methode, dafür zu sorgen, dass man umgelegt wird. Aber dieser Dealer war für den Tod der Freundin des Trolls verantwortlich …

»Man muss einen Schamanen oder Magier kennen, um Halo zu nehmen«, redete er darum herum.

»Warum das?«

»Weil man es nur mit Magie nehmen kann.«

»Ich will es gar nicht nehmen«, erinnerte ich ihn. »Ich will mir die Wichser vorknöpfen, die damit dealen. Ich will eines dieser Irrlichter schnappen.«

Der Troll hielt inne, aber seine Körpersprache verriet mir, dass er mir sagen würde, was ich wissen wollte. Er sehnte sich immer noch nach der Droge – das war klar. Aber diese Sehnsucht weckte auch eine Furcht in ihm, die ich ganz deutlich in seinen besorgt dreinschauenden Augen erkennen konnte.

»Versuch's mal auf dem Alten Friedhof«, sagte er. »Frag nach Wowkwis.«

Das war ein ungewöhnlicher Name. Dem Klang nach zu urteilen, ein Indianer vom Stamm der Mi'kmaq.

»Danke«, sagte ich.

Die Anführerin der Gang hatte das Interesse an mir verloren und kletterte wieder das Seil empor. Sie verschwand in der Baumhütte.

Ich sah Stud an. »Das wird die Rache für Alishia«, sagte ich zu ihm.

»Ja«, murmelte er, als er sich abwandte. »Sicher.« Mir war klar, dass er mir nicht glaubte. Er ging davon aus, dass das Irrlicht mich auch umlegen würde.

Ich zeigte allen Gangmitgliedern, die vielleicht noch über mir in den Ästen hockten, die Zähne und verließ den Park mit raschen, federnden Schritten.

5

Der Alte Friedhof befindet sich im ältesten Teil der Stadt. Früher mag es einen angemesseneren Namen dafür gegeben haben, aber das ist der Name, den heutzutage jeder benutzt. Einige der Gräber reichen bis ins späte 18. Jahrhundert zurück, also bis in die Zeit der Gründung von Halifax.

Ich ging die Spring Garden Road entlang, bis ich den Friedhof erreichte, der etwas höher liegt als die Straße. Der Friedhof ist eine rechteckige Anlage und von einem hohen schmiedeeisernen Zaun mit Zierspitzen umgeben. Der Haupteingang liegt auf der Barrington Street, aber das Tor dort ist eingerostet und immer geschlossen. Die Gräber sind so alt, dass niemand mehr kommt, um sie zu besuchen, und das Tor war seit einem Jahrhundert oder noch länger nicht mehr geöffnet worden.

Der Friedhof ist ein Teil der Stadt, der nachts immer verlassen ist. Er stand in dem Ruf, dass es dort spukte, aber erst nach dem Erwachen von 2011 und nach der Rückkehr der Magie erwiesen sich derartige Geschichten als wahr. Die Geister, die sich auf dem Friedhof manifestierten, setzten zwei Waffen gegen all jene ein, die sie an ihrer letzten Ruhestätte störten, indem sie sie zunächst mit ihrer eiskalten Berührung lähmten und ihnen dann auf magische Art Grauen einflößten. Mehr als eine frische Leiche infolge eines Herzanfalls hatte man bei Tagesanbruch auf dem alten Friedhof gefunden.

Ich kletterte über den schmiedeeisernen Zaun, wobei ich den Geistern dankte, dass ich nicht gegen Eisen allergisch war, dann sprang ich auf den Boden. Die großen Eichen auf dem Friedhof seufzten und rauschten über mir – ein stiller Kontrast zum Tohuwabohu im Stadtpark.

Ich ging durch einen grimmigen Wald aus schief stehenden Grabsteinen und größeren, kunstvoller gestalteten Grabmälern mit Cherubimen darauf. Es gab auch eine ganze Reihe einfacher Schiefertafeln, aber die Inschriften waren längst nicht mehr leserlich. Die obersten Schichten des Schiefers waren schon vor Jahrhunderten abgeplatzt.

Es schien nach Tod zu stinken, aber das war vermutlich nur meine Einbildung. Als ich einmal ausgiebig schnüffelte, roch ich lediglich den Saft der Bäume und gut gedüngte Erde.

Ich sah keine Spur von einem Drogendealer und kam langsam zu dem Schluss, dass Stud mich mit Absicht falsch informiert hatte. Ich konnte niemand anders auf dem Friedhof sehen und es schien auch keine von den Hinweisen zu geben, die Dealer zurücklassen, um die Käufer zu der Ware zu führen, die sie für sie hinterlassen haben.

Dann sah ich die frischen Blumen. Sie standen in einer gläsernen Vase, die aussah, als stamme sie aus dem letzten Jahrhundert, die aber sauber und mit frischem Wasser gefüllt war. Die Vase enthielt einen Strauß pinkfarbener Rosen und stand vor einem Grabstein aus Granit auf dem Boden. Die Blumen rochen frisch. Der in den grau gesprenkelten Grabstein gemeißelte Name war nicht mehr leserlich, aber ich konnte den letzten Teil des Sterbedatums entziffern. Wer immer hier ruhte, war in den 70er Jahren des 19. Jahrhunderts gestorben.

Ich hörte ein leises Klicken und sah auf. Ein paar Meter entfernt saß eine Frau vollkommen still auf einer Bank unter einer Eiche. Da der Wind in die falsche Richtung wehte, hatte ich sie nicht gewittert. Ihre Hände lagen in ihrem Schoß und hielten etwas und sie starrte den Gegenstand an. Ich änderte meine Stellung, sodass das Licht der Straßenlaternen hinter ihr ihre Umrisse zeichneten, und versuchte einen eingehenderen Blick auf sie zu werfen …

»Jane!«, rief ich laut.

Sie schaute auf. Ihrer verblüfften Miene konnte ich entnehmen, dass sie mich nicht wiedererkannte. Ich trat ins Licht.

»Wer sind Sie?«, fragte sie.

Einen Moment lang glaubte ich, es mit einer anderen Frau zu tun zu haben. Doch es war tatsächlich meine Jane Doe. Ich hätte diese Augen überall wiedererkannt.

»Ich bin es, Romulus«, sagte ich. »Erinnern Sie sich noch? Wir haben uns auf Georges Island getroffen. Sie sind mit mir in einem Hover zur Polizei gefahren.«

»Wir sind uns noch nie zuvor begegnet«, sagte sie mit einer Stimme so sicher wie der Tod.

»Doch, das sind wir«, versicherte ich ihr. »Sie können sich nur nicht mehr daran erinnern. Ihr Gedächtnis ist … beschädigt.«

Sie hob den Gegenstand, den sie in den Händen hielt. Silber glitzerte an ihrer Kehle, als sie die Kette umlegte und im Nacken schloss.

»Warum sind Sie hier, Jane?«, fragte ich.

»Ich bin hergekommen, um jemanden zu treffen …« Ihre Stimme verlor sich.

Meine Nackenhaare sträubten sich. War Jane hergekommen, um sich mit einem Halo-Dealer zu treffen? Hatte ein Irrlicht ihr Gedächtnis durcheinander gebracht? Aber das ergab keinen Sinn. Der Troll schien auch nach dem Gebrauch von Halo alle seine geistigen Fähigkeiten behalten zu haben. Und Jane hatte nicht den sehnsuchtsvollen, verängstigten Blick, den ich in den Augen des Trolls gesehen hatte.

»Ich habe Ihnen heute Morgen die Adresse des Barrington-Asyls gegeben«, sagte ich zu ihr. »Sind Sie dort gewesen?«

»Ich weiß nicht. Ich bin aufgewacht und … in der Stadt herumgelaufen. Ich bin hierher gekommen, um meine Tochter zu besuchen.«

Ich sah mich auf dem Friedhof um. »Hier? Mitten in der Nacht?«

Sie zeigte auf das Grab mit den frischen Blumen. »Matilda liegt gleich dort drüben begraben.«

Die Vorstellung, Jane könnte die Mutter von jemand sein, der vor fast zwei Jahrhunderten gestorben war, ließ mich schaudern. Dann schüttelte ich den Gedanken ab. Es war unmöglich. Jane litt unter Amnesie und dem Anfall auf dem Revier nach zu urteilen auch noch an Persönlichkeitsspaltung. Nur die Geister wussten, welche Geisteskrankheiten sie noch hatte. Offensichtlich litt sie unter Wahnvorstellungen, wenn sie glaubte, dass die vermoderten Knochen in dem nahe gelegenen Grab diejenigen ihrer Tochter waren.

So musste es sein, oder?

Jane löste die Kette und hielt sie mir hin. »Öffnen Sie das Medaillon«, sagte sie. »Darin ist ein Bild von ihr.«

Ich hatte nicht vor, etwas anzufassen, das aus Silber war. »Öffnen Sie es für mich«, sagte ich.

Sie runzelte die Stirn, tat es aber.

»Halten Sie es so, dass ich es sehen kann.«

Sie nahm die Kette ab und hielt mir das geöffnete Medaillon hin.

Ich beugte mich vor. In dem Medaillon befand sich ein winziges zweidimensionales Bild auf einer flachen Metallscheibe, das in Braun und Weiß gehalten war. Es zeigte eine menschliche Frau mittleren Alters. Das Porträt war verblasst, das Bild geisterhaft, aber das Gesicht war noch einigermaßen zu erkennen. Die Haare der Frau waren lang und zu einem Pferdeschwanz zurückgebunden. Sie trug ein knöchellanges Kleid mit einem weißen Spitzenkragen, das den größten Teil ihrer schwarzen Stiefel verdeckte.

Ich schwieg betreten. Sollte ich Jane in ihrer Wahnvorstellung bestärken oder ihr widersprechen? Die Frau auf dem Foto hatte in der Tat eine gewisse Ähnlichkeit mit Jane, war aber im gleichen Alter wie sie selbst. Jane hatte das Medaillon vielleicht in einer Pfandleihe gesehen, die Ähnlichkeit auf dem Bild bemerkt und es aus diesem Grund gekauft.

»Nettes Foto«, murmelte ich in neutralem Tonfall. »Es sieht ziemlich alt aus.«

Jane ließ das Medaillon zuschnappen und fuhr dann mit dem Finger über das angelaufene Metall – eine Geste, die keinen Zweifel daran ließ, dass dies ihr wertvollster Besitz war. Sie legte sich die Kette wieder um den Hals.

Ich sah mich auf dem Friedhof um. Immer noch keine Spur von einem Dealer. Draußen auf den Gehsteigen vor dem Friedhof trieben sich alle möglichen zwielichtigen Typen herum, aber keiner von ihnen machte Anstalten, sich auf den Friedhof zu wagen.

Jane machte mir langsam zu schaffen. Sie lief nicht nur in einer rauen Hafenstadt herum, ohne zu wissen, wer sie war, sondern sie vertraute auch völlig fremden Leuten – was ich offenbar wieder für sie war. Wäre ich ein Dieb gewesen, hätte ich ihr die Kette mühelos abnehmen können. Trotz ihres sentimentalen Werts für Jane hatte sie mir die Kette praktisch gegeben.

Janes Verletzlichkeit rührte mich. Sie war eine erwachsene Frau und doch … ein Kind. Als sie gähnte, wurde offensichtlich, dass sie kaum noch die Augen offenhalten konnte. Wenn ich sie hier ließ, rollte sie sich wahrscheinlich auf der Bank zusammen und schlief ein. Ich wollte sie nicht einem böswilligen Geist als Beute überlassen.

»Sie sehen müde aus«, sagte ich zu ihr. »Kommen Sie. Ich habe einen Platz, wo Sie sich ausruhen können.«

Einen Augenblick lang musterte sie mich aus zu Schlitzen verengten Augen. Sie versuchte mich einzuschätzen und wog mein Angebot ab.

»Sie werden ungestört sein«, versicherte ich ihr. »Normalerweise schlafe ich tagsüber. Sie können auf der Couch schlafen. Mein Bett würde Ihnen ohnehin nicht gefallen.«

Sie stand auf. »In Ordnung.«

Wir kletterten über den Zaun und folgten der leicht ansteigenden Straße zur Robie Street. Jane war erschöpft, aber sie hielt auf unserem zwanzigminütigen Marsch Schritt. Schließlich erreichten wir ein Haus, das im letzten Jahrhundert gebaut worden war, ein schmales, zweistöckiges Gebäude mit einem spitzen Giebeldach. Ich führte Jane um das Haus herum und öffnete das Tor zum Hinterhof. Gem und ich machen uns nie die Mühe, es abzuschließen, weil hinter dem Tor genug ist, um Diebe abzuschrecken: vierzig Kilo knurrende Bedrohung, darauf abgerichtet, einen Eindringling in drei Sekunden auszuschalten.

Kaum hatte ich den Hinterhof betreten, als Haley mich witterte. Sie kam über den Hof auf mich zu gelaufen, langgestreckt und stark. Als sie mich erreichte, bremste sie ab, Brust tief und Hinterläufe hoch, und jaulte einmal, durchdringend und verspielt. Trotz der Begrüßung erinnerte sie sich noch an ihre Aufgabe. Sie behielt die ganze Zeit Jane im Auge und achtete auf Drohgebärden. Aber ich wusste, dass es keine Probleme geben würde. Ich hatte Jane unterwegs vor Haley gewarnt und ich hatte keine Furcht an ihr gerochen, als Haley auf uns zugelaufen war. Ihre Körpersprache war perfekt: entspannt, selbstsicher, nicht drohend. Sie würde prima zurechtkommen.

Haley ist eine wunderschöne Hündin, ein reinrassiger deutscher Schäferhund ohne die Hüftprobleme, von denen diese Rasse manchmal geplagt ist. Gem findet, dass sie ›zu weich‹ für die Polizeiarbeit ist. Aber sie hat bereits mehrere Würfe erstklassiger Welpen produziert, von denen sich viele in Lone Stars Streifendezernat hervorgetan haben.

Ich bückte mich, ließ mir von Haley das Gesicht ablecken und gab ihr einen Kuss als Erwiderung. Man kann unsere Beziehung nicht Liebe nennen – jedenfalls nicht in dem Sinn, wie Menschen den Begriff verwenden. Ich war selbst als Vater für ein paar von Haleys Würfen verantwortlich und es machte Spaß, sich mit ihr auszutoben. Aber obwohl sie ein kluger Hund war, wurde das Zusammensein mit ihr nach einer gewissen Zeit doch langweilig. Man konnte nicht unendlich lange spielen und herumtoben. Ich brauchte die intellektuellen Anregungen, die man nur von Menschen und Metamenschen bekam. Trotzdem hoffte ich, dass Haley nicht eifersüchtig auf Jane sein würde.

Drek. Woher kam jetzt dieser Gedanke? Ich musste mich mehr zu der menschlichen Frau hingezogen fühlen, als ich mir eingestehen wollte.

Ich schloss das Tor und ging zur Garage voran. Dort wohne ich. Nach menschlichen Maßstäben ist es nicht viel. Als ich das Licht einschaltete, sah ich die Garage zum ersten Mal so, wie sie auf einen Menschen wirken musste: unmöbliert und spartanisch, ein Platz, wo ein Tier schlafen würde. Die einzigen Möbelstücke waren eine alte Couch, auf der ich mich manchmal hinlegte, ein Holztisch, ein einzelner Stuhl für jene seltenen Gelegenheiten, wenn ich Menschennahrung zu mir nehme, ein kleiner Heizofen und ein Stapel Decken, der mein Bett ist. Es gab auch nicht viel Dekor – nur ein paar Holobilder, die ich mit Reißzwecken an den Wänden befestigt hatte, Landschaften, die mich an den Wald erinnerten, in dem ich geboren worden war.

Zu Hause in meiner Privatsphäre nehme ich gewöhnlich meine Wolfsgestalt an. Sie ist angenehmer.

Aber um mich mit Jane zu unterhalten, musste ich in menschlicher Gestalt bleiben. Ich wischte den Stuhl ab, sodass sie sich setzen konnte. »Möchten Sie etwas essen?«, fragte ich. »Ich habe nicht viel, weil ich meistens auswärts esse. Aber ich könnte Ihnen etwas machen.«

Ich öffnete einen Schrank, schob die Dosen mit Hundefutter beiseite und suchte dann etwas, das ein Mensch gern essen würde. Ich hatte kein Glück.

»Ich bin nicht hungrig«, sagte Jane. »Ich glaube, ich will nur schlafen.«

Sie machte es sich auf der Couch bequem und legte sich eines der Polster als Kissen zurecht. Ich nahm eine Decke, um sie damit zuzudecken, sah dann aber, dass sie voller Hundehaare war. Außerdem ging mir auf, dass sie mit meiner Ausdünstung imprägniert war. Sie roch ganz offen gesagt stark nach nassem Hund.

»Augenblick«, sagte ich verlegen. »Ich hole Ihnen eine Decke aus dem Haus.«

Im Haus brannte Licht. Gem war noch auf. Ich klopfte und nach kurzer Zeit öffnete sie die Tür. Ich fragte sie, ob sie mir eine saubere Decke borgen könne. »Nur für die Nacht«, erklärte ich ihr. »Ich habe einen Gast.«

»Ach, tatsächlich?« Gem hob eine Augenbraue. »Könnte das die gutaussehende Frau sein, die du mit nach Hause gebracht hast? Bist du sicher, dass sie dein Typ ist?«

Eines der Dinge, die ich an der menschlichen Gestalt hasse, ist die Tatsache, dass man errötet. Ich hatte gehofft, dass Gem bei unserer Ankunft nicht aus dem Fenster gesehen hatte, aber ich hätte es besser wissen müssen. Ihre Sinne sind genauso ausgeprägt wie Haleys.

Gem ist ein Ork und ihre Nachtsicht ist ausgezeichnet. Sie ist klein für ihre Rasse und hat einen Schopf widerspenstiger Locken und breite Hüften, die sie, wie sie sagt, zu einem perfekten ›Zuchtweibchen‹ machen würden. Aber soweit ich weiß, hat sie noch nie eigene Kinder bekommen. Stattdessen widmet sie ihre gesamte Zeit den Hunden – ihren ›Kindern‹.

Sie konnte mein Unbehagen spüren. Sofort veränderte sich ihre Körpersprache. »Sicher, Romulus«, sagte sie mit sanfter Stimme. »Ich hole dir eine Decke.«

Ich wartete auf der rückwärtigen Veranda. In all den Jahren, seit ich Gem kannte, hatte ich noch nie ihr Haus betreten. Jedenfalls nicht richtig. Da war dieses eine Mal, aber ich fühlte mich unbehaglich deswegen. Die Hunde durften nicht ins Haus und ich hatte das Gefühl, einen Präzedenzfall zu schaffen, wenn ich es betrat, auch wenn ich dies in menschlicher Gestalt tat. Nachdem ich ein paar Minuten lang in der Küche saß, hatte ich mich entschuldigt und war in die Garage zurückgekehrt. Seit diesem Tag setzten Gem und ich uns auf die hintere Veranda, wenn wir uns unterhalten wollten.

Meine Hochachtung vor Gem beruht nicht zuletzt darauf, dass sie ein erfahrener Hundeabrichter ist. Sie hat eine Stimme, die Aufmerksamkeit gebietet wie ein Peitschenknall, aber wenn es angebracht ist, kann sie in einem Tonfall Lob austeilen, der so angenehm ist wie Bauchkraulen. Sie richtet seit mindestens zehn Jahren Hunde für Lone Star ab – länger, als ich in Halifax lebte. Ich hatte gehört, sie habe eine Weile an einigen Experimenten Lone Stars zur Abrichtung von Höllenhunden zu Wachhunden teilgenommen. Aber nachdem ich die Verbrennungen an ihren Armen gesehen hatte, wollte ich ihr hinsichtlich dieser Erfahrung keine Fragen stellen.

Als Gegenleistung dafür, dass ich Gem bei der Abrichtung der Hunde half, wohnte ich mietfrei in ihrer Garage. Ich zeigte den jungen Hunden, was von ihnen verlangt wurde, und sie reagierten sehr gut auf das gelegentliche Bellen oder Knurren eines ›Hundes‹, der so viel größer und stärker war als sie selbst. Doch als ich auf der Veranda stand und wartete, dass Gem die Decke holte, kam ich mir selbst wie ein dummer Welpe vor.

Als sie zurückkehrte, dankte ich ihr mit einem raschen Nicken und lief mit der Decke zur Garage zurück. Jane hatte sich die Decke mit den Hundehaaren bis unter das Kinn gezogen und schlief längst.

Ich zog die Decke behutsam weg. Jane rührte sich kaum, als ich sie durch die saubere Decke ersetzte. Ich meinte, sie etwas im Schlaf murmeln zu hören: einen Männernamen. Ich empfand so etwas wie einen Anflug von Eifersucht, dann verdrängte ich dieses Gefühl. Ich kauerte mich neben Jane und kuschelte meine Wange an ihre Hand. Sie sah wunderschön aus, wenn sie schlief. Entspannt, friedlich, mit sich selbst im Reinen.

Die Berührung meiner Wange reichte aus, um sie zu wecken. Sie riss die Augen auf und der Blick ihrer goldgesprenkelten Augen bohrte sich verstört in meine.

»Bitte!«, flüsterte sie inbrünstig. »Lassen Sie nicht zu, dass sie mich schnappen …«

Sie blinzelte. Dann sah sie sich in der Garage um und schien zu erkennen, wo sie sich befand. Was auch immer für ihren ängstlichen Ausbruch verantwortlich sein mochte, allmählich verblasste es und ihre Züge entspannten sich wieder.

»Keine Sorge«, sagte ich. »Hier sind Sie in Sicherheit.«

Sie nickte, rollte sich zusammen und schloss die Augen. Nach ein, zwei Minuten atmete sie langsam und tief.

Ich betrachtete Jane nachdenklich. Woher kam dieser Drang, sie zu beschützen? War das die erste Regung der Liebe, wie Menschen sie füreinander empfanden? Dafür schien es mir noch zu früh zu sein. Ich kannte Jane erst einen Tag und wusste nicht einmal, wie sie in Wirklichkeit hieß.

Dann lachte ich über mich selbst. Was spielten Namen für eine Rolle? Ich war nicht mit einem Namen geboren worden. Romulus war nur ein Name, den meine ersten Pflegeltern mir gegeben hatten. Ich hatte immer noch keinen ›richtigen‹ Nachnamen. Und was bedeutete Identität überhaupt für jemanden wie mich, der jeden Tag zwischen den Welten von Mensch und Tier hin und her wechselte?

Meine Neugier in Bezug auf Jane wuchs. Ich kannte das alte Sprichwort: Die Neugier ist der Katze Tod. Und Katzen sind dumme Tiere, wenn man es recht bedenkt. So dumm, dass sie immer die Nase in die Hinterhöfe anderer Leute stecken und zum Dank für ihre Mühe einen Baum hinauf gejagt werden.

Meine Neugier würde mich nicht in Schwierigkeiten bringen. Ich wollte lediglich mehr über Jane wissen. Aber wo sollte ich mit der Suche nach dem ersten Puzzleteil beginnen?

Ich hatte keine Ahnung. Es sei denn …

Nein, das war lächerlich. Es konnte nicht stimmen.

Aber es gab nur eine Möglichkeit, es herauszufinden.

6

Ich benötigte fast den ganzen Morgen, um die Information zu finden, die ich suchte. Ich war noch nie zuvor im Archiv gewesen und es dauerte eine Weile, bis ich hatte, was ich wollte. Zwischenzeitlich verließ ich das Archiv und startete dem Alten Friedhof einen

Besuch ab, um die genaue Lage des Grabes abzumessen.

Aber meine Mühe zahlte sich aus. In dem Grab, auf das Jane in der letzten Nacht frische Blumen gestellt hatte, lag tatsächlich eine Matilda. Matilda O'Reiley, geboren 1798 und gestorben im Jahre 1875 im Alter von siebenundsiebzig Jahren. Im Archiv war sogar die Grabinschrift vermerkt, ein Vers des englischen Dichters Byron:

I took that hand which lay so still,
Alas! My own was full as chill …
I know not why
I could not die.

Eine merkwürdige Wahl für eine Grabinschrift, doch eine, die sich vernünftigerweise als Hinweis auf den beinahe selbstmörderischen Kummer einer Mutter über den Verlust ihrer geliebten Tochter erklären ließ. Außerdem konnte man sie als Indiz dafür ansehen, dass Jane tatsächlich über zweihundert Jahre alt war.

Niemand lebte so lange. Außer vielleicht Elfen. Angeblich wurde ihre Lebenserwartung in Jahrhunderten gemessen. Doch die ersten Elfen waren im Jahre 2011 aufgetaucht, als die Magie in die Welt zurückgekehrt war. Die ältesten Elfen waren mittlerweile gerade mal fünfzig – obwohl manche von ihnen so aussahen, als seien sie erst Anfang zwanzig, was ein Grund für die Gerüchte über ihre Langlebigkeit war.

Jane war keine Elfe. Sie hatte keine spitzen Ohren, zumindest glaubte ich das. Jetzt, da ich darüber nachdachte, musste ich mir eingestehen, dass ihre Haare die Ohrspitzen verbargen. Aber selbst wenn sie eine Elfe war, musste sie *nach* 2011 geboren sein.

Was ich im Archiv zutage förderte, hatte mich überrascht. Aber ich weigerte mich immer noch, es zu glauben. Jane konnte sich dieselbe Mühe gemacht haben wie ich, konnte die alten Bestattungsdokumente eingesehen und eine der Leichen auf dem Friedhof ›adoptiert‹ haben. Dennoch wollte ihr ein Teil von mir glauben. Jane wirkte so aufrichtig, so *sicher*. Aber waren das nicht die Merkmale des wahrhaft Verrückten?

Und dann war da noch das Wort, das sie im Scan-Labor benutzt hatte: Sphygmomanometer. Es hatte eine Weile gedauert, bis ich hinter die Schreibweise gekommen war, aber dann hatte der Archivar mit einer interessanten Einzelheit aufwarten können. ›Sphygmomanometer‹ war ein altmodisches Wort, die ursprüngliche Bezeichnung eines medizinischen Geräts, das im 19. Jahrhundert erfunden worden war: der Blutdruckmesser. Wo hatte Jane dieses Wort ausgegraben?

Mit diesen Gedanken beschäftigte ich mich, als ich durch die Gasse ging, in der Gems Haus lag. Und ich war schläfrig. Normalerweise blieb ich nicht bis zum Mittag auf, doch als ich sah, dass das Tor zum Hinterhof offenstand, spannte sich alles in mir und ich war sofort hellwach.

Irgendetwas stimmte nicht. Das Tor hätte geschlossen sein müssen. Gem war heute außer Haus, um einzukaufen, aber wir legten beide großen Wert darauf, dass das Tor geschlossen war, und Haley konnte es nicht öffnen. Gewöhnliche Passanten, die noch bei Verstand waren, würden das Schild am Zaun mit der in Rot gehaltenen Aufschrift *Achtung, bissiger Hund!* nicht ignorieren – und selbst wenn, würde Haleys Bellen sie rasch verscheuchen.

Plötzlich ging mir auf, dass im Hinterhof alles ruhig war.

Ich ging in die Hocke und schnüffelte. Ein merkwürdiger Geruch lag in der Luft, bei dem meine Augen zu jucken begannen. Wie nach Medizin, nur stärker. Ich steckte nur die Nasenspitze durch das Tor. Im Hinterhof war der Geruch stärker. Dann schaute ich vorsichtig in den Hof.

Ich hätte beinahe laut aufgeschrien, als ich Haley ausgestreckt auf dem Boden liegen sah. Einen Herzschlag lang glaubte ich, sie sei tot. Immer noch geduckt, schlich ich mich auf unbeholfenen Menschenbeinen zu ihr und legte ihr die Hand auf die Brust. Sie war warm und atmete noch. Der seltsame Geruch nach Medizin stammte von ihr: sie atmete ihn aus.

Haleys Augenlider zuckten. Sie stieß ein leises Winseln aus. Ich streichelte ihre Wange, als sich ihre Augen öffneten, und murmelte ihr zu, still liegen zu bleiben. Sie sah verwirrt, aber auch unverletzt aus. Der Umstand, dass sie die Wirkung der Droge bereits abschüttelte, erleichterte mich sehr.

Ich warf einen Blick auf das Haus: alles sah ganz normal aus. Dann auf die Garage. Meine Nackenhaare sträubten sich, als ich sah, dass die Tür geöffnet war. Mit meinen schwachen Menschenaugen konnte ich nicht erkennen, ob sich jemand darin aufhielt, also verwandelte ich mich, wobei ich erst im letzten Moment daran dachte, meine Kleidung abzustreifen.

Die Garage war leer. Keine Spur von Jane. Die Möbel waren unberührt und es waren keine Spuren von Gewaltanwendung zu sehen. Hätte Haley nicht betäubt im Hof gelegen, wäre ich vielleicht zu dem Schluss gekommen, dass Jane aufgewacht und einfach weggegangen war. Ich wäre davon ausgegangen, sie habe sich nicht erinnert, wo sie war, und in diesem Fall hätte es keinen zwingenden Grund zum Bleiben für sie gegeben.

Nein, jemand hatte Jane mitgenommen. Sein Geruch hielt sich in der Garage wie eine schlechte Witterung: eine Mischung aus süßlich-feuchter Wollfabrik und einem moschushaltigen Rasierwasser. Er hatte sogar meine Toilette markiert. Rasch überdeckte ich seinen Gestank mit meiner eigenen Marke.

Das schlimmste daran war, dass ich keine Ahnung hatte, ob er ein Freund oder ein Feind von Jane war. Und sie würde es auch nicht wissen. Selbst wenn er für Jane ein völlig Fremder war, würde sie bereitwillig mitgegangen sein.

Ich knurrte bei dem Gedanken. Dann machte ich mich an die Arbeit.

Janes Witterung war leicht auszumachen. Wir hatten zwar noch nicht viel Zeit miteinander verbracht, aber ich kannte sie gut. Sie hatte gewisse angenehme Eigenschaften, die dafür sorgten, dass sie in meinem Gedächtnis frisch blieb.

Während ich über den Hof lief, bellte ich Haley zu. Sie war bereits auf den Beinen, unsicher zwar, aber sie schaute sich bereits um. Ich blieb kurz für ein beruhigendes Aneinanderreiben der Schnauzen stehen, dann verließ ich den Hof und stieß das Tor mit der Schulter zu.

Ich folgte der Witterung durch die Gasse und in die Robie Street. Während ich am helllichten Tage über die geschäftige Straße lief, hörte ich mehr als eine Person ängstlich aufschreien. Soweit es die Einwohner von Halifax betraf, war ein großer und potentiell gefährlicher Wolf – ein *wildes Tier* – unterwegs. Mütter rissen ihre Kinder aus dem Weg und Fußgänger sprangen auseinander, wenn sie mich kommen sahen, sodass der Gehsteig vor mir immer frei war. Ein Motorradfahrer stürzte sogar, als er mitten auf der Kreuzung, die ich gerade überquerte, die Kontrolle über seine Maschine verlor.

Ein paar Minuten nachdem ich Janes Fährte aufgenommen hatte, hörte ich Sirenen. Im Laufen warf ich den Kopf in den Nacken und heulte. *Mein Rudel!*

dachte ich. *Lauft mit mir. Zusammen werden wir Jane finden.* Ihre Witterung wurde stärker, frischer. Ich hatte sie beinahe erreicht.

Doch dann erkannte ich meinen Irrtum. Der einzige Grund, weshalb ein Streifenwagen in meine Richtung fuhr, war der, dass jemand gemeldet hatte, ein wildes Tier laufe frei herum. Ich hatte keine Zeit, den Streifenbeamten zu erklären, wer ich war. Auch wenn sie mir glaubten, dass ich ein irregulärer Mitarbeiter Lone Stars war, verhafteten sie mich möglicherweise trotzdem, weil ich in meiner Tiergestalt in der Stadt herumgelaufen war. Nein, ich musste sie abhängen.

Ein Ford Americar mit goldenen Sternen auf den Türen bog einen Block entfernt mit quietschenden Reifen um die Ecke, aber ich glaubte nicht, dass die Polizeibeamten mich bereits entdeckt hatten. Ich duckte mich tief hinter zwei geparkten Wagen und schlich mich dann in ein Geschäft. Ich war schnell und verstohlen. Niemand in dem Geschäft sah mich. Die lärmende Musik im Laden übertönte das Sirenengeheul und niemand schaute in die Richtung der Tür, als ich unter einen Ausstellungsständer kroch. Doch einen Augenblick später wurde mir klar, dass die Polizeibeamten mich *doch* gesehen hatten. Die Sirene kam näher und gleich darauf hielt der Streifenwagen mit quietschenden Reifen vor dem Geschäft an.

Ich dankte den Geistern für mein Glück, denn ich hatte mich in einem Bekleidungsgeschäft versteckt. Ich nahm wieder Menschengestalt an und riss eine Jeans von dem Kleiderständer, unter dem ich mich verbarg. Glücklicherweise war sie zu groß und nicht zu klein. Ich zog ein extra weites T-Shirt zu mir herunter und streifte es über. Dann erhob ich mich, die Hände in den Taschen, damit die Jeans nicht rutschte.

Wagentüren flogen auf und ein Polizeibeamter sprang aus dem Streifenwagen. Der andere würde jeden Augenblick folgen, nachdem er der Zentrale Meldung erstattet hatte.

Ich schlenderte zur Tür, während der erste Uniformierte hereinstürmte. Mit gezogener Pistole befahl er allen Anwesenden, den Laden *umgehend* zu verlassen. Ich hatte kein Problem damit, seiner Anordnung Folge zu leisten. Ich schlenderte den Gehsteig in der Hoffnung entlang, dass niemand meine nackten Füße bemerken würde – und auch nicht die Tinte, die sich über die Jeans ergoss, nachdem ich die Diebstahlsicherung abgerissen hatte. Die orangefarbene Leuchttinte an meinem Knöchel fühlte sich wie frisches Blut an und tropfte auf den Gehsteig.

Ich sah einen Eisenwarenladen und ging hinein. Ich stahl eine Rolle dicken Bindfaden, indem ich sie einfach in die Tasche steckte. Ich fühlte mich schuldig deswegen, als ich den Laden verließ, aber ich dachte mir, dass ich das Gesetz nicht *wirklich* brach. Ich requirierte lediglich Hilfsmittel in Ausübung meiner Pflichten. Jane war entführt worden und ich war der Untersuchungsbeamte am Tatort.

Nachdem ich mir das gesagt hatte, fühlte ich mich schon besser. Ich zog den Bindfaden durch die Gürtelschlaufen der Jeans und knotete die Enden vor dem Bauch zusammen. Die Jeans blieb jetzt an Ort und Stelle. Dann sah ich mich um.

Die Uniformierten stiegen wieder in ihren Streifenwagen. Ich konnte mir vorstellen, wie verwirrt sie unter dem getönten Visier ihrer Helme aussehen mussten. Ein Wolf war verschwunden, hatte sich augenscheinlich in Luft aufgelöst. Ich war froh, dass die Beamten nicht der Magischen Einsatzgruppe angehörten. In diesem Fall hätten sie sofort erkannt, dass sie es mit einem Gestaltwandler zu tun hatten, und meine wahre Gestalt mit astraler Wahrnehmung entdeckt.

Ich wagte es nicht, wieder Wolfsgestalt anzunehmen. Stattdessen schlenderte ich so beiläufig wie möglich zum Ende des Blocks, wo ich Janes Witterung verloren hatte, und wartete dort, bis die Cops losfuhren und der Gehsteig halbwegs leer war. Dann bückte ich mich, als sei mir etwas unter einen parkenden Wagen gefallen und als suche ich danach. Ich presste die Nase auf den Gehsteig, schloss die Augen und sog den Geruch des Betons ein.

Drek, aber mit der menschlichen Nase ist es schwer, eine Witterung aufzunehmen. Mein Geruchssinn war viel besser als der eines gewöhnlichen Menschen, aber im Vergleich zu meinen Wolfssinnen war es so, als versuche ich etwas durch eine verschnupfte Nase zu riechen. Ich konnte Janes Witterung nur ganz schwach wahrnehmen.

Es reichte. Ich wusste, dass sie zumindest so weit gekommen war.

Ich wiederholte das Theater am Ende jedes Blocks, wobei ich manchmal umkehren und es in einer anderen Richtung versuchen musste, bevor ich die Witterung wieder aufnehmen konnte. Es dauerte lange. Ich musste warten, bis alle Passanten an mir vorbei waren, die mich bereits an anderer Stelle unter einem Wagen gesehen hatten, bevor ich fortfahren konnte. Aber die Fährte wurde immer frischer. Schließlich war sie so stark, dass ich *wusste,* ich würde Jane in diesem oder im nächsten Block finden.

Die Witterung des Mannes, der Jane mitgenommen hatte, wurde ebenfalls stärker. Ich musste vorsichtig sein.

Ich stand auf der Terminal Road vor dem Via-Rail-Bahnhof, einem gewaltigen rechteckigen Gebäude, dessen antike Mauern noch aus einem Jahrhundert stammten, welches weit von den hochmodernen Magnetbahnen entfernt war, die jetzt von dort abfuhren. Via Rail war im letzten Jahrhundert ein so genannter

›Kronkonzern‹ gewesen, als das Land noch Kanada hieß. Sein Ruhm hatte darin bestanden, dass er die beiden Küsten des Landes miteinander verbunden hatte. Man konnte in Halifax in einen Zug steigen und fünf Tage später in Vancouver an der pazifischen Küste eintreffen.

Die Züge fahren nicht mehr nach Vancouver, seitdem die Stadt vom Salish-Shidhe-Council geschluckt wurde. Sie fahren auch nicht mehr in das ehemalige Zentralkanada, das jetzt Algonkian-Manitou-Council heißt, und auch nicht nach Québec, das 2022 seine Unabhängigkeit erklärte. Dieser Tage fahren die Züge nach Süden in Richtung Buffalo und Detroit mit Anschluss nach Winnipeg im Westen. Und Via Rail gehört zur Symington Corporation, die wiederum Saeder-Krupp gehört, einem deutschen Megakonzern.

Ich fragte mich, wohin der Mann Jane wohl brachte. Und ob ich vielleicht zu spät kam, um ihn noch aufzuhalten.

Ich betrat das Gebäude, alle Sinne aufs äußerste gespannt. Der weitläufige Via-Rail-Bahnhof hallte vom Lärm sich unterhaltender Leute und Lautsprecherdurchsagen hinsichtlich ankommender und abfahrender Züge wider. Eine Flut verschiedenster Witterungen stürzte auf mich ein: Menschen, Metas, Fast Food und – stechend und verbrannt – gerösteter Kaffee. In diesem Gebäude konnte ich Janes Witterung unmöglich wiederfinden – jedenfalls nicht in menschlicher Gestalt. Ich musste mich auf meine Augen verlassen.

Als ich mir einen Weg durch die Menge bahnte, hörte ich vor mir Musik spielen. Ich dachte zuerst, es sei nur jemand mit einem Ghettoblaster, aber dann sah ich den Music Man. Trotz der Dringlichkeit meiner Sache verlor ich mich ein paar Augenblicke in seiner Musik.

›Music Man‹, so wurde er in North End genannt, wo

er wohnte. Niemand kannte seinen Namen. Er war stumm – entweder das oder er zog es vor, niemals zu sprechen. Stattdessen sprach er durch seine Musik. Er war ein Mensch, dunkelhäutig, fünfzig oder etwas älter und klein für seine Rasse. Sein Schädel mit den dünner werdenden grauen Haaren reichte mir nur bis zur Brust. Er hatte jeden Nuyen, den er im Laufe der Jahre zusammenkratzen konnte, für eine ganz bestimmte Art kybernetischer Implantate ausgegeben. Unter seiner Haut waren eine ganze Reihe von Sensoren, Synthesizern und Lautsprechern verborgen, mit denen er seine Musik produzierte. Wenn seine Hände über seine Haut strichen, produzierten die subdermalen Lautsprecher eine unglaubliche Vielfalt synthetisierter Klänge, von einer stampfenden akustischen Gitarre bis hin zu einer hohen klaren Flöte. Vom klagenden Schrei eines Wals bis hin zu Glockengeläut.

Music Man hatte wohl einen steilen Aufstieg hinter sich, wenn er jetzt als Straßenmusikant im Bahnhof arbeitete. Via Rail berechnete den Straßenmusikanten exorbitante Standgebühren. Music Man musste dieser Tage einen Haufen Nuyen verdienen.

Ich nickte ihm im Vorbeigehen kurz zu. Er antwortete, indem er mit dem Finger ein Oval auf die Innenseite seines Arms zeichnete und damit ein Jaulen erzeugte, das an eine Sirene erinnerte. Das Blinzeln, mit dem er mich anschließend bedachte, äußerte sich als Beckenschlag.

Ich marschierte zügig durch den Bahnhof, wobei ich nach Jane Ausschau hielt und versuchte, keine Aufmerksamkeit auf mich zu lenken, da meine Blicke hin und her irrten. Ich suchte sie in den Schlangen vor den Fahrkartenautomaten, in Wartesälen, in Telekomzellen, an Fast-Food-Ständen und auch auf den Magnetzug-Bahnsteigen. Letztere waren ein Gewirr aus Lärm und Bewegung und wimmelten von Fahrgästen. Die

Hochgeschwindigkeitszüge fuhren auf einem Luftkissen in den Bahnhof ein und wieder ab, sodass die überdachten Bahnsteige von einem unheimlichen Pfeifen erfüllt waren, das für die Ohren normaler Menschen zu hoch war, um es hören zu können. Das Geräusch ließ die Härchen auf meinen Ohrspitzen beben und verursachte mir Zahnschmerzen.

Ich zog Blicke von Leuten im Bahnhof auf mich. Die Wachmänner von Via Rail betrachteten mich von oben bis unten, wobei ihr Blick an meinen nackten Füßen und dem Gürtel aus Bindfaden hängen blieb und sie sich fragten, ob ich wohl versuchte, mir ein paar Nuyen von den Fahrgästen zu erbetteln. Es half, dass Jeans und T-Shirt neu waren. Dadurch sah die Übergröße mehr wie ein Modetrend aus. Ich hoffte nur, die Wachmänner würden mich nicht fragen, welchen Zug ich nehmen wollte, und von mir verlangen, meine Fahrkarte vorzuzeigen. Hätte ich meinen Kredstab bei mir gehabt, hätte ich mir eine Fahrkarte für einen Vorortzug gekauft, nur um einen anständigen Eindruck zu machen. Aber ich hatte ihn zu Hause gelassen, als ich Wolfsgestalt angenommen hatte. Die Wachmänner würden rasch zu dem Schluss kommen, dass ich ein Bettler war, und mich schleunigst aus dem Bahnhof jagen.

Ich kehrte mit einem Gefühl der Verzweiflung in die Eingangshalle zurück. Ich konnte Jane nirgendwo sehen oder riechen. Und dann, als ich gerade zu dem Schluss gekommen war, dass sie bereits einen Zug bestiegen haben musste, sah ich sie aus einem Waschraum kommen. Ich verfluchte mein Pech. Hätte ich sie nur ein paar Sekunden eher entdeckt, hätte ich vielleicht zu ihr in den Waschraum gehen, mit ihr allein reden und herausfinden können, was eigentlich los war.

Ich näherte mich ihr so beiläufig, wie ich konnte,

und nickte ihr lächelnd zu, als ich vor ihr stand. Ihre braunen Augen betrachteten mich kurz und wandten sich dann ab. Ich hatte nicht das kleinste Aufblitzen des Wiedererkennens darin gesehen. Ich schluckte meine Enttäuschung herunter und ging an ihr vorbei, da ich mich noch nicht verraten wollte. Ich wollte herausfinden, ob sie noch mit dem Mann zusammen war, der Haley betäubt hatte.

Das war sie.

Er saß auf einem Plastikstuhl in der Nähe des Waschraums. Hochgewachsen und schlank, hatte er schulterlange rabenschwarze Haare, die mit einer goldenen Haarklammer gehalten wurden, sodass sie ihm nicht ins Gesicht fielen und die spitzen Ohren eines Elfs enthüllten. Er trug teure Kleidung wie ein Konzernexec: ein schwarzes Hemd mit spitzem Kragen unter einem schwarzen Anzug mit goldenen Nadelstreifen. Das Muster passte zu seinen Haaren, das mit metallisch goldenen Strähnchen durchsetzt war, und er trug auch Gold auf der Brust: Eine Krawattennadel in Schwertform. Seine Augen waren ebenfalls golden, entweder kybernetische Implantate oder Schmucklinsen. Ein sorgfältig gestutzter Vollbart rahmte seine Lippen ein, die zu einem dünnen Strich zusammengepresst waren. Seiner Miene und dem kalten Ausdruck seiner metallischen Augen konnte ich entnehmen, dass dies ein Mann war, der alles im Leben sehr ernst nahm.

Ich war jetzt so nah, dass ich seine Ausdünstung riechen konnte: die Wolle seines modischen Anzugs und sein Rasierwasser. Außerdem drang aus einer seiner Jackentaschen ganz schwach der Geruch der Droge, mit der er Haley betäubt hatte. Ich war froh, dass er sie Jane nicht ebenfalls verabreicht hatte. Hätte er sie getragen oder in einem Wagen zum Bahnhof gefahren, hätte ich ihr nicht folgen können.

Der Elf kam mit flüssiger Grazie auf die Beine. Er nahm einen festen Stand ein und schien in ständiger Alarmbereitschaft zu sein, da seine verengten Augen instinktiv nach Anzeichen für Gefahr Ausschau hielten. Er war ganz das Alpha-Männchen. Ich stellte ihn mir als Anführer seines Rudels vor. Ich konnte erkennen, dass er sich wohl in seinem Körper fühlte und mit jeder Sehne und jedem Muskel im Einklang war. Und doch verließ er sich nicht ausschließlich auf seinen Körper. Obwohl sein Anzug elegant geschnitten war, konnte ich eine kleine Ausbuchtung unter der linken Achsel erkennen, die vermuten ließ, dass er dort ein Halfter mit einer Schusswaffe trug.

Ich wechselte für einen Augenblick auf Astralsicht und nahm in seiner Aura die unverkennbare Färbung eines Adepten wahr – jemand, der seine angeborenen magischen Fähigkeiten nutzte, um aus seinem Körper eine Waffe zu machen. Über dem linken Ohr wies seine Aura eine tote Stelle auf, wahrscheinlich irgendein kybernetisches Implantat. Doch die Augen waren organisch. Bei den goldenen Pupillen handelte es sich in der Tat um Schmucklinsen.

Der Elf gab Jane ein kleines blaues Rechteck: eine Fahrkarte. Weil ich es im Astralen sah, konnte ich den aufgedruckten Zielort nicht lesen, aber ich wusste, dass die blaue Farbe für einfache Fahrkarten benutzt wurde. Sie fuhren … irgendwohin. Und würden nicht zurückkehren.

Ich wechselte wieder auf normale Sicht. Zu spät: Jane hatte die Fahrkarte bereits eingesteckt.

Jane schaute sich im Bahnhof um und legte ihre Stirn ein wenig in Falten. »Ich bin schon mal hier gewesen«, sagte sie mit leiser Stimme, als versuche sie sich an einen verblassenden Traum zu erinnern. »Aber da war alles anders. Da haben sie die Abfahrtszeiten mit Kreide auf Tafeln gemalt und die Züge waren … anders. Sie fuhren auf Metallrädern und hatten einen Rhythmus. Und sie haben Dampf ausgestoßen …«

Sie blinzelte, als versuche sie sich an mehr zu erinnern.

»Das war in einem anderen Leben, Mareth'riel.«

Ich wiederholte das Wort im stillen: Mareth'riel. Es klang elfisch. War das Janes Name? Ich hielt es nicht für einen Kosenamen, aber selbst wenn es einer war, klang es so, als kenne der Elf Jane sehr gut. Zumindest kannte er ihre Wahnvorstellungen – oder ihren Glauben, in vergangenen Jahrhunderten gelebt zu haben – und ließ sie ihr.

Der Elf hob den Arm und schaute auf seine Armbanduhr – natürlich aus Gold. Dann sagte er: »Nur noch zehn Minuten, bis unser Zug abfährt, Mareth'riel. Wir sollten jetzt einsteigen.«

Während Jane ihm bereitwillig folgte, schlug mir das Herz im Halse. Wie sollte ich sie aufhalten? Genauer gesagt, sollte ich sie überhaupt aufhalten? Wenn nun der Elf ein Freund oder Verwandter war, der erfahren hatte, dass Jane sich in Halifax aufhielt und unter Gedächtnisverlust litt, und der nur gekommen war, um sie sicher nach Hause zu bringen?

Nein, das passte nicht zusammen. Ein Freund hätte Haley nicht betäubt, um zu Jane zu gelangen. Ein Freund hätte auf Gems oder meine Rückkehr gewartet, erklärt, wer er war, und uns dann gebeten, Haley festzuhalten, während er Jane holte. Der Elf hatte offensichtlich damit gerechnet, dass Jane sich im Vollbesitz ihrer geistigen Kräfte befand und sich ihm widersetzte. Aus diesem Grund hatte er die Droge mitgebracht. Der Umstand, dass ihr Gedächtnisverlust sie vertrauensselig machte, war eine unerwartete Dreingabe. Er hatte nur Haley betäuben müssen.

Woher hatte er gewusst, wo er Jane finden konnte? Er kannte mich nicht – er hatte mich bereits mit durchdringendem Blick gemustert und mich als ungefährlich eingestuft. Er wusste nicht, wer ich war, dass es mein Heim war, aus dem er Jane entführt hatte.

Ich folgte Jane und dem Elf zur Rolltreppe, die zu den Magnetzügen führte. Während die Treppe unaufhaltsam den Bahnsteigen entgegenrollte, überschlugen sich meine Gedanken. Ich hatte keine Ahnung, wie ich sie daran hindern sollte, in den Zug zu steigen – wie ich Jane von dem Elf loseisen konnte, bevor die Türen des Magnetzuges sich hinter ihnen schlossen.

Die Rolltreppe neben uns beförderte die Leute von den Bahnsteigen hinunter in die Bahnhofshalle. Sie starrten mich gelangweilt oder müde an und nahmen mich eigentlich gar nicht zur Kenntnis, als ich mich hektisch umschaute und nach einer Eingebung suchte.

Dann vernahm ich die Klänge von Music Man vom Ende der Rolltreppe. Gleichzeitig hörte ich einen Magnetzug in den Bahnhof einfahren und sah den Elf ob des hochfrequenten Heulens zusammenzucken. Das verriet mir, welcher Art das Cyberimplantat über seinem Ohr war. Und ich hatte eine Idee.

Music Man war mir noch etwas schuldig. Eines Nachts hatte ich seinen Arsch gerettet, als eine Gang zu dem Schluss gekommen war, dass ihnen die Musik gefiel, die ein Sandsack machte, und seinen Körper mit Fäusten und Füßen bearbeitet hatte. In jener Nacht war ich auf Streife gewesen und hatte zum Ausgleich meine Zähne eingesetzt. Ich konnte mich noch an das zufriedenstellende Geräusch ihrer Schreie erinnern, als ich sie in Handgelenke und Knöchel gebissen hatte. Ich hatte allergrößte Mühe gehabt, meinen Instinkt zu zügeln und die Wichser nicht auf der Stelle zu erledigen.

Als der letzte von ihnen fluchend und blutend davongehumpelt war, hatte ich wieder meine menschliche Gestalt angenommen und Music Man auf die

Beine geholfen. Und ich hatte ihm einen Rat gegeben: Falls er je wieder meine Hilfe brauchte, sollte er mit seinen Synthesizern um Hilfe rufen, und zwar mit hochfrequenten Tönen, die nur meine Wolfsohren hören konnten. Zu meinem großen Bedauern hatte er seine Ultraschallpfeife gleich an Ort und Stelle ausprobiert.

Jetzt würde ich ihn um Hilfe bitten.

Während die Rolltreppe Jane und den Elf auf dem Bahnsteig ablieferte, winkte ich Music Man hinter ihrem Rücken zu. Dann legte ich zwei Finger an die Lippen und ahmte eine Pfeife nach, während ich gleichzeitig mit der Faust einen Schlag auf meinen Bauch andeutete.

Music Man war kein Dummkopf. Er begriff sofort, was ich von ihm wollte. Die Melodie, die er gerade spielte, endete abrupt. Er presste einen Finger auf seinen Nabel.

Ich hielt mir gerade noch rechtzeitig die Ohren zu. Ein hochfrequentes, ohrenbetäubendes Pfeifen drang aus Music Mans subdermalen Lautsprechern. Wenn man die entsprechenden Ohren hatte, konnte man es noch kilometerweit entfernt hören.

Die Menschen und Metas im Bahnhof nahmen das Geräusch nicht wahr. Doch der Elf hörte es. Sein kybernetisches Ohr – das den Bereich der hörbaren Frequenzen ausdehnte – leitete das Geräusch direkt in sein Hirn weiter. Er krümmte sich und presste die linke Hand gegen das Ohr.

In diesem Augenblick wurde ich aktiv. Ich hob Jane einfach auf – wobei ich die Zähne zusammenbiss, da auch mir das Pfeifen in den Ohren gellte, kaum dass ich die Hände wegnahm – und sprang auf die glatte Metallfläche zwischen den beiden Rolltreppen. Wir rasten sie in einer verrückten Schlittenfahrt herunter. Unten landete ich mit genügend Wucht auf dem Hintern, um mir einen langwierigen Bluterguss zuzuziehen, wäre ich kein Gestaltwandler. Dann rappelte ich mich auf, wobei ich Jane immer noch in den Armen hielt.

Meine Aktion hatte sie so überrascht, dass sie bisher noch nicht reagiert hatte. Ganz anders der Elf am Ende der Rolltreppe. Über Music Mans Pfeifen hinweg hörte ich den durchdringenden Knall eines Schusses und eine Kugel schlug neben meinem Fuß auf den Boden: die Stelle, wo ich noch einen Augenblick zuvor gesessen hatte. Der Elf mochte Jane so gut kennen, dass er sie bei ihrem richtigen Namen nannte, aber ihr Leben schien ihm nicht viel zu bedeuten. Nicht, wenn er auf uns schoss. Oder war er ein verdammt guter Schütze und so treffsicher, dass er genau wusste, er würde sie nicht treffen? Offenbar hatte er jedoch nicht mit meiner Schnelligkeit gerechnet.

Die Leute in der Nähe schrien entsetzt. Ein paar wechselten sogar von einer Rolltreppe zur anderen, da sie die relative Sicherheit einer Metallwand zwischen sich und den Schützen bringen wollten. Und das war ein Glück für mich, weil es den Elf daran hinderte, mir auf dem Weg zu folgen, den ich genommen hatte.

Ich rannte im Zickzack durch die Bahnhofshalle, da ich ständig Fahrgästen auswich und hin und wieder über Koffer und Taschen sprang, wenn sie das einzige Hindernis auf meinem Weg waren. Aus dem Augenwinkel sah ich, dass Wachmänner von Via Rail auf mich zugelaufen kamen. Aber sie waren noch ein ganzes Stück weit entfernt und durch dichte Menschenmengen von mir getrennt. Meine unmittelbare Sorge war die, dass Jane versuchen könnte, sich aus meinen Armen zu winden. Also redete ich unterwegs mit ihr, wobei ich die Wahrheit ein klein wenig dehnte.

»Jane, ich bin's, Romulus. Ich bin ein Freund. Sie haben in meiner Garage übernachtet. Sie können dem

Elf nicht trauen. Er wollte Sie unter Drogen setzen und Sie zwingen, mit ihm zu kommen. Haben Sie gesehen, was er mit meinem Schäferhund gemacht hat? Das wollte der Elf auch mit Ihnen anstellen.«

In Janes Augen blitzte Begreifen auf. »Galdenistal hat mir gesagt, der Hund schlafe.«

»Ist das der Name des Elfs? Wohin wollte er Sie bringen?«

»Ich weiß es nicht.«

Drek. Jetzt waren wir wieder an diesem Punkt angelangt.

Mittlerweile hatte ich die Bahnhofshalle fast durchquert und näherte mich dem Ostausgang. Die Türen waren direkt vor mir. Sie öffneten sich auf eine Reihe von Piers, die mit Containern und Verladekränen vollgestopft waren. Ein perfekter Irrgarten, um Verfolger abzuschütteln. Und wenn ich den Elf *nicht* abschüttelte, konnte ich mich immer hinter einem Container verstecken, meine Wolfsgestalt annehmen und ihm dann an die Kehle gehen. Kein Zweifel, ich würde das Element der Überraschung auf meiner Seite haben.

Es sei denn, er konnte ebenfalls in den Astralraum schauen. In diesem Fall würde er meine wahre Gestalt bereits kennen.

Ich prallte mit der Schulter gegen eine der Türen und stieß sie auf. Gleichzeitig spritzten Splitter aus dem Türrahmen neben mir und einen Augenblick später bekam ich eine Kugel in den Oberschenkel.

Die Schmerzen waren unbeschreiblich. Ich taumelte und Jane glitt mir aus den Armen. Sie landete auf den Füßen, blieb dann aber einfach stehen und starrte auf die Türen, die sich hinter mir wieder geschlossen hatten, während weitere Kugeln eine ordentliche Reihe von Löchern in das Glas schlugen.

»Laufen Sie!«, rief ich ihr zu, während ich meinen Oberschenkel umklammerte. Blut lief dickflüssig und schnell aus der Wunde und durchnässte das Bein meiner Jeans. Ich humpelte seitlich aus der Schusslinie. »Sie schießen auf uns, verdammt noch mal! Laufen Sie!«

Jane brauchte keinen weiteren Ansporn. Sie drehte sich um, rannte an der Seite des Bahnhofs entlang bis zur nächsten Ecke und verschwand dahinter.

Ich ließ mein Bein lange genug los, um mir die Kleider vom Leib zu reißen und sie auf einen Abfallhaufen in der Nähe zu werfen. Dann verwandelte ich mich. Sofort ließen die Schmerzen in meinem Bein nach. Der Blutgeruch drang heiß und stark in meine Wolfsnase. Ich spitzte die Ohren. Aus der Bahnhofshalle näherten sich rasche Schritte. Die Türen öffneten sich. Mir blieb keine Zeit mehr zu fliehen.

Ich tat das einzige, was ich tun konnte. Ich hockte mich so hin, dass ich die Wunde und das auf den Asphalt geflossene Blut mit meinem Körper verbarg. Dann tat ich so, als kratze ich mir mit meinem unverletzten Hinterlauf einen Floh weg.

Der Elf hechtete durch die Tür und rollte sich ab. Er sprang auf, die Uzi-Minimaschinenpistole in der linken Hand im Anschlag, doch ohne zu schießen.

Der Blick der goldenen Augen fiel auf mich und verweilte einen Augenblick. Ich sah den Elf mit absichtlich dummem Gesichtsausdruck an, indem ich grinste und die Zunge heraushängen ließ. Jeder Muskel in meinem Körper war angespannt. Entweder mein Bluff hatte Erfolg … oder ich würde sterben.

Die goldenen Augen schauten in eine andere Richtung. Der Elf zog etwas aus der Tasche, warf einen Blick darauf und steckte es einen Augenblick später wieder ein. Dann wandte er sich ab und lief in die Richtung, die Jane genommen hatte.

Ich fluchte lautlos vor mich hin, als ich ihm nachsah. Dann erhob ich mich leicht schwankend, da die

Wunde immer noch schmerzte. Ich hinkte ihnen hinterher, wobei ich bei jedem Schritt im stillen aufjaulte.

7

Bis meine regenerativen Kräfte das verletzte Bein so weit geheilt hatten, dass ich schneller laufen konnte, hatten Jane und der Elf einen ziemlichen Vorsprung. Ich lief über den Gehsteig, die Nase am Boden, und folgte ihrer Witterung. Dann sah ich sie endlich.

Jane war in eine Sackgasse gerannt, in einen U-förmigen Gang, der an den Seiten von Containern und am Ende von einer Betonwand begrenzt wurde. Die Container waren in Dreierreihen aufeinander gestapelt und ihre blaue, gelbe, rote und grüne Farbe erinnerte an die Bauklötze eines Kindes. Jane stand mit dem Rücken zur Betonwand. Ihre Flucht war zu Ende.

Der Elf drehte mir den Rücken zu. Seine Aufmerksamkeit konzentrierte sich ganz auf Jane. Er schrie sie auf Sperethiel an und gestikulierte mit der rechten Hand. Die Uzi hielt er immer noch in der linken, doch der Lauf zeigte nach oben.

Ich blieb etwa hundert Meter entfernt stehen, da ich mich ihm nicht so ohne weiteres nähern wollte. Obwohl ich direkt hinter dem Elf war, hatte er mich noch nicht gesehen, aber ich wusste nicht, wie gut sein peripheres Sehvermögen war. Oder ob er es registrieren würde, wenn Janes Blick zu mir irrte. Er würde nur einen Sekundenbruchteil brauchen, um mich mit den Kugeln der Uzi zu durchlöchern. Oder Jane.

Zuerst ließ Jane sich einschüchtern und sie machte einen eindeutig verwirrten Eindruck. Dann klickte etwas. Ihre ganze Haltung veränderte sich. Ihr Rückgrat straffte sich und die Schultern wurden breiter. Die

Augen verengten sich, während sich die Kiefermuskeln spannten. Ich wechselte auf astrale Wahrnehmung und sah, dass sich sogar ihre Aura verändert hatte. Dann warf sie den Kopf in den Nacken und begegnete dem Elf mit einem zornigen Wortschwall. Ich verstand kein einziges Wort, glaubte aber, zwei Namen herauszuhören: Xavier und Laverty.

Ich spitzte die Ohren. Jane sprach nicht nur fließend Sperethiel, sie redete auch mit einer Stimme, die ich noch nie zuvor gehört hatte. Es war, als habe jemand anders ihren Körper übernommen und benutze ihre Stimmbänder. Ihre Stimme war fest, klar und von Autorität erfüllt. Und Zorn. Sie ließ den Elf abtropfen, kein Zweifel. Und man braucht gute Nerven, um jemanden mit einer Uzi in der Hand zusammenzustauchen, wenn man buchstäblich mit dem Rücken zur Wand steht. Ich empfand so etwas wie Stolz, als ich das Feuer in Janes golden gesprenkelten Augen sah. Irgendwie machte es sie noch schöner.

Der Elf spannte sich. Selbst auf diese Entfernung konnte ich die Wut riechen, die von ihm ausstrahlte. Die Augen zu Schlitzen verengt, senkte er stumm die Maschinenpistole, bis der Lauf direkt auf Jane gerichtet war.

Ich raste los, auf den Elf zu. Wenn ich schnell genug war, konnte ich ihm in den Rücken springen. Vielleicht schoss er dann daneben. Doch während ich die Entfernung zwischen uns in gewaltigen Sätzen überbrückte, wusste ich, dass ich zu spät kommen würde. Jane war so gut wie tot.

In diesem Augenblick schoss ein leuchtender Energiestrahl aus Janes Hand. Der Astralraum explodierte in einem Kaleidoskop von Farben und es hatte den Anschein, als schieße eine lebendige Flamme aus Janes Körpermitte. Der leuchtend orangefarbene Strahl überraschte den Elf völlig und hüllte seinen Kopf ein.

Er taumelte einen Schritt zurück und krümmte sich dann, als ein weiterer Strahl magischer Energie seinen Bauch traf. Er machte noch einen Schritt und sein Körper verdrehte sich, als ein Fuß über den anderen stolperte. Dann fiel die Uzi zu Boden und der Elf brach neben ihr zusammen.

Ich wurde langsamer, bis ich nur noch trottete, und wechselte wieder auf normale Sicht. Jane steckte heute Morgen voller Überraschungen. Sie beherrschte nicht nur Sperethiel, sie konnte auch Zauber wirken. Mit diesem Wissen war eine jähe Erkenntnis verbunden: Jane konnte auf sich aufpassen. Der Gedanke erfreute mich, doch gleichzeitig betrübte er mich auch irgendwie.

Ich musste mit ihr reden, sie fragen, was eigentlich los war. Also nahm ich wieder Menschengestalt an. Ich erhob mich und wischte mir den Staub von den Handflächen. »Mareth'riel?«, sagte ich zögernd. »Jane?« Ich wusste nicht, auf welchen Namen sie reagieren würde.

Janes Augen waren geschlossen. Sie sank in sich zusammen, wo sie gerade stand, eine Hand gegen die Betonmauer hinter sich gelehnt. Die Magie hatte sie erschöpft und ihrer Kräfte beraubt. Die stählerne Entschlossenheit, die ich noch einen Augenblick zuvor gesehen hatte, war verschwunden.

»Jane?«

Ihre Augen öffneten sich. Sie betrachtete mich wachsam, als versuche sie mich einzuordnen. Schließlich flüsterte sie kaum hörbar: »Romulus?«

Ich grinste. Dann drehte ich mich zu dem Elf um. Er war noch außer Gefecht. Aber er war ein Adept. Unmöglich zu sagen, wie schnell er sich von Janes Zauberei erholen würde.

»Wer ist er?«, fragte ich Jane.

Sie starrte den Elf an, als sehe sie ihn zum ersten Mal. »Ich … weiß es nicht.«

»Können Sie sich nicht mehr erinnern, dass Sie sich soeben mit ihm unterhalten haben? Auf Sperethiel?«

Jane machte einen sehr verlorenen Eindruck. »Ich erinnere mich nicht daran.«

»Sagt Ihnen der Name Galdenistal irgendetwas?«

Sie schüttelte den Kopf.

Ich versuchte es mit einem anderen Namen. »Wie ist es mit Xavier?«

Sie zuckte die Achseln.

Ich versuchte es noch einmal: »Laverty?«

Das brachte eine Reaktion. Jane spannte sich und ich sah, wie ihre Augen sich für einen Sekundenbruchteil verengten. Dann war ihr Gesichtsausdruck wieder neutral. Sie hob den Kopf und schaute schräg nach links, die klassische Pose von jemandem, der sich an etwas zu erinnern versucht. Dann nickte sie.

»Den Namen kenne ich tatsächlich«, sagte sie. »Es gibt einen Prinz namens Sean Laverty im Rat von Tir Tairngire.«

»Woher kennen Sie ihn?«

Die Frage schien sie zu verblüffen. »Jeder kennt ihn«, sagte sie. »So wie jeder weiß, dass Dunkelzahn Präsident der UCAS ist.«

»Da irren Sie sich aber gewaltig«, sagte ich freundlich. »Der Drache Dunkelzahn ist vor fast vier Jahren im August 2057 einem Attentat zum Opfer gefallen. Kyle Haeffner ist jetzt Präsident.«

Was sie als nächstes sagte, traf mich völlig unvorbereitet.

»Wir haben nicht 2057?« Ihre Augen nahmen einen verwirrten Ausdruck an. Ich konnte beinahe sehen, wie ihre Gedanken sich überschlugen und sie gegen die Furcht ankämpfte. Der verlorene Klein-Mädchen-Ausdruck war wieder da. Er versetzte mir einen Stich.

»Wo ...« Sie schluckte und rang um Beherrschung. »Wo war ich dann in den letzten vier Jahren?«

Jetzt war es an mir, ihre Lieblingsredewendung zu benutzen: »Ich weiß es nicht.«

Ohne es bewusst zu wollen, streckte ich die Hand aus und strich ihr über die Haare. Ich dachte mir nichts dabei. Es war dieselbe tröstende Geste, mit der ich Haley beruhigte. Jane bewegte den Kopf, sodass meine Handfläche stattdessen über ihre Wange strich. Ein Kribbeln durchlief sie, als ich ihre glatte Haut berührte, und eine Hitzewelle überlief mich. Plötzlich begriff ich, warum Menschen sich unwohl fühlen, wenn sie nackt sind. Sie haben kein Fell, das verbirgt, was man empfindet.

»Äh, ich wollte mir nur Ihr Ohr ansehen«, redete ich mich heraus. »Macht es Ihnen etwas aus?«

Sie lächelte schüchtern. »Es macht mir nichts aus.«

Errötete sie ebenfalls? Roch ich tatsächlich, dass Hitze in ihr aufwallte, oder war das nur Wunschdenken?

Ich strich ihre weichen braunen Haare zurück. Das Ohr darunter war klein und rund: ein menschliches Ohr. Obwohl … Ich sah genauer hin. War das eine winzige Narbe, die in der obersten Falte verborgen war? Als ich ihr mit dem Finger folgte, beschleunigte sich Janes Atem. Ich ließ die Hand sinken.

»Der Elf hat Ihnen eine Zugfahrkarte gegeben«, sagte ich rasch. »Sie steckt in Ihrer rechten Tasche. Kann ich sie sehen?«

Jane zog den Fahrschein aus ihrer Jeanstasche. Er war für eine einfache Fahrt nach Chicago, jedoch nicht zu irgendeinem Bahnhof in der Stadt, sondern zu dem im Cinanestial Terminal. Das konnte nur eines bedeuten.

Cinanestial ist die nationale Fluglinie von Tir Tairngire, der Elfennation, die 2035 aus dem ehemaligen Staat Portland hervorgegangen war. Vor der Einrichtung einer Flugverbindung verlangte die Regierung von Tir Tairngire Extraterritorialität für die Terminals von Cinanestial, was sie rein rechtlich auf dieselbe Stufe mit einem Konsulat oder einer Botschaft stellt. Letzten Endes war das Cinanestial-Terminal in Chicago Teil des Staates Tir Tairngire. Die Flugzeuge, die von dort starteten, hatten nur ein Ziel: Tir Tairngire. Dorthin hatte der Elf Jane also bringen wollen.

Ich zerriss den Fahrschein. Dann ging ich zu dem Elf. »Lassen Sie uns herausfinden, wer unser Freund ist.«

In den Taschen des Elfs fand ich eine entsprechende Zugfahrkarte und etwas Bargeld: Ordentlich zusammengefaltete 100- und 500-Nuyen-Scheine, die von einem goldenen Geldclip zusammengehalten wurden. Tir Tairngire benutzt zwar die normale internationale Währung – den Nuyen –, druckt aber auch eigenes Geld auf gewobenen Hanffasern, die mit einem Holo des Prinzenrats versehen sind, um Fälschungen auszuschließen.

Ich starrte auf die Gesichter der Prinzen auf dem Holo. Es war ein gemischter Haufen: Sechs Elfen, zwei Zwerge, ein Ork, der Großdrache Lofwyr und ein Sasquatch. In Tir wäre ich Staatsbürger und hätte eine SIN. Ich könnte dort sogar Polizeibeamter werden. Doch bedauerlicherweise hat Lone Star keinerlei Kontakte in diesem Land. Die Einhaltung der Gesetze wird in Tir von der Miliz gewährleistet, die ein Teil des Militärs ist.

In einer anderen Tasche befand sich der Pass des Elfs. Glücklicherweise haben die Elfen Tir Tairngires eine Vorliebe für das geschriebene Wort. Alle anderen Länder auf der Welt benutzen Pässe, die wie ein Kredstab aussehen und in die Daten elektronisch eingebrannt werden. Der Pass, der in Tir Tairngire verwendet wird, ist ein Büchlein aus Hanfpapier voller gedruckter Daten und Holos. Das einzige Zugeständnis an die moderne Technologie ist ein in das Deckblatt geprägter Magnetstreifen, der dieselben Informationen enthält wie das Innere des Passes, nur in elektronischer Form.

Der volle Name des Elfs lautete Galdenistal Tathern. Er war nicht nur ein Staatsbürger von Tir, er genoss sogar Diplomatenstatus. Was bedeutete, dass er unantastbar war und nicht den Gesetzen der UCAS unterlag. Welche abscheulichen Verbrechen der Elf auch begehen mochte, Lone Star konnte nichts anderes tun als ihn ausweisen. Sie würden nicht einmal sein Gepäck vor der Abreise durchsuchen dürfen. Was erklärte, wie er eine SIN-lose Person wie Jane mit nach Tir hätte nehmen können, ohne dass Fragen gestellt worden wären. Ich ließ den Pass auf seine Brust fallen.

In den Taschen des Elfs fand sich sonst nichts von Belang mit Ausnahme einer kleinen Plastikflasche mit einer gelblichen Flüssigkeit darin, die nach der Droge roch, mit der er Haley ausgeschaltet hatte. Ich erwog, dem Elf die Droge zu verabreichen, wusste aber weder, wie ich das anstellen sollte, noch wie stark sie war. Ich wollte nicht selbst das Bewusstsein verlieren, indem ich unabsichtlich Dämpfe einatmete oder einen Tropfen auf meine Hand fallen ließ.

Ich nahm die Uzi des Elfs und warf sie hoch in die Luft. Die Waffe landete mit einem Knall auf den Containern hinter uns. Ich warf die Flasche mit der gelblichen Flüssigkeit gleich hinterher. Der Elf fand seine Sachen vielleicht wieder, aber die Suche würde ihn eine Weile beschäftigen.

Als ich mich umdrehte, starrte Jane meinen Körper an. Ich bin es gewöhnt, dass mich menschliche und metamenschliche Frauen anstarren. Ich weiß, dass sie meinen muskulösen Körperbau aufregend finden. Aber es war etwas anderes, als ich diesen Ausdruck in Janes Augen sah. Ich errötete schon wieder.

Der Elf stöhnte leise. Er kam wieder zu sich.

»Verschwinden wir von hier«, sagte ich zu Jane. Ich gab ihr den Geldclip mit den Nuyenscheinen. »Ich nehme wieder Wolfsgestalt an. Tun Sie so, als sei ich Ihr Hund.« Ich bückte mich, öffnete den Gürtel des Elfs und zog ihn aus den Schlaufen seiner Hose. »Nehmen Sie das als Leine. Gehen Sie mit mir zur Vorderseite des Via-Rail-Bahnhofs und halten Sie ein Taxi an.«

»Wohin fahren wir?«, fragte Jane.

»Durch den Hafen nach Dartmouth«, antwortete ich. »Zum Nova Scotia Hospital. Dort gibt es jemanden, der vielleicht in der Lage ist, Ihnen zu helfen.«

Dann verwandelte ich mich wieder in einen Wolf, dankbar für das Fell, das mein Verlangen nach Jane verbarg.

8

Das Nova Scotia Hospital und der kleine vorgelagerte Park liegen zwischen Pleasant Street und den Eisenbahnschienen, die sich am Wasser entlang winden. Im Laufe des Jahrhunderts seit seinem Bau sind ringsherum andere Gebäude in die Höhe geschossen. Die älteren, wie das ursprüngliche Krankenhaus, sind aus roten Ziegeln. Andere sehen wie Mietshäuser aus der Zeit der Jahrhundertwende aus. Wieder andere sind extrem modern: Aus Stahlbetonplatten und Stahl errichtet, sehen ihre Fassaden aus getöntem Glas sehr nach 21. Jahrhundert – aber auch sehr kalt – aus.

Dr. Sandra Bjornson arbeitete im Psycho-Flügel, der in einem der älteren Ziegelgebäude untergebracht war. Nachdem das Taxi uns dort abgesetzt hatte, führte ich

Jane durch die Eingangstüren, indem ich an dem Gürtel zog, den wir als Leine benutzten, sodass sie wusste, in welche Richtung sie gehen musste.

Wir durchquerten die Lobby und näherten uns dem Ende des Korridors, der zu den Fahrstühlen führte, als uns ein Wachmann den Weg versperrte. Es handelte sich um einen Zwerg mit einem Nasenring und einem Haarnetz über seinem üppigen Bart. Er war klein, sein Gesicht auf gleicher Höhe mit meinem. Aber er war entschlossen. Ich konnte es riechen – und sehen. Trotz der Tatsache, dass ich fünfzig Kilo wiege und Zähne habe, die seine Halsschlagader in einem Sekundenbruchteil hätten aufreißen können, versperrte er uns resolut den Weg und zuckte nicht einmal zusammen, als ich ihm ins Gesicht hechelte. Ein Taser hing an seinem Gürtel und die Stummelfinger seiner rechten Hand lagen auf dem Kolben der Waffe. Eines seiner Augen war vercybert. Ich sah, wie die Pupille sich erweiterte und wieder zusammenzog, als er die Brennweite der Linse richtig einstellte, um ein digitales Foto zuerst von Jane und dann von mir zu machen.

»Tut mir leid, Miss«, grollte er in einem tiefen Bariton. »Im Krankenhaus sind keine Haustiere gestattet.«

Jane war rasch mit einer Antwort bei der Hand. »Er ist ein Arbeitshund«, sagte sie. »Ich setze ihn zur Patiententherapie ein.«

Ich bedachte den Zwerg mit meinem gutmütigsten Hundegrinsen.

Der Zwerg beäugte die behelfsmäßige Leine. Er kaufte Jane ihre Erklärung nicht ab.

Ich seufzte. Dann verwandelte ich mich in einen Mensch. Der Gürtel hing mir plötzlich locker um den Hals. Ich streifte ihn mir über den Kopf, während ich mich erhob.

Jetzt schaute der Zwerg zu mir auf.

»Drek«, murmelte er. »Was, zum Teufel, sind Sie?«

»Ein Gestaltwandler«, erklärte ich ihm.

Seine buschigen schwarzen Brauen trafen sich über den Augen und er stemmte die Fäuste in die Hüften. »Wie ich schon sagte, im Krankenhaus sind keine Tiere gestattet.«

Ich knurrte leise, da ich den Zwerg aufheben und wie eine Ratte schütteln wollte. Ich war jetzt seit fast zwanzig Stunden wach, hatte gerade erst eine schmerzhafte Schusswunde regeneriert und war müde und gereizt. Ich mag keine Speziphobie, insbesondere dann nicht, wenn sie sich gegen mich richtet. Von einem Meta hätte ich mehr erwartet. Er hätte eigentlich wissen sollen, was für ein Gefühl es ist, diskriminiert zu werden. Ich warf einen Blick auf das Namensschild über seiner Hemdtasche: CRELLIN. *Kretin wäre passender*, dachte ich.

»Wir wollen Doktor Bjornson sprechen«, sagte ich in ruhigem Tonfall.

»Sie ist die Leiterin der Psych-Abteilung«, erwiderte er. »Sie ist eine ziemlich beschäftigte Ärztin. Man kann nicht einfach so bei ihr reinplatzen. Haben Sie einen Termin?«

»Wählen Sie sie an«, verlangte ich. »Sagen Sie ihr, Romulus ist hier, und hören Sie sich an, was sie sagt.«

Ein Unterton in meiner Stimme musste ihn gewarnt haben, dass mit mir nicht zu spaßen war. Entweder das oder – und das war als Grund wahrscheinlicher – er wollte Doktor Bjornson nicht verärgern. Sandra hat nicht viel für Idioten übrig.

Der Wachmann murmelte etwas in seinen Bart. Offenbar hatte er ein Funkimplantat. Dann bekamen seine Augen einen nachdenklichen Ausdruck, als er dem Lautsprecher in seinem Ohr lauschte. Er trat zur Seite und drückte sogar für uns auf den Rufknopf für den Fahrstuhl. »Bitte sehr«, sagte er. Seine Stimme war höflich und seine Körpersprache makellos, aber ich konnte seine unterdrückte Wut riechen. »Aber ziehen Sie sich was an.«

Nicht weit vom Fahrstuhl stand ein Wäschewagen. Ich entnahm ihm eine gefaltete Hose und zog sie an. Sie war krankenhausgrün, weit und mit einem Gummizug versehen – eine Hose, wie sie Patienten trugen. Doch ich machte mir keine Sorgen, irrtümlich für verrückt gehalten zu werden. Dr. Bjornson kannte mich recht gut.

Der Fahrstuhl war ebenso alt wie das Gebäude. Keine Stimmenaktivierung. Nur primitive, mit Zahlen beschriftete Knöpfe, die so abgenutzt waren, dass man sie kaum lesen konnte. Die Kabine war mit dem Futter ausgeschlagen, das bei Umzügen für den Schutz der Möbel benutzt wird. Ich fragte mich, ob dies zum Wohl der gewalttätigen und selbstzerstörerischen Patienten war.

Nach einer Ewigkeit – der alte Fahrstuhl war sehr langsam und bewegte sich ruckartig – stiegen wir in der zweiten Etage aus und gingen den Flur entlang zu Dr. Bjornsons Station.

Ich kannte Sandra seit vielen Jahren. Wir hatten uns während meiner Zeit bei der K9-Einheit kennen gelernt. Ein Sexualverbrecher – ein Magier, der nicht nur seine Identität mit Hilfe von Magie verbergen konnte, sondern auch Zauber beherrschte, mit denen er die Handlungen anderer kontrollieren konnte – war aus der geschlossenen Abteilung des Krankenhauses entflohen. Ich war damit beauftragt worden, ihn aufzuspüren, da er seine Witterung nicht maskieren konnte. Es stellte sich heraus, dass der Wichser die Identität einer der Schwestern angenommen hatte und sich dann durch die unterirdischen Betontunnel geschlichen hatte, welche die älteren Teile des Krankenhauses miteinander verbinden, um schließlich im Wohnbereich der Schwestern zu landen. Als ich ihn aufspürte, hatte er sich mit Hilfe seiner Magie gerade in ein Spiegelbild von Dr. Bjornson verwandelt und eine junge Schwester dazu überredet, ihm die Tür zu ihrem Zimmer zu öffnen. Er hatte sich aus einer halben Schere ein scharfes Messer gemacht und außerdem ein paar Gummischläuche in der Tasche. Offenbar hatte er zur Feier seiner Flucht etwas ziemlich Hässliches geplant.

Bei der jungen Schwester handelte es sich um Sandras Nichte.

Dr. Sandra Bjornson beriet sich gerade mit einer Schwester, als ich mich der Station der Ärztin näherte. Doch sie hatte mich kaum erblickt, als sie das Gespräch abbrach und mich mit einem strahlenden Lächeln begrüßte.

»Romulus!«, rief sie. »Wie schön, Sie zu sehen!«

Sandra ist ein Mensch mit einem Schopf kurzer Haare, deren Farbe nur als schlachtschiffgrau bezeichnet werden kann. Ihr Kinn springt gerade genug vor, um ihr ein entschlossenes Aussehen zu verleihen, und der Blick ihrer Augen kann einen albernen Gedanken so mühelos durchbohren wie ein Laser Gewebe. Sandra lässt sich keinen Unsinn bieten. Aber sie ist auch die mitfühlendste Person, die ich kenne: Eine Magierin, die den Weg des Heilens eingeschlagen hat.

Sandra ist bereits über sechzig und praktiziert ›therapeutisches Handauflegen‹ – mit phänomenalen Resultaten. Nur durch Handauflegen kann sie den Aufruhr im Verstand eines Schizophrenen beruhigen und ein Lächeln auf das Gesicht eines manisch Depressiven zaubern. Sie benutzt ihren Körper – ihre ›heilenden Hände‹ –, um eine Brücke zwischen der Astralebene und der physikalischen Ebene zu errichten, um dann heilende Energie in ihre Patienten zu leiten.

Ab und zu verfällt Sandra in den Dialekt der Küstenprovinzen, aber das heißt nicht, dass sie ungebildet ist. Sie hat ihren Doktor der Psychiatrie am MIT&T

gemacht und genügend Diplome, um damit eine Wand tapezieren zu können. Sie begrüßte Jane warmherzig, als ich sie vorstellte, und bat uns dann in ihr Büro.

›Büro‹ ist wahrscheinlich nicht das richtige Wort dafür. Bei solch einer Bezeichnung rechnet man normalerweise mit einem Schreibtisch, steifen Plastikstühlen und Regalen, die von medizinischen Büchern überquellen. Stattdessen war Sandras Reich unmöbliert, von einem dicken weichen Teppich und einigen leuchtend bunten Rajasthani-Kissen einmal abgesehen. Der Raum war von einem Geruch nach Lavendel, Salbei und Rosenöl erfüllt und verhaltene atmosphärische Musik lag in der Luft, die an leisen Regen erinnerte. In einer Wand gab es ein ›Fenster‹ mit Ausblick auf eine ursprüngliche Waldlandschaft – tatsächlich ein Holo, das mehrere verschiedene Landschaftsszenen zeigen konnte. Sandra hatte Urwald wohl um meinetwillen gewählt. Sie wusste, dass das Bild angenehme Erinnerungen an den Wald wecken würde, in dem ich geboren war. In den anderen Wänden gab es winzige Nischen, in denen jeweils die Statue einer mit dem Heilen assoziierten Gottheit stand.

Wir ließen uns auf den Kissen nieder und Sandra bot uns Tee an, der nach Ingwer und Honig roch. Sie hörte aufmerksam zu, als ich ihr von Janes merkwürdigem Gedächtnisschwund und ihren scheinbaren Persönlichkeitswechseln erzählte. Ich ließ nichts aus. Ich erzählte Sandra die ganze Geschichte, da ich ihrer Diskretion vertraute.

Jane lauschte gebannt, als sei ihr das alles neu. Als ich geendet hatte, sah sie Sandra erwartungsvoll an.

»Hmm«, sagte Sandra, um dann einen Schluck Tee zu trinken und Janes weit geöffneten Augen mit einem durchdringenden Blick zu begegnen. »Sie sind ein ziemlich merkwürdiger Fall, Jane. Es hört sich so an, als seien alle drei Gedächtnistypen betroffen. Der größte Teil Ihrer ›unbewussten Erinnerungen‹ – erlernte motorische und andere Fähigkeiten wie Lesen und Schreiben – sind noch vorhanden, aber Sie haben vergessen, wie man Magie wirkt, obwohl Sie ganz offensichtlich dazu in der Lage sind nach allem, was Romulus berichtet hat. Ihr ›semantisches Gedächtnis‹ – die Fähigkeit, sich an Namen, Daten und so weiter zu erinnern – ist noch intakt. Aber es hinkt vier Jahre hinterher. Am schlimmsten betroffen ist Ihr ›episodisches Gedächtnis‹ – die Fähigkeit, sich an Ereignisse aus Ihrem Leben zu erinnern.« Sandras Augen bekamen einen mitfühlenden Ausdruck. »Und damit haben Sie auch einen bedeutenden Teil Ihrer Persönlichkeit verloren.«

Jane presste die Lippen aufeinander. Es dauerte ein paar Sekunden, bis sie sprechen konnte. »Ich weiß nicht, wer ich bin«, sagte sie leise. »Ich bin nicht … ich.«

»Was könnte die Ursache für diesen Gedächtnisschwund sein?«, fragte ich.

»Tja, da muss ich überlegen …« Sandra trank noch einen Schluck Tee und wandte sich dann an Jane. Schließlich war sie ihr Patient, nicht ich. »Gedächtnisschwund kann durch Krankheiten wie Alzheimer hervorgerufen werden, durch längerfristigen Alkohol- oder Drogenmissbrauch oder durch einen heftigen Schlaganfall. Aber Sie sehen jung und gesund aus. Wäre dies das zwanzigste Jahrhundert, würde ich nach Schädelnarben suchen und mich fragen, ob ein Chirurg Ihnen ein Teil Ihres Gehirns entfernt hat …«

Ich hielt mit meinem Abscheu nicht hinter dem Berg. »Das ist nicht Ihr Ernst, Sandra, oder doch?«

»Das ist tatsächlich mein Ernst«, sagte sie, indem sie mich mit grimmigem Blick fixierte. »Medizinische Experimente mit dem menschlichen Gehirn waren im letzten Jahrhundert gang und gäbe. Wissen Sie, was eine Lobotomie ist?«

Jane und ich schüttelten den Kopf.

»Das ist ein chirurgischer Eingriff, bei dem der vordere Hirnlappen – normalerweise das Großhirn – durchtrennt wird. Zunächst war es ein experimentelles Verfahren, das an Versuchstieren getestet wurde. In den dreißiger Jahren des letzten Jahrhunderts unterzog dann ein portugiesischer Arzt gewalttätige Psych-Patienten dieser Prozedur. Die Operation bewirkte eine Gleichgültigkeit dem Leben gegenüber und eine Schwerfälligkeit im emotionalen Bereich. In den Augen der Medizin war das ein Erfolg: der Arzt bekam für seine neue Technik den Nobelpreis. Später wurden Lobotomien durchgeführt, um Schizophrenie, Neurosen, Epilepsie und manische Depressionen zu heilen. Die Operation an sich war primitiv. Ein Arzt wurde berühmt, weil er sie mit einem goldenen Eispickel ausführte. Aber sie war populär. Zwischen 1935 und 1960 wurden Zehntausende Nordamerikaner lobotomisiert.«

»Haben sie alle das Gedächtnis verloren?«, fragte ich. Die Geschichte war schrecklich und doch faszinierend wie ein schlimmer Autounfall.

»Nein«, sagte Sandra. »Nur die Fähigkeit, Gefühle auszudrücken. Aber es gab andere Chirurgen, welche diese Art experimenteller Hirnchirurgie auf die Spitze trieben. 1953 operierte Dr. William Scoville einen in der medizinischen Literatur nur als ›H.M.‹ bekannten Patienten. Es war ein Zerrbild dessen, was Medizin eigentlich ist. Scoville sog H.M. das Hirn aus – und damit auch dessen Erinnerungen.«

»Er sog ihm das Hirn aus?«, fragte ich ungläubig. »Buchstäblich?«

»Ich fürchte ja. Scoville schnitt H.M.s Stirn auf, schälte die Kopfhaut ab und bohrte dann mit einem

Handbohrer, den der Doc in einem Eisenwarengeschäft erstanden hatte, zwei pokerchipgroße Löcher in den Schädel. Durch diese Löcher führte er Metallspatel in den Schädel ein und hob die vorderen Lappen an, um ihm dann mit einem silbernen Strohhalm das Hippokampus aus beiden Gehirnhälften und dem umliegenden Gewebe zu saugen. Alles in allem entfernte er auf diese Weise die parahippokampischen Hirnwindungen, die entorhinale und perirhinale Hirnrinde und die Amygdala – eine Hirnmasse von der Größe einer Faust. Scoville ließ sogar ein paar Metallklammern in H.M.s Gehirn zurück – um anderen Ärzten zeigen zu können, wo er geschnitten hatte – und flickte seinen Patienten dann wieder zusammen.«

Jane verzog das Gesicht und betastete ihren Kopf. Nein … sie berührte ihr Ohr und fuhr sich mit dem Finger über die abgerundete Muschel, als taste sie nach Stichen. Hatte sie tatsächlich getan, was ich vermutete, und die Spitzen ihrer Elfenohren mittels plastischer Chirurgie entfernt? War sie in Wirklichkeit eine Elfe, die sich als Mensch tarnte? Wenn ja, warum?

Sandra fuhr mit der Geschichte der grauenhaften medizinischen Experimente im letzten Jahrhundert fort. Ihr Zorn war offensichtlich. Diese Angelegenheit brachte sie regelrecht auf die Palme. »Nach der Operation konnte der arme H.M. keinen Gedanken länger als zwanzig Sekunden festhalten. Er hatte noch dieselbe Persönlichkeit wie zuvor und wusste, wer er war, litt aber unter massivem Gedächtnisschwund. Eine Schwester konnte den Raum verlassen und fünf Minuten später zurückkehren und in dieser Zeit vergaß H.M., dass er sie je zuvor gesehen hatte.«

Mein Blick wanderte von Jane zu Sandra. »Jane scheint dasselbe Problem zu haben«, sagte ich. »Sie vergisst ständig, wer ich bin.« Sie vergaß außerdem immer wieder, wer der Elf namens Galdenistal war, aber das störte mich nicht annähernd so sehr.

»Nach allem, was Romulus erzählt hat, Jane, funktioniert Ihr Kurzzeitgedächtnis mehrere Stunden lang.«

Jane nickte.

»Also ist Ihr Hippokampus nicht beschädigt. In diesem Fall wären Sie nämlich gar nicht in der Lage, neue Kurzzeiterinnerungen zu bilden. Sie könnten eine Information maximal fünf bis fünfzehn Minuten behalten und dann auch nur, indem Sie sich ständig darauf konzentrieren würden.

Nein, was Sie verloren haben, ist die Fähigkeit, Langzeiterinnerungen zu bilden und auf sie zuzugreifen. Das legt den Schluss nahe, dass die Speicher selbst beschädigt sind. Und bedauerlicherweise ist das Gedächtnis nicht lokalisiert. Es ist über das ganze Gehirn verteilt.«

Ich dachte immer noch über die Möglichkeit nach, dass Jane vielleicht eine Elfe war. Wie ich war sie vielleicht nicht so menschlich, wie es den Anschein hatte. Die Tatsache, dass sie Sperethiel fließend beherrschte, schien meinen Verdacht zu bestätigen. Und es war ein Elf gewesen – einer mit Beziehungen zur Regierung von Tir –, der versucht hatte, sie nach Tir Tairngire zurückzubringen. Bei diesem Gedanken kam mir plötzlich eine Idee.

»Was ist mit *Laes*?«, fragte ich unvermutet.

Ich bezog mich auf eine Droge, die angeblich von Tir Tairngires Friedenskorps benutzt wurde. Eine Injektion mit *Laes* bewirkte dem Vernehmen nach retrograde Amnesie. Ich ging davon aus, dass Sandra in ihrem Beruf von der Droge gehört haben musste, und fragte mich, warum sie sie noch nicht erwähnt hatte.

»*Laes* wirkt nur auf Erinnerungen, die unmittelbar vor der Injektion entstanden sind«, antwortete Sandra.

»Fünfzig Mikrogramm *Laes* löschen jene zwei bis zwölf Stunden aus, die der Verabreichung der Droge unmittelbar vorangegangen sind. *Laes* verändert die potentiellen Gradienten verschiedener Chemikalien in den Neuronen und löscht so die Erinnerungen aus. Es verursacht nicht die Art Schaden, mit der wir es bei Jane zu tun haben. Wäre tatsächlich eine Droge im Spiel, würde ich auf Kolchizin tippen. Ende des letzten Jahrhunderts hat man damit Experimente an Mäusen durchgeführt. Die Droge verhinderte, dass neu erworbene Erinnerungen zu dauerhaften Erinnerungen wurden, indem sie die stabilen molekularen Konfigurationen des Tubulins in der Zellmembrane unmöglich machte.«

»Dann hat also jemand Jane unter Drogen gesetzt?«, fragte ich.

Sandra zuckte die Achseln. »Kolchizin würde nur einen Teil des Problems erklären. Irgendetwas hat Erinnerungen von Jane ausgelöscht, die sich schon vor Jahren gebildet haben – wie es aussieht, vor *vielen* Jahren. Und das lässt auf umfangreiche Schäden in verschiedenen Bereichen des Gehirns schließen.«

»Können Sie Ihre Magie einsetzen, um die Schäden zu beheben?«, fragte ich.

»So einfach ist das nicht«, antwortete Sandra. »Neuronen werden nicht wie andere Körperzellen ersetzt, wenn sie sterben. Jeder erlittene Schaden ist dauerhaft. Die Verbindungen zwischen den Neuronen – Dendriten, Synapsen und Axone – wachsen manchmal nach. Aber wenn die Neuronen selbst beschädigt werden, lässt dieser Schaden sich nicht mehr beheben – nicht einmal mit Magie.«

Janes Lippe zitterte. Ich legte meine Hand auf ihre und drückte sie.

»Es tut mir leid«, sagte Sandra. »Ich weiß nicht, ob ich Ihnen helfen kann.«

»Aber die Erinnerungen sind noch da«, sagte ich. »Jane erlebt immer wieder leichte Augenblicke. Können Sie ihren Geist in einer solchen Phase nicht magisch sondieren, um mehr über sie herausfinden?«

»Dabei könnte ich nur ihre bewussten Gedanken lesen.«

»Aber könnten Sie mit Ihrer Magie diese Erinnerungen nicht anregen? Vielleicht kann Jane uns etwas erzählen, das uns dabei hilft herauszufinden, wer sie ist.«

Sandra musterte mich durchdringend. »Es gibt vielleicht einen Weg ...«

Sie stellte ihren Tee ab und starrte gedankenverloren auf ihr Holo-Fenster. »Auf der Höhe der Lobotomisierungswelle im zwanzigsten Jahrhundert hat ein kanadischer Chirurg namens Wilder Penfield Hirnoperationen an Epileptikern vorgenommen. Er hat verschiedene Bereiche des Gehirns mit Elektroden stimuliert, um festzustellen, ob damit ein epileptischer Anfall ausgelöst werden konnte. Diese Versuche erbrachten jedoch ganz andere Resultate. Die Elektroden riefen bruchstückhafte Erinnerungen wach – manchmal nur ein Geräusch oder einen Geruch, aber bei anderen Gelegenheiten ein vollständiges Ereignis aus der Vergangenheit der betreffenden Person. Therapeutische Berührung – magische Heilung – beinhaltet die Übertragung magischer Energie von der Astralebene auf die physikalische Ebene. Diese Energie ist zumindest teilweise elektrischer Natur. Es gibt eine Art der Berührung – einen Zauber –, die ich anwende, um mentale Funktionen zu stärken. Wenn ich die Brennschärfe verändere und die Energie wie einen elektrischen Impuls einsetze, kann ich damit möglicherweise dieselben Resultate erzielen wie seinerzeit Penfield ...«

Sandra sah Jane sehr ernst an. »Ich brauche Ihre Erlaubnis, Jane, bevor ich es versuchen kann. Es besteht keine körperliche Gefahr, aber ich habe keinen Einfluss darauf, welche Erinnerungen stimuliert werden. Sie könnten unangenehm oder sehr persönlich sein.«

»Sie haben meine Erlaubnis«, sagte Jane. »Ich will wissen, wer ich bin.«

Sandra nickte. Sie holte tief Luft und faltete die Hände. »Schließen Sie die Augen, Jane. Versuchen Sie sich zu entspannen.«

Als Janes Augen sich geschlossen hatten, zog Sandra langsam die Hände auseinander, als ziehe sie ein unsichtbares *Etwas* zwischen ihnen in die Länge. Ich wechselte auf Astralsicht und sah, wie sich zwischen ihren Händen eine leuchtende Kugel aus magischer Energie bildete. Diese Energie hatte eine beruhigend blaue Farbe und war mit Spuren von Waldgrün und Sonnengelb durchwirkt. Sie roch ganz schwach nach weichem Moos und Regen, nach … Leben.

Sandra formte die Energie mit den Händen wie ein Töpfer weichen Lehm. Dann ließ sie sie vor sich in der Luft hängen. Mit einer Hand zog sie einen Faden heraus, indem sie den Finger in einer aufsteigenden Spirale kreisen ließ. Die andere Hand schwebte einen Zentimeter über Janes Kopf, als benutze sie Handfläche und Fingerspitzen, um die richtige Stelle zu ertasten. Als sie gefunden hatte, was sie suchte, lenkte Sandra die magische Energie mit einer federleichten Berührung des Zeigefingers zur betreffenden Stelle.

Ich hörte ein leises Knacken wie das Knistern statischer Elektrizität. Jane zuckte zusammen, als habe sie einen leichten Schlag bekommen. Ihre Augen öffneten sich, aber sie schienen auf nichts in Sandras Büro gerichtet zu sein.

Jane streckte die Hand aus. »Geben Sie mir Ihren Arm, mein Herr«, sagte sie gebieterisch. Ihre Stimme war sehr tief, als versuche sie eine Männerstimme nachzuahmen. Ihre Finger schlossen sich locker um etwas, das sogar im Astralraum unsichtbar war. Die Stellung der anderen Hand war so, als halte sie einen Stift. Diesen Stift bohrte sie in den unsichtbaren Arm des ›Herrn‹.

»Ein Aderlass beruhigt das Gemüt, mein Herr. Die Öffnung der Venen hat eine heilsame Wirkung bei vielen Krankheiten und ist das herausragendste aller bekannten Heilverfahren. Bisher ist es zur Behandlung Ihres Zustands noch nicht eingesetzt worden, aber ich bin sicher, dass ...«

Jane blinzelte. Ihr Mund arbeitete, doch kein Laut war zu hören, als fehlten ihr die Worte. Dann entspannten sich ihre Hände, als seien der unsichtbare Arm und das Skalpell verschwunden, die sie noch vor einem Augenblick festgehalten hatte. Und genau das waren sie auch – das heißt, verschwunden aus ihrer bewussten Erinnerung.

Sandra bewegte die Hand und berührte mit dem Finger eine andere Stelle auf Janes Kopfhaut. Direkt über Janes Schläfe sah ich einen weiteren Funken astraler Energie sprühen. Und dann verlor sie sich in einer anderen Erinnerung. Diesmal klang ihre Stimme weicher, femininer. Sie sprach flüssiges Französisch.

Ich spreche kein Französisch und konnte nicht verstehen, was Jane sagte. Aber sie schien sich mit einem gewissen Monsieur Pasteur zu unterhalten. Wie zuvor brach sie mitten im Satz ab.

Sandra machte an einer anderen Stelle weiter.

Diese Erinnerung begann mitten im Satz.

»... ein Impfprogramm, das von der UCAS-Regierung finanziert wird. Sie wären dumm, es abzulehnen.« Jane redete in einem etwas herablassenden Tonfall. »Das nationale Gesundheitsministerium macht sich Sorgen hinsichtlich einer potentiellen Epidemie neuer VITAS-Ableger, insbesondere in isolierten Dörfern wie Eskwader – Orte, welche von den früheren

Impfprogrammen nicht erreicht wurden. Die Impfungen werden kostenfrei verabreicht …«

Ich versuchte Sandra auf mich aufmerksam zu machen. »Das ist eine Erinnerung aus dem 21. Jahrhundert«, flüsterte ich. »Die UCAS gibt es erst seit 2030.«

Sandras strenger Blick ließ mich verstummen. Ich störte sie in ihrer Konzentration. Aber ich konnte spüren, dass wir etwas Wichtigem auf der Spur waren. Jane hatte irgendwann in ihrem Leben für die Regierung der UCAS gearbeitet. Aber warum war sie dann SIN-los? Sie hätte in irgendeiner Datenbank registriert sein müssen.

»Rufen Sie diese Erinnerung noch einmal ab«, drängte ich Sandra.

Sie tat es und als Jane anfing, über die Impfungen zu reden, mischte ich mich ein und fragte sie nach ihrem Namen.

Sie zuckte zusammen, als sei sie verärgert. Dann schnauzte sie mich förmlich an: »Mareth'riel Salvail.«

»Versuchen Sie es noch mal!«, sagte ich.

Sandra tat es, doch diesmal wiederholte Jane lediglich die Unterhaltung von zuvor, wobei sie all meine Versuche, sie zu unterbrechen, ignorierte und auf keine meiner Fragen reagierte.

Es war mir egal. Wir hatten einen Namen. »Versuchen Sie es an einer anderen Stelle«, bat ich Sandra.

Eine weitere Berührung, eine weitere Erinnerung …

Jane verzog plötzlich das Gesicht und spie dann auf den Teppich. »Scheußlich!«, bellte sie. »Dr. Simmons, Ihr Präparat schmeckt ganz furchtbar. Ich zweifle nicht an seiner Wirksamkeit, wie sie von Ihnen attestiert wird. Aber guter Gott, Mann! Der Geschmack muss sich ändern, sonst wird es mehr Abführmittel als Heilmittel sein!«

Und noch eine Erinnerung …

Janes Hände bewegten sich, als lege sie etwas an Ort

und Stelle und halte es dort fest. Diesmal schwieg sie und brauchte einen Anstoß, um etwas zu sagen.

»Was tun Sie da?«, fragte Sandra.

»Wonach sieht es denn aus?«, fauchte Jane mit breitem australischem Akzent. »Ich behandle das Bein dieses Patienten mit einer Wärmepackung.«

Ihre Hände kümmerten sich weiterhin um ihren unsichtbaren Patienten.

»Warum?«

»Hören Sie«, sagte sie. »Ich habe Ihre verdammte Kritik satt. Sie sehen das ganz falsch. Sie wollen die Gliedmaßen eines Polio-Patienten nicht ruhigstellen. Nötig ist eine strikte Behandlung mittels Physiotherapie und ... und ...«

Das Feuer und die Leidenschaft verließen sie sichtlich.

Sandra hatte die ganze Zeit nachdenklich zugehört. Schließlich stellte sie Jane eine direkte Frage unter Benutzung ihres elfischen Namens. »Sie sind Ärztin, nicht wahr, Mareth'riel?«

Jane schaute in Sandras Richtung, aber ihre Augen waren blicklos, als schaue sie in die Ferne. Und in gewisser Weise tat sie das auch – aber die Ferne wurde in Jahren gemessen. Ihre Miene veränderte sich.

»Ich bin Nervenärztin, um genau zu sein«, sagte sie mit Bostoner Akzent. »Und eine ziemlich berühmte, möchte ich hinzufügen. Ich habe eine ganze Reihe der barbarischen Behandlungspraktiken in Frage gestellt, die unserem etwas erleuchteterem Zeitalter vorangegangen sind, darunter auch die Benutzung von Dr. Rushs Gewahrsamsstuhl, der bei der Behandlung gewalttätiger Psychopathen Verwendung findet. Ich habe festgestellt, dass keine Notwendigkeit besteht, sie festzuschnallen, wenn ...«

Diesmal brach die Erinnerung abrupt ab. Jane schrie auf, dann kippte sie zur Seite. Einen Augenblick später durchlebte sie dasselbe Trauma wie in Lone Stars Scan-Labor. Ihre Hände fuhren hoch zu ihrem Gesicht und zerrten an etwas, als versuche sie sich etwas vom Gesicht zu reißen. »Nicht die Maske!«, schrie sie. »Nicht ...« Ihre Worte klangen verstümmelt, als verstopfe ihr etwas den Mund. Sie hielt die Hände vor sich, als seien sie in Handschellen. Dann verkrampfte sich ihr Körper. Ihr Gesicht erstarrte zu einer Grimasse und ihr Mund öffnete sich weit.

»Lieber Gott!«, flüsterte Sandra. Sie riss die Hände von Janes Kopf weg. Die magische Energie, die sie aufrecht erhalten hatte, schrumpfte zu einem Punkt zusammen, dann explodierte sie in winzige Fragmente und war verschwunden.

In aller Eile wirkte Sandra einen Heilzauber. Ihre Hände strichen über Janes Gesicht und Nacken und wuschen sie mit einer indigofarbenen Energie. Mit jedem Strich ihrer Hände entspannte Jane sich mehr. Schließlich nahm ihr Gesicht einen völlig gelassenen Ausdruck an. Der Kopf fiel ihr auf die Brust und sie versank in einen tiefen Schlaf. Ich ließ den Atem entweichen, von dem ich nicht wusste, dass ich ihn angehalten hatte. Ich konnte nur hoffen, dass mit Jane alles in Ordnung war.Doch Sandra war der beste Psychotherapeut des ganzen Landes, und das beschwichtigte meine Ängste ein wenig.

Sandra sah mich an, offensichtlich schwer erschüttert. »*Diese* Erinnerung habe ich nicht stimuliert«, sagte sie. »Sie ist von allein aufgetaucht. Und was für eine entsetzliche Erinnerung das war.«

»Wovon hat sie eigentlich geredet?«, fragte ich. »Was ist ein Nervenarzt?«

Sandra legte Jane sanft einen Finger an die Kehle und prüfte ihren Puls. Sie zählte stumm mit, bevor sie meine Frage beantwortete. »Das ist eine alte Bezeichnung für Psychiater, die im 19. Jahrhundert benutzt wurde. Der Gewahrsamsstuhl, den Jane erwähnt hat, wurde im 19. Jahrhundert in Irrenanstalten verwendet. In einem alten medizinischen Handbuch habe ich mal einen Holzschnitt von so einem Stuhl gesehen. Die Arme des Patienten waren an den Lehnen festgebunden und die Füße steckten in Metallschellen. Ein Brustgurt hielt den Patienten an Ort und Stelle und ein Holzkasten um den Kopf hinderte den Patient daran, umherzuschauen und klar und deutlich zu hören. Ein Eimer im Sitz des Stuhls ermöglichte es, den Patienten tagelang in dieser Stellung zu belassen.«

Ich wagte die offensichtliche Vermutung: »Jane hat auf so etwas gesessen, nicht wahr? Daher stammt die letzte Erinnerung.«

Sandra sah mich nachdenklich an. »Nicht auf einem Gewahrsamsstuhl. Jane war Ärztin – kein Patient –, als derartige Dinge in Mode waren.« Sie musterte mich mit stahlhartem Blick. »Romulus, wir wissen beide, was für eine Maske sie meinte, nicht wahr?«

Ich wusste es, wollte es aber nicht glauben. Es musste eine Magiermaske sein, an die Jane sich erinnerte. Eine Plastikhaube, die eng um das Gesicht lag und einen Atemschlauch hatte. Darauf ausgelegt, Magier am Wirken von Magie zu hindern, waren Magiermasken mit Ohrhörern versehen, aus denen ohrenbetäubende neunzig Dezibel lautes weißes Rauschen drang, das den Magier an der Konzentration hinderte. Wenn so eine Maske über einen längeren Zeitraum getragen wurde, konnte sie den Betreffenden wahnsinnig machen.

An und für sich für den Einsatz in Gefängnissen konzipiert, war die Magiermaske ein Markenzeichen des besten Sicherheitsanbieters im Lande: Lone Star. Jane konnte so eine Maske nur getragen haben, wenn sie von der Polizei verhaftet und eingesperrt worden war. Von meinem Rudel.

Nein, das war unmöglich. Wenn Jane für ein Verbrechen verurteilt worden wäre und eine Strafe abgesessen hätte, wäre sie in Lone Stars Datenbanken registriert gewesen. Meine diesbezügliche Suche hatte aber zu keinem Ergebnis geführt.

Hatte sich jemand anders eine Magiermaske beschafft – oder selbst eine hergestellt? Das Material war leicht zu bekommen. Bei Licht betrachtet, war eine Magiermaske in technischer Hinsicht ziemlich primitiv. Mir kam ein Gedanke. Vielleicht war Jane von Leuten entführt worden, die gewusst hatten, dass sie eine Magierin war und ihnen mit ihrer Magie schaden konnte. Sie hatten sie auf Eis gelegt, bis …

Doch selbst übermäßiger Gebrauch einer Magiermaske erklärte nicht Janes Gedächtnisschwund. Sie wies keinerlei Anzeichen einer Psychose auf, die mit dem Missbrauch dieser Vorrichtung üblicherweise einhergeht.

Und es gab noch verwirrendere Dinge, die eine Rolle spielten. Ich sah Sandra an. »Jane ist nicht in diesem Jahrhundert geboren, nicht wahr?«

Sandra schüttelte den Kopf. »Wenn das gerade echte Erinnerungen waren, Romulus, dann hat Jane bereits ziemlich lange gelebt. Manche ihrer Erinnerungen scheinen bis ins ausgehende 18. Jahrhundert zurückzureichen.«

»Wie kann das sein?«, fragte ich. »Wie kann jemand drei Jahrhunderte lang leben?«

»Ich weiß es nicht«, sagte Sandra leise. »Magie? Aber das würde bedeuten, dass es schon lange vor dem Erwachen Magie gegeben hat.«

Wir schwiegen beide und dachten über die Frau nach, die zwischen uns auf den Kissen lag. In der Entspanntheit des Schlafs sah ihr Gesicht wie das eines jungen Mädchens aus. Nur das Grau in ihren Haaren und ihr fraulicher Körper deuteten darauf hin, dass sie zumindest in mittleren Jahren war. Ihr *wahres* Alter überstieg selbst das noch bei weitem.

Jane rührte sich. Ihre Augenlider flatterten und nach einem Moment richtete sie sich auf und gähnte. Sie sah sich in Sandras Büro um und bedachte mich mit einem zaghaften Lächeln.

Ich betrachtete das als gutes Zeichen.

»Erinnern Sie sich an irgendetwas, das gerade passiert ist – an eine Ihrer Erinnerungen?«, fragte ich hoffnungsvoll.

Jane betrachtete verwirrt das Holo des Waldes. »Wo bin ich?« Sie musterte Sandra und mich. »Und wer … sind Sie?«

»Sehr interessant«, murmelte Sandra. »Die Kurzzeiterinnerungen scheinen sich im Schlaf zu verflüchtigen.«

Mein Mut sank. Diese Feststellung nützte mir ungemein. Ich konnte Jane schlecht tagelang ohne Unterbrechung wachhalten.

Ich seufzte. Wir waren wieder da, wo wir angefangen hatten. Ich holte tief Luft – und stellte mich Jane wieder neu vor.

9

Wir konnten nicht zu mir zurückkehren. Der Elf würde sich mittlerweile von Janes Zauber erholt haben und bei mir mit der Suche beginnen. Aber wir hatten seine Nuyen. Also schrieben wir uns früh am Abend, nachdem wir das Krankenhaus verlassen hatten, in ein Hotel in der Innenstadt ein. Die Tatsache, dass ich darauf bestand, bar zu bezahlen, und wir uns auch nicht ausweisen konnten, störte den Ork hinter dem Empfangspult nicht im geringsten. Er war es gewohnt, dass sich Matrosen mit ihren Freudenjungen und Freudenmädchen einschrieben und dabei keine elektronischen Spuren hinterlassen wollten, die eventuelle Ehepartner finden mochten. Er warf einen anzüglichen Blick auf meine Pyjama-ähnliche Krankenhaushose und bedachte mich mit einem wissenden Zwinkern, als ich ein Zimmer mit zwei Doppelbetten verlangte und eine Mahlzeit aufs Zimmer bestellte. Ich ließ ihn das Wechselgeld eines 100-Nuyen-Scheins behalten. Das sollte ein ausreichender Anreiz für ihn sein, den Mund zu halten, falls jemand kam, der uns suchte.

Der Raum roch nach Zigarettenqualm, Duftspray und den Ausdünstungen jener, die vor uns hier abgestiegen waren. Aber die Bettwäsche war sauber. Ich konnte noch das Waschpulver riechen. Ich schaute aus dem Fenster und auf die Straße darunter. Wahrscheinlich war ich einfach nur paranoid. Von Galdenistal dem Elf – den ich wegen seines Bekleidungsstils und seines diplomatischen Status bei mir mittlerweile ›Goldjunge‹ nannte – war nichts zu sehen.

Ich legte den Geldclip auf den Tisch zwischen den beiden Betten. Ich hatte mich vergewissert – der Clip hatte einen Stempel und war tatsächlich aus Gold. Wahrscheinlich war er mehr wert als das dicke Bündel Banknoten, das er hielt. Im Nachhinein betrachtet, hätte ich wahrscheinlich auch die goldene Haarklammer des Elfs an mich nehmen sollen. Aber das wäre Diebstahl gewesen. Sein Geld an mich zu nehmen war lediglich die Requirierung notwendiger Mittel in Ausübung meiner Dienstpflicht.

Es klopfte an die Tür. Ich drückte den Beobachtungsknopf in der Türklinke. Die Plastiktür wurde zunächst dunkler und dann transparent, was es mir gestattete, einen Blick in den Flur zu werfen. Licht passierte die Tür nur in eine Richtung. Der Mensch, der mit einem Essenstablett auf dem Flur stand, konnte nicht in unser Zimmer schauen.

Ich öffnete die Tür und nahm dem Burschen das Tablett ab. Ich konnte seine Verärgerung riechen, als ich ihm kein Trinkgeld gab, aber ich hatte nicht vor, ihm einen 100-Nuyen-Schein zu geben. Stattdessen dankte ich ihm und trug unser Essen hinein. Die Tür nahm wieder ihre normale dunkle Farbe an.

Beim Essen saß Jane auf einem der Betten und gähnte zwischen den Bissen. Der Zauber, den sie früher am Tag gewirkt hatte, und die Tortur im Krankenhaus hatten sie erschöpft. Trotz ihres großen Hungers konnte sie kaum die Augen offen halten. Doch sie war trotz der dunklen Ringe um die Augen wunderschön. Ich konnte kaum dem Drang widerstehen, ihr über das Haar zu streichen.

»Sie sollten etwas schlafen«, sagte ich zu ihr, als sie aufgegessen hatte. Dann kam mir ein Gedanke: Jane würde wieder vergessen, wer ich war, wenn sie schlief. Ich wollte nicht, dass sie sich wieder allein aufmachte. Aber es gab eine offensichtliche Lösung für dieses Problem.

Mit dem Telekom des Hotels druckte ich eine Nachricht aus: BEVOR SIE GEHEN, WECKEN SIE MICH BITTE. Ich heftete die Nachricht mit einer Nadel, die ich in einem Kasten mit Nähzeug im Badezimmer fand, an die Zimmertür.

Ich lächelte Jane an. »Das sollte reichen.«

Sie erwiderte das Lächeln. »Danke, Romulus.« Dann zog sie Jeans und Weste aus und machte sich zum Schlafen fertig. Ich sah einen Anflug von glatter Haut und weichen Rundungen, bevor mir wieder einfiel, dass Menschen – *Elfen*, korrigierte ich mich – es nicht mögen, angestarrt zu werden, wenn sie nackt sind.

Ich kehrte ihr betont beiläufig den Rücken und zerknautschte die Laken und Decken auf dem anderen

Bett zu einem Polster in der Mitte, dann warf ich einen verstohlenen Blick auf Jane.

»Es macht Ihnen doch nichts aus, wenn ich mich verwandle, oder?«, fragte ich. »Ich schlafe immer in meiner Wolfsgestalt.«

»Es macht mir nichts aus.«

Sie lag jetzt unter dem Laken – all die verlockenden Rundungen waren unter einer dicken Decke verborgen. Ich drehte das Licht herunter und schloss das Rollo vor dem Fenster. Dann zog ich die Krankenhaushose aus, ließ mich auf dem Teppich, der nach verschüttetem Alkohol stank, auf Hände und Knie sinken und verwandelte mich. Ich sprang auf das Bett und drehte mich im Kreis, wobei ich die Decken platt trampelte.

»Romulus?«

Ich hob den Kopf und sah sie mit gespitzten Ohren und gespannter Aufmerksamkeit an. Im Dunkeln ist mein Sehvermögen noch besser als das eines Metas. Ich konnte sehen, dass sie sich auf einen Ellbogen stützte und das Laken an ihrem Oberkörper herabgeglitten war. Das Medaillon hing genau zwischen ihren Brüsten. Die goldgesprenkelten Augen schienen einen flehentlichen Ausdruck zu haben. Oder vielleicht war das auch nur Wunschdenken meinerseits.

»Würden Sie wohl neben mir schlafen?«, fragte sie. »Ich würde mich dann sicherer fühlen.«

Würde ich? Ich sprang auf das andere Bett. Ich gab ihr einen flüchtigen Kuss, indem ich ihr mit der Zunge über die Wange strich. Dann legte ich mich mit dem Rücken zu ihr neben sie. Zwischen uns war eine Decke, aber ich spürte dennoch ihre Körperwärme. Aus dieser Nähe war ihr Geruch beinahe überwältigend. Ich war dankbar, dass metamenschliche Pheromone in meiner Tiergestalt eine geringere Wirkung auf mich haben.

Ich behielt die Tür im Auge. Meine Schutzhaltung schien Jane zu beruhigen. Nach einer Weile wurden Janes Atemzüge tiefer. Als ich sicher war, dass sie fest schlief, ließ ich den Kopf sinken und döste ebenfalls ein.

Ein paar Stunden später wachte ich auf. Es war erst elf Uhr nachts, aber ich war hellwach. Ich lag im Dunkeln und sah den Zahlen der Digitaluhr des Telekoms dabei zu, wie sie sich änderten, während ich wieder einzuschlafen versuchte, aber es hatte keinen Sinn. Normalerweise hätte ich angenommen, dass meine nächtlichen Instinkte mich übermannt hatten, aber ich wusste, was tatsächlich das Problem war. Mich beschäftigten zu viele Fragen, die mir keine Ruhe ließen. Ich musste mehr über die geheimnisvolle Frau wissen, die neben mir lag und so tief und fest schlief.

Ich glitt vom Bett und verwandelte mich wieder in einen Mensch. Mit dem Telekom druckte ich eine neue Nachricht aus:

WARTEN SIE HIER AUF MICH. ICH HEISSE ROMULUS. ÖFFNEN SIE FÜR NIEMAND ANDERS DIE TÜR. SIE SIND IN GEFAHR.

Ich heftete sie über die andere Nachricht. Dann zog ich meine Hose an und verließ das Hotel.

Das Polizeirevier war zu Fuß zwanzig Minuten entfernt. Dass würde heute Nacht Dienst haben und ich wollte sie bitten, den Namen Mareth'riel Salvail für mich durch die Datenbanken zu jagen. Ich ging direkt in ihr Büro.

Dass sprang auf, sobald sie mich sah. »Romulus!«, sagte sie in einem durchdringenden Flüsterton. »Komm schnell rein. Ich brauche deine Hilfe, bevor Raymond dich sieht und nach Truro schickt, wo wieder eine Brombeerkatze gesichtet wurde.«

Sie schloss ihre Bürotür hinter mir. Heute Nacht trug sie ein weites weißes Kleid aus einem Stoff, der das Licht wie ein Prisma brach und winzige Regenbögen auf dem Kleid schuf. Sie hatte sich ein weißes Band auf die Wangen gemalt und die Handflächen waren mit einem verschnörkelten Mehndi-Muster bedeckt.

Ich schüttelte den Kopf. Die Versessenheit von Metamenschen auf Körperschmuck überrascht mich stets aufs neue. In meiner menschlichen Gestalt achte ich darauf, dass meine Haare geschnitten und gekämmt sind, aber das ist dann auch schon alles. Im Grunde ist es mir egal, welche Kleidung ich trage. Ich verliere sie ohnehin andauernd, wenn ich mich verwandle.

»Was liegt an?« Ich setzte mich auf einen Stuhl und beschloss, mir zunächst anzuhören, was Dass von mir wollte, bevor ich sie um ihre Hilfe bat. Ich kannte sie gut genug, um zu wissen, dass sie kein Wort zur Kenntnis nehmen würde, bevor sie sich nicht ein wenig abreagiert hatte.

»Raymond hat mir den Irrlichterfall übertragen«, sagte sie.

Ich spitzte die Ohren.

»Und weißt du was? Diese Wesen werden als *Droge* verkauft.«

»Ich weiß.«

»Oh.«

Die Tatsache, dass ich nicht überrascht war, schien Dass zu enttäuschen. Ich roch so etwas wie Irritation bei ihr.

»Warum hast du es mir nicht gesagt?«, fragte sie.

»Ich war mit anderen Dingen beschäftigt«, erklärte ich. »Mit dem Jane-Doe-Fall.«

Dass machte sich nicht die Mühe, mich zu korrigieren – Jane war eigentlich kein *Fall*. Nur jemand, dem ich helfen wollte. Sie bedachte mich lediglich mit einem wissenden Blick und nahm einen Chip von ihrem Schreibtisch. Sie legte ihn in ihren Drucker ein und wartete dann, während das Gerät einen bunten Ausdruck produzierte, der wie eine topografische Karte von Neuschottland aussah. Abgesehen davon, dass die Hügel und Täler an den falschen Stellen waren.

»Halifax ist nicht die einzige Stadt, in der Irrlichter Leute umbringen«, sagte sie. »Andere Zweigstellen Lone Stars melden ähnliche Vorfälle. ›Grinsende Leichen‹ oder Sichtungen leuchtender Lichtkugeln hat es in Digby, Liverpool, Shellburne, Lunenberg, Yarmouth und Parrsboro gegeben – entlang der gesamten Küste. Aber nichts dergleichen in Sydney, trotz der Tatsache, dass es nach Halifax und Dartmouth die drittgrößte Stadt in dem Gebiet ist. Man sollte meinen, dass eine neue Droge dort viel eher auftaucht als in einem kleinen Fischerort wie Parrsboro. Irrlichter sind außerdem in großen Städten auf der anderen Seite der Bucht wie Saint John, Portland und Boston gesichtet worden, aber in keiner der kleineren amerikanischen Städte.«

Sie nahm den Ausdruck und zeigte ihn mir. Die gelben Hervorhebungen auf der Landkarte lagen alle an der Küste mit orangefarbenen Spitzen in den drei von ihr erwähnten Städten – denjenigen an der ehemals amerikanischen Küste. Die Spitzen stiegen zu einem hellroten Maximum an Neuschottlands Südküste zwischen Digby und Yarmouth. Die Tiefpunkte lagen alle im Inland und waren dunkelviolett eingefärbt – genau das Gegenteil von dem, was man normalerweise auf einer Karte zu sehen erwartete.

Plötzlich ging mir auf, womit ich es hier zu tun hatte: mit einer Karte, die durch das Anlegen eines geografischen Profils entstanden war. Dieses System zur Datenanalyse war in den neunziger Jahren des letzten Jahrhunderts von einem Detective aus Vancouver entwickelt worden. Verbrechen, die durch den

Modus operandi oder andere wichtige Gemeinsamkeiten miteinander ›verbunden‹ waren, wurden in eine Karte eingetragen. Das geografische Profilprogramm berechnete die Entfernungen zwischen den Tatorten und hob dann die Gebiete hervor, welche die Verbrecher höchstwahrscheinlich noch heimsuchen würden. In neun von zehn Fällen stellte sich heraus, dass es sich dabei um Gegenden handelte, in denen die Kriminellen arbeiteten, wohnten oder Familie oder Freunde hatten. Obwohl die Computer im letzten Jahrhundert extrem primitiv gewesen waren – die Matrix hatte es damals noch nicht gegeben –, hatte das Programm der damaligen Polizei bei der Verhaftung einer ganzen Reihe von Schwerverbrechern geholfen: Vergewaltigern, Serienmördern und bewaffneten Räubern.

Dass hatte eine moderne Version dieses Programms benutzt, um hinter den wahrscheinlichen geografischen Ursprung der Irrlichter zu kommen. Und dieser Ursprung war – vorausgesetzt, die Daten stimmten – irgendwo an Neuschottlands Südküste, einem Teil der Welt, in dem man mit zweistelligen Zahlen auskam, wenn man die Bevölkerung einer beliebigen Ortschaft angeben wollte.

»Von *dort* werden die Irrlichter eingeschmuggelt?«, fragte ich, indem ich mit dem Finger auf den roten Bereich zeigte.

Dass nickte. »*Kitchaa* – verrückt, nicht?«

Sie gab einen weiteren Druckbefehl. Einen Augenblick später begann das Gerät mit dem Ausdruck einer weiteren Karte.

»Und hier ist etwas, das ist noch verrückter«, sagte sie. »Ich habe das Programm nur so zum Spaß die Brombeerkatzenfälle bearbeiten lassen – daher weiß ich auch, dass wir eine ganz frische Sichtung in Truro haben – und jetzt sieh dir mal an, was dabei herausgekommen ist.«

Ich sah mir das geografische Profil auf dem Ausdruck an. Die Maxima und Minima waren etwas anders verteilt, aber der wahrscheinliche Ursprung war derselbe: die Küste von Neuschottland.

Ich zog die offensichtliche Schlussfolgerung: »Dieselben Leute schmuggeln Brombeerkatzen *und* Irrlichter?«

»Unter anderem«, sagte Dass. »Ich habe das Archiv gebeten, eine Liste aller Fälle von illegal frei herumlaufenden Paras an der Nordostküste von Nordamerika zu erstellen und alle ausgeschlossen, bei denen die gesichteten Paras in der Gegend heimisch sind. Es sind nicht annähernd so viele Fälle wie bei den Irrlichtern und Brombeerkatzen – die beiden scheinen mit Abstand am beliebtesten zu sein. Aber wenn man die wenigen Fälle von Pegasi, Merlinfalken, Aitvaraschlangen und Cerberi nimmt, sieht man bei allen dasselbe Muster.

»Diese Paras sind alle in Europa ansässig«, sagte ich.

»Genau.« Dass starrte nachdenklich auf die Karten in ihrer Hand. »Und das bedeutet, jemand schmuggelt sie aus Europa ein – offensichtlich über den Ozean, weil wir es mit einem Verteilernetz zu tun haben, dessen Operationsbasis die Südküste ist – und verkauft sie als ›Drogen‹ oder als Haustiere.«

»Cerberi?«, fragte ich ungläubig. »Wer außer einem Geisteskranken wollte einen Cerberus als Haustier haben?«

»Du gehst nicht mit der Zeit, Rom«, sagte Dass. »In den europäischen Trids wird der Cerberus der Pitbull der Sechziger genannt.«

Es dauerte einen Augenblick, bis mir klar wurde, dass sie sarkastisch war.

»Mögen uns die Geister beistehen«, flüsterte ich. »Von einem Cerberus würde ich mir niemals die Hand abschlecken lassen wollen. Nicht von einer Zunge, von der zersetzender Speichel tropft.« Ich konnte mir kein Tier vorstellen, das sich schlechter als Haustier eignete.

Außer vielleicht eine Brombeerkatze.

»Wofür benötigst du also meine Hilfe?«, fragte ich Dass. »Du brauchst keinen Spürhund, um diesen Schmuggelring zu finden. Du weißt, woher diese Tiere kommen.«

»Ich weiß es *ungefähr*«, sagte Dass. »Das wahrscheinliche Gebiet umfasst mehr als fünfzig Kilometer Küstenlinie. Ich brauche deine Nase, um es einzuengen. Ich werde darauf bestehen, dass Sergeant Raymond dich dem MEG-Team zuteilt, das den Fall übernimmt – und das ich leiten werde, also kann ich mir die Mitglieder selbst aussuchen. Aber ich wollte das zuerst mit dir besprechen. Besonders, da du ja beschäftigt bist mit … deinem Fall.«

Drek. Dass las in mir wie in einem Buch. Sie hatte meine Faszination für Jane durchschaut und erkannt, dass meine Beschützerinstinkte automatisch in den höchsten Gang schalten würden.

Ich nutzte die Gelegenheit, die Dass mir bot. »Dabei brauche ich *deine* Hilfe, Dass. Ich habe einen Namen für Jane Doe. Ich möchte, dass du ihn durch Lone Stars Datenbanken jagst.«

»*Vema* – das mache ich. Wie lautet der Name?«

Es dauerte nur ein paar Sekunden, den Namen Mareth'riel Salvail zu überprüfen. Das Ergebnis hätte mich nicht überraschen dürfen, aber ich war es dennoch.

Jane – Mareth'riel – war Staatsbürger von Tir Tairngire. Ihr Metatypus war mit menschlich, nicht elfisch, und ihr Alter mit dreiundvierzig angegeben. Sie wohnte in Portland, Oregon, war ledig, hatte keine Verwandten und war bei einer Firma namens New Dawn Medical Research angestellt.

Das Gesicht, das mich aus dem Kristallkugelmonitor anstarrte – das Holo von Mareth'riel Salvails Pass –, war in der Tat Janes. Die Frau hatte dieselben golden gesprenkelten Augen, braunen Haare und vollen Lippen. Am unteren Rand des Bilds, vor ihrer Kehle, war das silberne Medaillon zu sehen, das sie mir auf dem Friedhof gezeigt hatte. Alles passte. Abgesehen davon, dass die Frau auf dem Bild irgendwie *nicht* Jane war. Sie trug das Kinn höher und schaute irgendwie selbstbewusster drein. Sie sah … älter aus.

Die Informationen waren lediglich allgemeiner Natur – der einzige Grund, warum wir überhaupt so viele Daten bekamen, war der, dass Mareth'riel Salvail ein regelmäßiger Besucher der UCAS war. Bei allen Einreisen waren geschäftliche Gründe genannt worden – es schien so, als strecke New Dawn Fühler in der Absicht aus, Tochtergesellschaften in den UCAS zu gründen.

Mareth'riel hatte die UCAS erstmals im Jahre 2045 und zuletzt im Juli 2057 besucht. Den Unterlagen der Zoll- und Einwanderungsbehörde zufolge hatte sie die UCAS am 10. August wieder verlassen, am Tag nach dem Anschlag auf Präsident Dunkelzahn. Oder vielmehr hatte sie es *versucht*. Sie war in Halifax durch den Zoll gegangen und in ein Flugzeug nach Calgary gestiegen – ein Flugzeug, das beim Start verunglückt war, nachdem Randalierer den Flughafen von Halifax gestürmt und einen Lastwagen auf der Startbahn der beschleunigenden 707 abgestellt hatten. Bei diesem Unglück waren alle Passagiere an Bord der Maschine ums Leben gekommen.

Es klang ziemlich plausibel. In den Wirren im Anschluss an das Attentat auf den Präsidenten war es zu allen möglichen Katastrophen gekommen. Der Tod eines Bürgers von Tir Tairngire musste praktisch unbemerkt geblieben sein. Nur, dass Mareth'riel Salvail noch lebte. Hatte sie aus irgendeinem Grund das Flugzeug gar nicht bestiegen, nachdem sie durch den Zoll gegangen war? Und wenn ja, wo war sie in den letzten vier Jahren gewesen?

Da war noch etwas, das ich nicht verstand. »Wie ist es möglich, dass diese Informationen nicht schon gestern aufgetaucht sind, als ich Janes Netzhautscan überprüft habe?«, fragte ich.

»Ich habe keine Ahnung«, sagte Dass. »Sie hätten auftauchen müssen – Lone Stars Datenbanken sind mit denen des Zolls und der Einwanderung gekoppelt.« Sie überflog die Datei ein paar Sekunden lang schweigend, dann zeigte sie mit dem Finger auf den Monitor. *»Kumbe!«*, rief sie. »Hier ist der Grund. Die Datei enthält keinen Netzhautscan von Mareth'riel Salvail. Das dafür vorgesehene Feld ist leer.«

»Wie bitte?«, sagte ich. »Wie ist das möglich? Das Feld muss in jedem Pass ausgefüllt sein.«

Dass zuckte die Achseln. »Vermutlich wurden die Daten gelöscht.«

»Könnten wir etwas versuchen?«, fragte ich. »Vergrößere das Bild von Mareth'riel Salvail, sodass ihre Augen den Bildschirm ausfüllen, dann rufe eine Abbildung des Netzhautscans auf, den ich gestern an Jane vorgenommen habe. Vielleicht können wir manuell überprüfen, ob die beiden übereinstimmen.«

»*Labda*«, sagte Dass. »Das könnte funktionieren.« Sie gab die entsprechenden Befehle ein. Dann stieß sie einen leisen Pfiff aus, als die Daten auf dem Kristallkugelmonitor ihres Computers erschienen.

»*A kigeni* – das ist merkwürdig«, sagte sie.

»Was?«

Ich beugte mich vor und sah mir die Daten an. Plötzlich hatte Jane ein Vorstrafenregister. Und einen anderen Namen.

Die Netzhautscans, die ich gestern an Jane vorgenommen hatte, waren jetzt mit der Akte einer Frau namens Margaret Hersey verbunden, einer achtunddreißigjährigen Einwohnerin von Sydney, Neuschottland. Der Akte zufolge war Hersey einc Straßenmusikantin, die sich ihren Lebensunterhalt damit verdiente, an Straßenecken Illusionsmagie zu wirken und ein paar Nuyen aus dem Touristengeschäft für sich abzuzweigen. Weil sie SIN-los war und sie nur dieses eine Mal mit dem Gesetz in Konflikt geraten war, standen keine anderen persönlichen Informationen zur Verfügung. Die Beamten, welche die Verhaftung vorgenommen hatten, mussten sich mit den Informationen begnügen, die sie ihnen gab.

Hersey war früher in diesem Jahr – am 16. März 2061, um genau zu sein – unter dem Vorwurf der unlizenzierten Anwendung eines Manipulationszaubers verhaftet worden. Bis zu ihrer Verhandlung hatte sie im Untersuchungsgefängnis von Sydney gesessen und war dann zu einer Haftstrafe von drei Monaten verurteilt worden, die in Lone Stars Hochsicherheitsgefängnis in der Zitadelle von Halifax zu verbüßen war. Eine harte Strafe für ein Erstvergehen, aber absolut im Einklang mit Präsident Haeffners neuem ›Null-Toleranz‹-Kurs in Bezug auf unlizenzierte Zauberei. Alle Magier werden jetzt in die Zitadelle geschickt, wie geringfügig ihre Vergehen auch sein mögen.

Hersey hatte ihre Strafe abgesessen und war am 23. Juli entlassen worden – nur zwei Tage bevor ich ihr auf Georges Island begegnet war, einer Frau ohne eine Erinnerung an ihre Vergangenheit. Oder jedenfalls wollte jemand mich das glauben machen.

»Das ist verrückt«, sagte ich. Die Bürotür war geschlossen, aber ich flüsterte trotzdem. »Als ich gestern Janes Netzhautscans überprüfte, hat diese Akte nicht existiert. Aber den Daten auf diesem Monitor zufolge ist diese Akte zur Zeit von Herseys Verhaftung vor fast sechs Monaten angelegt worden.«

Dass nickte geistesabwesend, da sie immer noch auf den Monitor starrte.

»Jemand hat sich große Mühe gegeben, deine Jane Doe mit dieser anderen Identität zu koppeln«, flüsterte Dass zurück. »Und diesem Jemand ist es gelungen, zu diesem Zweck in Lone Stars Datenbanken zu decken.«

Wir wussten beide, wie unwahrscheinlich das war. Lone Stars Datenbanken werden von einigen der härtesten ICs in der Matrix bewacht. Die Konsolencowboys aus der Abteilung Matrixsicherheit sind befugt, tödliche Gegenmaßnahmen zu ergreifen: die schwarzen ICs, die sie programmiert haben, können das Hirn eines Deckers in einer Nanosekunde grillen.

Nun, vielleicht ist das eine Übertreibung, aber diese ICs sind trotzdem *tödlich*. Man muss schon sehr scharf auf etwas sein, wenn man versucht, Lone Stars System zu knacken. In dieses System zu decken, um eine falsche Akte für jemanden zu hinterlegen, würde man nur tun, wenn es sehr, *sehr* wichtig war, die Identität der betreffenden Person zu verschleiern.

Und dieser Jemand hatte mehr als einen Run gegen Datenbanken der Regierung unternommen. Er hatte nicht nur die falsche Akte eingeschleust – was gestern geschehen sein musste, *nachdem* ich Janes Scans ergebnislos überprüft hatte. Er hatte außerdem Mareth'riel Salvails Netzhautscans aus den Datenbanken der Zoll- und Einwanderungsbehörde gelöscht, und zwar nicht erst gestern, sondern früher.

Was bedeutete, jemand hatte mit der Möglichkeit gerechnet, dass Jane von Lone Star aufgegriffen und Scans von ihr genommen werden mochten. Dieser Jemand hatte sich zuerst gedacht, es sei am besten, wenn Jane anonym blieb – aber dann hatte er seine Meinung geändert und sie stattdessen mit einer falschen Akte in Verbindung gebracht.

Offenbar verließ man sich darauf, dass Jane nicht in der Lage sein würde, sich an ihren richtigen Namen zu erinnern. Aber dann hatte man sich – verspätet – dazu entschlossen, auf Nummer Sicher zu gehen.

Mir fiel Janes Gesichtsausdruck wieder ein, als sie zur Zitadelle von Halifax hochgeschaut hatte, der großen sternförmigen Festung aus dem 19. Jahrhundert, die in ein Hochsicherheitsgefängnis umgebaut worden war. Wenn sie dort eingesperrt gewesen war, erklärte das ihre traumatischen Erinnerungen daran, gezwungen worden zu sein, eine Magiermaske zu tragen. Und das wäre noch längst nicht das schlimmste gewesen. Nach allem, was ich von einigen Strafvollzugsbeamten Lone Stars gehört hatte, war die Magiermaske nur der Anfang. In der Zitadelle inhaftierte Magier wurden einer Reihe von Maßnahmen unterzogen, die alle den Zweck hatten, sie an einer Flucht durch Anwendung ihrer magischen Fähigkeiten zu hindern. Drogen, SimSinn, Überreizung des Nervensystems, Elektroschocks und – obwohl das nur Gerüchte waren – experimentelle Neurochirurgie.

Was mich unangenehm an die Geschichten erinnerte, die Sandra über die Operationen erzählt hatte, die im 20. Jahrhundert an Patienten mit geistigen Defekten vorgenommen worden waren.

Ich wusste schon seit langem über Lone Stars Strafvollzugsmethoden Bescheid, aber ich hatte noch nie zuvor eingehender über sie nachgedacht. Schließlich waren es *Kriminelle*, die bestraft wurden. Kriminelle verdienten, was sie bekamen. Aber Jane war unschuldig.

Oder nicht?

Ich wusste nicht, was schlimmer war: Der Gedanke, dass Jane eine unschuldige Frau war, die von einer Organisation, der ich angehörte – von Mitgliedern meines eigenen *Rudels* –, solch einer Behandlung unterzogen worden war, oder dass sie eine Kriminelle war. Und das führte mich direkt zur nächsten Frage.

Wenn Jane tatsächlich verhaftet und verurteilt worden war und eine Strafe abgesessen hatte, wo war dann die Originalakte? Und warum sich die Mühe machen, sie zu löschen und durch eine andere zu ersetzen?

Mit diesen Fragen drehte ich mich im Kreis wie ein Welpe, der seinen eigenen Schwanz jagt.

Ich fragte Dass nach ihrer Meinung. Sie dachte einige Minuten darüber nach. Als sie schließlich antwortete, wählte sie ihre Worte mit Bedacht.

»Das ist jetzt was für die Anhänger von Verschwörungstheorien«, sagte sie. »Was wäre, wenn Mareth'riel Salvail nie durch den Zoll der UCAS gegangen ist? Wenn man sie im Verlauf der Unruhen vorsätzlich ›verschwinden‹ ließ und dann in den letzten vier Jahren auf Eis gelegt und Behandlungen unterzogen hat, die ihr Gedächtnis ausradiert haben? Wer auch immer das getan hätte, müsste die Macht haben, Zoll- und Einwanderungsbehörde dazu zu bringen, ihre Ausreisedaten zu fälschen. Außerdem müsste er die Macht haben, sie vier Jahre lang aus dem Verkehr zu ziehen und sowohl ihr Gedächtnis zu löschen als auch ihre magischen Fähigkeiten zu unterdrücken. Mir fällt nur ein Konzern ein, der über die Macht und die Mittel verfügt, all das zu schaffen ...«

»Auf keinen Fall.« Ich schüttelte den Kopf. Was Dass da andeutete, grenzte an Hochverrat. »Lone Star inhaftiert niemanden ohne Rechtsgrundlage«, knurrte ich. »Wir sind schließlich nicht irgendeine Geheimpolizei eines Drittweltlandes.«

Dass starrte mich nur mit besorgter Miene an. Und das weckte in mir Besorgnis. Wenn *sie* ernsthaft andeutete, es sei möglich, dass Lone Star ...

Ich versuchte die Vorstellung von mir zu weisen,

aber auf eine verrückte Art und Weise war sie fast logisch. Mareth'riel Salvail war offensichtlich eine wichtige Person – so wichtig, dass die Regierung von Tir Tairngire jemanden mit diplomatischer Immunität schickte, um sie nach Hause zu bringen. Aber ich konnte einfach nicht glauben, dass Lone Star tun würde, was Dass andeutete.

Plötzlich brauchte ich frische Luft.

»Ich gehe an die frische Luft, Dass. Ich muss nachdenken.«

»Lass dir Zeit, Rom«, sagte sie leise. »Aber bleib in Verbindung, in Ordnung?«

Ich nickte, während ich nach der Türklinke tastete. Ich rannte fast durch den Flur und dann die Vordertreppe herunter auf den Gehsteig. Ich heulte nicht einmal, als ich hörte, wie ein Streifenwagen das Revier verließ. Stattdessen riss ich mir die Hose vom Leib, nahm Wolfsgestalt an und rannte in die Nacht hinaus.

10

Jane war nicht mehr da, als ich in das Hotelzimmer zurückkehrte. Diesmal gab es Anzeichen für einen Kampf. Frische Anzeichen. Pulverdampf von der Waffe, die rings um das Schloss Löcher in die Tür unseres Zimmers geschossen hatte, trieb immer noch durch den Flur und aus einem umgestürzten Glas tropfte noch Saft von der Kommode auf den Teppich.

Ich stürmte durch das Zimmer, wobei ich meinen Geruchssinn benutzte, um mir zusammenzureimen, was vorgefallen war. Jane hatte wahrscheinlich im Bett geschlafen, da ihre Witterung dort am frischesten war. Sie hatte die Tür nicht geöffnet. Meine Nachricht hing immer noch dort und weder an ihr noch auf dem Teppich in der Nähe der Tür konnte ich eine frische Witterung von Jane ausmachen. Ich sah und roch auch kein Blut, wofür ich mehr als dankbar war.

Ich konzentrierte mich auf die Witterung der Eindringlinge.

Es waren drei gewesen: eine Frau und zwei Männer, alle drei Menschen. Abgesehen von einem der Männer, dessen Schweiß nicht den richtigen Geruch hatte. Er war kein Meta – nein, das war es nicht. Vielmehr roch er größtenteils menschlich, aber mit einer Andeutung von etwas Tierischem als Hintergrundnote. Kein Gestaltwandler – aber vielleicht war einer seiner Elternteile einer gewesen.

Alle drei Witterungen hatten eine scharfe Beimischung, als seien die Eindringe erst kürzlich in Salzwasser getreten. Außerdem nahm ich einen schwachen Geruch nach Tieren wahr. Letzterer war nicht frisch – es war mehr so, als habe der Tiergeruch die Kleidung der Eindringlinge über einen Zeitraum von mehreren Wochen förmlich imprägniert.

Sie waren über die Treppe gekommen und hatten das Hotel auf demselben Weg verlassen. Mit Jane – obwohl die Tatsache, dass ihre Spur Lücken aufwies, darauf hindeutete, dass sie sie halb getragen hatten.

Korrektur: Die Eindringlinge verließen das Hotel gerade auf demselben Weg. Während ich den Flur entlang raste, die Nase dicht über dem Teppich, hörte ich Schüsse aus der Lobby. Sie mussten sich mit der Hotelsicherheit angelegt haben.

Ich lief zur Tür des Treppenhauses und verlor wertvolle Sekunden, da ich gezwungen war, Menschengestalt anzunehmen, um die Tür zu öffnen. Ich raste die zwei Treppen herunter, öffnete die Tür im Erdgeschoss und verwandelte mich wieder in einen Wolf, bevor ich das Treppenhaus verließ. Es hatte keinen Sinn, ein größeres Ziel zu bieten, als ich unbedingt musste.

Die Lobby war um diese Zeit leer bis auf zwei Wachmänner, die mittlerweile draußen auf dem Gehsteig waren und auf einen Wagen auf der anderen Straßenseite schossen. Um das Feuer der beiden nicht auf mich zu ziehen, jagte ich tief geduckt durch die Lobby und warf einen ausgiebigen Blick auf den Wagen. Mein Mut sank. Es war ein Taxi, das sich in nichts von den Hunderten anderer Taxis in der Stadt unterschied.

Während der Wagen mit quietschenden Reifen losfuhr und dabei eine stechende Wolke aus verbranntem Gummi zurückließ, mühte ich mich vergeblich ab zu erkennen, ob Jane darin saß. In meiner Wolfsgestalt war ich einfach nicht groß genug und wegen der Schüsse hatten sich alle Insassen des Wagens tief geduckt.

Meine Krallen kratzten über den gefliesten Boden, als ich auf halbem Weg durch die Lobby kehrt machte. Auf der Suche nach einem Seitenausgang schlug ich die entgegengesetzte Richtung ein. Wieder verlor ich Zeit, als ich Menschengestalt annahm, um Türen zu öffnen. Als ich schließlich draußen in einer Seitengasse neben dem Hotel stand, war von dem Taxi nichts mehr zu sehen. Sogar das Geräusch des Motors hatte sich im nächtlichen Verkehrslärm verloren.

Ich schnappte frustriert ins Leere. Dann zwang ich mich nachzudenken. Die Wachmänner des Hotels würden mittlerweile Lone Star verständigt und einen Vorfall gemeldet haben, der ihnen wie eine Konzernextraktion vorkommen musste. Außerdem würden sie das Taxi vermutlich als gestohlen melden. Vielleicht hatten sie die Zulassungsnummer mitbekommen. Wenn einer von Lone Stars Streifenwagen das Taxi gesehen hatte …

Ich lauschte, hörte aber keine Sirenen.

Dann dachte ich noch etwas mehr darüber nach. Die Entführer hatten nach Salzwasser gerochen. Und der

Geruch war *frisch*. Sie hatten sich erst vor kurzem nasse Füße geholt. Das bedeutete höchstwahrscheinlich, dass sie mit einem Boot nach Halifax gekommen waren. Falls sie vorhatten, die Stadt auf diesem Weg auch wieder zu verlassen, waren sie zum Hafen unterwegs, aber nicht zu irgendeinem Teil des Hafens. Wenn sie nicht um nasse Füße herumgekommen waren, mussten sie sich dem Ufer mit einem kleinen Boot genähert haben und dann durchs Wasser gewatet sein.

Der Küstenstrich von Halifax war stark industrialisiert. Jeder Meter war mit Containerpiers, Eisenbahnschienen, militärischen Dockanlagen und Anlegestellen für Passagierfähren belegt. Es gab nur einen Ort in der Nähe des Hotels, wo ein kleines Boot unbemerkt von der Hafenpolizei anlegen konnte: Point Pleasant Park.

Der Park ist nur noch ein datenchipgroßes Bruchstück von dem, was er einmal war. Mittlerweile stehen Hochhäuser und Eigentumswohnungen der Pleasant Housing Corporation auf den Wegen, die früher einmal von Bäumen gesäumt wurden, und ein großer Teil des Zugangs zum Wasser ist inzwischen ebenfalls privatisiert. Die einzigen öffentlich zugänglichen Bereiche sind die Südwestecke des Parks, wo die Stadt die alten Geschützstellungen aus einem Krieg erhalten hat, der irgendwann im letzten Jahrhundert stattgefunden hat, und die Picknickwiesen und Bootsrampen auf der anderen Seite südlich von den Quarantänepiers. Und genau dorthin würden die Entführer unterwegs sein.

Ich hatte keine andere Wahl, als zu Fuß zum Park zu laufen. Die Entführer hatten die Nuyen des Elfs mitgenommen – der Geldclip hatte nicht mehr auf dem Nachttisch gelegen – und ein nackter Mensch konnte keinen Taxifahrer dazu bringen anzuhalten, geschweige denn ihm eine Freifahrt zu spendieren. Also lief ich so schnell ich konnte in Richtung Park.

Ich kann ziemlich schnell rennen, folglich hatte ich eine gute Chance, die Entführer einzuholen, bevor sie es aus dem Taxi auf ihr Boot geschafft haben würden, besonders dann, wenn sie sich an die Geschwindigkeitsbeschränkungen hielten, um keine Aufmerksamkeit zu erregen. Aber es war ein weiter Weg. Als ich schließlich Point Pleasant Park erreichte, japste ich stark. Meine Zunge war so schwer, dass ich das Gefühl hatte, sie hänge mir bis auf die Pfoten herunter.

Auf dem Weg zum Strand nahm ich eine Abkürzung über einen kopfsteingepflasterten Weg, der durch die Siedlung mit den Eigentumswohnungen führte. Falls mich eine Wachpatrouille der Pleasant Housing Corporation sah, würde man vielleicht annehmen, ich sei irgendjemandes Hund und würde gerade ausgeführt. Ich nahm mir vor, in Zukunft ein Halsband zu tragen, damit ich leichter als Hund durchging.

Ich verlangsamte meinen Laufschritt zu einem Trab, als ich mich dem Strand näherte. Dann wedelte ich beglückt mit dem Schwanz, als ich sah, dass meine Vermutung zutraf. Das Taxi parkte mit ausgeschalteten Scheinwerfern, aber noch tickendem Motor in der Nähe der Picknicktische. Ein paar Meter vom Strand entfernt schaukelte ein Schnellboot in der Dünung, das dem Sandstrand entgegentrieb. Sein Motor lief leise im Leerlauf und an seinem Heck blubberte Schaum, als habe es gerade erst den Strand angelaufen. Ich konnte die Abgase riechen.

Vier dunkle Gestalten, von denen eine am Arm mitgezerrt wurde, wateten zu dem Boot hinaus. Die beiden kleineren Gestalten kletterten an Bord, indem sie sich über die Reling zogen, während die größere Gestalt eine Frau festhielt, die sich gegen den Haltegriff wehrte und in dem flachen Wasser um sich trat, während sie zum Boot geschleift wurde. Dann fuhr sie abrupt herum, sodass das Licht der hell erleuchteten Fenster der Eigentumswohnungen hinter mir darauf fiel. Ich erkannte das Gesicht sofort.

Jane!

Ohne es zu wollen, jaulte ich vor Aufregung. Köpfe fuhren herum, als die Entführer sich zu mir umdrehten, und ich konnte einen ausgiebigen Blick auf sie werfen.

Die Frau war klein und drahtig und ihre kurzen Haare lagen so dicht am Kopf an, als seien sie nass. Sie war flachbrüstig und wirkte knabenhaft. Nur ihre Witterung verriet mir, dass sie eine Frau war.

Die Männer hatten ebenfalls dunkle Haare und amerindianische Züge. Der Bursche, der Janes Arm festhielt, war groß und fett, bewegte sich aber, als habe er einen Haufen Muskeln unter der Fettschicht. Eine Narbe auf der Wange sah wie das Überbleibsel einer großen Stichwunde aus. Der andere Mann – derjenige, welcher bereits ins Boot geklettert war – war klein, sah grimmig aus und grinste nervös. Er schien jünger als die beiden anderen zu sein, unruhiger. Hinter ihm stand ein Mann mit stoppelkurz geschnittenen Haaren und Cyberaugen, die das Licht reflektierten wie die Pupillen einer Katze. Seine blassen weißen Arme waren mit dunklen Tätowierungen übersät. Er war über das Ruder des Schnellboots gebeugt und aus der Konsole führten Kabel zu den Datenbuchsen unter seinem Ohr. Er musste der Rigger der Gruppe sein.

Ich wählte den großen Mann im Wasser als Angriffsziel. Ich lief über den Sand und stürmte ins Wasser, wobei meine Füße salzige Gischt aufwirbelten, als ich über die niedrigen Wellen sprang. Wenn es mir gelang, den großen Burschen auszuschalten, bekam Jane die Möglichkeit zur Flucht. Zumindest hatte sie diesmal die Entführer auch als solche erkannt. Anders als

Goldjunge hatten sie nicht vorzugeben versucht, dass sie ihre Freunde seien. Ich hoffte nur, sie würden ihr nicht in den Rücken schießen, wenn sie vor ihnen floh.

Ich sprang den großen Burschen an und versenkte meine Zähne in seiner Schulter. Wie ich gehofft hatte, ließ er Janes Arm los und taumelte rückwärts. Ich schmeckte Blut, während ich seine Schulter mit den Zähnen bearbeitete und noch tiefer hineinbiss. Das Blut schmeckte gut. Irgendwie fettig, aber voll und süßlich. Es war lange her, seit ich …

Ich hörte das Klicken von Cyberware gerade noch rechtzeitig, um loszulassen und zurückzuspringen. Lange Dornen schossen aus den Fingerspitzen des Burschen, die untereinander mit einer Art Gumminetz verbunden waren. Schmerzen zuckten durch meine Flanke, als mich die Spitzen der rasiermesserscharfen Dornen erwischten und mir die Seite aufrissen. Mein Blut tropfte ins Wasser, wo es sich in der von der Bootsschraube aufgewirbelten Gischt mit seinem vermischte. Eine Welle klatschte gegen meine Seite und die Schmerzen wurden um das Brennen von Salz in der Wunde vermehrt.

Ich wich dem großen Burschen aus, der mit seinen Dornennetzhänden nach mir schlug. Die Implantate zischten durch die Luft und rasierten die Haarbüschel auf meinen Ohrspitzen. Die Schulter des Burschen war ein dunkler, nasser Fleck aus Blut, aber die Wunde schien ihn in keiner Weise zu beeinträchtigen.

Mittlerweile war Jane auf der Flucht.

»Drek!«, schrie die Frau. »Vergiss das Vieh, Shark! Schnapp dir Jane. Schaff sie ins Boot!«

Ich spitzte die Ohren. Jane? Hatte sie gerade ›Jane‹ gesagt? Woher kannte sie ihren Namen?

Ich hatte andere Sorgen. Der große Bursche hechtete in dem knietiefen Wasser vorwärts und schwamm mit geschmeidigen kräftigen Armzügen hinter Jane her.

Das Netz zwischen seinen Fingern machte ihn schnell wie ein Fisch.

Das Boot fuhr ihm nach und schnitt mir den Weg ab. Der kleine Mann und die Frau standen im Heck, jeder eine Pistole in der Hand. Ihre Waffen spien zornrote Flammen und rings um mich klatschten Kugeln ins Wasser.

Drek! Ich war nicht in meinem Element – buchstäblich. Mein Angriff auf den großen Burschen hatte mich so weit hinaus getragen, dass ich keinen Grund mehr unter meinen Wolfspfoten spürte. Gezwungen, über Wasser zu schwimmen, bot ich ein leichtes Ziel. Ein oder zwei Kugeln würde ich überleben, wenn sie keine lebenswichtigen Organe trafen – die Schramme in meiner Flanke hatte bereits aufgehört zu pochen und würde bald verheilt sein. Aber auf diese Entfernung konnte das Paar im Bootsheck, wenn sie denn wussten, auf welche Stellen sie zielen mussten, leicht einen tödlichen Schuss abgeben, der mein Rückgrat durchtrennen würde.

Ich nahm Menschengestalt an, tauchte und wandte mich nach links, als ich unter Wasser war. Vermutlich rechneten sie damit, dass ich parallel zum Ufer schwamm. Stattdessen schwamm ich weiter hinaus ins tiefere, kältere Wasser. Erst als meine Lunge zu bersten drohte, tauchte ich wieder auf und sah mich rasch um.

Die Entführer, die noch einen Augenblick zuvor auf mich geschossen hatten, lehnten sich über die Bootsreling und zogen die sich wehrende Jane an Bord. Kaum hatten sie sie aufs Deck geworfen, wo sie nach Luft schnappend wie ein Fisch im Netz liegen blieb, schoss der große Bursche förmlich aus dem Wasser und zog sich ins Boot. Der Motor heulte auf, pulsierte förmlich vor Kraft. Im Bug des Boots flammte ein Scheinwerfer auf und der Lichtstrahl huschte über das Wasser. Ich tauchte, kurz bevor er mich erreichte.

Zu spät. Janes Entführer mussten Augen wie Katzen haben, um mich in der Dunkelheit ausmachen zu können. Waffen knallten und Kugeln wühlten rings um mich das Wasser auf. Ich schwamm, bis mir die Ohren dröhnten und ich glaubte, meine Lunge müsse jeden Augenblick platzen …

Ich tauchte gerade noch rechtzeitig auf, um mitzubekommen, wie das Schnellboot Gischt aufspritzen ließ, als es in einem engen Kreis wendete und in Richtung offenes Meer schoss. Ich sah ihm Wasser tretend nach. Jetzt hatte ich keine Möglichkeit mehr, Jane noch zu retten. Lone Stars Polizeiboote konnten das Boot zwar einholen – aber ich konnte kaum deren Unterstützung anfordern. Nicht, wenn an Dass' verrückter Theorie etwas dran und tatsächlich Lone Star derjenige war, welcher Jane eingesperrt und den Schlüssel zu ihrem Gedächtnis und zu ihrem Ich weggeworfen hatte.

Nein, Jane war weg. Ich hatte sie verloren. Ich konnte nur noch die Positionslichter des Schnellboots verfolgen, das in die Nacht hinaus raste.

11

Kennen Sie den Ausdruck ›sich hinter dem Offensichtlichen verstecken‹? Dass war ein Verfechter dieser Vorgehensweise.

Kein Polizeibeamter konnte sich mit Erfolg an Neuschottlands Südküste als Einheimischer ausgeben. Die winzigen Gemeinden, welche die felsige Küste zwischen Digby und Yarmouth pflastern, sind Ortschaften, in denen ein paar Dutzend Familien leben und wo jeder jeden kennt. Klatsch verbreitet sich auf dem Dorf schneller als eine Information in der Matrix.

Glücklicherweise ist die Gegend bei Touristen sehr beliebt. Die meisten kommen wegen der Landschaft längs der alten Autobahn, die sich an der Küste entlang windet. Das hügelige Hinterland besticht durch windgepeitschte Fichten, Blaubeerfelder und weißgebleichte Häuser mit spitzen schwarzen Giebeldächern. Die eigentliche Küste bietet alles, von steilen Schieferklippen bis hin zu kleinen versteckten Buchten mit flachen Stränden, wo die Flüsse ins Meer münden. Doch wie das Gelände auch sein mag, es ist fast immer neblig. Selbst im Sommer hängen bis zum Mittag Nebelfetzen über dem Wasser, bis sie sich schließlich in der Sonne auflösen.

Touristen besuchen die Gegend aufgrund der Schönheit der Natur und um ein Stück 20. Jahrhundert zu sehen. Die Ortschaften haben sich in den letzten hundert Jahren nicht sonderlich verändert. Die Leute leben immer noch vom Hummerfang. An diesem Teil der Küste ist Hummer ein Arme-Leute-Essen.

Dass spielte die Rolle einer staunenden Touristin aus der Großstadt, die eine Menge dumme Fragen stellte. Ich tat so, als sei ich ihr Hund. Ich weiß nicht, wer von uns die Blicke mehr auf sich zog: Dass in ihrem grell gemusterten afrikanischen Kleid mit den magischen Fetischen oder ich, offensichtlich ein reinrassiger Wolf, doch so wohlerzogen und gehorsam wie ein Schoßhund. Um alledem die Krone aufzusetzen, sprach Dass kein Französisch – und dieser Teil der Küste war weitestgehend akadisch. Die Einheimischen konnten Englisch sprechen, taten es aber nur widerwillig.

Da traf es sich gut, dass wir uns nicht auf das Befragen der Einheimischen verließen, um ans Ziel zu gelangen. Anstatt mit normaler polizeilicher Beinarbeit versuchten wir es mit Nasenarbeit. Oder vielmehr versuchte ich es. Während Dass die Touristin spielte und pittoreske Kirchen fotografierte, hielt ich die Nase am

Boden und mühte mich, Witterungen von Paras aufzuspüren. Nur auf diese Weise konnte ich hoffen, Jane wiederzufinden.

Zwischen ihr und den Schmugglern gab es irgendeine Verbindung. Bei unserer ersten Begegnung in jener Nacht am Pier von Georges Island hatte sie gesagt, ihre Freunde würden sie Jane nennen. Ihre Freunde, die Brombeerkatzen schmuggelten und wahrscheinlich auch das Importgeschäft mit Irrlichtern betrieben. Ich war jetzt sicher, dass diese ›Freunde‹ diejenigen waren, welche sie aus dem Hotel entführt hatten. Wenn wir die Basis des Schmugglerrings fanden, würden wir auch die Entführer finden – und Jane.

Dass und ich fuhren seit drei Tagen ziellos die Küste entlang, wobei wir nach jedem Kilometer anhielten, damit Dass sich setzen und in der Sonne ein wenig ›meditieren‹ konnte, während ich in der Gegend herumlief. In Wirklichkeit überprüfte Dass mittels astraler Projektion alle Boote, die vorbeifuhren. Sie versank dann jedesmal in Trance und ließ ihre Astralgestalt über das Wasser flitzen wie einen flachen Stein, um dann in die Hummerfangboote und Muschelfischer einzudringen und deren Laderäume nach Anzeichen für paranormale Tiere zu durchsuchen. Ich hatte ihr Janes vier Entführer ausführlich beschrieben, also durchsuchte sie Brücke und Mannschaftsquartiere jedes Boots nach ihnen. Inzwischen wachte ich über Dass' Körper, den ich immer im Auge behielt, während ich am Strand nach vertrauten Witterungen schnüffelte.

Bisher hatten wir nichts entdeckt. Doch sobald wir gefunden hatten, wonach wir suchten, würde Lone Star ein Team von der Magischen Einsatzgruppe für eine Razzia schicken.

Am dritten Nachmittag nach Janes Entführung hielten wir in Short Beach an, einem Dorf, das so klein war, dass es nicht einmal auf der Karte verzeichnet war. Es war im wesentlichen eine Geisterstadt. Man hatte uns erzählt, dass der einzige Bewohner ein Einheimischer namens ›Crazy John‹ sei, ein Einsiedler, der sich angeblich nie aus der kleinen Hütte wagte, die er sich in den Hügeln hinter der Stadt aus Altmetall gebaut hatte.

Short Beach bestand aus einer stillgelegten Fischfabrik, ein paar verrotteten Fischerbooten, die auf dem Strand lagen, vier unbewohnten Häusern mit gesprungenen Fensterscheiben und von den Winterstürmen teilweise abgedeckten Dächern und einem Kai aus Beton anstatt Holz – in diesen Landstrichen, wo regelmäßig Stürme aufziehen, eine Notwendigkeit. Am ufernahen Ende des Kais befand sich ein Kettenzaun, an dessen verschlossenem Tor ein rostfleckiges Schild mit der Aufschrift *Betreten verboten!* hing. Wie alt das Schild war, verriet das über den unteren Rand eingestanzte MINISTERIUM FÜR FISCHEREI UND MEERESWIRTSCHAFT, KANADA. Kanada hatte vor dreißig Jahren als eigenständige Nation aufgehört zu existieren, als die UCAS gebildet worden waren, was einen Hinweis darauf gab, wann der Kai zuletzt benutzt worden war. Der Kettenzaun schien genauso alt zu sein – er war voller Löcher und sah aus, als werde er jeden Augenblick umfallen.

Am Pier war ein verrosteter Frachter festgemacht – obwohl ›festgemacht‹ eine etwas irreführende Bezeichnung war, weil er nie wieder irgendwohin segeln würde. Sein Rumpf war mit Muscheln verkrustet und getrocknete Seegrasbüschel auf dem Deck ließen darauf schließen, dass es bei Flut vermutlich unter Wasser stand.

Wenn die Einheimischen in dieser Gegend ›Flut‹ sagen, dann meinen sie auch Flut. An diesem Küstenstreifen sind die Gezeitenwechsel berüchtigt. Der Höhenunterschied zwischen Ebbe und Flut beträgt in der Bay of Fundy annähernd zehn Meter – die Höhe eines dreistöckigen Hauses.

Das Schiff lag hier offenbar schon seit vielen Jahren und war allmählich immer lecker geworden. Vermutlich hatte man es aus Kostengründen einfach hier liegen lassen, statt es aufs offene Meer zu schleppen und mit Sprengladungen zu versenken.

Wahrscheinlich enthielt das Wrack des Frachters nichts anderes als Seegras, Salzwasser und Schlamm, aber Dass beschloss, es zu überprüfen, während ich mir die Fischfabrik vornahm. Sie setzte sich auf das windgepeitschte Gras und nahm die Lotusposition ein. Dann schloss sie die Augen und summte leise vor sich hin.

Ich wechselte auf Astralsicht und beobachtete, wie sie ihren Körper verließ. Dass' Aura floss aus ihrem Körper und nahm die Gestalt eines schillernden, geisterhaften Doubles ihrer selbst an. Sie ›ging‹ durch den Zaun und über den Kai, wobei die Füße mehrere Zentimeter über dem Beton schwebten.

Ich verfüge zwar über die Gabe der astralen Wahrnehmung, kann mit meinem Bewusstsein jedoch nicht meinen Körper verlassen und es auf die Reise schicken wie ein Magier oder Schamane. Es muss ein unglaubliches Gefühl sein. Ich stellte mir vor, dass die Träume, in denen ich flog, ihm noch am nächsten kamen. Dass konnte das im richtigen Leben tun.

Zeit, mich an die Arbeit zu machen. Mit der Nase am Boden streifte ich durch die stillgelegte Fischfabrik und suchte vertraute Witterungen. Das Gebäude war seit Jahrzehnten nicht mehr in Benutzung, aber es roch immer noch schwach nach Fischabfällen. Und nach nichts anderem. Keine Spur von den Entführern oder einem paranormalen Tier.

Ich lief rasch zu Dass, um zu sehen, ob mit ihr alles in Ordnung war, dann schnüffelte ich in der Umgebung der leerstehenden Häuser herum. Ich hielt ein oder zweimal inne, um die Marke eines Hundes zu überdecken, der vor ein paar Tagen hier vorbeigekommen war. Der Hund war ziemlich erregt gewesen. An einer Ecke des Hauses hatte er innegehalten, um ein Loch zu graben, an einer Stelle, wo Hauswand und Fundament weggebröckelt waren und ein kleines Loch hinterlassen hatten. Ich steckte die Nase in das Loch und schnüffelte …

Brombeerkatze!

Die Witterung war so schwach wie die des Hundes – vielleicht drei Tage alt. Aber der Gestank war unverwechselbar. Ich vermutete, dass der Hund die Katze erschreckt hatte und sie sich dann in die nächste Deckung geflüchtet hatte. Als der Hund schließlich das Interesse verloren hatte und abzog, war die Katze wieder aus dem Loch gekrochen und landeinwärts gegangen. Ich folgte ihrer Spur mehrere hundert Meter weit über zwei Hügel hinweg, dann durch ein Piniengehölz und über den nächsten Hügel. Schließlich stieß ich auf eine frischere Fährte, welche diejenige, der ich gerade folgte, kreuzte. Die Brombeerkatze war erst vor kurzer Zeit hier entlang gegangen, vielleicht vor ein paar Stunden. Ich spitzte die Ohren, als ich der frischeren Fährte folgte. Dann bemerkte ich einen Schatten, der auf mich fiel. Ich schaute auf und sah …

Drek, was, zum Teufel, war das?

Es sah wie ein riesiger, vielleicht sechs Stockwerke hoher Keil aus waldgrünem Metall aus, dessen sich nach unten verjüngende Spitze auf einem Betonfundament stand. Der Keil bestand aus einem Gerüst aus Stahlträgern, das mit Stahlpaneelen in der Größe von Speerholzplatten abgedeckt war. Der Keil durchmaß unten an der Basis vielleicht acht Meter und hatte oben an der Spitze ungefähr den doppelten Durchmesser. Die Metallwände waren mit Bullaugenfenstern perforiert, während als Türen ausgebaute Schiffsluken Verwendung fanden. Um die Spitze des Bauwerks zog sich ein schmiedeeisernes Geländer und an der Seite hing ein Abflussrohr, das in einer kastenähnlichen Vorrichtung endete. Neben einer Tür auf der untersten Ebene des Keils entwich aus einem Kessel ein steter Dampfstrahl, der wie halb verbranntes Methan roch.

Ein Mensch machte sich am Kessel zu schaffen. Er drehte an Ventilen, während er Anzeigen beobachtete und vor sich hin murmelte. Er bewegte sich langsam und sah so alt aus wie der Felsen, auf dem das Bauwerk errichtet war. Er war hochgewachsen, hager und kahl und hatte einen dünnen weißen Stoppelbart. Seine Kleidung bestand lediglich aus einer dunkelgrünen Wollhose, die mehr Loch als Stoff war, und seine Haut war so gebräunt, verwittert und runzlig wie altes Leder. Er sah so alt aus, wie ein Mensch es überhaupt werden konnte – ich schätzte sein Alter auf über achtzig. Vielleicht sogar über neunzig. Er *roch* sogar alt. Es erstaunte mich, dass jemand, der so alt und gebrechlich war, hier draußen im Wald auf sich allein gestellt lebte.

Ich umkreiste das Bauwerk und sah mich ein wenig um. Der Boden rings um den Keil stank nach Katze. Und dann sah ich sie: Sie sonnte sich träge in einem Bullauge dicht unter der Spitze des Turms. Ihrer Aura konnte ich entnehmen, dass sie keine gewöhnliche Katze war.

Kein Zweifel, der Mann musste Crazy John sein. Kein geistig gesunder Mensch würde in einem auf der Spitze stehenden Turm aus Altmetall mit einer Brombeerkatze als Haustier leben.

Ich wollte diese Sache nicht allein angehen. Nach allem, was ich wusste, konnte der Turm noch andere

Paras beherbergen. Vielleicht war er sogar die Basis des Schmugglerrings. Ich schlug mich in die Pinien und lief zu Dass zurück.

Sie war aus ihrer Trance erwacht und reckte und streckte sich, um ihre Muskeln zu entspannen. Ich bezweifelte, dass sie irgendetwas entdeckt hatte, weil ich ihre Enttäuschung riechen konnte. Ich nahm menschliche Gestalt an, um mit ihr reden zu können.

»Ich habe eine Brombeerkatze entdeckt, Dass. In einem Turm ein Stück landeinwärts.«

Dass grinste breit. »Das ist gut, weil dieser Frachter reine Zeitverschwendung war. In den Laderäumen ist nur Meerwasser. Lass uns diesen Turm unter die Lupe nehmen. Ich sehe ihn mir mal im Astralraum an und dann gehen wir in Fleisch und Blut hin.«

Ich war ziemlich aufgedreht und es war nicht leicht, nur herumzustehen und zu warten, während Dass wieder in Trance fiel. Ich nutzte die Zeit, um mich anzuziehen. Ich war froh, als Dass nach nur ein oder zwei Minuten wieder aus ihrer Trance erwachte.

»Es gibt dort nur den alten Mann und die Brombeerkatze«, sagte Dass. »Keine anderen Paras und keine Schmuggler. Und keine Jane Doe.«

Mein Mut sank. Eigentlich hatte ich auch gar nicht erwartet, Jane so leicht zu finden – aber man konnte wenigstens hoffen.

»Schnappen wir uns die Katze«, sagte ich.

Wir gingen zu dem keilförmigen Turm, wobei wir keine Anstalten machten, uns zu verstecken, sondern uns einfach wie neugierige Touristen verhielten. Als wir nahe genug waren, zückte Dass ihre Kamera und machte ein paar Schnappschüsse. Sie winkte sogar mich ins Bild, was mir einen Vorwand gab, mich dem Turm weiter zu nähern. Und dem alten Mann.

Er sah mich mit zu schmalen Schlitzen verengten Augen argwöhnisch an. »Wer, zum Teufel, sind Sie?«

Er sprach fließend Englisch ohne die Spur eines akadischen Akzents.

Ich streckte die Hand aus. »Ich heiße Romulus. Meine Freundin und ich kommen aus Halifax. Wir machen hier Urlaub.« Ich betrachtete den Turm. »Haben Sie das gebaut? Es ist phantastisch!«

Der alte Mann nickte, als er mir die Hand schüttelte. Sein Griff war schwach und seine Hand zitterte. Aber ich konnte erkennen, dass er früher, vor Jahrzehnten, drahtig und stark gewesen war.

»Sicher«, sagte er. »Das ist mein Magierturm. Ich habe zwanzig Jahre gebraucht, um ihn zu bauen, und ich werde noch mal zwanzig Jahre darin wohnen – vielleicht auch noch hundert.« Er grinste, dann fügte er hinzu: »Ich heiße John.«

Dass näherte sich. Ihre hochgezogene Augenbraue verriet mir, dass sie meine Meinung teilte. Der gebrechliche alte Mann konnte sich glücklich schätzen, wenn er noch ein Jahr lebte, von zwanzig ganz zu schweigen.

»Magierturm?«, fragte ich. »Haben Sie ihn mit Hilfe von Magie errichtet?«

»Ich wünschte, ich hätte es gekonnt«, sagte er. »Aber ich kenne keinen einzigen Zauber. Die Leute hier in der Gegend nennen ihn einfach ›Magierturm‹, weil er so seltsam aussieht.«

Er konnte also keine Zauber wirken. Nachdem ich bei meinem ersten Besuch einen Blick auf seine Aura geworfen hatte, hätte mich alles andere auch überrascht.

»Ich habe nur für die Konstruktionspläne ein ganzes Jahr gebraucht«, fuhr John mit bebender Stimme fort. »Die Wände bestehen aus drei Millimeter dicken Stahlplatten und die ganze Konstruktion verjüngt sich nach unten hin, damit kein Regen eindringt. Die Südwand ist mit einem System aus Kupferrohren verkleidet, um die Sonnenwärme in Heizenergie umzuwandeln. Das Fundament besteht aus mit Drahtgeflecht verstärktem gegossenem Beton. Das Dach sammelt Regenwasser, das durch dieses Rohr an der Seite zu einer Wasserturbine läuft, die Elektrizität erzeugt, und dieser Kessel ist ein Methankocher. Jeder Etagenboden ruht auf Stützbalken, die mit alten Autoreifen versehen sind. Das Gummi dämpft Vibrationen und isoliert, sodass keine Kälte in das Gebäudeinnere dringt. Außerdem gibt es eine Dunstbarriere aus Fiberglas, die ...«

Dass unterbrach ihn, indem sie zu dem Bullauge unter dem Dach schaute. »Ist das Ihre Katze?«, fragte sie. »Was für ein schönes Tier.«

John grinste. »Man könnte sagen, dass ich ihr Mensch bin.« Er lachte, aber nach einem Augenblick ging das Lachen in ein rasselndes Husten über. Es dauerte eine ganze Minute, bevor er weitersprechen konnte. Er hustete so stark, dass er beinahe zusammenbrach. Ich fragte mich schon, ob ich zum Wagen laufen und den Erste-Hilfe-Koffer holen sollte. Doch schließlich kam John wieder zu Atem.

Ich behielt die Katze am Fenster im Auge und hoffte, sie werde nicht aufwachen. Ich wollte nicht, dass das kleine Scheusal uns sah und ein paar ihrer Tricks an uns ausprobierte.

»Wie lange sind Sie denn schon ihr Mensch?«, fragte Dass freundlich.

Ich konnte meinen Abscheu kaum verbergen. Sicher, es war ein beliebter Witz unter den Besitzern von Hauskatzen, aber bei dem Witz drehte sich mir immer noch der Magen um. Ich schaute weg, damit der alte Mann mein Gesicht nicht sehen konnte.

»Seit ungefähr einem Jahr«, sagte John. »Die Mi'kmaqs haben sie mir gegeben.«

Ich spitzte die Ohren. Ich drehte mich wieder zu

dem alten Burschen um und bedachte ihn mit einem Lächeln der Marke *dämlicher Tourist*. »Mi'kmaq-Indianer?«, fragte ich. »Ich wusste gar nicht, dass die hier in der Gegend leben. Ich dachte, dieses Gebiet wäre akadisch.«

»Sie kommen und gehen.«

»Per Boot?«, fragte ich.

Vielleicht hatte meine Stimme zu eifrig geklungen. Die Augen des alten Burschen verengten sich. Ich konnte eine Spur von Nervosität riechen, die von ihm ausging.

Das Schweigen dehnte sich, bis Dass es durchbrach. Sie hatte einen Blick durch die offene Tür in das Erdgeschoss des Turms geworfen.

»Was ist in dem Tank?«, fragte sie.

»Wuselwürmer.«

»Was?« Ich fragte mich, ob ich John richtig verstanden hatte. Dachte sich der alte Mann jetzt Wörter ohne Sinn und Bedeutung aus?

John ging auf unsicheren Beinen zur Tür und bedeutete uns mit altersfleckiger Hand, ihm zu folgen.

»Kommen Sie herein und sehen Sie selbst«, sagte er mit einem Grinsen.

Die unterste Ebene des Turms war ein großer Raum mit kahlen Metallwänden und einem Betonboden. In der Mitte stand ein großes gläsernes Aquarium, das dem Geruch nach zu urteilen mit Meerwasser gefüllt war. Ein Schlauch lief von einer Pumpe zur einen Seite des Aquariums und auf der anderen Seite führte ein zweiter Schlauch wieder heraus. Kleinere Pumpen lenkten die Strömung des Wassers innerhalb des Aquariums. In der Mitte war ein großes Stück Holz am Boden befestigt, dessen eine Seite vage wie ein Gesicht aussah.

»Sehen Sie genauer hin«, sagte John mit einem Grinsen. Er wandte sich der Pumpe zu und drückte auf einen Knopf. Die Pumpe fing mit einem Summen an zu arbeiten und der Wasserstand im Aquarium stieg langsam an.

Ich schaute angestrengt in das Wasser und konnte darin winzige wurmartige Wesen von der Größe eines Reiskorns erkennen, die an der Wasseroberfläche trieben.

»Das sind Wuselwürmer«, erklärte John, indem er gegen die Seite des Aquariums klopfte. »Sie ernähren sich von Holz. Sie knabbern die Holzplanken ab und Ebbe und Flut bewirken, dass ein spindelförmiges Stück Holz zurückbleibt. Ich modelliere mit ihnen – ich mache Porträts.«

Die Nervosität, die ich zuvor an John gerochen hatte, war wie weggeblasen. Jetzt war er voller Enthusiasmus, da er uns mit seiner hohen pfeifenden Stimme die Tricks und Kniffe erklärte, wie man die Wasserzufuhr regulieren musste, um zu erreichen, dass die Wuselwürmer an einer bestimmten Stelle nagten. Es war offensichtlich, dass er sich stundenlang über Pumpen, Schläuche und Filter auslassen würde, wenn wir ihn ließen. Er schien mehr an dem Verfahren an sich Interesse zu haben als an seiner ›Kunst‹.

»Ihre Katze«, näherte Dass sich wieder unserem Anliegen. »Wussten Sie, dass sie magisch begabt ist?«

»Ja, sicher.« John winkte verächtlich ab. »Aus diesem Grund wollte ich sie für meinen Magierturm.«

»War sie nicht sehr teuer?«, fragte Dass.

»Sie war ein Geschenk«, antwortete er. »Ich habe den Mi'kmaqs bei der Reparatur ihrer Bilgenpumpe geholfen und …«

Er schloss den Mund, als habe er etwas gesagt, das er nicht hätte sagen dürfen. Aber es war zu spät. Ich hatte die Geste mitbekommen, die Dass hinter seinem Rücken beschrieben hatte, als sie ihren Zauber wirkte.

In diesem Augenblick sondierte sie seinen Geist und belauschte seine Gedanken.

Ihre Lippen zuckten in der schwachen Andeutung eines Lächelns und mir war klar, dass sie etwas Wichtiges in Erfahrung gebracht hatte.

John schüttelte den Kopf, als sei ihm schwindlig. Sein Gesicht war blass.

»Drek«, sagte er. »Ich fühle mich so komisch. Sind Sie etwa Magier?«

Ich musste das Thema wechseln. Schnell. Ich sah mich nach etwas um, das ich ansprechen konnte. »Wer ist das Vorbild für das Porträt der Wuselwürmer?«, fragte ich.

»Was?« Er schüttelte immer noch den Kopf. »Oh, das ist Jane.«

Meine Nackenhaare sträubten sich. War es Zufall, dass er diesen Namen genannt hatte? Er war einer der gebräuchlichsten auf diesem Planeten. Wie standen die Chancen, dass es meine Jane war, die er meinte?

Ziemlich gut, wenn man bedachte, dass dieser Bursche außerdem eine Brombeerkatze besaß, die ihm Mi'kmaq-Indianer geschenkt hatten.

»Wer ist Jane?«, hakte ich nach.

Seine Miene wurde weicher. »Eine Ärztin«, sagte er. »Ich habe sie vor sechs Jahren kennen gelernt, als sie herkam, um die Tests an mir vorzunehmen. Sie hat mich an meine Tochter erinnert. Als sie eintrat, bekam ich weiche Knie. Ich dachte zuerst, meine Tochter wäre von den Toten auferstanden.« Sein wehmütiger Tonfall verriet mir, dass er seine Tochter sehr geliebt hatte.

»Das ist das Problem, wenn man so lange lebt«, fügte er verbittert hinzu. »Alle, an denen einem etwas liegt, sterben vor einem.«

»Was für Tests hat diese Ärztin denn vorgenommen?«, fragte Dass.

»Medizinische Tests. Sie war neugierig, weil ich für

mein Alter noch so gesund bin, und wollte herausfinden, warum ich so alt geworden bin. Ich bin neunundneunzig Jahre alt, können Sie das glauben?«

Ich konnte es nicht. Aber das spielte keine Rolle. Meine Gedanken überschlugen sich immer noch aufgrund der Tatsache, dass er Jane kannte.

»Haben Sie sie seitdem wiedergesehen?«, platzte es aus mir heraus.

Er schwieg einen Augenblick und ich fragte mich, ob er überhaupt antworten würde. Ich sah Dass an und hob die Augenbrauen in der stummen Frage, ob ihr Gedankensonden-Zauber noch aktiv war. Sie nickte.

»Ich hätte nie gedacht, dass ich Jane noch einmal wiedersehen würde«, sagte John schließlich. »Aber nach ihrer Rückkehr habe ich beschlossen, eine Skulptur von ihr anzufertigen.«

»Wann ist sie denn zurückgekehrt?« Ich hielt den Atem an.

»Vor zwei Tagen.«

»Und …« Ich schlug einen so neutralen Tonfall an, wie es mir überhaupt möglich war. »Und wo ist sie jetzt?«

»Ich weiß es nicht.«

Ich warf einen Blick auf Dass. Sie nickte bestätigend. Der alte Bursche wusste es tatsächlich nicht. Dann kratzte sie sich am Ohr – ein zuvor zwischen uns vereinbartes Signal, das bedeutete, zum Ende zu kommen.

Ich stand hinter John, wo er mich nicht sehen konnte. Ich zeigte auf die Decke und deutete eine Kratzbewegung mit der Hand in der stummen Frage an, ob wir uns die Brombeerkatze immer noch schnappen wollten.

Dass schüttelte unmerklich den Kopf.

Ich grinste. Offenbar waren wir etwas Wichtigerem

auf der Spur. Offenbar hatte Dass einen Hinweis auf die Burschen bekommen, welche die Paras schmuggelten. Ich war Jane zumindest einen Schritt näher gekommen.

Ich tat so, als werfe ich einen Blick auf Dass' Uhr.

»Drek!«, sagte ich. »Weißt du, wie spät es ist? Wir sehen besser zu, dass wir weiter kommen, wenn wir es noch nach Yarmouth schaffen wollen, bevor die Antiquitätenläden schließen.«

Der Vorwand war so gut wie jeder andere. Dass griff meine Bemerkung auf und fing an, über Standuhren und antike Schaukelstühle zu plappern. Wir eilten zum Wagen zurück und ließen den alten Burschen mit seinem Magierturm, seiner magisch begabten Katze und seiner Skulptur von einer Frau allein, die ihn an die Tochter erinnerte, welche er vor Jahren verloren hatte.

12

Wie sich herausstellte, war das Wrack des Frachters unser Ziel. Als Dass mit ihrer Magie Crazy Johns Gedanken belauschte, hatte sie das geistige Bild einer großen, wasserdichten Kammer im Laderaum des Schiffs aufgeschnappt, die mit einer Reihe batteriebetriebener Heizgeräte, Lampen, Luftfilter, Belüftungssysteme – und Bilgenpumpen, bei deren Reparatur John geholfen hatte – trocken und bewohnbar gehalten wurde.

Die Schmuggler hatten den Rest des Schiffsrumpfs mit Meerwasser geflutet, um ihn dann zu versiegeln und mit UV-Lampen und Wasserzirkulationssystemen auszurüsten. Das Wasser würde einen astralen Eindringling nicht daran hindern, in den Frachter einzudringen, aber es würde ihn bremsen und den Vorgang unangenehm für ihn machen. Die meisten Magier würden tun, was Dass getan hatte – annehmen, dass der gesamte Rumpf mit Wasser gefüllt war, und umkehren.

Der Frachter war eine Zwischenlagerstätte für exotische Paras, die per Schiff an Land gebracht und dann mit kleineren Booten entlang der Küste verkauft wurden. Diese Vorgehensweise erklärte das Verteilungsmuster auf der geografischen Profilkarte. Die Schmuggler belieferten die Küstenstädte Neuschottlands – die Gebiete, die an der Südküste beheimatete Personen am besten kannten – und die größeren Städte der UCAS auf der anderen Seite der Bucht.

Wir waren nicht sicher, ob sich Schmuggler an Bord des Frachters aufhielten und ob die Tierkäfige im Rumpf voll oder leer waren – oder ob Jane an Bord war. Dass' Gedankensondenzauber schnappt nur das auf, woran eine Person in diesem Augenblick denkt, und wir hatten schwerlich von Crazy John verlangen können, an etwas zu denken, worüber wir eigentlich gar nichts wissen durften.

Stattdessen mussten wir zu einem altmodischen Polizeiverfahren Zuflucht nehmen: der Observation.

Glücklicherweise brauchten wir es nicht persönlich zu tun. Lone Stars Dezernat für Paranormale Untersuchungen beschäftigt eine ganze Reihe magisch aktiver Beamte, die in der Lage sind, in den Astralraum einzudringen. Während Dass und ich in Yarmouth in den Büros von Lone Stars Dezernat für Küsten- und Wasserpatrouillen saßen und auf die Positivmeldung warteten, sorgten diese Magier für eine vierundzwanzigstündige astrale Überwachung des Frachters in Short Beach, während ihre Körper auf Betten im Halifaxer Hauptquartier Lone Stars lagen.

Sie erstatteten Dass, die in turnusmäßigen Abständen ebenfalls an der Überwachung teilnahm, regelmäßig Bericht. In der Zwischenzeit drehten wir anderen Däumchen und warteten. Dass' handverlesenes Team bestand aus fünf Personen: mir selbst, drei Gefechtsmagiern aus dem Dezernat für Paranormale Untersuchungen und Hunt, dem Offizier, der den Hover in der Nacht meiner ersten Begegnung mit Jane zu Georges Island gesteuert hatte. Dass hatte Hunt ausdrücklich angefordert. Er war der beste Rigger der Magischen Einsatzgruppe und wir benötigten seine Fähigkeiten, falls es mit den Schmugglern zu einer Verfolgungsjagd kommen sollte.

Die Gefechtsmagier – zwei Männer und eine Frau, alle drei Menschen – waren gereizt, weil sie warten mussten, aber ich konnte erkennen, dass sie es gewohnt waren, miteinander zu arbeiten, und sie ein eingespieltes Team waren. Sie schlugen die Wartezeit mit endlosen Runden Randomizer tot, einer zügigen Poker-Variante, bei der mit Karten gespielt wurde, die Wert und Farbe nach einem zuvor festgelegten Schema ändern. Indem man sich die Muster der zweiundfünfzig Karten merkt, kann man vorhersagen, welche Farbe und welchen Wert eine Karte als nächstes annimmt. Wenn mann nicht zuvor Kopfschmerzen bekommt.

Ich sah dem Spiel ein oder zwei Stunden zu und als ich dachte, ich hätte es verstanden, fragte ich, ob ich einsteigen könne. Auf das erste Blatt verlor ich dreiundfünfzig Nuyen und auf das zweite siebenundzwanzig. Es war eine teure Lektion, man sollte nicht versuchen, Experten auf ihrem Fachgebiet zu schlagen.

Der Verlust des Geldes machte mir jedoch nicht so viel aus wie die Bemerkung eines der beiden Männer, als ich aus dem Spiel ausstieg. Etwas darüber, dass man einem alten Hund keine neuen Kunststückchen beibringen könne. Ich hatte den Witz schon zigmal gehört, aber noch nie mit dieser sarkastischen Betonung des Wortes ›Hund‹.

Ich rächte mich, indem ich den Griff seines Schockstabes anknabberte. Dann wurde mir klar, wie albern meine Reaktion war, und ich überredete Hunt, mir dabei zu helfen, den beschädigten Schockstab gegen einen neuen aus der Ausrüstungskammer auszutauschen.

Danach hing ich meistens mit Hunt herum und sah Trideo im Bereitschaftsraum. Ich musste mich irgendwie von den endlosen Grübeleien losreißen, wo Jane wohl sein mochte, und hirnloses Trid schien die beste Methode zu sein. Zuerst stritten Hunt und ich uns über das Programm: Ihm gefielen die Hochgeschwindigkeitsrennen der STOL-Maschinen auf den Sportkanälen, während ich Natursendungen bevorzugte. Schließlich einigten wir uns auf eine medizinische Sondersendung, in der kybernetische Verstärkungen von Wachhunden erörtert wurden. Die Sendung interessierte uns beide sehr.

Zwar lungerten die Gefechtsmagier in Zivilkleidung in den Räumlichkeiten von Yarmouths DKWP herum, doch wenn das Startzeichen kam, würden sie Panzerhosen und -jacken mit dem grellgelben Aufdruck MAGISCHE EINSATZGRUPPE und Helme mit eingebauten Lichtverstärkern überstreifen. Ihre Bewaffnung würde aus Uzi III Maschinenpistolen mit Laserzielvorrichtung, Schockstäben und Betäubungspistolen bestehen, aber ihnen stand ein noch größeres Arsenal von Zaubern zur Verfügung. Kriminelle konnten sie auf unterschiedliche Art und Weise unschädlich machen: indem sie ihre Muskeln lähmten; indem sie ihr Nervensystem überluden, bis sie waagerecht nicht mehr von senkrecht unterscheiden, geschweige denn mit ihren Waffen zielen konnten; indem sie ihre Gefühle beeinflussten, bis sie vor Angst oder Verzweiflung zusammenbrachen; indem sie sie in ein Netz der Verwirrung hüllten, bis sie nicht mehr Freund und Feind unterscheiden konnten; oder indem sie einen Strahl magischer Energie auf sie abschossen, wie Jane es mit dem Elf Galdenistal gemacht hatte.

Ich hatte den Goldjungen nicht vergessen. Außerdem nutzte ich die Wartezeit, um ein wenig mehr über ihn herauszufinden. Dass unterstützte mich, indem sie für mich die Genehmigung einholte, Lone Stars Computer benutzen zu dürfen. Ich fand nicht viel Neues über Galdenistal Tathern heraus, aber was ich in Erfahrung brachte, war interessant. Sein Vater war Lord Shen Tathern, Leiter des Informationssekretariats, der Regierungseinrichtung, die sich mit Tir Tairngires innerer Sicherheit befasste. Galdenistan war ein Paladin, ein Adliger, der einem Mitglied des elfischen Königshauses offiziell die Treue geschworen hatte: Sean Laverty, einem Mitglied des Prinzenrates von Tir Tairngire.

Nichts von alledem verriet mir, warum Galdenistal in die UCAS gekommen war, um Jane zu entführen. Als sie sich am Containerpier stritten, hatten Goldjunge und Jane Lavertys Namen mehrfach erwähnt. Aber ich hatte immer noch keine Ahnung, welcher Art ihre Verbindung zu Laverty war. Und ohne einen Decker, der die massiv gesicherten Datenbanken der Regierung von Tir knacken konnte, würde ich auch nicht viel mehr erfahren.

Wir mussten zwei Tage warten, bis die Überwachung Resultate erbrachte. Die Meldung kam spät nachts, als ich gerade auf einem Stapel Decken in der Ecke des Bereitschaftsraums ein Nickerchen hielt. Als ich aufwachte, hörte ich Dass aufgeregt in ihr Mobilkom sprechen. Die Gefechtsmagier spielten wie üblich Randomizer. Aber sie waren in voller Montur und in weniger Zeit einsatzbereit, als ich brauchte, um meine menschliche Gestalt anzunehmen und mich anzuziehen.

Wir kletterten in ein Surfstar Marine Seacop, ein leistungsstarkes Patrouillenboot. Es war ein Tragflügelboot mit Düsentriebwerken, das mühelos zweihundert Stundenkilometer erreichte. Das Boot schwamm auf Tragflächen, die es nach demselben Prinzip aus dem Wasser hoben, wie die Tragflächen eines Flugzeugs Auftrieb verleihen: je höher die Geschwindigkeit, desto größer der Auftrieb. Zudem war es unglaublich manövrierfähig, da es enge Kurven fahren konnte, ohne sich dabei auf die Seite zu legen wie ein gewöhnliches Boot.

Hunt steuerte das Tragflügelboot mittels Kontrollrig. Er war bereits eingestöpselt, als wir in die geschlossene Kabine des Boots stiegen. »Anschnallen!«, rief er über das Dröhnen der Düsentriebwerke hinweg. »Es wird eine ziemlich holprige Fahrt.«

Dann zwinkerte er mir mit seinen verchromten Augen zu. »Hey, Romulus! Das ist besser, als Katzen zu jagen, was?«

Ich grinste ihn an.

Er hatte Recht mit der holprigen Fahrt. Es war zwar eine klare Nacht mit nur wenigen Nebelbänken, aber es wehte eine steife Brise und das Meer war ziemlich aufgewühlt. Ein normales Boot hätte sich durch die Wellen gepflügt, aber das Tragflügelboot war zu schnell und hatte zu viel Auftrieb. Es sprang wie ein flacher Stein in einer Reihe von Hopsern von einem Wellenberg zum anderen, bei denen sich einem der Magen umdrehte.

Hätte eine Sirene gejault, hätte ich mittlerweile geheult. Ich wünschte, ich hätte den Kopf durch ein Bullauge stecken können, um den rauen Wind und die salzige Gischt im Gesicht zu spüren. Ich genoss jeden Augenblick der Fahrt. Doch Dass, die auf dem

Sitz vor mir neben Hunt saß, hatte arge Probleme. Ich hätte nicht geglaubt, dass so dunkle Haut wie ihre grün aussehen konnte, aber irgendwie schaffte sie es. Ich hoffte, ihr würde nicht richtig übel. In der Enge des Tragflügelboots und bei meinem ausgeprägten Geruchssinn wäre das nur schwer zu ertragen gewesen.

Dass schluckte ein paarmal und drehte sich dann zu uns um, um uns einzuweisen. »Wir haben ein Boot ausgemacht, das sich dem Frachter nähert«, rief sie, während sie sich am Sicherheitsgurt festhielt. »Es ist als Hummerfangboot getarnt und hat eine Winde und Hummerfallen an Deck, aber es hat einen Benzinmotor. Alle Hummerfangboote hier in der Gegend haben einen Dieselmotor, also hat sich der diensthabende Magier das Boot genauer angesehen. Er hat Paras an Bord entdeckt: vier Merlinfalken in Käfigen, die mitten auf Deck zwischen den Hummerkäfigen unter Planen versteckt sind.«

Dass hielt einen Augenblick inne, um gegen ihre Übelkeit anzukämpfen. »Merlinfalken sind vom Aussterben bedroht«, mahnte sie das Team zur Vorsicht. »Wir haben Anweisung, dafür zu sorgen, dass ihnen nichts zustößt. *Kufahamu* – verstanden?«

Die drei Gefechtsmagier sahen einander an. Sie verstanden, dass dies ein Befehl war, aber für mich war offensichtlich, dass sie sich für *Tiere* keiner Gefahr aussetzen würden. Ich knurrte leise vor mich hin.

Dass schluckte, als das Tragflügelboot sich von einem weiteren Wellenberg abstieß. Ich fragte mich, ob die Fahrt besser oder schlechter für sie sein würde, wenn sie ihren Körper verlassen und in den Astralraum eindringen würde. Wahrscheinlich besser. Soweit ich wusste, lag der Körper praktisch im Koma, wenn das Bewusstsein sich im Astralraum aufhält. Aber Dass musste eine Einsatzbesprechung leiten, also machte sie weiter, wobei sie sich immer wieder unterbrach, wenn sie schlucken musste.

»An Bord dieses Bootes befinden sich drei Personen«, fuhr sie fort. »Zwei Männer, eine Frau, alle mit Maschinenpistolen bewaffnet. Außerdem ist das Boot mit einer Sturmkanone bestückt, die in der Kabine versteckt ist. Wir werden die Schmuggler abfangen, während sie ihre Konterbande auf den Frachter verladen. In dieser Situation sind sie am verwundbarsten. Sie werden mit den Käfigen beschäftigt sein und wir können uns aus einer Richtung nähern, die es ihnen unmöglich macht, die Sturmkanone einzusetzen. Lim, McKenzie und ich werden uns auf die drei Schmuggler konzentrieren und sie mit Zaubern ausschalten. Sobald diese drei außer Gefecht sind, gehen Berthiaume und Romulus an Bord des Frachters und durchsuchen ihn nach weiteren Schmugglern.«

Der Gefechtsmagier namens Berthiaume – der größere der beiden Männer und derjenige, der zuvor den Hundewitz gemacht hatte – bedachte mich mit einem Blick, der mir genau verriet, was er davon hielt, mit einem nicht gepanzerten Partner in einen Einsatz zu gehen, der nicht einmal eine Waffe trug, geschweige denn Zauber wirken konnte. Aber er war zu professionell und diszipliniert, um zu protestieren.

»Wenn die Schmuggler verhaftet sind, besteht Romulus' Aufgabe darin, die Paras an Bord aufzuspüren, damit wir sie für die Übernahme vorbereiten können«, fuhr Dass fort. »Sollte das Hummerfangboot versuchen zu fliehen, verfolgen wir es mit der Seacop und rufen gegebenenfalls Verstärkung. *Swalima*? Irgendwelche Fragen?«

Wir schüttelten den Kopf.

Als wir uns Short Beach näherten, startete Hunt die Drohne der Seacop. Die Hochgeschwindigkeitsüberwachungsdrohne sah wie ein fliegender Mantarochen aus, als sie in die Nacht davonschoss. Ihre Infrarot- und Lichtverstärkerkameras würden auf die Schmuggler gerichtet sein und Hunt Augen am Himmel verleihen, während er das Tragflügelboot hereinbrachte. Er war direkt in die Sensoren der Drohne eingestöpselt und bekam ständig deren Daten übermittelt. Neben dem Ruder war zusätzlich ein kleiner Monitor angebracht, den Dass im Auge behielt. Sie hielt uns ständig auf dem laufenden, während wir uns dem Frachter näherten.

»Das Hummerfangboot macht am Achterdeck des Frachters fest«, sagte sie mit angespannter Stimme. »Wir haben Flut und das Deck des Frachters steht bereits unter Wasser. Über dem hinteren Frachtraum öffnet sich eine Luke – es sieht so aus, als wäre das ihr Einstiegspunkt. Darin befinden sich zwei Personen – sie sind zu weit weg für Einzelheiten. Die Schmuggler machen sich bereit, ihre Fracht durch die Luke herunterzulassen. Wir sollten in weniger als einer Minute da …«

Dass versuchte sich trotz des Sicherheitsgurts weiter vorzubeugen, um näher am Monitor zu sein.

Gleichzeitig spannte sich Hunt. »Drek! Wer, zum Teufel, ist *das*?«, rief er.

»Was ist los?«, fragte ich.

»Jemand anders sprengt die Schmuggelparty«, sagte Dass. »Auf Jetskiern. Er ist bewaffnet und legt sich mit den Schmugglern an. Die beiden im Laderaum sind schon außer Gefecht und – oje. Das Hummerfangboot hat die Leinen gelöst und dampft ab. Wer, zum Teufel, ist dieser Kerl?«

Ich war genauso verblüfft wie Dass. War das der Angriff eines rivalisierenden Schmugglerrings? Wie viel war ein Merlinfalke wert?

»Schalten Sie das Funkgerät ein«, sagte Dass zu Hunt. »*Upesi* – machen Sie schnell! Finden Sie heraus, ob das Drogendezernat in der Gegend aktiv ist. Offiziell und inoffiziell.«

Das war eine unwillkommene Möglichkeit. Der Angreifer auf den Jetskiern konnte ein irregulärer Mitarbeiter des Drogendezernats sein, dem zu Ohren gekommen war, dass sich möglicherweise Irrlichter an Bord des Frachters befanden, und der sich einen guten Fang erhoffte. Das Drogendezernat bezahlte seine irregulären Mitarbeiter nach der Menge der beschlagnahmten Drogen, wie das DPU für jeden beschlagnahmten Para bezahlte. Eine ganze Ladung Irrlichter – die Droge ›Halo‹ – zu beschlagnahmen würde einem irregulären Mitarbeiter einen fetten Kredstab einbringen. Vorausgesetzt er überlebte den Einsatz.

Indem es einen irregulären Mitarbeiter einsetzte, konnte das Drogendezernat abstreiten, uns bei unserem Einsatz *absichtlich* in die Quere gekommen zu sein. Und gleichzeitig konnte es die Razzia des DPU sabotieren und uns schlecht aussehen lassen – Rache dafür, dass wir ihm einen möglicherweise bedeutsamen Fall vor der Nase weggeschnappt hatten.

Der Bursche auf dem Jetski konnte Freund oder Feind sein. Das ließ sich unmöglich sagen. Aber so oder so würde er nicht sonderlich glücklich sein, uns zu sehen.

Hunt flüsterte in sein Kehlkopfmikrofon und schüttelte dann den Kopf. »Er gehört nicht zum Drogendezernat.«

»In Ordnung«, sagte Dass. »Eine kleine Änderung des Plans. Wir setzen Berthiaume und Romulus an Bord des Frachters ab, damit sie sich um den Neuankömmling kümmern und die Luke sichern, dann verfolgen wir die Schmuggler.«

Dass wandte sich an mich. »Wir kommen so schnell wie möglich zurück, Rom.«

Ich nickte. »Keine Sorge«, sagte ich zu ihr. »Wir haben den leichteren Job.« Ich dachte an die Sturmkanone auf dem Boot der Schmuggler, doch ich hatte Zutrauen in Hunts Fähigkeit, das Hummerfangboot auszumanövrieren. Angesichts der Geschwindigkeit des Tragflügelboots und seiner Fähigkeit, enge Kurven zu fahren, konnte es Kreise um ein konventionelles Boot ziehen. Aber es bestand immer die Möglichkeit eines Glückstreffers. Das Tragflügelboot war zwar ausreichend gepanzert, um dem Kugelhagel eines Maschinengewehrs zu widerstehen, aber ein Treffer der Sturmkanone würde ein Loch von der Größe eines Fensters schlagen und es ziemlich schnell auf den Meeresgrund schicken.

»Viel Glück, Dass«, fügte ich hinzu.

Dann waren wir beim Frachter angelangt. Das Boot der Schmuggler hatte sich bereits abgesetzt – wir sahen rote und grüne Positionslichter, die sich rasch im Nebel entfernten und dann erloschen.

Das Tragflügelboot wurde abrupt langsamer, als Hunt plötzlich die Turbinen ausschaltete und das Boot in eine Kurve riss, sodass es tief ins Wasser einsank und vom Widerstand der Wellen abgebremst wurde. Er hatte sein Ziel präzise angepeilt – die offene Luke befand sich direkt neben uns, als das Tragflügelboot kurz darauf im Wasser schaukelte. Hunt überflutete das ganze Gebiet mit Licht und richtete eine an der Seite des Boots angebrachte Kamera auf den offenen Laderaum. Ein Videomonitor erwachte zum Leben und zeigte einen zimmergroßen Raum ungefähr drei Meter unter Deckhöhe. Durch die offene Luke schwappte Wasser hinein, das bereits ein paar Zentimeter hoch stand. In dem Wasser lagen zwei Leichen mit dem Gesicht nach unten, von denen rote Schlieren ausgingen. Der einzige Ausgang war eine große Luke an der gegenüberliegenden Wand, die gegenwärtig geschlossen war.

Der Jetski lag auf dem wasserüberfluteten Deck. Die Wellen drängten ihn in einem steten Rhythmus dumpfer Schläge gegen das Tragflügelboot. Der dazugehörige Bursche war nirgendwo zu sehen, da er aber nicht neben den Leichen der beiden Schmuggler im Wasser lag, konnte man mit Sicherheit davon ausgehen, dass er sich irgendwo hinter der Luke befand.

Es dauerte nur ein, zwei Augenblicke, all das auf dem Videomonitor zu erkennen. Während wir das taten, zog ich meine Kleider aus, sodass sie mich nicht behindern würden, wenn ich mich verwandelte. Berthiaume warf mir einen Blick zu, verdrehte die Augen und widmete sich dann wieder dem Studium des Monitors.

»Fertig?«, rief Hunt.

»Fertig!«, antworteten Berthiaume und ich zugleich. Berthiaume klappte sein Visier herunter und zückte einen Spruchfetisch.

Hunt öffnete die Luke.

Berthiaumes Haltung verriet mir, dass er mich aus dem Weg stoßen würde, falls ich versuchen sollte vorzugehen. Normalerweise hätte ich ihn mit einem Knurren und gebleckten Zähnen herausgefordert, aber dazu blieb keine Zeit. Stattdessen trat ich beiseite, wobei ich ein wenig im Nachtwind zitterte, als der Nebel durch die offene Luke des Tragflügelboots peitschte.

Berthiaume sprang in den leeren Raum unter der offenen Ladeluke des Frachters, landete neben den Leichen im knietiefen Wasser und wirkte sofort einen Zauber. Ich hatte auf Astralsicht gewechselt und sah den Zauber wie eine expandierende Aura rings um ihn, da sich Ranken aus magischer Energie durch die Spalten um die geschlossene Luke in das, was sich dahinter befand, tasteten. Ich nahm an, dass er sich ein Bild davon machen wollte, ob in dem Frachter Gefahren lauerten.

»Klar!«, rief er zum Tragflügelboot hoch.

Ich sprang.

Mit einem Klatschen landete ich neben Berthiaume, der gerade die Luke öffnete. Er bedeutete mir, aus dem Weg zu gehen, und ich ließ mich auf Hände und Knie nieder, um meine Wolfsgestalt anzunehmen. Ein Schiff ist zwar eine denkbar ungünstige Umgebung für einen Wolf – zu viele Handgriffe und Leitern –, aber ich wollte meinen Geruchssinn als Frühwarnsystem einsetzen. Wenn es sein musste, konnte ich mich schnell wieder in einen Menschen zurückverwandeln.

In meiner Wolfsgestalt reichte mir das Wasser bis zu den Knien und durchnässte mein Fell. Der Wasserspiegel stieg jedoch nicht, obwohl ständig Wasser durch die offene Luke schwappte. Ich hörte ein leises Gurgeln und schloss daraus, dass Pumpen das Wasser aus dem Frachtraum beförderten.

Ich hielt lange genug inne, um das Blut der beiden Leichen zu beschnüffeln, die beide männlich waren und amerindianische Züge hatten. Das Blut roch heiß und frisch und mein Mund füllte sich mit Speichel. Ich leckte mir die Lippen und schnüffelte noch einmal ... Dann riss ich mich los und folgte Berthiaume, wobei ich die Luke hinter mir offen ließ.

Das war durchaus ein Risiko. Falls die Pumpen ihre Arbeit einstellten, würde der Laderaum sich mit Wasser füllen und das Schiffsinnere überfluten. Der wasserdichten Luke nach zu urteilen, war der Laderaum als Barriere gegen astrales Eindringen vermutlich immer vollständig mit Wasser gefüllt, wenn die Schmuggler nicht gerade mit Ein- oder Ausladen beschäftigt waren. Doch die Luke geöffnet zu lassen war die einzige Möglichkeit, schnell astrale Rückendeckung herzuholen – die einzige Form von Rückendeckung, die wir bekommen konnten, solange Dass und die anderen die Schmuggler verfolgten. Und falls irgendwann

Wasser ins Schiffsinnere strömte, würde das unser Zeichen zur Umkehr sein.

Wir befanden uns in einem breiten Gang, der zum Heck führte. Türen auf beiden Seiten des Ganges waren zugeschweißt worden. Sie waren verrostet, mit Seegras bewachsen und offenbar seit Jahrzehnten nicht mehr geöffnet worden. Halogenleuchten an der Decke sorgten für grelles Licht.

Von draußen hörte ich das Tosen der Düsentriebwerke, als das Tragflügelboot sich an die Verfolgung der Schmuggler machte. Abgesehen vom Schwappen der Wellen, dem Heulen des Windes und dem Knarren von Berthiaumes gepanzerter Jacke war jetzt alles ruhig. Der Magier schlich vor mir den Gang entlang, in der einen Hand eine Uzi, in der anderen den Spruchfetisch.

Ich schnüffelte.

Die Luft, die irgendwoanders in dem Schiff umgewälzt wurde, war voller Gerüche. Ich konnte grasigen Kot riechen – vermutlich von einem Pegasus – und einen trockenen Reptiliengeruch, der von einer Schlange stammen mochte. Außerdem drangen mir der unverwechselbare Gestank von Katzenurin und der herbe Moschusgeruch irgendeines paranormalen Hundes in die Nase. Letzterer ließ mich innehalten und veranlasste mich dazu, nur aus Prinzip eine Marke zu hinterlassen.

Doch all diese Gerüche waren alt. Keines dieser Tiere war in den letzten Wochen an Bord gewesen.

Es gab jedoch auch frische Gerüche. Diejenigen der beiden Männer, die jetzt tot im Laderaum lagen – und einer, der mir nur allzu bekannt vorkam: der des Elfs Galdenistal Tathern.

Das war also der Bursche, der mit dem Jetski gekommen war und sich den Weg in den Frachter freigeschossen hatte. Aber warum? War etwa Jane an Bord?

Versuchte Goldjunge schon wieder, sie nach Tir zu bringen? Aber ich konnte Jane nirgendwo wittern.

Der Gang verzweigte sich nach rechts und links. Berthiaume schaute in beide Richtungen und bedeutete mir dann zu warten. Ich konnte sein Gesicht hinter dem Helmvisier nicht erkennen, nahm aber an, dass er das Boot anfunkte und Dass über unsere Fortschritte informierte. Ich fragte mich, wie es ihr wohl ging. Vermutlich war sie noch seekrank, aber ansonsten hoffentlich in Ordnung.

Der Quergang, auf den wir gestoßen waren, war nicht sehr lang und führte auf beiden Seiten zu einer Tür. Beide Türen waren geöffnet, aber nur einen Spalt, sodass wir nicht sehen konnten, was sich dahinter verbarg. Ich senkte den Kopf und beschnüffelte den Boden: Goldjunge hatte sich nach links gewandt – um dann umzukehren und durch die rechte Tür zu gehen. Von links nahm ich außerdem den Geruch eines Mannes wahr, den ich nicht kannte. Wahrscheinlich ein Schmuggler, der sich irgendwo hinter der Tür am Ende des Gangs aufhielt.

Ich nahm wieder Menschengestalt an und wechselte auf Normalsicht.

»Lassen Sie uns diese Richtung nehmen«, flüsterte ich, indem ich mit dem Kopf nach rechts nickte. »Da ist noch …«

Berthiaume schüttelte den Kopf, bevor ich ihm mitteilen konnte, dass sich noch ein Schmuggler an Bord befand, und zeigte gebieterisch nach links.

Ich knurrte frustriert. Der Elf war bereits in diese Richtung gegangen und wieder zurückgekommen. Folglich war Jane, falls sie sich tatsächlich auf dem Frachter aufhielt, in dieser Richtung nicht zu finden. Andernfalls hätte der Elf nicht mehr nach ihr gesucht.

»Wir gehen nach rechts«, flüsterte ich wütend.

Das Helmvisier richtete sich auf mich. Wahrscheinlich funkelte Berthiaume mich an. Doch dann kehrte er mir den Rücken. Er fragte mich nicht einmal, ob ich etwas gerochen habe. Sein Wahrnehmungszauber war noch aktiv und er wollte sich wohl lieber darauf verlassen als auf meinen Geruchssinn. Zum Teufel mit ihm.

Die normale Vorgehensweise wäre gewesen, zusammenzubleiben, da ich keine Funkverbindung mit den anderen hatte. Doch als irreguläre Kraft war ich es gewohnt, auf mich allein gestellt zu arbeiten. Und Berthiaumes Geruch gefiel mir nicht. Wenn ich in der Nähe war, bekam er eine leicht feindselige Note.

Ich schlich durch den Gang und hielt vor der Tür inne, um zu wittern, was mich dahinter erwartete. Goldjunges Geruch war stark, aber nicht so überwältigend, wie es der Fall gewesen wäre, hätte er direkt hinter der Tür gelauert. Ich öffnete die Tür etwas weiter – und fluchte leise, als ich eine Leiter sah, die etwa sechs Meter nach unten zu einer weiteren Tür führte. Ich konnte die Leiter nur in menschlicher Gestalt herabklettern und würde dabei äußerst verwundbar sein. Also musste ich es schnell tun.

Ich umklammerte die Leiter mit den Händen und hakte die Füße hinter die Seitenholme. Dann glitt ich die Leiter herunter, wobei ich den Fall kaum abbremste. Unten angekommen, duckte ich mich und verwandelte mich augenblicklich. Sogleich stieß ich die untere Tür auf und sprang in den Raum dahinter. Wenn sich jemand auf der anderen Seite der Tür befand, rechnete er vermutlich nicht mit einem Wolf.

Ich legte die Ohren an, als ich sah, wohin ich gesprungen war. Ich befand mich in einem großen Laderaum mit Dutzenden leuchtender Kugeln: Irrlichter. Ich spannte mich und mein Nackenfell sträubte sich. Doch dann ging mir auf, dass ich die Irrlichter nicht *riechen* konnte. Sie waren hier in der physikalischen Welt, aber irgendwie … nicht hier.

Mir fiel auf, dass sich die Lichtkugeln nicht bewegten, die sich in Käfigen aus geflochtenen Weiden befanden. Jeder Käfig war gerade groß genug für eine Lichtkugel, dem ›Körper‹ eines Irrlichts in der physikalischen Welt.

Ich wechselte auf Astralsicht und fand meinen Verdacht bestätigt. Die Weiden erstrahlten in einem silbernen Glanz, bei dem es sich um den astralen Abdruck der magischen Schutzvorrichtungen handelte, welche die Irrlichter in ihren Käfigen festhielten. Die Fangarme der Irrlichter konnten die silberne Barriere nicht durchdringen, also mussten die Schutzvorrichtungen sehr stark sein. Von den Irrlichtern selbst konnte ich nur die riesigen, aberwitzig schillernden Augen sehen, die mich boshaft anglotzten.

Von jedem Käfig ging ein Faden magischer Energie aus. Das Bündel dieser Fäden lief durch die Bullaugen des Schiffs, als sei das Metall nicht vorhanden. Jeder Faden war eine Verbindung zum Astralraum, zu der Energie, von der die Schutzvorrichtungen gespeist wurden. Außerdem war er eine Verbindung zu dem Magier, der die Schutzvorrichtungen ursprünglich gewirkt hatte.

Nur ein Magier oder Schamane konnte diese Schutzvorrichtungen entfernen. Was erklärte, warum die ›Droge‹ Halo nur an magisch aktive Kunden verkauft wurde. Vermutlich konnten die Schutzvorrichtungen an den Käfigen wieder erneuert werden, sobald der Kunde seinen Schuss bekommen hatte. Aber ich bemitleidete den Magier, der dies versuchen musste, während ein Irrlicht sich abmühte, ihm die Lebensessenz auszusaugen. Sie waren praktisch schon tot – so wie die anderen ›Überdosen‹, die Lone Star in Halifax und anderen Städten Neuschottlands gefunden hatte.

Goldjunges Witterung war frisch und stark. Selbst von meinem Platz aus konnte ich riechen, dass seine Spur durch den Raum und zu einer Tür ähnlich derjenigen führte, durch die ich gerade gekommen war. Galdenistal war erst vor kurzem durch diese Tür gegangen.

Da hörte ich einen dumpfen Knall von oben. Ich fuhr herum und schaute die Leiter hinauf, die ich gerade heruntergerutscht war. Jemand hatte die Luke am Ende der Leiter geschlossen. Ich hörte, wie Metallbolzen einrasteten, als die Luke gesichert wurde.

Drek! Ich nahm wieder Menschengestalt an und erklomm die Leiter, so schnell ich konnte. Doch ich kam zu spät – die Luke ließ sich nicht mehr bewegen und es gab keine Möglichkeit, sie von dieser Seite zu öffnen.

Ich hämmerte gegen das kalte Metall, obwohl ich wusste, dass es sinnlos war. »Berthiaume!«, schrie ich. »Öffnen Sie die verdammte Luke!«

Doch die Witterung, die in der Luft lag, gehörte einem mir unbekannten Menschen. Einer der Schmuggler musste mich in dem Laderaum eingesperrt haben.

Ich konnte nur abwarten, bis Berthiaume den Schmuggler außer Gefecht gesetzt hatte. Danach würde der Gefechtsmagier kommen und mich befreien.

Vorausgesetzt, er war nicht selbst kampfunfähig – oder in einem anderen Laderaum eingesperrt.

Ich kletterte die Leiter wieder herab. Ich zwängte mich vorsichtig an den Käfigen mit den Irrlichtern vorbei und versuchte es mit der Tür am anderen Ende des Laderaums, musste jedoch feststellen, dass sie zugeschweißt war. Fieberhaft begann ich mit der Suche nach einem anderen Ausgang.

In diesem Augenblick geschahen drei Dinge gleichzeitig.

Das Licht erlosch.

Jemand schoss auf mich.

Und die Fäden aus magischer Energie, welche die Schutzvorrichtungen an den Käfigen gespeist hatten, verschwanden, sodass die Irrlichter nichts mehr in ihren Käfigen hielt.

13

Das Mündungsfeuer flammte als zornrote Feuerzunge in dem dunklen Laderaum auf und Pulvergestank drang in meine Nase, während ein glühendheißer Schmerz durch meine Hüfte fuhr. Es stach schlimmer als jede Wunde, die ich bisher erlitten hatte, als bestehe die Kugel, die mich lediglich gestreift hatte, aus geschmolzenem Metall. Ich spürte, wie die Haut rings um die Wunde Blasen warf, und wusste sofort, was passiert war: Ich war von einer Silberkugel getroffen worden.

Diese Wunde konnte ich nicht so leicht regenerieren. Ich würde mich ein paar Wochen lang damit herumschlagen – vorausgesetzt, ich lebte so lange. Wenn noch eine Silberkugel das Ziel traf, war ich tot.

Ich warf mich zur Seite und nahm dabei Wolfsgestalt an. Ich wusste bereits, wer mein Widersacher war – sein Geruch war trotz des Pulvergestanks stark. Galdenistal musste sich die ganze Zeit in dem Laderaum aufgehalten haben. Irgendwie war es ihm gelungen, sich verborgen zu halten, und er hatte einfach auf der Lauer gelegen, bis ich den Fehler begangen hatte, seinem Versteck zu nahe zu kommen. Jetzt wollte er mich erschießen. In meiner Wolfsgestalt hätte ich ihn vermutlich eher gewittert.

Ein weiterer Schuss hallte donnernd durch den Laderaum. Die Kugel traf ein Metallrohr neben meinem Kopf und zerplatzte beim Aufprall. Ein winziger Silbersplitter flog in mein Ohr und ich empfand einen heißen Stich, als hätten tausend Wespen ihr Gift auf einen Punkt von der Größe einer Nadelspitze konzentriert. Ich unterdrückte ein Winseln. Hätte ich noch meine menschliche Gestalt gehabt, hätte der Schuss mich mitten ins Herz getroffen.

Der Laderaum wurde jetzt von den Irrlichtern schwach erleuchtet, die flackernde Schatten an die Wände warfen. Ihr widerlicher Gestank war überwältigend, nun, da sie aus ihren Käfigen ausbrachen. Die Schmuggler hatten wohl beschlossen, die Irrlichter angesichts der Razzia aufzugeben, ähnlich wie Drogendealer ihre Ware bei derartigen Anlässen einfach wegwarfen. Der Magier, der für die Schutzvorrichtungen verantwortlich war, musste die Magie einfach aufgehoben haben, damit die Polizei die Fäden magischer Energie nicht durch den Astralraum zu ihm zurückverfolgen konnte.

Galdenistal war immer noch unsichtbar – ich konnte nicht einmal seinen Schatten sehen. Doch trotz des von den Irrlichtern ausgehenden Verwesungsgestanks verriet mir mein Geruchssinn, wo der Elf war, und ich benutzte meine Astralsicht, um seinen Standort genauer auszumachen. Auf der Astralebene sah sein Körper bis hin zu dem Schwimmanzug und der Pistole in seiner Hand genauso aus wie in der physikalischen Welt.

Mit gebleckten Zähnen sprang ich ihn an. Ich hatte sein Handgelenk angepeilt in der Absicht, es zu packen und zu schütteln, bis er die Kanone fallen ließ. Doch er war zu schnell für mich. Er bewegte sich mit der Schnelligkeit und Eleganz eines Kampfsportlers und schien mit meinem Angriff zu fließen. Meine Zähne streiften über den elastischen Stoff seines Schwimmanzugs und ich schmeckte Gummi. Dann schoss ich an ihm vorbei und prallte schwungvoll gegen die Wand.

Ich fuhr herum und sah, wie Galdenistal die Pistole

hob. Doch er zielte nicht auf mich. Ich war immer noch auf Astralsicht eingestellt und sah deshalb die Gefahr hinter ihm. Der Laderaum füllte sich rapide mit dahinschwebenden Irrlichtern, deren Fangarme zuckten und sich wanden, da sie darum kämpften, aneinander vorbeizukommen. Eines war näher als die anderen. Die Spitze eines seiner Fangarme war nur noch Zentimeter vom Hinterkopf des Elfs entfernt.

Ohne astrale Wahrnehmung konnte Galdenistal nur die Lichtkugel – das Auge – des Irrlichts sehen, wenn er es betrachtete. Die Fangarme waren für ihn unsichtbar. Er schoss auf das, was er sehen konnte – die Lichtkugel –, doch seine Kugel flog hindurch, ohne Schaden anzurichten. Im gleichen Augenblick berührte der Fangarm seinen Hinterkopf.

Galdenistal riss die Augen auf. Die Pupillen hinter seinen goldenen Linsen weiteten sich. Sein Mund öffnete sich und sein Körper verlor an innerer Spannung und sackte förmlich in sich zusammen. Er schien weiche Knie zu bekommen und kämpfte darum, mit seinen plötzlich erschlafften Fingern die Pistole festzuhalten. Erstaunlicherweise gelang es ihm, den drogenähnlichen Einfluss des Irrlichts so weit abzuschütteln, dass er mit einer Hand um sich schlagen konnte. Wahrscheinlich war es reines Glück, aber als die Pistole des Elfs den Fangarm traf, zog dieser sich ein wenig zurück. Einen Augenblick lang war Galdenistal frei. Doch dann stellte der Fangarm eines anderen Irrlichts eine Verbindung zu seinem Hinterkopf her. Die Pistole entglitt Galdenistals Hand.

Ich wich den Fangarmen aus, die sich mir entgegen schlängelten. Die Irrlichter befreiten sich aus ihren Käfigen und verbreiteten sich wie obszöne Ballons. In kurzer Zeit würden sie sich über den ganzen Laderaum ausgebreitet haben, sodass es kein Entkommen mehr gab. Im Augenblick war der Raum über dem

Boden noch frei, sodass ich durch den ganzen Laderaum laufen konnte, wenn ich schnell genug war. Wenn ich bis zur Tür kam, konnte ich mich dahinter verbarrikadieren und in dem Schacht warten, bis mich ein Mitglied der Magischen Einsatzgruppe fand. Aber ich musste mich beeilen …

Galdenistal ächzte und rang darum, die Augen offen zu halten. Mein Blick wurde wie durch Magie von ihm angezogen und ich starrte ihn mit einer Mischung aus Entsetzen und Faszination an. Der Elf wusste, dass er sterben würde. Ich konnte das Wissen in seinen Augen erkennen. Doch sein träges Grinsen verriet mir, dass sein Körper jeden Augenblick davon genoss und nach mehr verlangte.

»Sagen …« Er mühte sich, die Worte herauszubringen. »Sagen Sie Mareth'riel, dass ich …«

Er verdrehte die Augen und verstummte.

Das gab den Ausschlag. Mir lag nichts daran, das Leben einer Person zu retten, die gerade versucht hatte, mich umzubringen, aber ich wollte hören, was Galdenistal zu sagen hatte. Vielleicht konnte er mir Dinge über Jane verraten, die mir dabei helfen mochten, sie vor den Schmugglern zu retten und ihr das Gedächtnis zurückzugeben.

Ich brauchte nur ein Wesen abzuwehren, das sich mit einem tödlichen Fangarm am Hinterkopf des Elfs festgesaugt hatte, und den Elf dann durch einen Laderaum zu schleifen, in dem es von diesen zuckenden Tentakeln nur so wimmelte.

Es gab eine geringe Chance. Kugeln schienen einem Irrlicht nicht zu schaden. Auch eine geworfene Waffe konnte nichts gegen sie ausrichten – der Troll hatte seine Pistole in der Tiefgarage nach dem Irrlicht geworfen und sie war wirkungslos durch die Lichtkugel geflogen. Doch als Galdenistal mit der Pistole nach dem Fangarm schlug, hatte er sich zurückgezogen.

Das Irrlicht hatte den Schlag gespürt. Das bedeutete, dass es sich wenigstens teilweise auf der physikalischen Ebene manifestiert hatte – und dass ihm direkte Angriffe, welche die Willenskraft des Angreifers vermittelten, Schaden zufügen konnten.

All das ging mir in einem Sekundenbruchteil durch den Kopf, während ich mich auf das Irrlicht warf. Ich hätte mich beinahe übergeben, als ich meine Zähne hinter Galdenistals Kopf in den Fangarm versenkte. Es schmeckte so, als hätte ich in einen eiternden Müllhaufen gebissen. Ein Stück des Fangarms riss ab und blieb in meinem Maul hängen. Ich schüttelte heftig den Kopf, um es loszuwerden, wobei ich den Umstand verfluchte, dass ich in meiner Wolfsgestalt nicht speien konnte.

Mein Angriff war ausreichend gewesen. Der Fangarm wurde zum knollenförmigen Leib der Kreatur eingezogen. Ich drehte mich in der Erwartung zu Galdenistal um, dass er sich erheben würde, doch der Elf lag völlig schlaff auf dem kalten Metallboden. Seine Augen waren geöffnet, doch er schien bewegungsunfähig zu sein.

Ich sah mich um. In wenigen Sekunden würden die Irrlichter den gesamten Laderaum ausfüllen. Lediglich ihre Trägheit bewahrte mich zu diesem Zeitpunkt vor ihren Fangarmen. Offenbar hatten sie lange Zeit keine Nahrung bekommen. Sie schienen einander zu bekämpfen und ihre Fangarme verhedderten sich in ihrem Bemühen, die anderen daran zu hindern, die beiden Leckerbissen, die im Laderaum in der Falle saßen, zuerst zu erreichen.

Ich konnte nur eines tun. Ich nahm wieder Menschengestalt an und warf mir den Elf über die Schulter. Dann lief ich zur Tür, wobei ich mit Hilfe meiner Astralsicht alle Fangarme sehen konnte, die nach uns tasteten, und ihnen auswich. Glücklicherweise bewegten sie sich immer noch sehr langsam und unbeholfen.

Doch mit einem hatte ich nicht gerechnet: mit den magischen Fähigkeiten der Irrlichter. Angesichts meiner Erfahrung mit paranormalen Tieren hätte ich es besser wissen müssen. Ich hatte beinahe die Tür erreicht, als mir plötzlich einer der Weidenkäfige vor die Füße flog. Es gab keinen Grund für diese jähe Bewegung. Die Irrlichter mussten ihn mir mittels psychokinetischer Energie in den Weg gestoßen haben. Ich stolperte und fiel auf Galdenistal. Der Elf stöhnte, als sein Kopf auf den Metallboden schlug.

Ein Fangarm griff nach mir. Ich wälzte mich herum und zog Galdenistal auf mich. Statt mit mir verband der Fangarm sich mit dem Hinterkopf des Elfs. Das Irrlicht schwebte näher heran, während pulsierende Energie durch den Fangarm floss. Galdenistal seufzte, als ihn eine Woge der Lust überschwemmte, um einen Augenblick später zu erschlaffen.

In der Hoffnung, dass das Ding den Elf nicht getötet hatte, nahm ich Wolfsgestalt an. Zum zweiten Mal bohrte ich die Zähne in einen Fangarm und würgte, als ich den widerlichen Geschmack wahrnahm. Das Ding ließ den Elf los und schwebte träge rückwärts. Dann drehte sich das Irrlicht, sodass sein Auge mich anstarrte. Es öffnete und schloss sich, als suche es die richtige Brennweite. Dann schwebte mir ein anderer Fangarm entgegen.

Mir blieb keine Zeit mehr, wieder Menschengestalt anzunehmen. Ich packte den Elf am Kragen seines Schwimmanzugs und schleifte ihn rückwärts zur Tür hinter mir. Ich überwand die Metallkante der Türschwelle, dann drehte ich den Kopf zur Seite, um den Elf darüber zu ziehen. Doch ich bekam ihn nicht ganz auf die andere Seite. Seine Beine lagen immer noch im Frachtraum und versperrten die Tür. Die Spitze des

Fangarms war nur noch einen Meter entfernt und hielt direkt auf mich zu.

Ich brauchte Hände, um Galdenistal in den Schacht zu ziehen und die Tür zu schließen. Noch während ich Menschengestalt annahm, wusste ich bereits, dass ich beides niemals rechtzeitig schaffen würde.

Dann bewegte sich Galdenistal. Ich weiß nicht, woher er die Kraft nahm, aber irgendwie brachte er genug auf, um seine Beine in den Schacht zu ziehen. Ich zog die Tür zu und klemmte die Fangarmspitze zwischen ihr und dem Metallrahmen ein. Für einen Augenblick spürte ich einen gummiartigen Widerstand – die Tür ließ sich nicht schließen. Dann schien sich der Fangarm in Nebel zu verwandeln. Die Tür schlug zu, da das Irrlicht den Versuch aufgab, sich im physikalischen Raum zu manifestieren.

Keuchend sank ich neben Galdenistal auf die Knie. Im Schacht herrschte völlige Dunkelheit. Den Elf konnte ich nur im Astralraum sehen. Seine Aura hatte sich verändert. Im Nacken hatte sie eine dunkelviolette Farbe angenommen und ein zorniges Rot an der Stelle, wo er sich den Kopf gestoßen hatte, als ich über den Käfig gestolpert war. Seine Augen waren nicht fokussiert und irrten suchend umher. Es war klar, dass er nicht über die Fähigkeit der Astralsicht verfügte und es zu dunkel für ihn war, um etwas erkennen zu können. Aber seine Sinne waren so scharf, dass er mich am Geräusch meines Atems ausmachen konnte. Er richtete das Gesicht auf mich.

Er war zu erschöpft, um etwas anderes tun zu können. Nach seiner Begegnung mit dem Irrlicht war er so schwach wie eine neugeborene Katze und die Beine über die Türschwelle zu ziehen war fast zu viel für ihn gewesen. Ich bemerkte die Frustration in seinen Augen. Er war ein *Ki*-Adept und als solcher daran gewöhnt, die vollständige Kontrolle über seinen Körper zu haben. Der Verlust seiner Kraft war ein harter Schlag für sein Ego.

Ich packte ihn am Kragen und richtete ihn ein wenig auf. Sein Kopf fiel ihm in den Nacken wie der eines Säuglings. Sein Bauch lag ungeschützt vor mir – wäre er ein Wolf gewesen, wäre diese unterwürfige Haltung die äußerste Demütigung gewesen. Ich starrte ihn an und war mir dabei der schmerzhaften Schramme, die seine Silberkugel in meiner Seite hinterlassen hatte, mehr als bewusst.

»Was wollten Sie Ja... Mareth'riel sagen?«, fragte ich ihn.

Seine Lippen bewegten sich. Ich beugte mich vor, um verstehen zu können, was er flüsterte. Er sprach Sperethiel, aber ich kannte eines der Wörter: *Morkhan*, eine abfällige Bezeichnung für Menschen oder Metas, die sich mit Tieren einließen. Ich glaubte nicht, dass es *das* war, was er Jane hatte mitteilen wollen. Zumindest hoffte ich es nicht.

Ich ließ den Schwimmanzug los. Sein Kopf fiel mit einem Platschen auf den Boden. Als ich das Geräusch hörte, erlebte ich einen jähen Anfall von Panik, da ich befürchtete, so viel Blut verloren zu haben, dass der Boden nass war. Doch dann roch ich Salz und mir wurde klar, dass Meerwasser in den Schacht lief. Ich spürte es kalt auf meine nackte menschliche Haut tropfen. Ich schaute hoch und sah ein dünnes Rinnsal durch den schmalen Spalt zwischen Tür und Rahmen über mir laufen. Im Astralraum verliehen die winzigen im Wasser lebenden Organismen jedem Tropfen einen diamantartigen Glanz.

Die Wassertropfen waren wunderschön, aber angesichts der damit verbundenen Gefahr sank mein Mut. War der Gang über uns bereits überflutet? Ich war sicher, dass unser Team schließlich einen Weg finden würde, das Wasser abzupumpen, wenn es so war.

Aber wie lange reichte die Luft hier im Schacht? Als das Licht erloschen war, hatte das Belüftungssystem ebenfalls den Dienst eingestellt. Die Luft in diesem Schacht schmeckte bereits schal.

Dann hörte ich ein Hämmern über mir – das Geräusch von Metall gegen Metall. Jemand versuchte die Tür aufzubrechen. Es musste Berthiaume oder ein anderes Mitglied der Magischen Einsatzgruppe sein – die Schmuggler hätten die Tür ganz einfach entriegelt. Wer es auch war, es klang so, als sei es ein ziemlich schwieriges Unterfangen. Ich hoffte nur, dass sie die Tür öffnen konnten, bevor das in den Gang strömende Wasser sie zum Rückzug zwang.

Ich sprach Galdenistal an. »Die Korridore über uns füllen sich mit Wasser. Mit etwas Glück wird meine Rückendeckung die Tür öffnen, bevor der Gang völlig überflutet ist. Wenn das passiert, wird ein Wasserfall aus eiskaltem Meerwasser auf uns niedergehen. Selbst wenn Sie die Kraft finden, die Leiter hochzuklettern, werden Sie es niemals schaffen, gegen die Strömung durch den Gang zu waten. Sie kommen nur dann lebendig aus diesem Loch heraus, wenn ich Sie trage. Und das tue ich nur, wenn ich ein paar Antworten höre, die mir gefallen.«

Der Elf nickte unmerklich und unter offensichtlichen Schmerzen. Ich roch keine Furcht an ihm – er war ein zäher Bursche und ließ sich durch meine Drohungen nicht einschüchtern. Das beunruhigte mich zwar ein wenig, aber wenn seine Antworten logisch waren, würde ich damit zufrieden sein.

»Wer … sind Sie?«, fragte er.

»Nur ein Shadowrunner«, log ich. Es hatte keinen Sinn, ihm zu verraten, dass ich zu Lone Star gehörte. Als ausländischer Staatsbürger mit diplomatischer Immunität würde er erwarten, von der Polizei mit Samthandschuhen angefasst zu werden – er würde erkennen, dass meine Drohung, ihn in diesem Loch verrecken zu lassen, nur ein Bluff war. Aber er würde mit Sicherheit glauben, dass ein Shadowrunner ihn hier zurückließ.

»Welches Interesse haben Sie an Mareth'riel?«, fragte ich.

»Wir … standen uns nah«, sagte er.

Nah? Was, zum Teufel, sollte *das* heißen? Ich unterdrückte ein leises Knurren der Eifersucht. Dann fasste ich mich. Was Goldjunge Jane einmal bedeutet haben mochte, irgendwann hatte er sie gründlich verärgert und sie standen nicht mehr auf gutem Fuß miteinander. Der Streit, den ich am Bahnhof mitbekommen hatte, war ziemlich heftig gewesen – kein Geplänkel zwischen Verliebten. Goldjunge hatte Jane mit seiner Uzi bedroht und sie hatte mit einem Gefechtszauber gekontert.

»Warum haben Sie versucht, sie nach Tir Tairngire zurückzubringen?«

»Der Prinzenrat will … mit ihr … reden«, brachte Galdenistal mühsam hervor. Jedes Wort war eine Anstrengung. Er konnte immer noch nicht mehr als flüstern.

Ich kannte mich nicht sonderlich gut mit internationaler Politik aus – es interessierte mich einfach nicht. Aber ganz offensichtlich hatte Jane Verbindungen zu einigen mächtigen Leuten in Tir, wenn der Rat mit ihr reden wollte. Ich dachte an den Namen, den sie und Goldjunge am Bahnhof ausgesprochen hatten, als sie sich auf Sperethiel unterhielten – der Name eines Mannes, den ich nur von seinem Bild auf der Nuyen-Note in Galdenistals Tasche kannte. Ich wollte den Elf davon überzeugen, dass ich mehr über Politik und die Konzernwelt wusste, als dies in Wirklichkeit der Fall war, und brachte zusätzlich noch einen Namen aus Janes Vergangenheit ins Spiel.

»Worüber will Laverty mit ihr reden?«, fragte ich. »Die New Dawn Corporation?«

Galdenistals Augen weiteten sich. Meine Frage schien ein Volltreffer zu sein.

»Er wollte herausfinden ... ob die Gerüchte stimmen. Ob New Dawn wirklich ... illegale Medikamententests in ... den UCAS durchführen lässt. Bevor der Rat ... über den Verkauf der ... Aktien abstimmt.«

Das ließ ich mir erst einmal durch den Kopf gehen, während der Elf die Augen schloss, um wieder zu Atem zu kommen. Medikamententests? War es bei Janes UCAS-Besuchen darum gegangen? Es war keine sonderlich große Überraschung, dass die Regierung von Tir offenbar eine Scheibe der New Dawn Corporation besaß, dem Konzern, für den Mareth'riel Salvail bis zu ihrem ›Tod‹ im Jahre 2057 gearbeitet hatte. Bei der Gründung Tir Tairngires waren eine ganze Reihe von Konzernen mit Stammsitz in den Grenzen dieses neuen Landes verstaatlicht worden, von anderen waren Aktienmehrheiten erworben worden. Wenn ein Konzern etwas Illegales getan hatte – insbesondere innerhalb der Grenzen einer mächtigen Nation wie den UCAS – würde Tir Tairngire sich von diesem Konzern distanzieren wollen, indem man dessen Aktien abstieß. Aber dazu mussten die Übergriffe gegen ausländische Staatsbürger schon ziemlich heftiger Natur sein.

Worin war Jane verwickelt gewesen?

Mir fiel eine der Erinnerungen ein, die Dass mit ihrer magischen Sondierung angeregt hatte. Jane hatte sich als Vertreterin eines von der Regierung der UCAS finanzierten Impfprogramms gegen die VITAS ausgegeben, aber ich bezweifelte, dass die UCAS so ein Programm jemals ins Leben gerufen hatten. Die Erinnerung, die Jane noch einmal durchlebt hatte – Leute zu überreden, sich impfen zu lassen –, musste die Erinnerung an eine Lüge sein, die sie ihnen aufgetischt hatte.

Die Vorstellung, dass Jane Leute belogen hatte, die ihr als Ärztin vertrauten, bestürzte mich zutiefst.

Sie musste auch andere bestürzt haben. Hatte Lone Star sie deshalb verhaftet und vier Jahre auf Eis gelegt – um herauszufinden, was die New Dawn Corporation tatsächlich in den UCAS vorhatte?

Ich musste an mein Gespräch mit Crazy John denken. Er hatte gesagt, Jane habe ihn zuerst besucht, weil sie daran interessiert gewesen sei, herauszufinden, warum er so lange gelebt hatte. Und das gab mir eine Idee. Wenn ich Recht hatte, log Jane, um den Leuten von Ekwader zu *helfen*, der Stadt, in der New Dawn seine Medikamententests durchgeführt hatte – wo immer diese Stadt auch sein mochte. Angesichts der Konsequenzen dessen, was sie dort testete, war es kein Wunder, dass der Konzern die Versuche in aller Stille durchführen wollte.

Ich wagte einen Schuss ins Blaue, um Galdenistal noch mehr Informationen zu entlocken. »New Dawn hat ein Medikament getestet, das die menschliche Lebensspanne verlängern sollte. Aber was ist daran so schlimm? Ein Haufen Leute würde der eigenen Mutter die Kehle durchschneiden, wenn sie dadurch kostenlos eine mit der Leonisierung vergleichbare Behandlung bekommen könnten.«

Die Behandlung, die ich erwähnt hatte – die nach Ponce de Leon benannt worden war, der den legendären Jungbrunnen gesucht hatte –, war zu Beginn der fünfziger Jahre entwickelt worden. Ihre Wirkung war beschränkt und die erste Behandlung kostete sagenhafte zwei Millionen Nuyen. Und wenn die armen Schweine, die diese Summe zusammengekratzt hatten, nicht zweimal jährlich zusätzliche 100 000 Nuyen für die so genannten ›Auffrischungsbehandlungen‹

aufbringen konnten, durften sie sich auf den spontanen Verfall ihrer Körperzellen freuen. Dennoch stand die Leonisierung ganz oben auf jedermanns Wunschliste für den Fall eines Hauptgewinns in der Lotterie. Und jene, die wohlhabend genug waren, sich die Leonisierung leisten zu können, hatten Universal Omnitech, die Firma, welche die Behandlung entwickelt hatte, reich gemacht.

Dann kam mir ein Gedanke. Jeder weiß, dass Elfen länger leben als Menschen. Irgendein Labor, das metabolistische Untersuchungen durchgeführt hatte, schätzte die Lebensspanne eines durchschnittlichen Elfs auf 125 Jahre. Zwerge folgten in der Langlebigkeitstabelle dichtauf an zweiter Stelle. Ganz unten standen Trolle und Orks, die durchschnittlich nur fünfzig beziehungsweise vierzig Jahre alt wurden.

Niemand hatte daran gedacht, Gestaltwandler in seine Studien mit einzubeziehen. Ich hatte die durchschnittliche Lebenserwartung eines Wolfs bereits längst überschritten. Meine Mutter und meine Geschwister waren mittlerweile zweifellos längst tot. In gewisser Weise verstand ich Crazy Johns Kummer, seine Tochter überlebt zu haben.

Wie würden Menschen und Metas reagieren, wenn sich herausstellte, dass Gestaltswandler eine höhere Lebenserwartung hatten als sie? Sie waren ohnehin schon unglaublich eifersüchtig auf unsere Fähigkeit der Regeneration …

Ich nickte verstehend. Vielleicht hatte dem Prinzenrat, der Tir Tairngire regierte, die Vorstellung von einem Medikament nicht gefallen, das allen anderen Rassen eine entsprechende Lebenserwartung bescherte.

Ich stieß Goldjunge an. »Na?«, drängte ich ihn.

»Das Medikament, das … New Dawn testete … hat die Alterung *beschleunigt*«, flüsterte Galdenistal.

»Was?« Das haute mich um. Die Elfen versuchten

die Lebensspannen der anderen Rassen zu *verkürzen*? Ich konnte keinen Sinn darin erkennen. Wie konnte ein Konzern Geld mit einem Medikament verdienen, das niemand kaufen würde? Außer vielleicht die Regierung von Tir Tairngire. Die würde so ein Medikament vielleicht kaufen. New Dawn Medical Research hatte das Medikament vielleicht als biologische Waffe entwickelt.

Fast konnte ich es glauben. Damals im Jahre 2054 hatte es Gerüchte über einen Molekularbiologen gegeben, der aus Tir Tairngire geflohen war, weil er sich geweigert hatte, an der Entwicklung einer Biowaffe mitzuarbeiten, die eine Mutation des MMV-Virus beinhaltete, für die nur Menschen empfänglich waren. Angeblich war die Geschichte von dem Biologen frei erfunden worden, um nach seiner Verhaftung durch Lone Star seine Auslieferung nach Tir zu verhindern, wo er wegen siebzehnfachen Mordes gesucht wurde. Doch obwohl die Geschichte sofort diskreditiert worden war, hatte sie so viele politische Spannungen hervorgerufen, dass Tirs Friedenskorps in Alarmbereitschaft versetzt worden war. Wenn New Dawn tatsächlich über ein Medikament verfügte, das Menschen schneller altern ließ, würde der Prinzenrat es ganz sicher unter Verschluss halten wollen.

Was erklären würde, warum man Galdenistal nur wenige Tage nach ihrer Entlassung aus dem Gefängnis auf Jane angesetzt hatte. Wahrscheinlich wollte man herausfinden, was sie Lone Star erzählt hatte und was die Regierung der UCAS bereits wusste.

Ich bezweifelte, dass sie irgendetwas ausgeplaudert hatte. Abgesehen von kurzen Rückblenden erinnerte Jane sich an nichts mehr. Wenn sie tatsächlich am Test einer Biowaffe beteiligt gewesen war, würde sie sich nicht mehr daran erinnern – und kein Schuldgefühl deswegen haben.

»Wusste Jane, welche Wirkung das Medikament hatte?«, fragte ich. Es war eine bescheidene Hoffnung. Jane – Mareth'riel – war eine in der Forschung tätige Medizinerin bei New Dawn. Wahrscheinlich war sie an der Entwicklung des Medikaments beteiligt gewesen. Aber ich wollte es nicht glauben.

Der Elf anscheinend auch nicht.

Galdenistal schloss die Augen. »Ich hoffe nicht«, seufzte er.

Ich lauschte für einen Augenblick dem Hämmern über mir und fragte mich, wie lange meine Rückendeckung wohl noch brauchen würde, um die Tür zu öffnen. Ich brauchte mehr Zeit, mehr Informationen. Aber was sollte ich als nächstes fragen? Dann hatte ich eine Idee: Jane hatte in ihrer Unterhaltung mit Galdenistal noch einen anderen Namen erwähnt …

»Was ist mit Xavier?«, fragte ich.

Goldjunges Augen verengten sich und er spannte die Kiefermuskeln. Es war klar, dass er diese Frage nicht beantworten wollte. Doch ich hakte nach. »Wer …?«

Von oben ertönte das laute Kreischen berstender Metallbolzen. Ein dünner Streifen Licht leuchtete über mir auf und ich hörte das stete Kreischen einer sich drehenden Winde. Wasser lief an den Wänden herunter, während eine Frauenstimme von oben rief: »Romulus? Sind Sie da unten?« Der Stimme nach zu urteilen, war das die Gefechtsmagierin. Also war das Tragflügelboot zurückgekehrt. Ich fragte mich, ob sie die Schmuggler erwischt hatten und Dass wohlauf war.

»Ich bin hier!«, rief ich.

»Halten Sie aus. In fünf Minuten haben wir Sie oben.«

Kaltes Meerwasser umspülte meine Füße. Galdenistal zitterte. Wenn er nicht schnell aus dem Wasser kam, würde er vermutlich an Unterkühlung sterben. In seinen Augen stand das Wissen darum. Ich glaubte nicht, dass er sterben wollte.

»Antworten Sie«, sagte ich. Ich beschloss, meinen Bluff noch etwas auszudehnen. »Und geben Sie sich Mühe, sonst verschwinde ich ohne Sie. Ich weiß, dass Mareth'riel mit Xavier zu tun hatte. Ich will wissen, in welcher Weise.«

Seine Antwort überraschte mich. Es stellte sich heraus, dass Xavier kein *Wer* war, sondern ein *Was.*

»Die Xavier-Stiftung … war auf der Suche … nach Spikebabys«, antwortete Galdenistal. Seine Zähne klapperten, was ein gutes Zeichen war. Die Unterkühlung war noch nicht weit fortgeschritten. Aber er hatte nicht mehr viel Zeit. »Mareth'riel hat … Laverty bei dessen … Untersuchungen geholfen … warum sie sich … schon vor dem Erwachen … ausgedrückt haben.«

Ich beschloss, ihm meine Unwissenheit nicht zu verraten, indem ich ihn fragte, was ein Spikebaby war und wie ein Baby sich ›ausdrücken‹ konnte. Stattdessen fragte ich nur: »Warum?«

»Die Forschung auf … dem Gebiet magischer Spitzen … frühe Beispiele für … die Aktivierung des … Stoppuhrkomplexes. Mareth'riel …«

Ich hörte das Kreischen von Metall über uns, als die Luke schließlich aufgestemmt wurde. Eiskaltes Meerwasser klatschte auf meinen Rücken und die Kälte drang mir durch Mark und Bein. Der Strahl einer Taschenlampe fiel in den Schacht und die Gefechtsmagierin, deren Visier hochgeklappt war, schaute zu mir herunter.

»Romulus!«, rief sie. »Beeilen Sie sich. Der Gang füllt sich.« Dann fiel der Lichtstrahl auf Galdenistals Gesicht. Es war weiß wie der Tod und sein goldsträhniges Haar rahmte es ein. Er zitterte jetzt so heftig, dass sich sein ganzer Körper verkrampft hatte.

»Wer, zum Teufel, ist das?«, fragte die Magierin über uns.

Lone Star hatte keine Möglichkeit, den Elf einzusperren, obwohl er zwei der Schmuggler erschossen hatte. Die Regierung von Tir würde bereits über Lone Star herfallen, wenn wir auch nur *versuchten*, ihn des Mordes anzuklagen.

»Ein Zivilist«, rief ich zurück. »Und er ist verletzt.«

Ich hörte, wie die Magierin in ihr Funkgerät sprach. Dann kletterte sie in den Schacht. »Ich kenne ein paar Heilzauber«, sagte sie. »Ich stabilisiere ihn und mache ihn transportfähig.«

Ich seufzte leise, als sie die Leiter herabkletterte. Damit war die Fragestunde beendet. Ich musste selbst herausfinden, wovon er eigentlich geredet hatte.

»Ich schätze, Sie haben es geschafft«, flüsterte ich ihm zu. Doch dann berührte ich die Wunde in meiner Seite und fügte mit einem knurrenden Unterton hinzu: »Aber sollten sich unsere Wege je wieder kreuzen und Sie noch einmal versuchen, sich mit mir anzulegen, sind Sie Geschichte.«

Die Augen des Elfs waren geschlossen. Ich wusste nicht, ob er mich gehört hatte oder nicht.

14

Vier Tage Standardbezahlung als Hilfskraft?«, fragte ich ungläubig. »Das ist alles? Wollen Sie mir nicht wenigstens die zwei Tage anrechnen, die wir während der Überwachung in Yarmouth in Bereitschaft waren?«

Sergeant Raymond starrte ungerührt auf den leuchtend orangefarbenen Kredstab in meiner Hand, den die Lohnbuchhaltung mir ausgehändigt hatte. Er führte eine Zigarette zum Mund und nahm einen tiefen Zug. Dann blies er den Rauch in meine Richtung. Ich rümpfte die Nase ob des widerlichen Gestanks und fragte mich, wie jemand es genießen konnte, ihn einzuatmen. Besonders, da bekannt war, dass der beständige Genuss der Droge Tabak letzten Endes tödlich war. Menschen waren manchmal so pervers …

Die kalten blauen Augen des Sergeants bohrten sich in meine. »In Yarmouth herumzuhängen war Ihre eigene Entscheidung«, sagte er.

»Detective Mchawi hat mich als vollwertiges Mitglied ins Team aufgenommen«, konterte ich. »Die anderen Mitglieder der Magischen Einsatzgruppe haben die zwei Tage bezahlt bekommen.«

»Das sind Cops. Sie sind ein …«

»Ein was?«, knurrte ich. »Ein dämliches Tier?« Normalerweise bleckte ich dem Sergeant gegenüber nicht die Zähne, aber diesmal gingen mir seine Bemerkungen unter das Fell. Vielleicht hatte es mit dem zu tun, was Lone Star Jane angetan hatte – man hatte sie so gründlich fertiggemacht wie das Internat mich und das weckte alte Erinnerungen. Oder vielleicht verlor ich auch ganz einfach den Respekt vor den Alphas meines Rudels. Vielleicht wollte ich gar kein Cop sein …

Raymond ignorierte meinen Ausbruch. »Sie sind eine irreguläre Kraft. Sie werden nur für die Arbeit bezahlt, die Sie auch leisten – Sie werden nicht fürs Abliegen und Flöhekratzen bezahlt.«

Ich spürte, wie mein Körper sich mühte, vor Wut die Ohren anzulegen – wozu ich in meiner menschlichen Gestalt natürlich nicht fähig war. Ich mag keine Anspielungen auf meine Körperhygiene. Ich achte darauf, dass mein Bart immer ordentlich gestutzt und mein Bettzeug sauber ist …

Eine Stimme rief spöttisch über den Flur: »Was will er denn jetzt, ein Leckerchen?« Gelächter folgte.

Das reichte. Ich fragte den Sergeant nicht einmal mehr, ob es noch weitere Aufträge für mich gab. Wütend stürmte ich aus Raymonds Büro. Ich hatte eine Belobigung erwartet, weil ich mich den Irrlichtern im Laderaum des Frachters gestellt und einem wichtigen Staatsbürger Tir Tairngires das Leben gerettet hatte, und als Dank für meine Mühe hatte man mir nicht einmal den Kopf getätschelt.

Als die Magische Einsatzgruppe in den Laderaum eindrang, hatten sie die Irrlichter natürlich nicht mehr angetroffen. Nur noch die leeren Weidenkäfige waren da. Die Irrlichter mussten in den Astralraum geflohen und in ihre Heimat zurückgekehrt sein. Ich hatte den Verdacht, dass ich keinen müden Nuyen für ihre Ergreifung bekommen hätte, selbst wenn die Irrlichter sich noch im Laderaum befunden hätten. Die Gefechtsmagier hätten alle Lorbeeren geerntet.

Ebensowenig war ich darüber erfreut, dass Galdenistal so vollkommen verschwunden war wie die Irrlichter. Wie sich herausstellte, hatte der Elf vor seiner Reise in die UCAS einen Platinkontrakt mit DocWagon abgeschlossen. Nach unserer Rettung aus dem Laderaum des Frachters brachte ihn ein Rettungshubschrauber, der bereits auf ihn wartete, sofort nach Halifax in eine Privatklinik. Und danach hatte ihn niemand mehr gesehen. Sogar Dass war die Erlaubnis verweigert worden, den Elf zu verhören.

Auf der Suche nach Dass schlich ich durch die Flure des Polizeireviers. Zumindest für sie entwickelten sich die Dinge positiv. Seit der Razzia vor zwei Tagen stand sie ziemlich hoch im Kurs. Sie hatte das aufgemotzte Hummerfangboot aufgebracht und die Schmuggler verhaftet, ohne dass den vier Merlinfalken etwas zugestoßen war. Es war ihr sogar gelungen, den Schamanen zu verhaften, der die Käfige der Falken gesichert hatte, indem sie die Gegend nach seiner astralen Signatur abgesucht und ihn auf diese Weise schließlich aufgespürt hatte.

Die bei Lone Star für die Öffentlichkeitsarbeit zuständigen Leute hatten das Verdienst für die Entdeckung des Frachters, der im Trid ›die Arche‹ genannt wurde, ausschließlich Dass und den drei Gefechtsmagiern zugesprochen. Normalerweise hätte ich mir einfach gesagt, dass sie mich nicht erwähnten, weil sie meinen Wert als irreguläre Kraft nicht schmälern wollten – sie hätten auch keinen verdeckten Ermittler erwähnt. Aber sie hätten wenigstens eine entsprechende Mitwirkung andeuten können – das hätte mich nicht kompromittiert. Wollte Lone Star nicht zugeben, einen Gestaltwandler zu beschäftigen, und sei es auch nur als irreguläre Kraft?

Wegen des Rummels im Zusammenhang mit dem jüngsten Erfolg der Magischen Einsatzgruppe war Dass ziemlich beschäftigt. Bisher hatte ich nur mit ihr reden können, als sie meinen Bericht über die Vorgänge an Bord des Frachters entgegengenommen hatte. Ich hatte ihr eingeschärft, die Schmuggler nach Jane zu fragen, aber ich wusste noch nicht, ob sie dazu Gelegenheit gehabt hatte.

Die Verzögerungen machten mich wahnsinnig – die Überwachung des Frachters und die Verhaftung der bösen Jungens hatte so lange gedauert und ich war Jane immer noch keinen Schritt näher gekommen. Ich hatte geglaubt, eine heiße Spur zu haben, aber dann hatte sie sich als Sackgasse erwiesen. Es sei denn, die verhafteten Schmuggler hatten Dass erzählt, was sie mit Jane gemacht hatten …

Schließlich machte ich Dass ausfindig. Sie kam gerade aus dem Flur, der zum Senderaum führte – ein spezialisierter Bereich des Reviers, der für rituelle Magie benutzt wurde. Ich selbst war noch nie dort – der Bereich ist für alle außer den Mitgliedern des DPU tabu und sogar Cops aus anderen Abteilungen dürfen nicht an den magischen und weltlichen Sicherheitssystemen vorbei, welche diesen Teil des Reviers abriegeln. Angeblich ist der Raum mit hermetischen Kreisen gefüllt, die mit kostbaren Edelsteinen gespickt sind, und mit Fetischen, die zum Teil mehrere Jahrhunderte alt sind, und noch mehr verdrehtem Schwachsinn dieser Art …

Dass sah müde, aber aufgedreht aus, als die Tür sich hinter ihr schloss – sie genoss jede Minute der Untersuchung. Sie führte eine angeregte Unterhaltung mit zwei männlichen Detectives – vermutlich ebenfalls DPU-Mitglieder, weil sie mit Dass im Senderaum gewesen waren. Ich hatte sie noch nie zuvor gesehen, aber einer klang so, als stamme er aus Boston, der andere sprach mit unüberhörbarem französischem Akzent. Die Untersuchung des Schmuggelns paranormaler Tiere weitete sich offenbar aus, wenn Detectives aus anderen Zuständigkeitsbereichen hinzugezogen wurden. Ihrer Körpersprache konnte ich entnehmen, dass sie sich Dass bei der Untersuchung unterordneten. Sie war in der Hierarchie Lone Stars eindeutig auf dem Weg nach oben.

Ich glaubte einen Anflug von Gereiztheit über Dass' Gesicht huschen zu sehen, als sie mich im Flur sah. Doch ihre Begrüßung war warm und sie roch auch freundlich.

»*Salamu*, Rom. Wie geht's?«

Aber sie wartete meine Antwort gar nicht ab. Erst als ich ihren Arm umklammerte, hielt sie inne.

»Was ist mit den Schmugglern?«, zischte ich. »Haben sie dir irgendwas über Jane erzählt?«

Dass warf einen Blick auf die beiden anderen Detectives, die stehen geblieben waren, um auf sie zu warten. »Gehen Sie schon vor«, rief sie ihnen zu. »Wir treffen uns in der Asservatenkammer.«

Sie schien die beiden nur widerstrebend gehen zu lassen, aber sie beantwortete meine Frage.

»Tut mir leid, Rom«, sagte sie. »Die Schmuggler haben kein Wort über sie gesagt.«

»Hast du eine Gedankensonde benutzt?«, fragte ich. »Woran haben sie gedacht, als du sie nach Jane gefragt hast?«

»Ich habe tatsächlich eine Gedankensonde benutzt, aber ich habe nur Eindrücke von einem kleinen Dorf an der Küste empfangen. Ich konnte es klar und deutlich sehen, aber ich habe es nicht erkannt. Es gab kein landschaftliches Merkmal – nichts, worin es sich von den tausend anderen Dörfern an der Küste unterscheiden würde.«

Ich gab ein missmutiges Knurren von mir. Dass war ein Freund – so ziemlich mein einziger bei Lone Star – und doch hatte sie sich keine sonderliche Mühe gegeben. Sie war zu sehr durch ihren Fall abgelenkt und die Anerkennung, die ihr zuteil wurde.

»Wo leben diese Schmuggler?«, fragte ich. »Haben sie gesagt, wo sie wohnen?«

»Du weißt, dass ich dir diese Information nicht geben darf, Rom. Sie fällt in eine laufende DPU-Untersuchung. *Ndivyo ilivyo* – so ist es nun mal. Du gehörst nicht …« Dann hielt sie inne. Was sie auch hatte sagen wollen, sie hatte es sich anders überlegt. Sie wand ihren Arm aus meinem Griff.

»Tut mir leid, Rom«, sagte sie mit fester Stimme. »*Omba radhi.*«

Unwillkürlich zuckte ich zusammen. Ich kam mir vor wie ein Welpe, der gerade einen Nasenstüber bekommen hatte.

»Dass«, sagte ich zögernd. »Liegt es daran, dass Lone Star Jane nicht mehr im Umlauf haben will nach allem, was man ihr angetan hat? Willst du mir deswegen nichts sagen, was mir dabei helfen könnte, sie zu finden?«

Dass' dunkle Augen starrten mich scheinbar eine ganze Minute an. Dann senkte sie die Stimme zu einem Flüstern.

»Ich will damit nichts zu tun haben, Rom«, sagte sie leise. »Ich weiß nicht, was da vorgeht – und ich will es auch gar nicht wissen. Im Augenblick muss ich mich ganz auf die Schmuggeluntersuchung konzentrieren.« Sie seufzte. »Aber so viel kann ich dir sagen. Die Schmuggler haben eine Wohnung in North End als Wohnsitz genannt. Wir haben sie bereits überprüft und nichts gefunden, was dir bei der Suche nach Jane helfen könnte.«

»Verrate mir noch mehr, Dass«, drängte ich sie. »Ich will sie finden.«

»Warum, Rom? Warum schlägst du dir die Sache nicht einfach aus dem Kopf?«

Die Frage konnte ich nicht beantworten. Die Gründe waren zu verwickelt, wie ein Knoten im Fell. Jane war übel mitgespielt worden und brauchte Hilfe – und wenn die Daten stimmten, die wir unter dem Namen Mareth'riel gefunden hatten, dann hatte sie keine Verwandten, die sich um sie kümmern konnten. In der Zwischenzeit wurde sie von allen möglichen Leuten entführt: zuerst von Galdenistal, dann von den Schmugglern. Der einzige, der versucht hatte, sich ihnen in den Weg zu stellen, war ich. Und ich hatte versagt. Nur die Geister wussten, wohin die Schmuggler Jane gebracht hatten und was sie ihr antaten …

Ich konnte meine natürlichen Instinkte, Jane zu beschützen, nicht von der körperlichen Anziehungskraft trennen, die von ihr ausging. Und ich hatte immer noch daran zu knabbern, dass Lone Star – die Leute, die ich als mein Rudel betrachtete – für Janes geistige Schäden verantwortlich war. Ich hatte irgendwie das Gefühl, verpflichtet zu sein, dieses Unrecht wiedergutzumachen und alles ins rechte Lot zu bringen.

Ich starrte Dass nur an. »Ich kann die Sache nicht einfach auf sich beruhen lassen«, sagte ich schließlich. »Ich muss ihr helfen.«

»Du könntest ziemlich tief in irgendwas hineinreiten, Rom«, warnte Dass mich. »Ich will nicht, dass Lone Star seinen besten Schnüffler verliert – dass dir etwas zustößt. Aber mir ist klar, dass du trotzdem versuchen wirst, sie zu finden, koste es, was es wolle. Da ist es dann wahrscheinlich besser, wenn du nicht blind ins Verderben rennst. Ich sage dir, was ich weiß.«

Ich grinste wölfisch. »Danke, Dass.«

Sie nickte. Dann bedeutete sie mir, ihr zu folgen. Erst, als wir in ihrem Büro waren, erzählte sie mir den Rest der Geschichte.

Es hatte sich herausgestellt, dass die Schmuggler aus Familien stammten, die schon seit Jahrzehnten im Drogenhandel aktiv waren. Einer von ihnen – der Bursche mit den Dornenimplantaten, mit dem ich kurz aneinandergeraten war – hatte einen Ururururgroßvater, der in der Zeit der Prohibition zu Beginn des letzten Jahrhunderts Schnaps geschmuggelt hatte.

Sie alle waren Mi'kmaq-Indianer und trugen Namen aus der Mythologie dieses Stammes. Der große fette Kerl mit der Cyberware war Kluskapeweit – das Mi'kmaq-Wort für ›Hai‹. Der magere Mann war Wowkwis – ›Fuchsjunge‹. Er war derjenige, der den Weeds zufolge auf dem Alten Friedhof in Halifax Halo verkauft hatte. Die Frau hatte lediglich die englische Übersetzung ihres Namens genannt: Otter.

Eingedenk der Tatsache, dass sie alle Tiernamen trugen, fragte ich mich, ob sie oder zumindest einige von ihnen Gestaltwandler waren. Der fette Bursche hatte nicht ganz nach Mensch gerochen, als gebe es irgendwo in seinem Familienstammbaum einen Gestaltwandler. Aber Dass hätte mit Sicherheit erwähnt, wenn einer aus der Gruppe ein Para wäre. Ich dachte an die Implantate von Hai und kam zu dem Schluss, dass sie wahrscheinlich nur Möchtegern-Gestaltwandler waren.

Der Rigger, der in der Nacht von Janes Entführung das Schnellboot gesteuert hatte, war spurlos verschwunden. Er war bei der Razzia nicht an Bord des Hummerfangboots gewesen und Dass hatte auch in der Wohnung, welche die Schmuggler gemietet hatten, keine Spur von ihm gefunden. Nach allem, was sie beim Verhör von den Schmugglern erfahren hatte, reimte sie sich zusammen, dass er nur ein bezahlter Helfer war.

Mehr konnte Dass mir nicht mitteilen. Nichts von alledem verriet mir, warum die Schmuggler so versessen darauf gewesen waren, Jane zu entführen. Es schien keine Verbindung zwischen ihr und den Schmugglern zu geben. Ich fragte mich, ob die New Dawn Corporation die ›Droge‹ Halo verkauft hatte. Es kam mir jedoch eher unwahrscheinlich vor.

Ich wusste nicht, wie ich fortfahren sollte. Ich habe nicht viele Verbindungen zu den Shadowrunnern der Stadt – als irregulärer Mitarbeiter Lone Stars arbeite ich auf der anderen Straßenseite. Aber ich gab die Losung an meine wenigen Kontakte aus, die Augen nach einer Person offen zu halten, die der Beschreibung des Riggers entsprach, der mit den Schmugglern zusammengearbeitet hatte: des blassen Mannes mit den dunklen Tätowierungen.

Dann ging ich nach Hause. Der Morgen graute und ich war erschöpft. Ich tollte eine Zeitlang mit Haley im Garten herum und versuchte mich auf diese Weise abzureagieren. Irgendwann warf ich sie zu Boden und schnappte zu dicht unter ihrer Kehle zu, was sie winseln ließ. Ich tröstete sie mehrere Minuten lang, in denen ich sie zärtlich leckte und so ihre Ängste vertrieb – und ich fühlte mich wiederum schuldig, weil ich Jane ihr vorzog. Haley reizte mich nur noch, wenn sie läufig war. Jane faszinierte mich auf einer tieferen Ebene. Auf einer menschlichen Ebene.

Ich nahm menschliche Gestalt an und rollte mich auf der Couch unter der Decke zusammen, mit der Jane sich bei ihrem allzu kurzen Besuch in meiner Garage zugedeckt hatte. Ich hielt mir die Decke unter die Nase und sog Janes Duft ein, dann döste ich ein und glitt in einen Traum, in dem ich eine Frau über einen nebligen Strand jagte – eine Frau, die sich in dem Augenblick, in dem ich sie einholte, in Dunst verwandelte.

15

Knapp eine Woche nach der Razzia der Magischen Einsatzgruppe auf den Frachter hörte ich schließlich etwas von einem meiner Kontakte – ich hatte ihm eine Nachricht hinterlassen, in der ich ihn darum bat, Informationen über ›Spikebabys‹ und New Dawn Medical Research auszugraben. Die Antwort ging an Gems Telekom – die Nummer, die ich als meine persönliche Telekomadresse benutze. Gem hatte mir die Nachricht ausgedruckt und sie unter der Garagentür durchgeschoben. Sie war kurz und prägnant: WIR TREFFEN UNS UM 21.00 UHR IM BINARY. D.F.

Das war alles. Keine Antwortadresse – auch keine Relaiscodes, nichts – geschweige denn Andeutungen, was mein Kontakt herausgefunden hatte. Aber er war gut, der Beste. Er würde Antworten für mich haben.

Ich traf kurz vor der vereinbarten Zeit an unserem Treffpunkt ein. Das *Binary* ist eine Bar, eine der ruhigsten in Halifax. Anstelle von Musik ertönt ein beständiges leises weißes Rauschen, das alle anderen Geräusche zu einem Flüstern reduziert, und die Gäste reden kaum jemals miteinander. Jedenfalls nicht in der wirklichen Welt.

Die Bar befindet sich auf der University Avenue, nicht weit von der Technischen Universität von Neuschottland entfernt, und spricht vor allem Möchtegern-Decker an – Studenten, welche die TUNS besuchen. Sie sitzen Tag und Nacht an der Bar, Glasfaserkabel in ihre Datenbuchsen gestöpselt, und surfen mit einigen der heißesten Decks durch die Matrix, die NovaTech je hergestellt hat.

Der Türsteher vor dem Eingang des *Binary* betrachtete mich von oben bis unten und registrierte argwöhnisch das Nichtvorhandensein einer Datenbuchse bei mir. Er war ein Cyberfreak – ein magerer Bursche mit einem strähnigen Pferdeschwanz und nicht zueinander passender Kleidung, die nach altem Schweiß roch –, aber sein Körper war mit einiger der am tödlichsten aussehenden Cyberware auf dem Markt ausgerüstet. Seine Arme waren vom Ellbogen abwärts mit einziehbaren Spornen in den Ellbogen versehen. An jedem seiner überlangen Unterarme war eine Pistole an einer gyroskopischen Halterung angebracht, die es ihm gestattete, die Waffen gedankenschnell zu drehen und abzufeuern.

Ich nickte ihm zu, als ich eintrat, machte mich aber insgeheim über das Übermaß an Sicherheit der Bar lustig. Der vercyberte Türsteher war gewiss ein zäher Bursche, konnte aber nicht das geringste gegen die tatsächlichen Gefahren ausrichten, denen Gäste und Personal des *Binary* ausgesetzt waren: schwarze ICs, die mit Lichtgeschwindigkeit durch die Glasfaserkabel derjenigen Gäste huschen mochten, die sich in die Matrix einstöpselten.

Die Bar war mit sackartigen Hockern aus Schaumstoff möbliert, der sich den Körperkonturen anpasste. Die Gäste – Studenten, welche die neuesten Klamotten der *nouveau pauvre* und im Dunkeln leuchtende Kriegsbemalung trugen – hingen schlaff und mit starrem Blick auf diesen Hockern, da sie in die Welt der Matrix abgetaucht waren.

So würde ich mich auch mit meinem Kontakt treffen – in der Matrix. Das *Binary* war ein Ort, wo man sich von Icon zu Icon traf, nicht von Angesicht zu Angesicht.

Ich sah mich nach einem freien Cyberdeck um. Ich brauchte eines mit einem Elektrodennetz als Interface, da mir meine regenerativen Kräfte keine Implantate, also auch keine Datenbuchsen gestatteten. Das einzige verfügbare Deck war in ein Telekom eingebaut, dessen Monitor auf den Empfang eines Nachrichtensenders eingestellt war. Ich schob meinen Kredstab in den Kasten an der Seite des Telekoms. Die Trideosendung wurde unterbrochen und das Gesicht eines metallhäutigen Androiden erschien auf dem Schirm – eine digitale Darstellung des Programms, das als Barmann des *Binary* fungierte. Es fragte mich mit einer Stimme, die klang, als halle sie durch eine Blechdose, ob ich etwas trinken wolle.

»Sicher«, sagte ich. »Warum nicht?«

Das *Binary* verdient sein Geld nicht nur mit den Gebühren für den Matrixzugang, sondern auch mit dem Verkauf so genannter ›Smart Drinks‹ – Kräutermischungen, die sich angeblich positiv auf die Hirnleistung auswirken. Normalerweise hätte ich das Zeug nicht angerührt – bei meinen zwei vorangegangenen Besuchen im *Binary* war ich nur um des Matrixzugangs willen gekommen. Aber der Spaziergang zur Bar hatte mich erhitzt und ich war durstig. Ich drückte auf das Icon unter einem grünlich aussehenden Cocktailglas mit dem Namen Neuralnektar. Dann wurde ich aufgefordert, eine Größe auszuwählen: Null oder Nichtig.

»Welche ist kleiner?«, fragte ich.

Blechernes Gelächter hallte aus dem Monitor, als sei meine Frage das Dümmste, was das Barmann-Programm seit Wochen gehört hatte.

»Schon gut«, knurrte ich und drückte auf das ›Null‹-Icon.

Kaum eine Minute später stand der Drink auf meinem Tisch: eine suppige grüne Flüssigkeit in einem vereisten Schnapsglas. Das Zeug schmeckte nach Gras und Algen und hatte einen bitteren Nachgeschmack. Und es hatte die Wirkung von einem halben Dutzend Tassen Kaffee. Sekunden nachdem ich es getrunken hatte, kam es mir so vor, als vibrierten die Haarbüschel an meinen Ohrspitzen.

Ich stellte das leere Glas ab und streifte mir das Elektrodennetz über den Kopf. Ich wartete die eine Minute und achtunddreißig Sekunden, die die Uhr brauchte, um auf 21.00 Uhr umzuspringen, und betrat dann einen der privaten Chat Rooms, die das Sprungbrett des *Binary* in die Matrix waren. Ich brauchte nicht durch die Matrix zu surfen. Ich wusste, mein Kontakt würde mich finden.

Mein Körper spannte sich und ich bleckte unwillkürlich die Zähne, als ich mich in dem Chat Room wiederfand, der mir am wenigsten gefiel: der Achterbahn. Rein verstandesmäßig wusste ich sehr wohl, dass ich mich in Wirklichkeit gar nicht bewegte, aber dennoch tat mein Magen einen Hüpfer und mein Puls beschleunigte sich, als die virtuelle Achterbahn, in der ich saß, eine unglaublich steile Abfahrt herunter und, wie es schien, in einen bodenlosen Schlund raste, um dann so schnell durch eine Reihe von Korkenzieherwindungen und Kurven sowie über mehrere Berge und Täler hinweg zu schießen, dass ich die Umgebung nur verschwommen wahrnahm. Alles wirkte echt, vom Rattern und Kreischen der Metallräder auf den Schienen bis hin zum Geruch der Zuckerwatte, der in der Luft lag. Das schlimmste daran war, dass man die Augen nicht schließen konnte. Die Empfindungen wurden über das Elektrodennetz, das fest auf meinen Schläfen saß, direkt ins Hirn geleitet.

Schließlich sprang mein Achterbahnwagen mit einem Ruck, bei dem mein Herzschlag aussetzte, gänzlich aus den Schienen und segelte in eine mit Sternen gesprenkelte schwarze Leere. In diesem Augenblick tauchte mein Kontakt auf dem Sitz neben mir auf.

Seine Matrix-Persona war ein tintenschwarzes Skelett, das einen locker sitzenden schwarzen Anzug und einen hohen Zylinder trug. Die Augäpfel des Skeletts waren gelblich und blutunterlaufen und um seinen Hals hing wie eine Krawatte eine Galgenschlinge aus zerfranstem weißem Seil. Er verschmolz mit dem Hintergrund des Chat Rooms, ein Schatten vor einem dunklen Himmel.

»Schön, Sie wiederzusehen, Romulus«, sagte er mit einer Stimme wie samtener Staub.

»Gleichfalls. Wie geht es Chester?«

»Sehr gut.« Er drehte sich um und bleckte Zähne, so schwarz und glänzend wie Klaviertasten. »Dank Ihnen.«

Mein Kontakt nannte sich Dark Father, wenn er in der Matrix war. In der wirklichen Welt war er ein wohlhabender Geschäftsmann und Philantrop aus Toronto, ein prominenter Metamenschenrechtler in den UCAS. Vor ein paar Monaten war er auf der Suche nach seinem verschollenen Sohn persönlich nach Halifax gekommen. Lone Star war bei den Nachforschungen keinen Schritt vorangekommen – die Tatsache, dass Dark Fathers Sohn ein Ghul war, hatte sie nicht unbedingt motivier. Der Fall war mir übertragen worden und ich hatte Chester in Rekordzeit gefunden, obwohl das Kleidungsstück, dem ich den Geruch des

Jungen entnommen hatte, von ihm schon ein paar Jahre nicht mehr getragen worden war.

Manchmal hat man einfach Glück – und das führt dann dazu, dass einem einer der heißesten Decker der Welt etwas schuldig ist. Wenn überhaupt jemand die Informationen über die Spikebabys auftreiben konnte, dann war es Dark Father – hatte ich mir gedacht. Und ich hatte Recht gehabt.

»Was haben Sie herausgefunden?«, fragte ich. »Was ist ein ›Spikebaby‹?«

Dark Father beantwortete meine Frage mit einer Gegenfrage: »Kennen Sie die Theorie, dass es Magiezyklen gibt?«

»Sicher«, erwiderte ich. »Aber nur das, was ich in populärwissenschaftlichen Trideosendungen gesehen habe – dass das Magieniveau auf der Welt im Laufe der Jahrtausende steigt und fällt und der Höchststand, der zum Erwachen von 2011 führte, nur einer in einer ganzen Reihe von Höhepunkten ist. Und etwas darüber, dass der letzte Höhepunkt ungefähr 5000 vor Christus war und wir die letzten siebentausend Jahre einen Tiefststand hatten, in dem Magie nicht funktioniert hat.«

»Das bezieht sich auf das allgemeine Mananiveau«, bemerkte Dark Father. »Aber manche Leute glauben, dass es möglicherweise örtlich stark begrenzte Ausschläge in den Jahren des Tiefstands gegeben haben könnte. Diese Ausschläge mögen nicht stark genug gewesen sein, um Zauberei zu gestatten – obwohl einige unserer Legenden darauf hinzudeuten scheinen, dass gewisse magisch aktive Personen in ganz bestimmten Gegenden in der Lage gewesen sein könnten, Zauber zu wirken – jedenfalls stark genug, um die Gene, die mit dem elfischen Metatyp gekoppelt sind, ansprechen zu lassen.«

»Wollen Sie damit sagen, dass auch schon vor dem

Erwachen Elfen geboren wurden?«, fragte ich. Das brachte mich auf die Frage, ob es in früheren Jahrhunderten auch schon Gestaltwandler gegeben hatte – falls die Legenden über die Werwölfe stimmten. »Was ist mit anderen Metatypen? Und Paras?«

»Es ist möglich, dass in Gegenden mit lokalen Ausschlägen im Mana-Niveau auch Paras aufgetaucht sind«, gab Dark Father zu bedenken. »Aber meine Quellen sagen, dass nur Elfen sich vor dem Erwachen manifestiert haben können. Vergessen Sie nicht, als es mit dem Erwachen zur ›ungeklärten genetischen Expression‹ kam, waren Elfen der erste Metatyp, der auftauchte.«

»Aber auch Zwerge«, hakte ich nach.

»Ja, aber ich habe nichts gehört, was darauf schließen lässt, dass es Zwergen-Spikebabys gegeben hat. Und das Magieniveau war für die anderen Metatypen ohnehin nicht hoch genug. Nach dem Erwachen ist das Mananiveau weiter angestiegen. Es dauerte weitere zehn Jahre, bis die ›Goblinisierung‹ begann und bis die ersten Orks und Trolle auftauchten.«

»Und Ghule?«, fragte ich. »Sind die noch später aufgetaucht?«

»Ghule sind kein Metatyp«, korrigierte er mich. »Wir sind das Resultat einer Infektion mit einem Virus: dem Krieger-Ableger des MMV-Virus, um ganz genau zu sein.« Er seufzte. »Wenn es einen genetischen Grund für unser Auftauchen gäbe und man uns nicht mit einer Krankheit in Verbindung brächte, würden die Leute uns vielleicht wie Leute behandeln und nicht wie Ungeheuer …«

Er starrte einen Augenblick in den mit Sternen übersäten Himmel, das Skelettgesicht zu einem schmerzerfüllten Ausdruck verzerrt. Ich fühlte mit ihm. Dark Father war ein Ghul – jemand, der ebenso wie ich als Mensch durchgehen konnte. Aber Ghule wurden noch mehr verabscheut als meine Spezies. Gestaltwandler aßen rohes Fleisch, aber wenigstens ernährten wir uns nicht von unseresgleichen. Ghule waren Kannibalen und aßen das Fleisch der Toten.

»Wie kommt es, dass nur einige von uns als Metas und Paras geboren werden?«, fragte ich. »Warum gibt es überhaupt noch Menschen?«

Dark Father richtete seine gelblichen Augen auf mich. »Es steht alles in der DNS«, sagte er. »Und es ist rezessiv. So, wie nur manche Leute rote Haare haben oder Linkshänder sind, so sind auch nur einige Metas – diejenigen, deren DNS entsprechend codiert ist. In einem ihrer Chromosomen ist eine Art Empfänger, der magisch aktiviert wird und erst anspricht, wenn das Mananiveau eine bestimmte Schwelle überschritten hat. Wenn das Mananiveau die erforderliche Höhe hat, aktiviert dieser Empfänger bestimmte Gene, die wiederum mit der Produktion bestimmter Enzyme beginnen, welche ganz bestimmte Veränderungen im Körper hervorrufen. Zwei menschliche Eltern, die in einem Gebiet mit hohem Mananiveau leben, können auf diese Weise plötzlich ein Kind mit spitzen Ohren und merkwürdig gefärbten Augen und Haaren zeugen: einen Elf. Oder zwei Wölfe zeugen einen Welpen, der fähig ist, sich in einen Mensch zu verwandeln. Je nachdem, welcher Aberglaube in der jeweiligen Ära vorherrschend ist, werden diese Nachkommen entweder verehrt oder verfolgt. Das Kind mag als Kind der Götter betrachtet oder als Sprössling des Teufels gefürchtet werden.«

»Was erklären würde, warum Jane sich die Ohrspitzen entfernen ließ«, murmelte ich vor mich hin.

Ich schüttelte den Kopf, froh, dass Wölfe diese Vorurteile nicht hatten. Meine Mutter war intelligent genug gewesen, um meine sonderbare Gestalt zu erkennen und darüber verwirrt zu sein, aber ich hatte noch denselben Geruch und war trotz allem ihr Junges, auch wenn ich plötzlich weich und haarlos und rosa war und Hände anstatt Pfoten hatte. Sie hatte mich trotzdem zusammen mit den anderen Jungen gesäugt.

Ich fragte mich, wie Janes Eltern auf ihr ›Wechselbalg‹ reagiert hatten. In welchem Jahrhundert *war* sie geboren? Angesichts ihrer magischen Fähigkeiten hatte sie Glück gehabt, nicht als Hexe verbrannt worden zu sein.

»Ist es möglich, dass ein vor Jahrhunderten geborener Elf – ein Spikebaby – heute noch lebt?«

»Es ist möglich«, sagte Dark Father. »Eben diese Frage hat im Jahre 2054 zu einer lebhaften Diskussion in der Schattengemeinde geführt. Es ist mir gelungen, einige Daten auszugraben, die damals von einem der Wortführer in der Debatte heraufgeladen wurden: einer Genforscherin, die sich Doc nannte. Sie war diejenige, welche einen der Ausdrücke prägte, über die ich Informationen beschaffen sollte: den ›Stoppuhrkomplex‹.

Bei ihren Forschungen über das elfische Genom entdeckte Doc einen Genkomplex in einem bestimmten Chromosom, das den natürlichen Verfall biologischer Systeme aufhält. Sie nannte ihn ›Stoppuhrkomplex‹, weil er die Uhr, sprich den Alterungsprozess, buchstäblich anzuhalten scheint. Doc sagt, den Komplex gibt es in allen Metatypen, aber er ist nur in Elfen vollständig entwickelt. Und seine Aktivierung bedarf eines hohen Mananiveaus.«

Er hielt inne, um mich darüber nachdenken zu lassen. »Also könnte ein Elf theoretisch … unsterblich sein«, sagte ich zögernd.

»Es scheint so. Aber vergessen Sie nicht, dass all das nur Mutmaßungen sind. Man sollte nicht alles glauben, was man in der Matrix hört, besonders in den

Schattendateien.« Seine Augen bohrten sich in meine. »Oder doch?«

Es war offensichtlich, dass er alles über Jane wissen wollte – über das Spikebaby, das ich entdeckt hatte. Aber meine Gedanken waren woanders. Als Mareth'riel Salvail, eine Angestellte von New Dawn Medical Research, hatte Jane auf dem Gebiet der Langlebigkeit geforscht. Das hatte ich von Crazy John erfahren. War sie ›Doc‹ und hatte sie die Information über den Stoppuhrkomplex vor sieben Jahren in die Matrix geladen? Wenn sie New Dawns Forschung kompromittiert hatte, war der Konzern vermutlich ziemlich sauer auf sie gewesen. Sie würde einen guten Grund gehabt haben müssen, um ein solches Risiko einzugehen – vielleicht hatte sie es aus Rache getan, weil man sie unter Vorspiegelung falscher Tatsachen dazu gebracht hatte, ein Mittel zu testen, das den Alterungsvorgang beschleunigte. In diesem Fall würde sie doch zu den Guten gehören.

»Was haben Sie über New Dawn Medical Research herausfinden können?«, fragte ich.

»Die üblichen Rahmeninformationen, die Sie vermutlich bereits kennen«, sagte Dark Father. »New Dawn Corporation hat ihren Stammsitz in Portland und besteht aus drei großen Untergesellschaften: New Dawn Biotechnologies, die im Bottich gezüchtetes und geklontes Körpergewebe herstellen, New Dawn Pharmaceuticals und New Dawn Medical Research, die sich auf synthetische Hormon- und Enzym-Behandlungen spezialisiert haben.«

»Irgendetwas Konkretes hinsichtlich ihrer Forschung?«, hakte ich nach.

Dark Father nickte. »Angesichts der beiden Informationen, die Sie haben wollten, bin ich davon ausgegangen, dass New Dawn versuchen könnte, eine Langlebigkeitsbehandlung zu entwickeln. Ich konnte die Datenbanken der New Dawn Corporation nicht knacken – sie sind aus der Matrix nicht zugänglich. Es ist mir auch nicht gelungen, die Namen aller Aktionäre des Konzerns in Erfahrung zu bringen – New Dawn macht aus irgendeinem Grund ein Geheimnis daraus, wer seine Anteilseigner sind. Aber ich konnte Forschungsdaten herunterladen, welche von einer Gesellschaft zusammengestellt wurden, die New Dawn später aufgekauft hat: Geron, eine kalifornische Biotech-Firma, die Ende des letzten Jahrhunderts massiv Anti-Alterungs-Forschung betrieben hat. Die Theorien, warum der Körper altert, haben sich seit der Jahrtausendwende – der Zeitperiode, in der Gerons Forscher die größten Fortschritte machten – nicht sonderlich verändert. Wir scheinen genetisch darauf getrimmt zu sein zu sterben. Lebende Zellen teilen sich in einer festgelegten Häufigkeit und altern dann. Das geschieht, weil jede Zellteilung die Telomeren der Zelle verkürzt – DNS-Stränge, die Gene gebärende Chromosomen voneinander trennen, um eine abbildungsgetreue genetische Reproduktion bei der Zellteilung zu gewährleisten. Schließlich werden die Telomeren zu kurz, um ihre Aufgabe noch erfüllen zu können. Die Zelle kann sich nicht mehr teilen und reproduzieren und der Körper stirbt. Kurz vor der Jahrtausendwende gab die Geron Corporation bekannt, ihre Forscher hätten eine Chemikalie isoliert, die menschliche Zellen am Altern hinderte, wenn sie im Labor hinzugefügt wurde. Der Aktienkurs der Gesellschaft stieg über Nacht um vierzig Prozent. Aber Geron hatte keinen Erfolg bei der Produktion einer Unsterblichkeitsdroge. Ihnen fehlte ein Schlüsselelement in der Formel: Magie.«

»Ein Konzern, der heute ähnliche Forschungen durchführte, hätte damit Erfolg«, mutmaßte ich.

»Und in diesem Fall könnte dieser Konzern den

Preis für eine Behandlung willkürlich festlegen«, fügte Dark Father hinzu.

Der Gedanke war unvorstellbar. Ein Mittel, das einem ewiges Leben gab, wenn man nicht durch einen Unfall oder an einer Verletzung starb. Die Leute, die wohlhabend genug waren, um es sich leisten zu können, würden unsterblich sein – göttergleich.

»Ist New Dawns Aktienkurs in letzter Zeit sprunghaft gestiegen?«, fragte ich.

Dark Father schüttelte seinen Totenschädel. »Ganz im Gegenteil. Der Kurs ist auf ein Rekordtief gefallen. Die Regierung von Tir Tairngire hat soeben ihren Anteil an dem Konzern verkauft – satte fünfundzwanzig Prozent. Und Sie werden im Leben nicht darauf kommen, wer der Käufer war.«

Er hatte Recht. Ich hatte nicht die geringste Vorstellung. An den meisten Tagen hatte ich gerade mal einen Kredstab, der auf meinen Namen lief. Ich sah mir nicht gerade die Wirtschaftsmagazine im Trid an.

»Wer?«, wollte ich wissen.

»Der Drache Lofwyr. Oder vielmehr eine der Holding-Gesellschaften, die den nordamerikanischen Biotech-Ablegern von Saeder-Krupp gehören.«

»Aber Lofwyr ist ein Mitglied des Prinzenrats von Tir Tairngire«, sagte ich. »Sie meinen, er hat das Viertel von New Dawn, das Tir gehört hat, an sich selbst verkauft?«

»Technisch gesehen, nein«, sagte Dark Father. »Lofwyr hat sich der Stimme enthalten. Aber als der Rat das Gewirr der Holding-Gesellschaften durchdrungen hatte, hinter dem der Käufer sich versteckte, machte diese Formsache keinen großen Unterschied. Die Sitzungen des Prinzenrats von Tir Tairngire hatten in der letzten Woche unter noch größeren Spannungen zu leiden als sonst.«

Die Puzzleteile ergaben langsam ein Bild. Es sah so

aus, als habe die Regierung von Tir von Janes plötzlichem Auftauchen in Halifax fast vier Jahre nach ihrem angeblichen Tod bei dem Flugzeugabsturz von 2057 erfahren. Voller Angst, die UCAS hätten von New Dawns illegalen Medikamententests auf dem Gebiet der UCAS erfahren, hatten sie ihre Aktien von der New Dawn Corporation verkauft. Und der Käufer war … Lofwyr.

Ich ließ meiner Paranoia einen Augenblick lang freien Lauf. Hatte der Großdrache irgendwie an der Formel des Medikaments herumgepfuscht, sodass es nicht das Leben verlängerte, sondern die gegenteilige Wirkung hatte – beschleunigtes Altern? Jeder wusste, wie verschlagen Drachen sein konnten – und ich war nicht speziphobisch, wenn ich das sagte. Es hätte Lofwyr ähnlich gesehen, New Dawn an den Rand eines internationalen Skandals zu treiben und dann den Schaden zu begrenzen, nachdem er bekommen hatte, was er wollte: Anteile an einem Konzern, der bald der lukrativste Konzern der ganzen Welt sein würde, wenn das Mittel, das man dort entwickelt hatte, tatsächlich Unsterblichkeit bewirkte.

Wenn ich Recht hatte, war dies ein Plan, der auf Jahre, wenn nicht sogar Jahrzehnte angelegt war. Was der Denk- und Vorgehensweise von Drachen entsprach. Und in der Zwischenzeit hatten sich die armen Schweine, die mit dem das Altern beschleunigenden Medikament ›geimpft‹ worden waren, mit Riesenschritten einem viel zu frühen Tod genähert – und eine unschuldige Frau war in einem Gefängnis von Lone Star ihrer Erinnerungen und ihrer Persönlichkeit beraubt worden.

Dark Father hatte mich beobachtet, während ich mir all das durch den Kopf gehen ließ. Seine gelblichen Augen starrten mich an, ohne auch nur einmal zu blinzeln. Sie schauten wissend drein – offenbar hatte er sich das alles bereits selbst zusammengereimt. Abgesehen von dem, was mit Jane zusammenhing.

»Danke«, sagte ich. »Sie haben mir sehr dabei geholfen, die Teile zusammenzusetzen.«

Dark Father tippte sich an seinen Zylinder. »Jederzeit.«

Er wartete mit erwartungsvoller Miene.

»Wenn das alles vorbei ist, erzähle ich Ihnen vielleicht die ganze Geschichte«, fügte ich hinzu.

Er bleckte glänzende schwarze Zähne. »Ich freue mich schon darauf, sie zu hören.«

Dann schob er den Sicherheitsbügel vor uns zurück, der uns in einer richtigen Achterbahn auf dem Sitz gehalten hätte. »Auf Wiedersehen«, sagte er – und war verschwunden.

Der Achterbahnwagen fuhr plötzlich wieder auf den Schienen. Ein Grollen im Ultraschallbereich drang an meine Ohren und die Holzschwellen der Achterbahnschienen jagten verschwommen an mir vorbei. Der Smart Drink lag mir schwer im Magen. Ich wollte hier keine Nanosekunde länger bleiben, als ich musste. Also zog ich die Bremse am Achterbahnwagen, die als Ausgangs-Icon für den Chat Room diente, und katapultierte mich wieder in die wirkliche Welt zurück. Ich hörte das ohrenbetäubende Kreischen von Metall auf Metall, als die ›Bremsen‹ des Achterbahnwagens fassten.

Ich blinzelte und orientierte mich in der wirklichen Welt neu. Dann streifte ich das Elektrodennetz ab und zog meinen Kredstab aus dem Telekom. Über den Bildschirm des Telekoms huschten immer noch die Nachrichten. Ich wollte gerade aufstehen und gehen, als sich meine Kehle zusammenschnürte. Ich hatte einen flüchtigen Blick auf den Rigger erhascht, den ich suchte – der in der Nacht von Janes Entführung das Schnellboot gesteuert hatte. Nicht in der Bar – im Trid.

Gesendet wurde von Prince Edward Island, einer Insel im Norden Neuschottlands, die früher einmal Kanadas kleinste Provinz gewesen war. PEI war wieder in den Nachrichten – ganz groß. Ich sah fasziniert zu, während mir langsam dämmerte, worum es ging.

Vor ein paar Monaten hatte eine Gruppe ultraradikaler Native-Aktivisten auf der Insel der Presse eine Mitteilung geschickt, in der sie die Unabhängigkeit der ehemaligen kanadischen Provinz unter dem Namen Abegweit ausriefen – das war die ursprüngliche Bezeichnung der Ureinwohner für die Insel, was sich in etwa mit ›Land, das von den Wellen gewiegt wird‹ übersetzen lässt. Sie glaubten tatsächlich, sie hätten eine Chance, Teil der Native American Nations zu werden, und drohten mit einem magischen Angriff im selben Maßstab wie der Große Geistertanz von 2017, sollten ihre Forderungen nicht erfüllt werden. Sie begründeten ihren Anspruch auf Unabhängigkeit mit der Tatsache, dass Dunkelzahn – der Drache, der in den fünfziger Jahren den größten Teil des Grund und Bodens auf der Insel aufgekauft hatte – in seinem Testament, das nach seiner Ermordung im Jahre 2057 veröffentlicht worden war, die Insel ›dem Volk der UCAS‹ vermacht hatte. Die Ureinwohner dachten sich, damit seien sie gemeint.

Der Rest der UCAS hatte sie mehr oder weniger ausgelacht. Doch jetzt hatten die Radikalen jedermanns Aufmerksamkeit. Sie hatten die Confederation Bridge gesprengt.

Als die Confederation Bridge im Jahre 1998 für den Verkehr freigegeben worden war, hatte sie einen Haufen Schlagzeilen gemacht. Sie war die erste ›Landverbindung‹ zu Prince Edward Island und verdrängte die Fähren. Fast dreizehn Kilometer lang, ließ sich die Strecke in weniger als zehn Minuten überqueren – eine ziemlich große Sache, wenn man bedenkt, dass es damals einen halben Tag dauerte, per Fähre von der Insel aufs Festland zu kommen, und es immer zu Verzögerungen kommen konnte, wenn die Winterstürme aufzogen und die Fähren manchmal tagelang nicht fuhren. Die alten Leute, die im Trid befragt wurden, konnten sich noch an das Tamtam erinnern, als die Brücke eröffnet worden war. Und jetzt schüttelten sie ungläubig den Kopf über ihre Zerstörung.

Im Trid wurde immer wieder die zerstörte Brücke gezeigt – eine Ruine aus geborstenem Beton und verbogenen Metallträgern. Außerdem wurden ständig Aufnahmen des gewaltigen Blitzes magischer Energie wiederholt, den die Überwachungskameras der Brücke aufgezeichnet hatten. Auf diesen Bildern war ein Motorrad zu sehen, das um ein Haar von der Zerstörung in der Mitte der Brücke in die Tiefe gerissen worden wäre, und auf diesem Motorrad saß der Rigger, der in der Nacht von Janes Entführung das Schnellboot gesteuert hatte.

Offenbar war es ihm gelungen, sich vor dem Eintreffen der Trideoreporter mit ihren Kamerateams aus dem Staub zu machen – er war nur ein paar Sekunden im Bild, bevor er sein Motorrad herumriss und davonraste. Auf dem Sozius saß eine Frau, die Arme um die Hüften des Riggers geschlungen. Mit ihren weißen Haaren und der faltigen Haut sah sie alt und gebrechlich aus. Und wie eine Amerindianerin – wie die übrigen Schmuggler.

Der Rigger und seine Begleiterin waren von Prince Edward Island unterwegs zum Festland gewesen. Sie waren Sekunden vor der Explosion mitten auf der Brücke gewesen. Zufall? Ich glaubte es nicht.

Ich drehte die Lautstärke auf und hörte mir den Kommentar zu den Bildern an. Es handelte sich um das übliche Geschwafel, eine Mischung aus haltlosen Spekulationen und Hintergrundgeschichten, die kaum etwas mit der Explosion zu tun hatten. Doch ein Wort sprang mich an: Eskwader.

Im Trid wurde eine Geschichte wiederholt, die schon vor Jahren aufgezeichnet und gesendet worden war. Lange bevor die Radikalen unter den Ureinwohnern ihre Absicht kundgetan hatten, Prince Edward Island zum souveränen Staat Abegweit zu proklamieren, hatte es bereits eine Bewegung mit dem Ziel gegeben, Städten und Dörfern in der gesamten Gegend ihre ursprünglichen Namen wiederzugeben. Einer dieser Namen war Eskwader – Mi'kmaq für ›Ort zum Fischen‹. Oder wie der Ort eigentlich hieß: Murray Harbor, Prince Edward Island.

Dort hatte Jane also die falschen Impfungen durchgeführt, als sie sich als Ärztin vom Gesundheitsministerium der UCAS ausgegeben hatte. Ich hatte eine plötzliche Eingebung. Als Dass' Magie diese Erinnerung stimulierte, hatte Jane den Mi'kmaq-Namen für den Ort benutzt, obwohl er immer noch unter seinem englischen Namen Murray Harbor bekannt war – der Name, der auf den Landkarten steht. Die Schmuggler, die Jane entführt hatten, waren alle Mi'kmaqs. Vielleicht hatten sie Freunde oder Familienangehörige in dieser Stadt. Hatten sie Jane entführt, um sie dorthin zu bringen, damit die Einwohner von Murray Island sich an ihr rächen konnten?

Die Tatsache, dass der Rigger sich offenbar auf Prince Edward Island aufgehalten hatte, schien die Vermutung zu bestätigen. Ich fragte mich, ob er Jane dort abgeliefert hatte, während die Schmuggler sich weiterhin ums Geschäft kümmerten und ihre jüngste Ladung Paras einschmuggelten.

Ich wusste jetzt, wo ich Jane suchen musste: in Eskwader. Ich hoffte nur, dass sie noch lebte, wenn ich sie fand.

16

Nach der Zerstörung der Confederation Bridge wurde Prince Edward Island vom Militär der UCAS schwer heimgesucht. Es handelte sich nicht nur um einen terroristischen Gewaltakt, sondern auch um eine offenkundige und gewalttätigen Zwecken dienende nicht lizenzierte Anwendung von Magie. Obwohl mittlerweile vier Jahre vergangen waren, seit ein magischer Angriff den Präsidenten der UCAS, Dunkelzahn, getötet hatte, riss die Zerstörung der Confederation Bridge alte Wunden auf und weckte böse Erinnerungen. Sie verspottete Präsident Haeffners Versprechungen von ›Gesetz und Ordnung‹ und konnte nicht ignoriert werden. In einer dramatischen Zurschaustellung von Stärke wurden Fallschirmjäger der UCAS per Kampfhubschrauber ausgesandt, um Charlottetown zu sichern, und lokale Einsatzgruppen der Magischen Einsatzgruppe machten sich auf die Suche nach den indianischen Terroristen, welche die Zauber gewirkt hatten, die schließlich die Brücke zerstörten, indem sie den Astralraum durchkämmten.

Die Explosion hatte stattgefunden, während ich im *Binary* in Halifax online war. Ich brauchte nur zwanzig Minuten, um mit dem Hochgeschwindigkeitszug nach Truro zu fahren, saß aber danach drei Stunden im Bus, um von dort zur Küste zu gelangen. Die Passagierfähren in Caribou hatten den Dienst für die Nacht eingestellt – auch wenn sie noch gefahren wären, im Zuge des Anschlags wären die Sicherheitsvorkehrungen massiv gewesen. Stattdessen fuhr ich nach Pictou, einem Fischerort, der auf der anderen Seite der Meerenge und Prince Edward Island direkt gegenüber liegt.

Ich kannte dort einen Gestaltwandler – eine Frau namens Lucie, die kurz auf dasselbe Internat gegangen war wie ich. Sie war ein schüchternes, furchtsames Mädchen gewesen. Wir hatten uns angefreundet, nachdem ich einen der Jungen gebissen hatte, die sie piesackten. Weil ich meine Tiergestalt angenommen hatte, bekam ich zur Strafe eine Tracht Prügel vom Internatsleiter. Ich hatte immer noch Narben von den geflochtenen Silberdrähten, mit denen er meinen Rücken traktiert hatte. Aber nur zuzuschauen, wie die älteren Kinder Lucie quälten, wäre noch schlimmer gewesen.

Lucie und ich hatten uns im Laufe der Jahre hin und wieder getroffen, seit ihre Familie sie von der Schule genommen hatte. Sie hatte zu den Glücklicheren gehört: Sie war früher entlassen worden.

Als Baby war Lucie von einer akadischen Familie aufgenommen worden, die zu ihrer Verblüffung festgestellt hatte, dass ein ›menschliches‹ Kind neben ihrem Fischerboot auf dem offenen Ozean schwamm. Sie hatte der Regierung nur widerstrebend gestattet, Lucie auf dieses Internat zu schicken, und sie von der Schule genommen, nachdem sie von den Misshandlungen erfuhren.

Lucies Familie machte es nicht nur nichts aus, eine Adoptivtochter zu haben, die eine Gestaltwandlerin war – sie begrüßte es sogar. Lucie benutzte ihre Robbengestalt, um die immer seltener werdenden Kabeljauschwärme ausfindig zu machen, und half so ihren neuen Angehörigen dabei, zu einer echten Rarität im Küstengebiet zu werden: zu einer wohlhabenden Fischerfamilie. Ihre Eltern hatten sogar versucht, sie ganz legal zu adoptieren, aber natürlich gestatteten die UCAS das nicht.

Lucie besaß jetzt ihr eigenes Boot: ein umgebautes Fischerboot, auf dem sie einerseits wohnte und das sie zugleich geschäftlich nutzte, indem sie Rundfahrten zu den Revieren der Wale anbot. Sicher würde sie nicht besonders glücklich darüber sein, um zwei Uhr morgens aus dem Bett geholt zu werden, ganz besonders nicht mitten in der Hochsaison. Aber das Tourismusgeschäft würde im Zuge der Brückensprengung ohnehin einen gewaltigen Einbruch erleiden. Mein Angebot, ihr Boot zu mieten, mochte das letzte sein, das sie im Laufe der nächsten Wochen bekommen würde.

Ich brauchte eine Weile, um Lucies Boot zu finden. Ich kannte lediglich den Namen: *Selkie*. Ich wusste nicht einmal, an welchem Pier es lag. Als ich das Boot schließlich fand, war die Kabinentür abgesperrt und auf mein Klopfen antwortete niemand. Dann wurde mir klar, wo Lucie sich aufhielt. Wie ich schlief sie gern in ihrer Tiergestalt. Von allen Kindern des Internats hatte sie sich in einem menschlichen Bett und eingesperrt in einem Raum am unwohlsten gefühlt.

Ich nahm meine Wolfsgestalt an und folgte ihrer Witterung am Wasser entlang. Von Zeit zu Zeit lenkte mich ein interessanter Geruch ab – der Moschusgeruch eines verwesenden Fisches oder der durchdringende Geruch eines Meeresvogels. Aber ich folgte stur meiner Absicht. Ich fand Lucie zusammengerollt auf den Felsen neben dem öffentlichen Kai, die Nase mit den langen Schnurrhaaren unter die Flossen geklemmt. Ihre Schnauze war schwarz, der einzige dunkle Fleck auf einem Robbenfell von so einem perfekten, glänzenden Weiß, dass es vor den grauen Felsen beinahe leuchtete. Ihr Fell war nass von der Meeresgischt, aber dank ihrer dicken Speckschicht war ihr nicht kalt. Ihre Kleidung lag neben ihr auf einem Haufen. Ich nahm wieder Menschengestalt an und rüttelte Lucie sanft wach.

»Lucie? Ich bin's, Romulus, aus dem Internat.«

Ich brauchte ihr eigentlich nicht zu sagen, wer ich war. Kaum hatte sie ihre großen runden Augen geöffnet, als sie mich mit ihrer Astralsicht betrachtete. Wir hatten uns zwar seit Jahren nicht gesehen, aber sie erkannte mich dennoch an meiner Wolfsgestalt.

Sie nahm sofort Menschengestalt an, damit wir uns unterhalten konnten. Sie war eine massige Frau, vielleicht hundertfünfunddreißig Kilo schwer, mit großen Händen und einem Körper, dessen Konturen unter einer gleichmäßigen Fettschicht verborgen waren. Ihre Haare waren lang, glänzend und weiß und der Rest ihres Körpers war ebenfalls mit einem daunenfeinen Flaum weißer Haare bedeckt. Die Augen bestanden praktisch nur aus Pupillen, die dunkel waren und feucht glänzten.

»*Bon soir,* Romulus. Was macht das Polizeigeschäft?« Lucie hatte einen starken akadischen Akzent. Sie war nicht lange genug auf dem Internat gewesen, um ihn sich abzugewöhnen.

Wir wechselten ein paar Belanglosigkeiten, bevor ich zur Sache kam.

»Ich will dein Boot mieten, Lucie. Ich muss nach Prince Edward Island, noch heute Nacht. Ich brauche nur die einfache Überfahrt, weil ich nicht weiß, wie lange ich bleiben werde, also brauchst du nicht auf mich zu warten. Es wäre sogar besser, wenn du *nicht* wartest.«

»*Quoi?*« Lucies breite Stirn zog sich in Falten, als sie ihre fast weißen Augenbrauen hob. Ihre ohnehin großen Augen wurden noch größer. »Du hast nichts mit dem Anschlag auf die Brücke zu tun, oder?«

»Nein«, versicherte ich ihr. »Aber er hat meine Pläne durchkreuzt. Auf der Insel ist jemand, der meine Hilfe benötigt, und jetzt sitze ich wegen dieser Sache hier fest.«

Ich zückte einen Kredstab. Er enthielt meinen Lohn für die Razzia auf den Frachter minus ein paar Ausgaben – jeden Nuyen, den ich besaß. Ich hielt ihn Lucie hin. »Darauf sind ungefähr fünfhundert Nuyen«, sagte ich. »Du kannst abbuchen, was du für deine Zeit und dein Benzin brauchst.«

Lucie lächelte schüchtern. »Ist schon in Ordnung, Romulus«, sagte sie. »Wenn du jemandem helfen willst, wirst du das Geld brauchen. Ich stifte meine Zeit, *moi*. Gib mir irgendwann ein Essen aus, dann sind wir quitt.«

»Sushi?«, fragte ich.

Lucies Augen leuchteten auf. Roher Fisch war ihr Leibgericht. »*Bon!*«

Die Überfahrt nach Murray Harbor dauerte nicht lange – fünfzig Kilometer quer durch die Meerenge. Während die *Selkie* durch die Wellen der aufgewühlten See pflügte, sah ich mir die Trideosendungen auf Lucies Telekom an, das mit einer Satellitenschüssel gekoppelt war. Das Militär der UCAS würde beginnend mit diesem Abend eine Ausgangssperre über Charlottetown verhängen. Die Magische Einsatzgruppe hatte bereits ein paar Verhaftungen vorgenommen – es klang so, als sei unsere Abteilung hinter jedem her, der auch nur einen Tropfen Mi'kmaq-Blut in den Adern hatte. Als Vergeltungsmaßnahme hatten die Radikalen unter Benutzung eines magischen Feuerballs Green Gables House in Brand gesteckt, das historische Cavendish-Haus, das die Kulisse für den Roman *Anne of Green Gables* bildete. Damit hatten sie den Aufstand auf die Weltbühne befördert: PEI war bei japanischen Touristen so beliebt, dass der japanische Premierminister den UCAS ›das größte Mitgefühl und Beileid für diesen schrecklichen Verlust‹ ausgesprochen hatte.

Murray Harbor wurde in keiner der Sendungen erwähnt. Doch keine Neuigkeiten waren gute Neuigkeiten, was mich betraf.

Trotz der Tatsache, dass Prince Edward Island früher eine eigene kanadische Provinz gewesen war, ist die Insel nicht mehr als ein Fliegendreck auf der Karte. Die Einwohnerzahl von Charlottetown, der einzigen ›Stadt‹, stagniert seit der Jahrtausendwende bei dreißigtausend.

Die Insel ist länglich und flach und hier und da wellig. Sie liegt tief im Wasser wie ein Kanu: Der höchste Punkt liegt kaum hundertfünfzig Meter über dem Meeresspiegel. Die Wälder auf der Insel wurden schon vor Jahrhunderten gefällt und die ersten Siedler haben die lehmige rote Erde ihres Grund und Bodens in ein Flickwerk aus Familiengehöften aufgeteilt. Dies war der Stand der Dinge, bis die VITAS-Epidemie kurz nach der Jahrtausendwende ein Drittel der Bevölkerung dahinraffte.

Die Agrarindustrie nutzte die Gelegenheit und kaufte Höfe und Land zu Tiefstpreisen auf. In den zwanziger Jahren gehörten achtzig Prozent der Insel einem einzigen Konzern: Universal Foods.

Drei Jahrzehnte der Misswirtschaft seitens Universal Foods machten das Land praktisch wertlos. Übermäßige Bewässerung und der massive Einsatz von Kunstdünger laugten den Boden aus und der nahezu ausschließliche Anbau einer genetisch veränderten frostbeständigen Kartoffel, die das ganze Jahr über gedieh, brachte eine Schädlingsplage. Als die Gewinne sanken, zog Universal Foods weiter.

Dunkelzahn kaufte das ausgelaugte Land auf und versprach, seine ehemals idyllische Schönheit wiederherzustellen.

Der Großdrache errichtete dort Anfang der fünfziger Jahre ein Anwesen. Plötzlich war PEI auf allen Tridkanälen präsent, da die Medien herauszufinden versuchten, warum der Drache sich einen, wie es schien, magisch unbedeutenden Ort ausgesucht hatte. Gerüchte besagten, die Gärten und das Anwesen selbst seien von einem Meister des Feng Shui, der alten chinesischen Kunst der Raumgestaltung, angelegt worden.

Eine Zeitlang blühte das Touristikgewerbe auf der Insel auf, da Magier aus aller Welt kamen, um die magischen Kraftlinien zu suchen, die sich angeblich auf dem Anwesen schnitten. Doch nachdem das Anwesen 2057 den Anweisungen in Dunkelzahns Testament entsprechend in einen öffentlichen Park umgewandelt worden war, hatte es seine Aura des Mysteriösen verloren. Die Besucher, die in den Park pilgerten, fuhren enttäuscht heim, nachdem sie herausgefunden hatten, dass es weder dort noch anderswo auf der Insel ein besonders hohes Mananiveau gab.

Lucie fuhr ihr Boot in die lange, schmale Bucht, der Murray Harbor seinen Namen verdankt. Wir legten an, als der Morgen graute. Der östliche Horizont war in ein strahlendes lachsfarbenes Pink getaucht und ließ mich an den Reim denken, den wir als Kinder gelernt hatten: ›Morgenrot bringt Schiff in Not.‹ Ich fragte mich, ob die Hitzewelle, die wir gerade erlebten, endlich enden würde. Sollte dies der Fall sein, stand uns ein Unwetter bevor. Ich war froh, dass ich kein Seemann war und nicht mit einem Schiff aufs Meer hinaus musste.

Murray Harbor macht nicht viel her. Der Ort besteht aus ungefähr hundert Holzhäusern, einer Handvoll Fischgeschäfte, die hauptsächlich an die Touristen verkaufen, und der üblichen Ansammlung von in Familienbesitz befindlichen Gemischtwarenläden und Schiffsreparaturwerkstätten. Ich sah keine Spur vom UCAS-Militär – nur schläfrige Fischer, die vor Sonnenaufgang ausliefen. Das größte dieser Fischerboote war vollautomatisch und wurde vom Motor bis zur Winde von einem einzigen eingestöpselten Rigger geführt. Doch die meisten waren altmodisch: konventionelle Fischerboote, die eine Besatzung von vier oder mehr Personen erforderten. Bei manchen war der Rumpf sogar noch aus Holz. Der Geruch nach Fisch, heißen Dieselabgasen und verrostetem Metall lag wie ein dichter Nebel über dem Kai.

Ich winkte Lucie zum Abschied und marschierte die ansteigende Rampe empor, die in den Ort führte. Ich wagte es nicht, Wolfsgestalt anzunehmen. Trotz der frühen Stunde waren Leute auf der Straße und ich wollte nicht, dass irgendjemand Lone Star anrief und meldete, ein Para laufe frei herum, besonders jetzt nicht, da es reichlich Spannungen auf der Insel gab. Ich ging quer durch den ganzen Ort, wobei ich tief einatmete und versuchte, Janes Witterung mit meinen abgestumpften menschlichen Sinnen aufzunehmen. Es dauerte nicht lange, bis ich die Straßen abmarschiert hatte. Mittlerweile war die Sonne aufgegangen und die Leute saßen auf ihren Veranden und tranken Kaffee. Ich konnte den aromatischen Geruch zusammen mit anderen typischen Frühstücksgerüchen wahrnehmen: gebratener Speck und Fisch, Toast und hausgemachte Marmelade.

Doch keine Spur von Jane. Ich fragte mich, ob ich voreilige Schlüsse gezogen hatte und einer falschen Spur gefolgt war.

Dann sah ich das Kind mit dem Gesicht eines alten Mannes.

Es war ein Junge, der hinter einer ganzen Gruppe von sechs- bis achtjährigen Kindern zur Grundschule des Ortes ging. Die anderen Kinder lachten und sprangen umher, da sie Fangen spielten, aber dieser Junge war aus ihrem Spiel ausgeschlossen. Er ging langsamer als die anderen, schlurfte förmlich dahin. Zuerst war mir der Grund dafür nicht klar. Da ich gerade Zeit mit Lucie verbracht hatte, dachte ich mir nichts dabei, als ich das schneeweiße Haar des Jungen sah. Doch als er sich umschaute, sah ich sein runzliges Gesicht und die altersfleckige Haut sowie die weißen Bartstoppeln am Kinn. In seinem übergroßen Pullover mit Löchern an den Ellbogen und der verblichenen Jeans sah er wie ein Mann Mitte siebzig aus.

Ich stellte mich in den Wind und schnüffelte. Er *roch* auch wie ein Mann Mitte siebzig. Seine indianischen Züge stempelten ihn zum Mi'kmaq. Ich starrte ihn in entsetzter Faszination an, da mir aufging, dass sein körperlicher Verfall das Ergebnis der Medikamententests war, die Jane vor mehreren Jahren in diesem Ort durchgeführt hatte. Da traf mich die volle Erkenntnis dessen, was hier angerichtet worden war. Die New Dawn Corporation hatte das Mittel an Kindern getestet. An *Säuglingen*.

Ich konnte nur beten, dass Jane nicht gewusst hatte, was sie tat. Und ich dankte den Geistern für ihren Gedächtnisschwund. Die Einwohner von Murray Harbor mochten ihr erzählen, was sie getan hatte, aber am nächsten Morgen, wenn sie aufwachte, würde sie alles vergessen haben. Der Verlust des Kurzzeitgedächtnisses schien jetzt ein wahrer Segen zu sein.

Als der vergreist aussehende Junge auf den Schulhof schlurfte, wurde er mit Gejohle begrüßt. Er blieb stehen und sah sich unsicher um. Zuerst glaubte ich, die anderen Kinder neckten ihn wegen seines Aussehens. Doch als ich näher kam, hörte ich, was sie sagten.

»Dreckiger Indianer!«

»Mein Dad hat gesagt, man kann keinem trauen, der von woanders kommt.«

»Brückenschänder!«

Sie waren nur Kinder, die wiederholten, was sie beim Frühstück gehört hatten. Aber es war hässlich. Meine Nackenhaare sträubten sich.

Als eines der Kinder einen Stein aufhob und ihn auf den vorzeitig gealterten Jungen warf, rastete ich völlig aus. »Lasst ihn in Ruhe!«, rief ich.

Ich hatte mich schon halb in einen Wolf verwandelt und mein Hemd zerrissen, bevor mir klar wurde, was ich tat. Als ich wieder ganz Mensch war, liefen die Kinder bereits schreiend über den Schulhof und versuchten verzweifelt, in die Sicherheit des Gebäudes zu gelangen.

Drek. So ließ man seine Tarnung auffliegen.

»Danke, Mister«, flüsterte eine dünne Stimme neben mir.

Ich wandte den Kopf und sah, dass der Junge mit seinem Greisengesicht zu mir aufschaute. Ich legte ihm beruhigend eine Hand auf die Schulter. »Ist schon in Ordnung«, sagte ich.

»Wieso haben Sie spitze Ohren?«, fragte der Junge. Wenn ich bisher noch Zweifel hinsichtlich seines wahren Alters gehabt hätte, wären sie durch seine freimütige Frage ausgelöscht worden. Nur Kinder sind so direkt.

»Ich bin ein Gestaltwandler«, antwortete ich.

»Welche Gestalt?«

»Wolf.«

»Oh.« Der Junge dachte darüber nach. »Mein Onkel hat auch spitze Ohren. Er wohnt bei Oma und mir. Er ist ein Zwerg.« Er musterte mich noch einen Augenblick, bevor er hinzufügte: »Sein Bart ist länger als Ihrer.«

Grinsend strich ich mir über den Bart. Dann erstarrte ich und roch an meiner Hand. Nachdem ich die Schulter des Jungen berührt hatte, haftete ein Geruch an der Innenseite, der zwar schwach, aber unverwechselbar war. Ich beugte mich vor und drückte die Nase in den Pullover des Jungen. Er roch nach Holzrauch, Wolle, Tabak und gebratenem Fisch. Und nach etwas anderem, bei dem mir der Atem stockte.

Jane hatte diesen Pullover getragen. Ihr Geruch war schwach, als habe der Pullover kaum ihre Haut berührt, bevor sie ihn wieder ausgezogen hatte. Aber der Geruch war *frisch*.

»Gehört der Pullover deinem Onkel?«, fragte ich, nachdem ich mich wieder aufgerichtet hatte. »Er scheint dir etwas zu groß zu sein.«

Der Junge nickte.

»Wo wohnst du? Ich würde deinen Onkel gern kennen lernen.«

In der Grundschule wurde es plötzlich laut. Ich hörte aufgeregte Kinderstimmen und den tieferen Bariton eines Erwachsenen. Ich beschloss, besser zu verschwinden, bevor ich von der örtlichen Polizei aufgegriffen und mit einer Anklage wegen Kindesmisshandlung oder einer ähnlich verrückten Sache konfrontiert wurde.

Der Junge schien auch nicht sonderlich versessen darauf zu sein, noch länger zu bleiben. Ich führte ihn um die Ecke und die Straße entlang. Doch er konnte nicht schnell laufen. Seine Hände waren knorrig, die Knöchel verknotet und arthritisch. Ich hatte den Verdacht, dass es seinen Füßen nicht besser ging.

»Wie heißt du?«, fragte ich ihn.

»Kloqoej«, sagte er. »Das ist mein indianischer Name. Er bedeutet ›Greisenstern‹. Sie wissen schon – wie ein Komet mit einem Bart. Aber in der Schule werde ich Paul genannt.«

»Soll ich dich tragen, Kloqoej?«, fragte ich.

Er sah mich abschätzend an. Offenbar hatte man ihn davor gewarnt, Fremden zu vertrauen. Aber ich hatte ihn gerade aus einer schlimmen Situation gerettet und es war nicht zu übersehen, dass ihm der Heimweg nicht leichtfallen würde. Schließlich entschied er, dass er mir vertrauen konnte.

»In Ordnung«, sagte er. »Ich wohne am Strand.«

Ich nahm den Jungen auf den Rücken und ging in die angegebene Richtung. Sein Heim erwies sich als kleine Hütte am Stadtrand am Ende eines kleinen Streifens mit rotem Sand. Die Hütte lag nicht weit vom Strand. Der Geruch nach Salzwasser, Seegras und Holzrauch lag in der Luft. Die Hütte selbst war weiß gestrichen und hatte eine rote Vordertür, die einen Spalt geöffnet war. Holzrauch kräuselte sich aus einem Schornstein, der ein wenig schief auf dem Dach stand, da der Verbindungsmörtel bröckelte. Die Dachpfannen waren an verschiedenen Stellen mit schwarzem Teer geflickt. Eine große, wacklig aussehende Veranda auf einer Seite des Hauses war von einem Geländer umgeben, an dem Seemuscheln, Federn und Tierknochen befestigt waren.

Als ich näher kam, fiel mir ein Zeichen auf der Eingangstür der Hütte auf: ein Kreis mit Linien darin, die einen achtzackigen Stern mit einem spiralförmigen Knoten in der Mitte bildeten. Er erinnerte mich vage an die hermetischen Kreise, die Dass bei ihrer Spruchzauberei benutzte, aber mit indianischen Untertönen. Dann erkannte ich das Muster. Es war einem Traumfänger nachempfunden, einer Modeerscheinung aus dem letzten Jahrhundert. In der Zeit vor dem Erwachen hatten sich die Leute zu Hause Traumfänger aufgehängt, da sie glaubten, sie verhinderten Alpträume, indem sie die bösen Träume irgendwie einfingen. Natürlich war das fauler Zauber. Es gab noch keine Magie in der Welt und alles, was die Traumfänger fingen, war Staub.

Als ich mich dem Haus mit Kloqoej auf den Schultern näherte, änderte sich der Wind, der aus Richtung Meer blies, und trug mir die Witterung eines Hundes zu. Kaum hatte er mich gesehen, sprang ein Rottweiler-Rüde auf, der sich am Strand gesonnt hatte, und stürmte auf mich los. Ich erwartete ihn bereits, da ich seine Marke an mehreren Büschen neben dem Kiesweg gerochen hatte und dem Anflug von Ängstlichkeit darin entnehmen konnte, dass er ein zaghafter, furchtsamer Hund und sein Gebaren nur Schau war. Ich erwiderte das Knurren des Rottweilers und nahm eine dominante Haltung an, wobei ich darauf achtete, dass Kloqoej sicher auf meinen Schultern saß. Als der Hund nah genug war, um meinen Wolfsgeruch zu wittern, blieb er abrupt stehen. Mit einem leisen Winseln ließ er den Kopf in einer Geste der Unterwerfung auf den Boden hängen.

Der Wind brachte außerdem den Geruch eines Metas mit sich, eines männlichen Zwergs. Ich entdeckte ihn neben dem Haus, nicht weit von einem ramponierten Pickup, der neben nachlässig gestapelten Holzscheiten parkte. Der Zwerg hatte eine hohe Stirn und einen schwarzen Bart, der ihm bis zur Hälfte der Brust herabhing und wie ein Pferdeschwanz geflochten war. Bei meinem ersten Blick dachte ich, sein Haar sei zu Dreadlocks geflochten, doch dann erkannte ich, dass die ›Dreads‹ in Wirklichkeit schmale schwarze Federn waren, die er sich ins Haar geflochten hatte. Er trug ein rotes Flanellhemd, Jeans und schwere Arbeitsstiefel. Seine vorstehenden Wangenknochen und dunkelbraunen Augen kennzeichneten ihn als Ureinwohner.

Der Zwerg hatte Feuerholzscheite in die Beuge seines kurzen, aber muskulösen Arms geklemmt. Als er den Rottweiler bellen hörte und sah, dass er sich mir unterwarf, ließ er das Holz fallen, während sich sein Gesicht zu einer Miene der Überraschung verzog. Ohne ein Wort drehte er sich um und ging ins Haus. Während ich Kloqoej absetzte, hörte ich drinnen leise Stimmen: die des Zwergs und eine Frauenstimme. Da keiner nach draußen kam, um mich zu begrüßen, schritt ich zur Eingangstür.

Als ich klopfte, verstummten die Stimmen. Der Geruch nach aromatischem Tabaksqualm trieb durch die offene Tür. Ich warf einen Blick zurück auf Kloqoej, aber der Junge zuckte nur die Achseln. Die Tür schwang langsam auf, als ich noch einmal klopfte.

»Hallo?«, rief ich. »Ihr Neffe hatte Ärger auf dem Schulhof, also habe ich ihn nach Hause gebracht. Ich wollte Ihnen nur sagen, dass mit ihm alles in Ordnung …«

Der Anblick der Frau in dem Schaukelstuhl ließ mich innehalten. Obwohl ich sie im Trid kaum länger als eine Sekunde gesehen hatte, erkannte ich in ihr sofort die Beifahrerin des Riggers auf dem Motorrad. Sie war letzte Nacht mit ihm gefahren, als die Confederation Bridge zerstört worden war. Ich spürte, wie meine Nackenhaare sich sträubten, als ich an die Unwahrscheinlichkeit dieses Zusammentreffens dachte: von allen Leuten in Murray Harbor hatte ich mich ausgerechnet mit ihrem Enkel angefreundet. Wäre ich nicht in Menschengestalt gewesen, hätte ich mittlerweile längst die Ohren angelegt. Ich trat einen Schritt in den düsteren Raum, um besser sehen zu können.

Ich war nicht der einzige, der unter dem Schock des Wiedererkennens litt. Ich weiß, es klingt unglaublich, aber ich konnte in den Augen der alten Frau sehen, dass sie mich ebenfalls wiedererkannte. Sie saß regungslos in ihrem Schaukelstuhl und rauchte eine Tonpfeife. Obwohl es ein warmer Tag war, trug sie eine dicke blaue Wolljacke. Ärmel, Saum und Kragen waren mit einem roten Stoff abgesetzt, der mit weißer Zierstickerei geschmückt war. Die Bodendielen unter ihrem Stuhl knarrten, da sie langsam hin und her schaukelte. Ihre Augen, die im Faltenmeer ihres Gesichts beinahe untergingen, starrten mich an.

Der Raum war so mit Krimskrams angefüllt, dass ich den Zwerg zuerst gar nicht sah. Das Bücherregal, neben dem er stand, war so groß wie er und hatte mir bei meinem Eintreten die Sicht auf ihn versperrt. Doch jetzt konnte ich die Miniaturarmbrust sehen, die auf seinem Unterarm lag, und auch die Silberspitze des eingelegten Bolzens. Er zielte direkt auf meine Brust. Der bloße Anblick ließ die Schramme in meiner Seite wieder schmerzen, welche die Silberkugel des Elfs gerissen hatte.

»Nikani-kjijitekewinu hat gesagt, dass Sie kommen würden«, sagte der Zwerg. »Sie ist eine große *Puoin*. Sie kann zehn Tage ins Morgen schauen.«

Ich fragte mich, ob die alte Frau auch in den Astralraum schauen konnte – ob sie meine wahre Gestalt gesehen hatte. Ich zitterte unter dem Drang, meine Wolfsgestalt anzunehmen und dem Zwerg an die Kehle zu gehen. Natürlich wäre es selbstmörderisch, aber manchmal überwältigen einen die tierischen Instinkte eben. Ich war froh, dass ich mich heute im Zaum halten konnte.

»Tut mir leid«, sagte ich zu dem Zwerg. »Sie haben den falschen Mann erwischt. Wen Sie auch erwartet haben, ich bin es jedenfalls nicht.« Ich wich langsam zur Tür zurück.

Die alte Frau fixierte mich mit durchdringendem Blick. »Sie sind wegen Jane gekommen«, sagte sie. »Jetzt, da Sie einmal hier sind, müssen Sie auch bleiben.«

Ich erstarrte. Ich sah die Frau an und dann den Zwerg. Der Bolzen mit der Silberspitze war ein gutes Argument.

»Sie kennen sie«, sagte ich schließlich. »Ihr Geruch ist an dem Pullover, den Kloqoej trägt.«

Die alte Frau schaukelte vorwärts. »Jane hat uns ein großes Unrecht angetan. Sie hat unseren Kindern Schaden zugefügt.«

»Jemand hat auch ihr Schaden zugefügt.«

»Ja«, sagte die alte Frau. »Sie haben ihr ihren *Keskamzit* gestohlen, ihre Macht. Aber Sie können ihr helfen, sie zurückzubekommen. Und dann kann sie unsere Kinder heilen.«

»Wo ist Jane?«, fragte ich. Ihren Geruch konnte ich nirgendwo wahrnehmen. Ich war sicher, dass sie nicht hier bei uns in der Hütte war. Aber meine Hoffnungen, sie bald zu sehen, stiegen. Sie redeten von Jane in der Gegenwart. Das bedeutete, dass sie noch lebte.

Die Frau tat meine Frage mit einer Bewegung der Hand ab, in der sie die Pfeife hielt. Dann führte sie den Stiel wieder zum Mund und sog daran. Sie saß eine ganze Minute lang rauchend da und starrte ins Leere. Meine Ungeduld stieg mit jeder wortlos ausgestoßenen Rauchwolke. Ich unterdrückte das Knurren, das mir in der Kehle saß, und zwang mich, ruhig auf ihre Antwort zu warten. Doch stattdessen inhalierte sie den Rauch immer tiefer, bis sie fast hyperventilierte.

Ich wandte mich an den Zwerg. »Was macht sie da?«

»Die Macht in ihr wird größer, wenn sie raucht«, sagte er. »Warten Sie ab.«

Und da geschah etwas mit der alten Frau. Die Hand mit der Pfeife fiel in ihren Schoß und sie verdrehte die Augen. Sie fing an zu zittern und ich roch, wie ihr der Schweiß ausbrach. Schließlich zuckte ihr Körper einmal krampfhaft und dann sackte sie im Schaukelstuhl zusammen, als habe sie das Bewusstsein verloren. Der Stuhl schaukelte sanft hin und her und quietschte dabei leise.

»Was ist los mit ihr?«, fragte ich.

»Warten Sie's ab«, war alles, was der Zwerg dazu sagte.

Einen Moment später öffnete die alte Frau die Augen. Gleichzeitig hörte ich einen Hubschrauber in der Ferne.

»Soldaten kommen, um mich zu verhaften, Pelig«, sagte sie zu dem Zwerg. Sie zeigte mit dem Pfeifenstiel auf mich. »Bring ihn zum *Teomul*. Er wird diesem Wolf zeigen, wie man sein *Skite'kmuj* befreit.«

»Aber was ist mit Jane?«, rief ich ungehalten. »Wo ist sie?«

Pelig trat vor und stieß mich mit der Armbrust an. Die Silberspitze des Bolzens stach in meine Haut, die sofort zu brennen anfing und Blasen warf.

»Gehen wir«, sagte er grimmig. »Wir haben nicht viel Zeit.«

17

Wir fuhren auf Nebenstraßen in dem Pickup über die Insel. Der Wagen musste so alt sein wie die Frau. Die hintere Stoßstange war mit Draht befestigt und durch ein Loch im Wagenboden sah ich den Asphalt unter meinen Füßen durchhuschen. Jedesmal, wenn ich auf die Bremse trat, hörte ich ein lautes Knirschen.

Der Zwerg Pelig ließ mich fahren. Er saß neben mir auf der breiten Sitzbank auf einem Kissen, das hoch genug war, um ihn über das Armaturenbrett schauen zu lassen. Die Armbrust mit dem Silberbolzen war noch gespannt und auf seinem Arm, aber er zielte nicht mehr auf mich. Ihm standen andere Mittel zur Verfügung, um mich bei der Stange zu halten. Als wir an einer Kreuzung hielten und ich aus dem Wagen springen wollte, um zu fliehen, spürte ich plötzlich ein Kribbeln im Hinterkopf wie bei einer beginnenden Migräne. Plötzlich handelten meine Arme und Beine aus eigenem Antrieb und folgten dem Willen des Zwergs anstatt meinem. Da wurde mir klar, dass Pelig ein Schamane war und mich mit einem Kontrollzauber belegt hatte. Es war ein alptraumhaftes Gefühl, das mich an die immer wiederkehrenden Träume erinnerte, in denen ich mich nicht mehr verwandeln konnte und mein Körper auf ewig an die Menschengestalt gekettet war. Und es machte mich wütend. Der Zauber war nicht nur eine Vergewaltigung meines innersten Wesens, er war auch *illegal*.

Danach dachte ich nicht einmal mehr daran, etwas anderes zu tun, als den Pickup in die Richtung zu fahren, die der Zwerg mir nannte.

Und dann war da noch dieses Ding auf der Ladefläche des Pickups. Es roch nach Vogel, aber mit Untertönen, die mir verrieten, dass es sich um irgendeinen Para handelte. Es saß still in seinem Käfig, vollständig von einer Plane verdeckt. Als der Pickup zum ersten Mal durch ein Schlagloch fuhr, hörte ich ein kurzes Rauschen von Federn – und dann fuhren wir plötzlich in vollkommener Stille dahin. Alle Geräusche, die ich noch vor einem Augenblick gehört hatte – das Sirren der Reifen auf dem Asphalt, das Brummen des Motors, das Klappern des verrosteten Fahrgestells – waren verschwunden. Als ich Pelig fragte, was los war, spürte ich zwar, wie meine Stimmbänder vibrierten, aber kein Laut kam heraus. Und ich konnte auch nicht hören, wie er mich anschrie – bis die Stille so abrupt endete, wie sie begonnen hatte.

»… verdammt noch mal vorsichtiger!«, rief Pelig.

Danach wich ich den Schlaglöchern aus. Aber das war nicht leicht. Die riesigen Laster und Erntemaschinen, die hier in der landwirtschaftlichen Hochzeit der Insel kreuz und quer über die Insel gefahren waren, hatten die Straßen ruiniert und an manchen Stellen gab es mehr Schlaglöcher als Asphalt.

Als ich zum zweiten Mal durch ein Schlagloch fuhr, fiel die Reaktion von dem Ding hinten auf der Ladefläche noch schlimmer aus. Eine Welle der Furcht schlug über mir zusammen. Plötzlich raste mein Puls und mir brach der Schweiß aus. Meine Innereien schienen sich zu verflüssigen und ich musste mich extrem zusammenreißen, um in dem Wagen nicht meine Marke zu hinterlassen. Das einzige, was mir die Kraft gab, den Wagen auf der Straße zu halten, war die Erkenntnis, dass Pelig ebenfalls darunter litt. Ich konnte das stechende Aroma seiner Furcht riechen und sah, wie seine Knöchel weiß hervortraten, als er den Haltegriff am Armaturenbrett umklammerte. Die Federn, die er sich ins Haar geflochten hatte, schienen sich zu sträuben.

Beinahe wäre ich aus dem fahrenden Wagen gesprungen, aber dann änderte sich der Geruch seines Schweißes, als er seine Gefühle wieder unter Kontrolle brachte. Meine eigene Furcht ebbte ebenfalls langsam ab. Und da ging mir auf, dass der Zwerg die Armbrust wieder auf meine Brust gerichtet hatte.

»Machen Sie das nicht noch mal«, knirschte er.

»Tut mir leid«, sagte ich und meinte es auch so. »Was *ist* das für ein Vieh in dem Käfig?«

»Eine Dämmereule«, antwortete Pelig. »Sie hatte sich einen Flügel gebrochen. Ich wollte sie bei mir behalten, bis der Flügel verheilt ist. Heute Nacht lasse ich sie frei.«

Danach fuhren wir eine Weile schweigend den besten Teil der Straße entlang. Schließlich hörten wir einen Hubschrauber über uns.

Pelig reckte den Kopf durchs Seitenfenster und schaute nach oben, als der Hubschrauber uns überflog. Ich beugte mich vor und sah ihn durch die mit Insekten verschmierte Windschutzscheibe des Pickup. Es war ein Kampfhubschrauber, auf dessen schwarzem Bauch der Stern Lone Stars und die Initialen der Magischen Einsatzgruppe prangten. Er kam aus Murray Harbor. Wahrscheinlich hatte die alte Frau Recht gehabt, dass Lone Star kam, um sie zu verhaften.

Ich sah Pelig an. »Die alte Frau in der Hütte – hat sie

etwas mit den Sprengung der Brücke zu tun? Ist das der Grund für ihre Verhaftung?«

»Sie hat die magische Energie gelenkt«, sagte er, während seine Augen voller Stolz leuchteten. »Sie ist eine mächtige Schamanin – die beste, die wir haben.«

»Sie ist eine Kriminelle!« Ich wollte Pelig nicht noch mehr gegen mich aufbringen, aber ich war der Ansicht, dass ihm jemand die Ernsthaftigkeit der Lage klarmachen müsse. »Sie wird für ihre Tat den Rest ihres Lebens im Gefängnis verbringen. Sie wird ihre Strafe in der Zitadelle von Halifax absitzen, wohin alle magisch aktiven Häftlinge geschickt werden. Man ...« Ich dachte an Jane und rang ein vorübergehend aufblitzendes Schuldgefühl nieder. »Man wird sie dort nicht gut behandeln. Sie ist eine alte Frau. Vermutlich wird sie dort sterben.«

Ich versuchte mir einzureden, dass sie dieses Schicksal auch verdient hatte. Jeden Tag benutzten Tausende die Confederation Bridge. Es war ein Wunder, dass bei dem Anschlag niemand ums Leben gekommen war. Und selbst wenn es ihre Absicht gewesen war, keine Menschenleben zu opfern, hatten die Ureinwohner mit ihrer Tat immer noch das Leben Tausender durcheinandergebracht.

Pelig starrte nur aus dem Fenster und auf die Felder, die mit Unkraut überwuchert waren. Sein Kiefer arbeitete, als versuche er, eine starke Empfindung in den Griff zu bekommen. Dann wandte er sich mir zu und funkelte mich an. »Selbst wenn Nikani-kjijitekewinu im Gefängnis stirbt, war es das wert«, sagte er. »Sie glaubt an Abegweit.«

»Es wird kein ›Abegweit‹ geben«, erwiderte ich. »Prince Edward Island ist nur ein kleiner Teil der UCAS, aber Präsident Haeffner wird einer Abspaltung niemals zustimmen. Die Magische Einsatzgruppe ist eine der besten Abteilungen Lone Stars und verfügt über unbegrenzte Mittel. Man wird nicht eher ruhen, bis auch der letzte Rebell hinter Gittern steckt. Wie gut Ihre Schamanen auch sind, aus einer direkten Auseinandersetzung werden unsere Gefechtsmagier als Sieger hervorgehen.«

Pelig musterte mich durchdringend. Ich bemerkte, dass die Armbrust wieder auf meine Brust gerichtet war. »Sie gehören zu Lone Star, nicht wahr?«, fragte er leise.

Ich schluckte. Es hatte keinen Sinn zu lügen. Meine unbedachte Bemerkung hatte mich bereits verraten. Ich konnte seine Wut riechen.

»Manchmal arbeite ich als Hilfskraft für Lone Star«, antwortete ich bedächtig, den Blick auf die Silberspitze des Bolzens gerichtet. »Aber nur im Zuständigkeitsbereich von Halifax.«

»Sie haben die Polizei zu Nikani-kjijitekewinu geführt«, sagte er anklagend.

Ich spannte mich und suchte krampfhaft nach einer ungefährlichen Antwort. »Ich ...«

Zu meiner Verblüffung senkte Pelig die Armbrust. »Es spielt keine Rolle«, murmelte er. »Sie wusste, dass Sie kommen und die Polizei Ihnen folgen würde. Aber wie gut Ihre Magier auch sein mögen, sie können nicht verhindern, was kommt«, sagte der Zwerg. Er starrte aus dem Fenster, den Blick starr auf den eintönig blauen Himmel gerichtet, und träumte von einem Staat, den es nie geben würde.

Ich unternahm gar nicht erst den Versuch, seine falschen Vorstellungen zu korrigieren. Es ist unmöglich, mit einem Fanatiker zu argumentieren. Und außerdem habe ich die Besessenheit von Menschen und Metas in Bezug auf Landbesitz noch nie verstanden. Politische Grenzen, Rechtsansprüche auf Grundstücke, Schürfrechte – all das war zu abstrakt für mich. Ich nehme an, es ist so etwas wie die Markierung des

Reviers. Aber Menschen und Metas neigen dazu, diese Markierung mit Landminen, Entlaubungskampfstoffen und Bomben vorzunehmen – und was nützt einem das Land dann noch?

Ich fragte Pelig nach Jane, aber er weigerte sich, auch nur eine meiner Fragen zu beantworten. Ich nehme an, ich hatte ihn mit meinen Bemerkungen über Radikale verärgert. Offenbar war er ziemlich massiv in den Plan zur ›Befreiung‹ von PEI verwickelt. Ich nahm eine anständige Nasevoll von seinem Geruch und merkte ihn mir. Vielleicht warb mich das hiesige DPU an, um ihn aufzuspüren, nachdem ich Jane gefunden hatte. Schließlich schaltete ich das Radio ein, nur um die Monotonie der Fahrt zu durchbrechen.

Wir fuhren ein paar hundert Kilometer, einen Großteil davon über Kieswege, weil wir die Hauptstraßen mieden, im Zickzack über die Insel. Auf unserer über dreistündigen Fahrt nach Westen sahen wir nur wenig Verkehr – aus gutem Grund. Das Radio meldete, dass die Lage zunehmend angespannter wurde. Touristen wurden von der Insel evakuiert und die Einheimischen waren aufgefordert worden, in ihren Häusern zu bleiben und die Straßen nur in Notfällen zu benutzen. In Charlottetown hatten eingeborene Rebellen Province House besetzt, das jahrhundertealte Gebäude, in dem die Konföderation Kanada entstanden war, und sendeten das Abegweit-Manifest via Satellit in die ganze Welt. Aus Respekt vor dem historischen Gebäude hatte das UCAS-Militär den Befehl bekommen, sich zurückzuhalten, während die MEG versuchte, es aus dem Astralraum zu stürmen. Doch die Gefechtsmagier waren auf starke Schutzvorrichtungen gestoßen, die ein Eindringen verhinderten. Im Augenblick herrschte ein Patt.

So weit wir auch von den Geschehnissen entfernt waren, irgendwie konnte ich die Spannung spüren, die sich aufbaute. Es war heiß und die Luft stand förmlich. Ich konnte den Finger nicht darauf legen und lediglich sagen, dass der Staub, der durch die offenen Fenster des Pickup gewirbelt wurde, nicht richtig roch.

Hinter einer Kurve sah ich plötzlich eine Fahrzeugschlange und zwar an einer Stelle, wo die Nebenstraße, der wir folgten, wieder auf die Hauptstraße traf. Ein großes schwarzes Vehikel stand mitten auf der Kreuzung und auf der asphaltierten Straße stauten sich die Wagen in beiden Richtungen. Ich erkannte in dem Vehikel einen Hovertruck von Lone Star, die größere Ausgabe des Hovers, mit dem Hunt und ich zu Georges Island gefahren waren. Ich sah keine Polizei außerhalb des Hovertrucks, was bedeutete, dass die Beamten die angehaltenen Wagen astral überprüften.

Peligs schraubstockartige Finger krampften sich um mein Handgelenk.

»Fahren Sie rechts ran«, befahl er. »Sofort!«

Ich nahm den Fuß vom Gas, sodass der Pickup langsamer wurde, aber ich hielt nicht an. Ich hatte geschwøren, Verbrecher dem Gesetz auszuliefern …

»Wenn Sie Jane wiedersehen wollen, tun Sie, was ich Ihnen sage.«

Ich bremste – sachte, um die Eule hinten auf der Ladefläche nicht zu erschrecken – und funkelte den Zwerg an. Aber Pelig war gar nicht mehr da. Ich kam zu dem Schluss, dass er sich mit Hilfe von Magie unsichtbar gemacht hatte, und wechselte auf Astralsicht. Pelig war durch das offene Wagenfenster geklettert und stand draußen neben dem Wagen. Er stellte sich auf die Zehenspitzen und schaute durch das Fenster, die Armbrust auf mich gerichtet.

»Fahren Sie weiter«, sagte er schroff. »Sie schaffen es durch die Straßensperre. Sie sind Polizeibeamter.«

»Nur eine irreguläre Kraft«, protestierte ich. »Ich bin SIN-los. Sie werden mich nicht …«

»Fahren Sie zum Anwesen«, zischte er in völliger Missachtung meiner Einwände. »Suchen Sie Muirico. Wir treffen uns dort. Ich sorge dafür, dass Jane kommt.«

»Wo?«, stotterte ich. »Wo treffen wir uns?«

Die Augen verschwanden. Ich beugte mich herüber, um aus dem Beifahrerfenster zu schauen. Pelig lief geduckt durch das hohe Gras und zwar so, dass der Pickup zwischen ihm und der Polizei stand. Ich öffnete den Mund, um ihm hinterherzurufen, sah dann aber eine Bewegung auf der Hauptstraße hinter einem der Wagen, die vor der Straßensperre angehalten hatten. Ich benutzte immer noch Astralsicht und so konnte ich den schimmernden Astralkörper der Polizistin sehen, die durch einen der Wagen ging, als sei er gar nicht da, und die Richtung zum Pickup einschlug. Eine Kugel magischer Energie leuchtete um ihre Hand auf, als sie irgendeinen Wahrnehmungszauber vorbereitete.

Ich war erledigt. Im nächsten Augenblick würde die Polizistin meine wahre Gestalt sehen und wissen, dass ich ein Gestaltwandler war.

Ich wusste nicht, was ich tun sollte. Meine Instinkte rieten mir, Lone Star zu vertrauen. Eine Polizistin in Uniform gehörte zu den Guten, zu meinem Rudel. Ich machte Anstalten, die Fahrertür zu öffnen, um auszusteigen und mit der Polizistin zu reden. Doch dann ging mir auf, dass ich weder meine Anwesenheit hier während einer nationalen Krise noch die Tatsache erklären konnte, dass ich einen Pickup fuhr, der einem der Rebellen gehörte – noch dazu einen Pickup mit einem potentiell gefährlichen Para auf der Ladefläche. Ich würde eine Menge Fragen beantworten müssen und es würde Verzögerungen geben …

Ich kauerte mich unter das Armaturenbrett und zog

mich in aller Hast aus. Knöpfe rissen ab, als ich mich aus meinem Hemd wand. Ich stopfte die Kleider unter den Sitz des Pickups, trat meine Schuhe weg und nahm meine Wolfsgestalt an. Dann zog ich das Kissen, das der Zwerg benutzt hatte, auf die Fahrerseite der Sitzbank.

Die Astralgestalt der Polizistin tauchte neben dem Pickup auf. Ich sprang auf die Beifahrerseite der Sitzbank und jaulte laut – manche Tiere können eine Astralgestalt spüren, auch wenn sie sie nicht sehen. Meine Bewegung brachte den Pickup ein wenig ins Schaukeln. Die Fahrertür schwang auf und durch die geisterhafte Gestalt der Polizistin. Ich jaulte weiter und legte die Ohren an, während ich in alle Richtungen schaute und so tat, als sei ich verwirrt.

Die Polizistin starrte mich kurz an. Wahrscheinlich konnte sie meiner Aura entnehmen, dass ich kein normaler Hund war, sondern irgendein Para. Aber wenn ich mich weiterhin unterwürfig und dumm gab, würde sie ihre Aufmerksamkeit vielleicht auf die Frage konzentrieren, wo der Fahrer des Pickup geblieben war.

Die Polizistin richtete die magische Energie um ihre Hand auf den Fahrersitz. Der Schein kreiste kurz um das Lenkrad und ließ sich dann auf dem Kissen nieder. Ich hechelte einen Augenblick voller Anspannung, aber die Polizistin zog den von mir erhofften Schluss. Sie sah die offene Fahrertür und nur einen großen wolfsartigen Hund im Wagen und drehte sich zu dem Feld hinter ihr um.

Natürlich schaute sie in die falsche Richtung – der Zwerg war durch das Beifahrerfenster geklettert und längst über alle Berge. Während sie mir den Rücken zudrehte, hieb ich mit der Pfote auf den Knopf, der die Handbremse löste. Mit einem lauten Ächzen setzte sich der Pickup in Bewegung und rollte das leichte Gefälle zur Kreuzung herab, direkt auf ein großes Schlagloch zu.

Durch die plötzliche Bewegung des Wagens erschreckt, wich die Polizistin einen Schritt zurück. Gleichzeitig rollte ein Rad über das Schlagloch. Ich hörte das Schlagen von Flügeln auf der Ladefläche – und dann überfiel mich panische Angst.

Diesmal versuchte ich nicht, dagegen anzukämpfen. Laut winselnd sprang ich aus der Fahrerkabine des Wagens und jagte davon.

Ich lief, bis ich den magischen Kreis der Furcht hinter mir gelassen hatte, den die Dämmereule projizierte. Ich schaute nur zurück, als ich das Krachen hörte, da der Pickup einen der stehenden Wagen rammte. Einen Augenblick später sprangen die Leute aus ihren Wagen und liefen schreiend vor Angst davon.

Durch den Aufprall musste der Käfig umgefallen und die Käfigtür aufgesprungen sein. Die Eule sprang aus dem Käfig, blinzelnd und vom Tageslicht geblendet, und flatterte dann auf das Dach des Pickup. Gleichzeitig wurde alles still. Die Schreie, das leise Blubbern der leerlaufenden Motoren des Hovertrucks, die Rufe der Polizisten, die aus dem Hovertruck gesprungen waren, um die Eule einzufangen – all das verstummte.

Unter den Nachwirkungen der von der Eule hervorgerufenen Furcht hechelnd, entfernte ich mich in weiten Sätzen von der Straßensperre. In all der Verwirrung kam niemand auf die Idee, einen allem Anschein nach verängstigten Hund aufzuhalten, der seinen Herrn verloren hatte. Unterwegs musste ich mich der Schuldgefühle erwehren, die ich wegen des von mir verursachten Zwischenfalls hatte. Ich war zwar nur eine irreguläre Kraft, betrachtete mich aber als Hüter des Gesetzes. Ich hatte keine Ahnung, wie die Anklage in diesem Fall lauten würde, aber ich war sicher, dass ich gerade eine Straftat begangen hatte. Zum ersten Mal in meinem Leben begriff ich, was es für ein Gefühl war, ein Verbrecher zu sein.

Ich schüttelte es ab. Keine Zeit für Reue. Jane war irgendwo auf dieser Insel und ich musste sie finden. Zunächst dachte ich daran, zurückzulaufen und die Spur des Zwergs aufzunehmen, aber die Polizei hatte sich auf das ganze Gebiet rings um die Straßensperre verteilt. Bis jetzt hatten sie mich als Tier eingestuft, aber ich wollte mein Glück nicht überstrapazieren.

Als ich mich ein paar Kilometer von der Straßensperre entfernt hatte, hockte ich mich an den Straßenrand, kratzte eine juckende Stelle in meinem Fell und dachte nach. Der Zwerg hatte mir befohlen, zum ›Anwesen‹ zu fahren. Es gab nur einen Ort, den er damit gemeint haben konnte: das Anwesen und der Park, den der Drache Dunkelzahn an der nördlichsten Spitze von Prince Edward Island errichtet hatte.

Dorthin würde der Zwerg unterwegs sein. Und er hatte versprochen, dafür zu sorgen, dass Jane ebenfalls dorthin kam. Konnte ich es wagen, das Risiko einzugehen und darauf zu vertrauen, dass er sein Versprechen halten würde? Vielleicht hatte er nur mit meinen Gefühlen gespielt und sie ausgenutzt, um mich dazu zu bringen zu tun, was er von mir wollte.

Aber dann dachte ich darüber nach, was die alte Frau in der Hütte gesagt hatte. Die Mi'kmaqs wollten, dass ich Jane dabei half, ›ihre Kraft wiederzufinden‹ – ihre Magie, nahm ich an –, damit sie diese einsetzen konnte, um die Kinder zu heilen. Mir war schleierhaft, auf welche Weise ich Jane in dieser Beziehung überhaupt helfen sollte, aber ich konnte davon ausgehen, dass dieser Vorgang auf jeden Fall unsere Zusammenführung erforderlich machte. Was bedeutete, dass der Zwerg sie in der Tat zu Dunkelzahns Anwesen bringen würde.

Vorausgesetzt, er wurde unterwegs nicht von der Polizei aufgegriffen.

Ich beschloss, das Risiko einzugehen. Das Anwesen war nur ungefähr vierzig Kilometer weit entfernt. Ich war müde – ich hatte den ganzen Tag nicht geschlafen –, aber in Wolfsgestalt war das ein Spaziergang. Ich erhob mich und machte mich auf den Weg zum Drachenpark.

18

Als ich das Anwesen schließlich erreichte, japste ich ziemlich stark. Vom Meer blies ein kräftiger Wind, aber es war dennoch heiß und drückend. Trotz der feuchten Meeresbrise knisterte mein Fell vor statischer Elektrizität. Aus weiter Ferne hörte ich ein merkwürdiges Geräusch auf- und abschwellen wie ein leises Heulen.

Ich schnüffelte in dem Bemühen herauszufinden, was nicht stimmte. Ich roch trockenes Gras, den süßlichen Duft von Wildblumen und den durchdringenden Salzgeruch des Meeres. Außerdem lag der heiße Gestank von Abgasen in der Luft. Ein Wagen war erst vor kurzem hier vorbeigefahren.

Der Weg zum Anwesen war eine lange asphaltierte Auffahrt, ockerfarben und aus Sandstein gemacht, der aus den Klippen der Nordspitze stammte. Am Parkeingang versperrte eine gelbe Metallschranke den Weg. Daran hing ein Schild, das verkündete, der Park sei wegen eines Feiertages geschlossen. Den Besuchern wurde versichert, die Schließung sei nur vorübergehend.

Das Anwesen nahm die gesamte Nordspitze der Insel ein und obwohl es früher Privatbesitz gewesen war, gab es keine Zäune. Der Drache hatte sich ausschließlich auf magische Sicherheit verlassen, als er dort gewohnt hatte, und nun, da das Anwesen leer stand und dies ein öffentlicher Park war, gab es keinen Grund mehr, Leute auszusperren. Die Schranke über der Straße war kein ernsthaftes Hindernis, sondern nur ein Mittel, um Touristen zur Umkehr aufzufordern.

Ich konnte mehrere Reifenspuren im Gras sehen, wo Wagen die Straße verlassen hatten, um die geschlossene Schranke zu umfahren. Ich beschnüffelte die platt gedrückten Grashalme und die Öltropfen, die darauf gefallen waren. Das Gras hatte noch einen durchdringenden Geruch und das Öl war frisch. Wer diese Schranke auch umfahren hatte, er hatte es heute getan. Ich ging zur Schranke, markierte sie und ging dann zurück, um die Spuren im Gras aus größerer Entfernung zu betrachten und eine Vorstellung davon zu bekommen, wie viele Wagen hier durchgefahren waren. Mindestens drei – höchstens sechs.

Als ich auf den Hinterläufen saß und mich fragte, ob wohl Muirico – wer das auch sein mochte – in einem der Wagen gesessen hatte, sträubte sich mein Nackenfell. Ich hatte das durchdringende Gefühl, beobachtet zu werden. Doch als ich in der Erwartung herumfuhr, jemand zu sehen, war niemand da. Nur ein verkümmerter Baum, dessen sich bewegende Äste in meinem peripheren Gesichtsfeld wie winkende Arme ausgesehen hatten.

Ich wechselte auf Astralsicht, um mich zu vergewissern, sah aber nichts Ungewöhnliches. Die Bäume und das Gras unter ihnen hatten eine ganz normale, gesunde Aura. Niemand beobachtete mich aus dem Astralraum.

Ich drehte mich um und schaute in die Richtung der Schranke. Das Schild daran war nicht bedruckt, da die Schrift im Astralraum keine Bedeutung hatte. Ich konnte lediglich den emotionalen Gehalt ›lesen‹: ein schwacher Eindruck von Bedauern, der in einem weichen Violett leuchtete.

Dann spürte ich etwas direkt neben mir – eine Präsenz. Diesmal war es nicht nur meine Einbildung. Jemand lief schnell an mir vorbei. Es war eine junge Elfe, vielleicht sechs Jahre alt, mit hohen Wangenknochen und dunklen Haaren. Sie trug ein langes dunkelrotes Kleid mit einem zerknautschten weißen Kragen und klobige Stiefel mit großen goldenen Schnallen. Eine eng sitzende weiße Mütze löste sich beim Laufen und enthüllte ihre spitzen Ohren.

Das Gesicht des Mädchens kam mir seltsam bekannt vor, aber ich konnte es nicht unterbringen. Dasselbe galt für ihre Kleidung – ich nehme an, es lag daran, dass ich mir nicht viel Trid anschaue und dem im ständigen Wandel befindlichen Kaleidoskop der Mode nicht folge.

Und dann durchzuckte es mich wie ein Blitz. Das Mädchen sah wie *Jane* aus. Ich konnte in den kindlichen Zügen bereits die wunderschöne Frau sehen, die sie einmal sein würde.

Die junge Elfe lief zur Schranke, blieb stehen und streckte dann die Hand aus, um sie zu berühren. Ihre Hand fuhr durch das gelbe Metall, als sei es nicht vorhanden. Lachend sprang sie vorwärts, sodass die Schranke durch ihre Brust schnitt. Dann fuhr sie herum und warf in einer kindlich-sorglosen Geste die Arme in die Luft.

Ich wechselte für einen Augenblick wieder auf normale Sicht und das Mädchen verschwand. Die Auffahrt zum Park war leer. Das Schild an der Schranke schwang leicht hin und her, aber das lag vermutlich nur am Wind.

Ich wechselte wieder auf Astralsicht und die Elfe tauchte erneut auf. Sie war wieder durch die Schranke gegangen und stand jetzt mit dem Rücken zu mir, da sie mit den Händen durch das Schild griff.

Ich musste wissen, ob dics tatsächlich Jane war. Ich stellte mich auf die Hinterbeine und nahm meine menschliche Gestalt an.

»Jane!«

Vielleicht klang es zu eindringlich. Oder vielleicht lag es auch daran, dass ich wieder einmal meine Nacktheit vergessen hatte. Das Mädchen fuhr herum, schrie auf und wich einen Schritt zurück. Dann verschwand es.

Ich lief vorwärts, die Hände tastend ausgestreckt wie ein Blinder. Hatte ich die Konzentration verloren und auf normale Sicht gewechselt? Nein – ich konnte immer noch die Aura der Bäume auf beiden Seiten der Auffahrt und den leuchtenden Schein einer Maus sehen, die durch das Gras huschte. Ich nahm die Welt immer noch astral wahr.

»Mareth'riel?«, rief ich, diesmal in gelassenerem Tonfall.

Nichts. Keine Antwort. Das Mädchen war verschwunden.

Ich duckte mich unter der Schranke hindurch und ging die Auffahrt entlang. Der Asphalt war warm unter meinen nackten Füßen. Mein Blick schweifte angestrengt über die Felder auf beiden Seiten des Weges in der Hoffnung, die Elfe wiederzufinden. Offenbar hatte ich sie eingeschüchtert und verscheucht. Sie hatte ihre astrale Projektion zurückgezogen, kaum dass sie meinen Schrei hörte. War das wirklich Jane gewesen, die ein idealisiertes Bild von sich als junges Mädchen projiziert hatte, dessen Kleidung im Jahrhundert ihrer Geburt modern gewesen war? Hatte sie mich in ihrer Astralgestalt aufgesucht und das Bild eines hilflosen Kindes projiziert, weil sie meine Hilfe brauchte?

Trotz der Fragen, die mir durch den Kopf schossen, kam ich nicht umhin, unterwegs die Schönheit des Parks zu bewundern. Im Gegensatz zum Rest der Insel mit ihrer ausgelaugten Erde und den mit Unkraut überwucherten Feldern ist der Drachenpark ein Garten Eden. Den Feldern beiderseits des Weges haftete eine ätherische Schönheit an, der es irgendwie gelang, kultiviert und gleichzeitig verwildert auszusehen. Der Wind wisperte über verschiedene Sorten Gras – manche grün, andere gelblich, wieder andere unter der Last ihrer Samen gebeugt und solche mit breiten, steifen Halmen. Das Gras war so gepflanzt, dass es Muster bildete – lange geschwungene Reihen, die sich im Wind bogen und raschelten und spiralförmig um Ansammlungen leuchtend roter, gelber und blauer Wildblumen angelegt waren. Manche der Reihen verliefen schnurgerade und zogen den Blick auf einen Baum oder Felsen. Andere bildeten komplexe Muster wie Labyrinthe. Ich folgte einem dieser Muster in dem Bemühen, das Ende der komplexen Linie zu finden. Dann erstarrte ich. Die junge Elfe wanderte diese Linie entlang.

Sie schwebte dicht über dem Gras dahin, wobei ihre Zehen die gebeugten Halme leicht berührten, als tänzele sie auf Zehenspitzen von Halm zu Halm.

Sie hatte die Arme seitlich ausgestreckt, als balanciere sie auf etwas. Ab und zu glitt ihr Fuß aus und dann schwankte sie mit den Armen, um das Gleichgewicht zu halten.

Die Linie des helleren Grases, der das Mädchen folgte, führte zu einer dicht mit leuchtend orangefarbenem, hüfthohem Klatschmohn bewachsenen Stelle. Momentan kehrte mir das Mädchen den Rücken. Ich lief auf das Feld und stellte mich zwischen den Klatschmohn, wobei ich mich bemühte, eine in keiner Weise bedrohliche Haltung anzunehmen. Dann wartete ich einfach ab, dass sie zu mir kam. Die Blumen kitzelten auf meiner nackten Haut, da sie sich in der leichten Brise wiegten.

Das Mädchen folgte einer Kurve in der Graslinie und blieb abrupt stehen. Es starrte mich lange an, wobei es hin und her wippte. Dann stellte es mir eine Frage in einer Sprache, die wie Musik klang.

»Ich verstehe dich nicht«, sagte ich. »Ich spreche kein Sperethiel.«

Dann zeigte ich in einer universellen Geste mit dem Finger auf die junge Elfe. »Bist du Mareth'riel?«

Sie lächelte. »*Sielle*«, antwortete sie.

Drek. Ich hatte auf ein einfaches »Ja« gehofft, eines der wenigen Wörter, das ich auch auf Sperethiel verstand. Ich hatte keine Ahnung, was sie gerade gesagt hatte. Ich wusste nicht einmal, ob sie meine Frage beantwortet hatte.

Hinter mir hörte ich das Knattern kleiner Motoren und roch gleichzeitig frische Abgase. War das der Zwerg, der gerade mit Jane eintraf? Ich drehte mich um und sah zwei Euroglyde-Motorroller von der Art, wie sie an Touristen vermietet werden, über das Gras holpern, als sie um die Schranke herum fuhren. Ich kannte die Leute auf den Rollern nicht.

Instinktiv ging ich in die Hocke und ließ mich auf Hände und Knie nieder, um notfalls schnell meine Gestalt wechseln zu können. Wenn ich angreifen musste, wollte ich das als Wolf tun. Doch Sekunden später hatte ich die Rollerfahrer als ungefährlich eingestuft. Es handelte sich ganz offensichtlich um Touristen – zwei männliche Orks, deren Kleidung angesichts der trotz ihrer Klobigkeit perfekten Passform teuer gewesen sein musste. Einer der Orks hatte sich eine Minikamera um die Stirn geschnallt und machte Trideoaufnahmen vom Anwesen. Der andere hatte einen Strauß Schnittblumen auf dem Sozius seines Rollers festgebunden. Es waren Rosen, wie ich am Duft erkannte.

Die beiden starrten mich im Vorbeifahren an – wahrscheinlich fragten sie sich, warum ein nackter Mann sie aus einem Klatschmohnbeet anstarrte. Einer der beiden zog eine Augenbraue hoch und zwinkerte mir dann zu.

Ich hatte die junge Elfe nur einen Moment aus den Augen gelassen, doch als ich mich ihr wieder zuwandte, war sie nicht mehr da. Ich verfluchte die Touristen, weil sie die Sturheit und Niedertracht besaßen, während eines nationalen Notstands den Park zu besuchen. Mir ging auf, dass ich stark schwitzte – ich konnte meine eigene Nervosität riechen. Das verschwundene Elfenmädchen setzte mir ziemlich zu.

Ich nahm Wolfsgestalt an und folgte den Rollerfahrern in der Absicht, meine Verärgerung darüber, Jane wieder aus den Augen verloren zu haben, an ihnen auszulassen, indem ich sie harsch anbellte. Als ich sie einholte, sah ich, dass sie zu einer winzigen, beinahe kreisrunden Bucht gefahren waren, die nur einen schmalen Zugang zum Meer bot. Mindestens ein halbes Dutzend Wagen – alle mit Kennzeichen aus verschiedenen Gegenden der UCAS – standen außerdem noch auf dem Parkplatz vor dem Strand. Eine ganze Reihe von Leuten verschiedener Metatypen – nur einer von ihnen war ein Mensch – standen stumm am Wasser und starrten mit einer Miene des Bedauerns auf die Wellen.

Farbflecken trieben auf den Wellen. Blumen. Einer der Orks, die mich zuvor passiert hatten, nahm einen Armvoll weißer Rosen vom Sozius seines Rollers. Er ging zum Strand, bis die Wellen auf seine Designerturnschuhe schwappten, und warf die Rosen ins Meer. Dann fing er an zu weinen. Sein Begleiter ging zu ihm und tröstete ihn, indem er den Arm um die Schultern des weinenden Orks legte.

Da ging mir auf, welche Bedeutung diese kleine Bucht hatte – und mir wurde bewusst, auf welchen Feiertag sich das Schild auf der Schranke bezog. Ich zählte rasch die Tage des Monats ab. Heute war der 9. August – der vierte Jahrestag von Dunkelzahns Tod. Da Prince Edward Island für sich in Anspruch nahm, Dunkelzahns Heimat zu sein, war der 9. August auf der Insel zum Trauertag erhoben worden.

Ich erkannte den Strand aus den Trideo-Dokumentationen über das Anwesen aus der Zeit wieder, als Dunkelzahn das Gelände gekauft hatte. Ursprünglich hatte die Bucht Seekuhteich geheißen – ein Name, der noch aus der Zeit vor der Ausrottung des Walrosses stammte und die Bucht angefüllt von den gebleichten Gebeinen dieser Tiere gewesen war. Den Dokumentationen zufolge, die bei der Errichtung des Anwesens gedreht worden waren, beherbergte die Bucht außerdem die versteinerten Knochen eines Großdrachen – eines von Dunkelzahns Vorfahren. Diese Knochenfunde und die angeblichen Manalinien, die sich auf dem Anwesen schnitten – ein Gerücht, das seine Entstehung vermutlich den Grasmustern verdankte – sollten, so hieß es, der Grund dafür sein, dass Dunkelzahn sich diesen abgelegenen, aber wunderschönen Fleck für einen seiner Wohnsitze ausgesucht hatte.

Nachdem Dunkelzahn in einer magischen Explosion verschwunden war, hatte es keine Leiche gegeben, die man hätte betrauern können. Und da hatten die Gerüchte eine neue Wendung bekommen: Die ›Drachenknochenbucht‹ enthalte nicht nur die Knochen eines Vorfahren Dunkelzahns, sondern auch Dunkelzahns Knochen selbst.

Natürlich war das alles Unsinn. Aber die Anziehungskraft der Legende des Drachen, der gegen alle

Wahrscheinlichkeit der erste Meta-Präsident der UCAS geworden war, reichte aus, um Fanatiker mitten in einer nationalen Krise zu diesem einsamen Fleckchen zu locken.

Dann sah ich die junge Elfe am Ende der Reihe der Trauernden stehen. Sie betrachtete sie mit fragendem Blick, als verstehe sie nicht, worüber sie so unglücklich waren. Ich bellte in dem Bemühen, ihre Aufmerksamkeit zu erregen. Alle am Strand drehten sich um und starrten mich an – nur die junge Elfe nicht. Sie lief über den Strand, so schnell ihre Beine sie trugen, und dann die Straße entlang, die tiefer ins Anwesen führte.

Diesmal würde ich sie nicht wieder aus den Augen verlieren. Ich rannte ihr nach, so schnell ich konnte, doch sie war schneller. Ihre Beine bewegten sich nicht schneller als meine – ich hätte sie mittlerweile längst einholen müssen. Aber sie war eine astrale Projektion und kein physikalisches Wesen. Dass hatte mir erzählt, ein Astralleib könne sich mit Geschwindigkeiten von Tausenden Stundenkilometern bewegen, wenn die projizierende Person dies wollte. Doch ich gab die Hoffnung nicht auf. Immerhin bestand die Möglichkeit, dass ihr eine Erinnerung zu Bewusstsein kam, dass Jane sich plötzlich erinnerte, wer ich war, und stehen blieb, um mit mir zu reden. Japsend und mit hängender Zunge lief ich weiter.

Meine Verfolgung brachte mich zu dem weitläufigen Anwesen, das Dunkelzahn errichtet hatte. Es war riesig, nach Drachenmaßstäben entworfen. Es ähnelte einer Reihe gigantischer achteckiger Klötze aus Metall, die blank poliert und in die trapezförmige Fenster eingelassen worden waren. Auf diesen Klötzen thronten verschnörkelte weiße Säulen, die wie ausgehöhlte und in der Mitte durchgeschnittene Kuppeln aussahen. Nackte schwarze Träger ragten aus diesen Halbkuppeln – perfekte Sitzplätze für einen Drachen.

Seit Dunkelzahns Tod stand das Anwesen leer. Nach der Verlesung seines Testaments hatte die Draco Foundation Möbel, Kunstgegenstände, magische Foci und persönliche Besitztümer sortiert und an die im Testament aufgeführten Erben weitergeleitet. Jetzt waren die Türen des Anwesens verschlossen und die Fenster mit einem milchigen Glanz überzogen, der neugierige Touristen daran hinderte, ins Innere des Gebäudes zu schauen.

Das Haus war von einem Wald aus Windmühlen umgeben, deren schlanke Formen wie Pflanzenstengel aus dem Boden schossen. Die Windmühlenflügel blitzten in der Sonne, während sie sich drehten und dabei ein unheimliches Surren von sich gaben, das mit jeder noch so kleinen Änderung der Windgeschwindigkeit die Tonhöhe änderte und dadurch wie ein leises Heulen klang.

Das war also das merkwürdige Geräusch, welches ich zuvor gehört hatte. Es hatte nichts Mysteriöses an sich. Dennoch schien die Luft extrem aufgeladen zu sein, instabil und dicht. Etwas geschah hier – oder würde noch geschehen.

Hinter dem Anwesen ragte die Nordspitze wie eine lange schmale Nadel in den Ozean. Hier trafen sich zwei Meeresströmungen, welche die roten Sandsteinklippen zu phantastischen Formen geschliffen und Tunnel durch die schmalste Stelle der Nadel gebohrt hatten. Ich konnte das Tosen der Wellen hören und das Seegras riechen, das auf den Kieselstrand unter mir gewirbelt wurde.

Jane lief direkt auf den Klippenrand zu.

Nicht! wollte ich rufen, stieß aber lediglich ein trauriges Heulen aus. Ich sah voller Entsetzen mit an, wie Jane von der Klippe stürzte und mit rudernden Armen in die Tiefe fiel.

Augenblicke später stand ich am Klippenrand, was

verrückt war: Der Sandstein war weich und bröcklig und eine meiner Pfoten glitt über den Rand. Ich stolperte rückwärts und setzte mich auf die Hinterbeine. Ich hechelte so stark, dass ich glaubte, meine Brust müsse zerspringen.

Schließlich schaute ich über den Rand, das Herz voller Furcht, da ich mir vorstellte, wie Jane unten auf dem Strand lag, während mein Kopf dem Herzen sagte, ein Astralkörper könne durch einen Sturz keinen Schaden nehmen. Eine Astralprojektion konnte sogar *fliegen*, wenn sie wollte.

Der Kopf gewann die Wette. Weit draußen auf dem Meer sah ich einen winzigen Fleck, der graziös über die Wellenkämme hüpfte. Jane.

So viel dazu. *Dorthin* konnte ich ihr nicht folgen.

Entmutigt machte ich kehrt und ging zum Anwesen zurück. Vielleicht fand ich einen Hausmeister oder Gärtner, der mir sagen konnte, wer oder was Muirico war.

Bei meiner Verfolgung hatte ich nicht darauf geachtet, wohin ich rannte, also beschloss ich, zurück einem der Wege zu folgen. Doch anstatt mich zum Anwesen zu führen, wand er sich in ein Wäldchen aus verkrüppelten Tannen. Es war ein unheimlicher Ort. Der beständig wehende Wind hatte den Bäumen merkwürdige Formen verliehen und der Weg kehrte immer wieder zu sich selbst zurück wie das Gekritzel eines schwachsinnigen Kindes. Je weiter ich ihm folgte, desto mehr verirrte ich mich und desto größer wurde meine Frustration.

Nach der Verfolgung Janes war ich so aufgedreht, dass ich glaubte, ein Flüstern hinter einem der Baumstämme zu hören. Ich fuhr herum und bellte das Geräusch an – nur um festzustellen, dass es lediglich der Wind war, der die Nadeln der Äste rascheln ließ.

Oder nicht? Hatte ich nicht gerade etwas gesehen, das sich hinter einen Felsen duckte? Ich hielt inne und witterte, das Fell gesträubt und sprungbereit. Aber ich roch nur den Saft der Bäume und Erde.

Frisch aufgeworfene Erde.

Ich sprang alarmiert zurück, als direkt vor meinen Pfoten etwas aus dem Boden wuchs. Erde, Wurzeln und Lehm wölbten sich zu einem lebendigen Haufen in der Gestalt eines winzigen Humanoiden mit erdbrauner Haut und Augen, die wie Tropfen glänzten. Auf Kopfhaut, Wangen und Kinn der Kreatur sprossen Tannennadeln, sodass sie behaart und bärtig erschien, und die Unterarme und Hände waren mit dünnen, geschmeidigen Wurzeln bedeckt. Ich konnte den Saft riechen, der in diesen Adern pulsierte, und auch den frischen Tannenduft der Nadelhaare.

Ich spannte mich, die Zähne gebleckt, und knurrte das Wesen leise an. Mein ganzer Körper bebte, da ich mich darauf vorbereitete, mich auf diese Kreatur zu werfen, die mich erschreckt hatte. Offensichtlich handelte es sich um einen Naturgeist, wahrscheinlich einen Waldgeist. Und Naturgeister waren gefährlich – sie konnten einem den Verstand verdrehen, lähmende Furcht einflößen, schreckliche Unfälle verursachen und einen mit Erde bedecken und ersticken. Ich duckte mich, bereit, um mein Leben zu kämpfen.

Mit einer blitzschnellen Bewegung riss sich der Naturgeist einen Zweig aus einem seiner Arme und hob ihn über den Kopf, als wolle er mich damit schlagen. Dann grinste er mich mit Zähnen an, die milchweiße Quarzsplitter waren.

»Hallo, Romulus«, sagte er. »Ich bin Muirico. Willst du Apportieren spielen?«

19

Der Waldgeist meinte es ernst. Er wollte tatsächlich, dass ich etwas apportierte: Jane.

»Wir brauchen deine Nase, Gestaltwandler«, sagte er. »Du bist der Einzige, der Mareth'riel im Juwel der Erinnerung finden kann.«

Ich schüttelte den Kopf. *Worin* sollte ich Jane finden? Ich nahm Menschengestalt an und ging in die Hocke, sodass meine Augen mit denen Muiricos auf gleicher Höhe waren.

»Wovon redest du?«, fragte ich.

Der Naturgeist rammte sich den Stock wieder in den Arm. Wurzeln und Erde wickelten sich darum und umschlossen ihn wie Fleisch einen Knochen. Muirico hob eine Tannennadel-Augenbraue und legte den Kopf auf die Seite. »Von Dunkelzahns Juwel.« Seine Stimme klang ein wenig ungehalten, als hätte ich irgendeine berühmte Kulturikone nicht wiedererkannt. »Es speichert Erinnerungen.«

»Wessen Erinnerungen?«

»Die Erinnerungen aller. Aus allen Zeiten. Wie eine Bibliothek. Bücher und Seiten. Aber sie liegen alle durcheinander wie ein Haufen Blätter nach einem Sturm. Sogar ein Drache hat Mühe, die richtige zu finden.«

Ich hingegen hatte Mühe, dem zu folgen, was Muirico sagte. Dunkelzahn hatte im Laufe seines langen Lebens unzählige magische Schätze gesammelt und offenbar war das Juwel der Erinnerung einer dieser Schätze. Ich war bereit zu glauben, dass dieses Juwel in der Lage war, Erinnerungen zu speichern wie eine Art magische Datenbank, aber ich konnte unmöglich glauben, dass es die Erinnerungen jeder Person enthielt, die je gelebt hatte. Der Waldgeist übertrieb sicherlich.

»Willst du damit sagen, dass sich Janes verloren gegangene Erinnerungen in diesem magischen Juwel befinden?«, fragte ich. »Hat jemand dieses Ding benutzt, um ihr die Erinnerungen zu stehlen? Hat ihr Verstand dabei Schaden genommen?«

»Nein, nein, nein, nein, nein!« Muirico legte die Hände in einer Geste der Ungeduld zusammen und knackte mit seinen Zweig-Knöcheln. »Jeder verliert manchmal Erinnerungen – er vergisst etwas. Jedesmal, wenn du vergisst, wohin du etwas gelegt hast, ist das eine verlorene Erinnerung. Aber das Juwel vergisst nie etwas. Deine Erinnerungen sind immer darin. Alle. Sogar diejenigen, welche du noch hast.«

Ich erbebte innerlich. Ich wusste nicht, ob mir diese Vorstellung gefiel. Wenn das Juwel tatsächlich Erinnerungen speicherte, wie Muirico es beschrieb, hieß das, alles, was ich je gedacht und empfunden hatte, war dort verzeichnet.

Es war so, als erfahre man plötzlich, dass einem ein Dieb das Tagebuch gestohlen hatte – und zwar jenes, welchem man seine intimsten Vorstellungen und Ängste anvertraut hatte –, und man ihn nicht daran hindern konnte, es zu lesen.

»Kann jemand seine Erinnerungen aus dem Juwel herausholen?«, fragte ich.

»Herausholen?« Muirico schüttelte den Kopf. »Nein. Das Juwel kann nicht beraubt werden. Die Erinnerungen sind immer da. Aber man kann sich wiedererinnern. Wenn man sich an eine eigene Erinnerung wiedererinnert, bleibt sie haften wie Lehm an einem Schuh. Und genau das musst du für Mareth'riel tun. Mach mit ihr einen Spaziergang durch ihre Erinnerungen. Benutz deine Nase, um sie für sie aufzuspüren.«

Ich hatte immer noch keine Ahnung, wie ich das anfangen sollte. Vielleicht sollte ich mit meiner Spürnase das Juwel ausfindig machen, das Jane dann wie eine Medizin anwenden würde, um ihr Gedächtnis zu reparieren.

»Wo ist dieses Juwel?«

Muirico zeigte mit einem Zweig-Finger nach Osten. Ich lugte durch eine Öffnung in den Bäumen und sah die ausgedehnte Weite des Atlantischen Ozeans jenseits der Klippen. Am Horizont bildeten sich Wolken. Es sah so aus, als sei es mit dem sonderbar heißen Wetter endlich vorbei.

»Das Juwel ist in Deutschland«, sagte Muirico.

»In Deutschland!«, keuchte ich. »Das ist ein paar Tausend Kilometer entfernt. Wie soll ich ...«

»Dunkelzahn hat es in seinem Testament Lofwyr vermacht.« Muirico fuhr fort, als habe er meinen Ausbruch nicht mitbekommen. Er strich zärtlich mit der Hand über einen Baumstamm. »Mir ist dieses Wäldchen vermacht worden und Lofwyr das Juwel der Erinnerung. Er hat es mit nach Deutschland genommen.«

Lofwyr. Der Großdrache war Besitzer und Geschäftsführer von Saeder-Krupp, einem der größten und mächtigsten Konzerne der Welt. Und jetzt war er auch der bedeutendste Aktionär der New Dawn Corporation. Er war der Wichser, dessen Ränke Jane überhaupt erst in diese Lage gebracht hatten.

»Ich soll dieses Ding in einer Drachenhöhle finden?« Es war unmöglich, die Skepsis aus meiner Stimme fernzuhalten. »Ebensogut könntest du von mir verlangen, den Hals in eine Schnappfalle zu legen – in eine aus Silber. Saeder-Krupp hat seine eigene Privatarmee und Milliarden Nuyen für magische Sicherheit ausgegeben. Wo dieses Juwel auch sein mag, es wird von magischen Schutzvorrichtungen und Schranken umgeben sein – vom magisch aktiven Personal auf Saeder-Krupps Lohnliste ganz zu schweigen. Der Konzern verfügt über Magier, paranormale Wachtiere, Elementargeister …«

»Nichts von alledem kann dich daran hindern, deine eigenen Erinnerungen aufzusuchen«, sagte Muirico. »Du warst schon oft in dem Juwel – du weißt es nur nicht.«

»Wie soll ich das verstehen?«

Der Waldgeist ließ seine quarzweißen Zähne aufblitzen. »Hast du je etwas vergessen und dich dann plötzlich wieder daran erinnert? Das war das Juwel.«

»Warum kann ich es dann nicht zu jeder Zeit?«, fragte ich. »Warum gehen manche Erinnerungen für immer verloren?«

»Jüngere Erinnerungen sind direkt an der Oberfläche des Juwels. Das sind die leichten. Die älteren Erinnerungen führen einen tiefer hinein und bedürfen mehr Anstrengung. Manchmal gibt man sich nicht genügend Mühe oder benutzt die falschen Sinne. Und manche Erinnerungen bleiben besser vergessen.«

Damit hatte er zweifellos recht.

»Mal sehen, ob ich das richtig verstehe«, sagte ich nachdenklich. »Ich folge meinen Erinnerungen ins Juwel, spüre dann Janes … spüre dann *Mareth'riels* Erinnerungen auf und führe sie zu ihnen.«

»Stimmt genau.« Muirico nickte eifrig.

»Aber eine Sache verstehe ich nicht. Wie finde ich Mareth'riel? Oder wie findet sie mich?«

»Sie ist bereits dort«, sagte Muirico. »Du wirst ihre Astralgestalt sehen. Und sie deine.«

Ich schüttelte den Kopf. Drek. Für einen Moment hätte ich dem Geist fast geglaubt. Aber sein kleiner Plan hatte einen entscheidenden Fehler.

»Muirico«, sagte ich. »Da ist etwas, das du wissen solltest. Ich kann in die Astralebene schauen, aber ich kann nicht astral projizieren.«

»Doch, das kannst du«, sagte er. »Diese Fähigkeit

kann ich dir für kurze Zeit verleihen. Aber du musst lernen, dich von deinen Ängsten zu lösen.«

Ich blinzelte. War das möglich? Astrale Projektion beherrschten nur Magier und Schamanen. Ich war nie dem Dumas-Test unterzogen worden, aber ich glaubte nicht, dass ich über meine normalen Gestaltwandlerfähigkeiten der Regeneration und Astralsicht hinaus magisch aktiv war. Und falls doch? Wenn ich die astrale Projektion beherrschte? Damit würde ich in derselben Liga spielen wie Lone Stars Gefechtsmagier. Wenn ich auf der Astralebene spüren konnte, würde ich Sergeant Raymond tatsächlich beeindrucken. Vielleicht ließ Lone Star mich ….

Ich hielt inne. Wem wollte ich etwas vormachen? Für Cops wie Sergeant Raymond und die hohen Tiere von Lone Star würde ich nie mehr als ein Tier sein. Wenn die UCAS nicht über Nacht damit anfingen, SINs an Paras zu verteilen, würde ich immer eine irreguläre Kraft bleiben und damit kaum mehr als ein Shadowrunner sein. Lone Star gab mir vielleicht anspruchsvollere Aufträge, aber ich würde immer noch mit dem Einfangen paranormaler Tiere beschäftigt sein, anstatt Verbrecher zu verhaften.

Ich hielt inne. Tiere. Ich hatte das Wort benutzt, als bezeichnete ich damit minderwertige Wesen. Da wurde mir klar, dass ich an Menschen und Metas dachte, wenn ich an Verbrecher dachte. Sie waren die fette Beute und nicht nur wegen der Verbrechen, die sie begingen – ein Para konnte ebenso leicht töten, verwunden oder stehlen –, sondern weil sie eben waren, was sie waren. Menschen. Metas. Wichtiger als Tiere.

Drek. *Ich* war ein Tier. Ich mochte wie ein Mensch aussehen, aber das war nur eine Maske, die ich trug. Mein wirkliches Ich war ein reinrassiger Wolf. Und *das* machte mich zu etwas Besonderem. Ob Lone Star mich jemals als Polizeibeamten akzeptierte oder nicht, laut Muirico war ich der Einzige, der Janes Erinnerungen für sie aufspüren konnte. Das konnte nicht einmal ein *menschlicher* Cop.

»In Ordnung«, sagte ich. »Zeig mir, was ich tun soll.«

Muirico tätschelte den Boden. »Leg dich hin. Entspann dich. Dann schließ die Augen und lausche meiner Stimme.«

»Muss ich meine menschliche Gestalt behalten?«

»Du kannst die Gestalt annehmen, in der du dich am wohlsten fühlst.«

»Gut.« Ich pflanzte die Handflächen auf die Erde und nahm meine Wolfsgestalt an. Währenddessen hörte ich entfernten Donner. Ich schaute zum Himmel und sah Gewitterwolken in der Ferne und Blitze aufzucken. Merkwürdig – die Gewitterwolken bildeten sich nicht nur im Osten, über dem Atlantik, sondern auch im Norden, Süden und Westen. Der Horizont war in allen Richtungen von hohen Säulen aus weißen Wolken umringt, als strebten sie alle der Insel entgegen.

Muirico folgte meinem Blick und nickte. »Ein Gewitter zieht auf«, sagte er. »Wir haben nicht mehr viel Zeit.«

Ich zitterte. Dasselbe hatte auch der Zwerg gesagt. Hoffentlich riss mich der Donner nicht aus der Trance, die vermutlich die Voraussetzung für die astrale Projektion war.

Ich drehte mich im Kreis und legte mich dann hin. Ich ließ das Kinn auf die Pfoten sinken und legte den Schwanz an den Körper. Als Muirico fragte, ob ich bereit sei, wuffte ich zustimmend.

Ich kann mich nicht mehr erinnern, was Muirico zu mir sagte. Ich weiß nur noch, dass seine Stimme tief und leise war, kräftig wie eine Eiche und sanft wie die

Berührung eines knospenden Blattes. Dann war ich plötzlich nicht mehr in meinem Körper.

Fast wäre ich wieder hineingesprungen. Ich starrte auf mich selbst, betrachtete meinen Wolfskörper, der zwischen den Bäumen auf dem Boden lag, aus einer Höhe von zwei oder drei Metern. Es war erschreckend. Ich dachte, ich sei vielleicht gestorben und ein Geist geworden. Ich hörte ein Jaulen aus meinem Mund dringen – aus dem des Wolfs unter mir auf dem Boden – und sah den Wolfskörper erbeben. Aber ich spürte es nicht.

Doch das war nicht das schlimmste. Ich konnte sehen, hören und fühlen, aber etwas anderes fehlte. Etwas, das ich mein Leben lang als selbstverständlich betrachtet hatte.

Mein Geruchssinn war nicht mehr da.

Die Erde unter meiner Nase, der Saft in den Bäumen, die Ausdünstung der Tiere, Vögel und Insekten, die in dem Wäldchen lebten, der Geruch des Salzwassers und der schwache Geruch in der Luft, der Regen verhieß – all das war verschwunden. Die Luft war leer. Tot. Sie übermittelte keine Botschaften und hatte keine Struktur. Sie war eine Leinwand, die so sauber geschrubbt worden war, dass sie nicht einmal mehr weiß war. Nur noch leer.

Irgendwie gelang es Muirico, mich zu beruhigen. Ich sah den kleinen Waldgeist neben meinem Wolfskörper hocken und mit seiner Zweig-Hand meinen Nacken streicheln. »Keine Angst«, sagte er. »Deine Nase ist noch inakt. Manche Dinge im Astralraum werden nicht als Gegenstände, Strukturen oder Geräusche wahrgenommen, sondern als Gerüche. Versuch es einfach.«

Ich schnüffelte zaghaft. Mein Körper lag weiterhin still da, aber im Astralraum ruckte mein Kopf zur Seite, als ich einen vertrauten Geruch witterte. Janes

Astralkörper war hier entlang gegangen. Ich konnte sie riechen. Nein … ich konnte ihre *Erinnerung* riechen.

»Gut.« Muirico schaute zu meiner Astralgestalt hoch. »Jetzt folge dieser Witterung. Finde Mareth'riel. Führe sie zu dem, was sie verloren hat.«

Meine Nase schwang zu der Witterung herum wie eine Kompassnadel. Ohne bewusst darüber nachzudenken, rannte ich mit bebenden Nüstern los, als ich Janes Witterung einsog. Ich war völlig darauf konzentriert, spürte die Beine meines Astralkörpers unter mir laufen, aber ich fühlte den Boden unter meinen Pfoten nicht. Und dann ging mir auf, dass ich über den Klippenrand gelaufen war und über den Ozean jagte.

Mein Körper spannte sich. Doch ich erkannte rasch, dass ich nicht fiel, und plötzlich kam es mir so natürlich wie Atmen vor, durch die Luft zu hetzen. Der bloße Gedanke reichte, um mich immer schneller werden zu lassen, bis das Meer unter mir verschwamm und der durch mein Fell peitschende Wind ein stetes Tosen war. Prince Edward Island wurde kleiner, bis die Insel nur noch ein kleiner Fleck am Horizont hinter mir war, und bald darauf sah ich überhaupt kein Land mehr. Ich lief über Wellen hinweg und an einem Öltanker vorbei, der ein schäumend weißes Kielwasser durchs Meer zog, rannte an einem auftauchenden Wal vorüber, dessen riesiger Körper dunkelblau und dessen heißer Atem gelb leuchtete. Ich ließ die Zunge heraushängen, meine Schnauze verzog sich zu einem breiten Grinsen und meine Augen öffneten sich weit vor Erstaunen. Ich näherte mich bereits der anderen Seite des Atlantiks. Es war Nacht hier, aber ich sah das matte braune Leuchten von Land am Horizont glimmen. Immer noch auf Janes Spur, rannte ich darauf zu.

Irgendwie war ich auf eine Klippe von einem Kilometer oder mehr geklettert. Ich sauste über Städte hinweg, die mit winzigen leuchtenden Punkten angefüllt waren – die Aura der Leute, die darin lebten. Europa schien eine einzige große Stadt zu sein – eine dichte Ansammlung von Leuten mit ganz wenigen Gebieten der Wildnis. Ich sprang über Flüsse, die so verschmutzt waren, dass kein Leben mehr in ihnen leuchtete, und über ausgedehnte Gebiete, in denen es nur Schwerindustrie zu geben schien. Da war ich froh, dass ich nur Jane riechen konnte.

Es mag komisch klingen, aber der Geruch ihrer Erinnerung entsprach exakt dem Geruch ihres Körpers. Eine Spur Schweiß, eine Andeutung von Moschus und jener warme Geruch, den man einsaugt, wenn man die Nase in die Haare von jemandem drückt, den man liebt.

Bis zu diesem Augenblick war mir nicht bewusst gewesen, was ich für Jane empfand. Es war mir zuvor nicht richtig vorgekommen, das Gefühl so zu nennen. Ich wusste, dass ich sie körperlich begehrte – mein menschlicher Körper hatte mich jedesmal verraten, wenn ich ihr nah war. Aber woher kam dieses Gefühl? Ich hatte mich auch früher schon mit Menschen- und Meta-Frauen gepaart, aber bisher war es mir jedesmal gelungen, meine Gefühle davon zu trennen. Ich hatte mir nicht gestattet, auf diese Art verletzlich zu sein. Aber Jane hatte etwas in mir geweckt. Eine seltsame Art hündischer Treue, die mich dazu veranlasste, mich ihr zu Füßen zu legen, als sei ich ihr Schoßtier.

Der Gedanke ängstigte mich.

Plötzlich wurde die Spur kalt. Ich hatte Janes Witterung verloren. Als ich abbremste, stellte ich fest, dass ich mich über einer riesigen Arcologie befand. Hoch wie ein Berg, beherrschte sie die Stadt, welche sie umgab, ein funkelnder Monolith aus schwarzem Glas, gewaltigen Säulen aus Stahlbeton und vorspringenden Terrassen. Auf dem Dach – dem Gipfel des Berges – stand ein riesiger Monitorschirm. Auf diesem Schirm leuchteten drei waagerechte Farbbalken: Schwarz, Rot und Gold. Darüber lag irgendein Symbol in leuchtend blauer Farbe. Im Astralraum konnte ich das Symbol nicht lesen, aber ich nahm die Gefühle wahr, die es ausstrahlte: Stolz, Entschlossenheit, Macht.

Ich wusste, wo ich war. Über der Arcologie von Saeder-Krupp in Essen. Lofwyrs Konzernhauptquartier.

Ich heulte vor Enttäuschung. Janes Witterung war verschwunden. Ich hatte sie verloren.

Irgendwo hinter mir, in einer anderen Welt, hörte ich Muirico in mein Ohr flüstern.

»Erinnerungen.« Seine Stimme war so leise wie ein Windhauch. »Folge ihnen hinein.«

Ich hielt inne, um nachzudenken. Welche Erinnerung sollte ich wählen? Etwas Wehmütiges aus meiner Kindheit wie den Geruch des Fells meiner Mutter oder den Geschmack ihrer Milch? Oder das Herumtollen mit meinen Geschwistern im Wald?

Oder sollte ich versuchen, mich an Jane zu erinnern? Meine stärkste Erinnerung an sie war ihr Geruch – und ihr verlorenes Aussehen in der Nacht unserer ersten Begegnung. Ihre dunklen, mit Grau durchzogenen Haare, die Fältchen in den Winkeln ihrer tiefbraunen Augen, die flüssige Grazie ihres Körpers. Und die Art, wie sie mich in dem dunklen Hotelzimmer anlächelte, als ich mich neben ihr auf dem Bett zusammengerollt hatte..

Ich sah mich um. Noch immer befand ich mich an derselben Stelle. Keine dieser Erinnerungen brachte mich irgendwohin. Ich sah kein Juwel.

Dann fiel mir ein, was Muirico gesagt hatte. Dass Leute sich jedesmal Zugang zum Juwel verschafften, wenn sie sich wieder an etwas erinnerten, das sie vergessen hatten. Ich musste mich an etwas erinnern, um hineinzugelangen. Je weiter die Erinnerung zurücklag, desto tiefer würde ich in das Juwel eindringen.

Ich war auf der falschen Fährte gewesen. Die Erinnerungen an meine Mutter und meine Geschwister reichten zwar weit zurück, aber sie befanden sich noch in meinem Kopf. Ich musste mich an etwas erinnern, das ich vergessen hatte …

Ein Gedanke schoss mir durch den Kopf. Eine Teilerinnerung. Der Geruch von Furcht. Ein Summen. Hände. Gelächter. Ein scharfer Einstich in meine Haut. Der Geruch von Blut. Der Geruch meiner sich leerenden Gedärme.

Nein! Ich wollte nicht dorthin zurück!

Mein Astralkörper hechelte, sein Herz raste. Meine Ohren waren angelegt, das Fell gesträubt …

Mein Fell …

Die Erinnerung kehrte mit überwältigender Wucht zurück.

Sie hatten mich rasiert. Hatten mich auf die Bühne der Aula gestellt, während die ganze Schule zusah. Ich war so verängstigt gewesen, dass ich mich nicht mehr erinnerte, wie man Menschengestalt annahm, wie ich tun konnte, was sie von mir verlangten. Was sie mir immer wieder zubrüllten. Während die anderen Kinder lachten, hatten die Lehrer meinen Wolfskörper niedergehalten und mich mit einem Elektrorasierer kahlgeschoren. Mir meinen Stolz, meine Würde, mein üppiges Wolfsfell genommen. Aus mir eine zitternde haarlose Kreatur gemacht – die Karikatur eines unbehaarten Menschen. Dann hatte der Internatsleiter meinen unansehnlichen Wolfskörper aufgenommen und der ganzen Schule verkündet, was für ein unartiger Junge ich gewesen sei, meine Wolfsgestalt anzunehmen. Er hatte zu ihnen gesagt, er werde mich so lange vor der ganzen Schule halten, bis ich wieder meine anständige Gestalt angenommen habe, mich wieder in einen anständigen kleinen Jungen verwandeln werde.

Ich warf den Kopf in den Nacken und heulte meine Qual heraus. Nein! Daran wollte ich mich nicht erinnern! Ich sprang auf und versuchte wegzulaufen.

Ich prallte gegen etwas Glattes, Hartes. Gegen eine gläserne, rötlich-gelbe Wand, die sich rings um mich wölbte, da die facettierte Kuppel ein Dach über mir bildete.

Ich erstarrte, als mir klar wurde, was ich getan hatte. Ich war im Juwel der Erinnerung.

Ich spürte eine vertraute Präsenz: Jane. Ihr Geruch überflutete mich förmlich. Als ich mich umdrehte, sah ich die junge Elfe, die auf Dunkelzahns Anwesen an mir vorbei gelaufen war. Ich drückte die Nase gegen ihre Hand, um ihren Geruch aufzusaugen und Trost zu finden. Doch sie streichelte mich nicht. Stattdessen schaute sie mich mit einem Blick an, aus dem Furcht und Verwirrung sprach.

»Hilf mir«, flüsterte sie. »Ich kann sie nicht finden ...«

Plötzlich schloss sich ein Ring aus herannahenden Schatten um uns. Es war so, als stünde man mitten in einer riesigen Menge aus Menschen und Tieren, die alle stießen und drängten und einem Bruchstücke dieser Erinnerung und jener Empfindung in den Verstand stopften. Ich war dem Wirbel der Gedankenfetzen, dem Durcheinander hilflos preisgegeben. Bilder schossen durch meine Gedanken. Ich war Mensch/Fisch/Troll/Katze/Adler. Ich schwamm/wurde verfolgt/schoss mit einem Gewehr/schlug mit den Flügeln/programmierte ein Cyberterminal. Das Durcheinander der Bilder und Erlebnisse war beinahe überwältigend. Noch ein Augenblick und Jane und ich würden uns darin verlieren ...

»Halt dich an meinem Fell fest, Mareth'riel!« Obwohl ich in meiner Wolfsgestalt dort war, konnte ich mich ihr verständlich machen.

Ich spürte, wie sich die zierliche Hand eines Kindes in mein Nackenfell krampfte.

Ich schloss die Augen.

Ich schnüffelte einmal ausgiebig.

Da! Etwas, das wie Jane roch. Ich folgte ihm und zog das Elfenmädchen hinter mir her. Eine Erinnerung jagte an meiner Nase vorbei wie eine fliehende Katze. Ich sprang vor und schnappte zu, dann warf ich sie über die Schulter zu Jane.

Ich bekam nur einen schwachen Eindruck von ihr – das Aufblitzen eines Gedankens, der nicht meiner war. Die Erinnerung fühlte sich glatt und weich in meinem Verstand an. Sie hatte den milchigen Geruch eines menschlichen Säuglings. Es war die Erinnerung daran, ein Baby zu halten – ein Mädchen, dessen Augen so braun waren wie meine eigenen. Es an meiner Brust zu säugen und zu spüren, wie seine Zähne meine Nippel bearbeiteten, während ich über die Kraft in den kleinen Fäusten staunte. Mit dem Finger die sanfte Rundung seines menschlichen Ohrs nachzuzeichnen, das genauso aussah wie meines, nun, da ich mir die Spitzen hatte stutzen lassen, sodass ich als Mensch durchging …

Daran hing ein Rattenschwanz anderer Erinnerungen – jeder Gedanke, der Jane je im Zusammenhang mit ihrer Tochter Matilda gekommen war, darunter auch die Erinnerung an Matildas Tod. Matilda war alt, runzlig, grauhaarig und fast blind gewesen. Sie war mit Hilfe eines Stocks gegangen, bis sie einen Schlaganfall erlitten hatte, an dessen Folgen sie schließlich auch gestorben war. Jane hatte sie auf dem Friedhof von Halifax begraben. Eine junge Frau, die vor dem Grab ihrer greisen Tochter stand.

Jane war gezwungen gewesen, sich als Matildas Enkelin auszugeben – nur eine der falschen Identitäten, die sie angenommen hatte, um in der Welt zurechtzukommen. In ihrem langen Leben hatte sie sich als Mann verkleidet, um Medizin studieren zu können, verschiedene Akzente kultiviert und Aussehen und Identität auf tausenderlei verschiedene Arten gewechselt. Als sie vor dem Grab ihrer Tochter stand, während der Regen auf ihren Hut prasselte, hatte sie geschworen, nie wieder ein Kind zu bekommen – dass sie tun würde, was sie konnte, um zu verhindern, dass andere den Kummer erleben und zusehen mussten, wie jemand, den sie kannten und liebten, alt wurde und starb …

Ich schüttelte den Kopf, um die Erinnerungen zu verscheuchen, die mir im Gedächtnis haften blieben wie Spinnweben. Ich jagte weiter durch den Wirbelwind, um Janes Witterung zur nächsten Anhäufung von Erinnerungen zu folgen.

Und zur nächsten …

Ich ließ Jane die Erinnerungen selbst aus dem Wirbelwind herauspflücken. Während sie das tat, spürte ich, wie die Hand wuchs, die sich in mein Fell klammerte. Als ich zwischendurch einen raschen Blick über die Schulter warf, sah ich, dass Janes Astralgestalt eine Veränderung durchgemacht hatte. Sie sah aus wie in der physikalischen Welt – wie eine reife Frau. Aber es gab einen entscheidenden Unterschied. In ihrem Blick lag nicht mehr die Verwirrung wie bei unserer ersten Begegnung. Mit jeder Erinnerung, die sie sich einverleibte, wurde der Ausdruck in ihren Augen stärker, zuversichtlicher. Wissender.

Bald witterte ich Janes Geruch nur noch an ihr selbst. Sie hatte all ihre Erinnerungen eingesammelt. Sie existierten immer noch im Juwel der Erinnerung, waren immer noch in dessen facettenreiche Tiefen geritzt, aber jetzt waren sie auch dort, wo sie hingehörten. In Janes Kopf.

Jane hockte sich neben mich und legte mir die Arme

um den Hals. Als sie mich fest an sich drückte, wäre ich in ihrem Geruch fast ertrunken.

»Danke«, hauchte sie mir mit ihrem warmen Atem ins Ohr. »Und leb wohl.«

Plötzlich lagen ihre Arme nicht mehr um meinen Hals. Wie zuvor auf dem Anwesen war Jane einfach verschwunden.

Meine Instinkte übermannten mich. Ich folgte ihrer Witterung und bellte ihr dabei zu, sie solle bleiben. Ich jagte ihr durch Europa, über den Atlantik und zur Insel nach, die tief im Wasser hing, ein Kanu, das nur darauf wartete, von den hohen Wellen zum Kentern gebracht zu werden, die gegen ihre Küsten schlugen.

Ich erwachte in meinem Körper, schwach und zitternd. Blitze zuckten über den wolkenverhangenen Nachthimmel, so nah, dass ich das heiße Ozon in ihrem Kielwasser riechen konnte. Das Grollen des Donners folgte unmittelbar darauf. Der Himmel öffnete seine Schleusen und ein Platzregen ergoss sich auf die Erde. Binnen Sekunden war mein Fell völlig durchnässt.

Ich sprang auf. Muirico war nicht mehr da. Und Jane auch nicht. Ich warf den Kopf in den Nacken und heulte, meine Gefühle ein Spiegelbild des tosenden Gewitters.

20

Ein Gewitter wie dieses hatte ich noch nie zuvor erlebt. Es musste magischen Ursprungs sein. Die Wolken türmten sich am Himmel und bildeten unglaubliche Muster. Ich konnte in den Wolken Gesichter erkennen, Augen, Gliedmaßen, die um sich schlugen. Ich fragte mich, ob es sich dabei um die physikalischen Manifestationen von Elementaren oder von mächtigen

Naturgeistern handelte. Die meisten Wolken waren weiß oder grau, aber andere, die wie Atompilze durch die übrigen schossen, hatten eine rötliche Färbung. Bunte Blitze zuckten über die Gewitterwolken und schlugen in Funkenexplosionen in den Boden ein. Die Blitze waren neonblau, gleißend gelb, kirschrot und leuchtend grün. Eine ganze Reihe von ihnen schlug in die Windmühlen in der Nähe des Anwesens ein, zerschmetterten die Flügel und ließen Trümmer auf den Boden regnen. Der Geruch nach Ozon sowie verbranntem Plastik und Metall hing schwer in der Luft.

Ich verließ Muiricos Wäldchen und schleppte mich müde zwischen den Windmühlen hindurch, trotz der Gefahr, vom Blitz getroffen zu werden; ich war zu erschöpft, um schneller zu laufen. Die Elektrizität im Boden ließ meine Pfoten kribbeln und ich betete, dass keine der beschädigten Windmühlen auf mich einstürzen möge. Und die ganze Zeit kämpfte ich gegen den Wind an, der mit Orkanstärke blies und mein Fell zerzauste. Ich musste mich schwer ins Zeug legen, um überhaupt voranzukommen.

Der Regen prasselte so heftig nieder, dass die Sicht nicht mehr als ein paar Dutzend Meter betrug. Er zog in Wellen über die Insel hinweg, zuerst eisig kalt, dann blutwarm, und die dicken Tropfen prallten wie Gischt vom Boden ab. Dann ging ein Trommelfeuer auf meinen Rücken nieder, als es zu hageln anfing. Der Hagel war noch mit etwas anderem vermischt, das den Boden unter meinen Pfoten schlüpfrig machte. Es roch ölig und nach Fisch und als ich auf den Boden schaute, sah ich, dass er mit winzigen silbernen Fischen bedeckt war. Die meisten waren durch den tiefen Fall pulverisiert worden, aber manche wanden sich noch silbern glänzend auf dem Boden.

Ich wusste nicht, wie lange ich mich im Astralraum aufgehalten hatte. Deutschland war Tausende von

Kilometern entfernt – wahrscheinlich war ich ein paar Stunden oder noch länger außerhalb meines Körpers gewesen. Der Himmel war so dunkel, dass es früher Abend sein mochte – aber vielleicht lag das auch nur an der dichten Wolkendecke. Ich hatte seit längerer Zeit nichts gegessen und fühlte mich unglaublich ausgelaugt. Eine Pfote vor die andere setzen war alles, was ich noch schaffte. Ich war so erschöpft, dass sogar meine Schnurrhaare herunterhingen.

Ich wusste nicht, wohin ich unterwegs war, ich folgte nur meinem Instinkt. Mir war klar, dass ich das Gewitter im Freien nicht überstehen würde und einen Unterschlupf brauchte. Also strebte ich dem nächsten Zufluchtsort entgegen: Dunkelzahns Anwesen.

Wäre ich noch bei klarem Verstand gewesen, hätte ich erkannt, dass das Gebäude abgeschlossen sein würde und zusätzlich mit magischen Schutzvorrichtungen gegen Eindringlinge versehen war. Ich hätte mir einen anderen Unterschlupf gesucht. Aber ich schleppte mich einfach weiter, bis das Anwesen vor mir aufragte, und folgte dann der Außenmauer bis zur nächsten Tür.

Ein Roller parkte vor dem Haus. Der Motor war noch warm. Über den Geruch des nassen Grases und des feuchten Lehms hinweg konnte ich das heiße Öl riechen. Aber der Regen hatte den Geruch des Fahrers weggespült. Es musste sich um einen der Mietroller handeln, mit denen die Orks in den Park gefahren waren. Ich nahm an, dass sie vom Gewitter überrascht worden waren und beschlossen hatten, irgendwo im Trockenen abzuwarten, bis es vorbei war. Ich fragte mich, wie es ihnen gelungen war, ins Haus zu gelangen.

Die Tür war auf Menschen zugeschnitten – und nicht abgesperrt. Sie war nicht einmal geschlossen. Ich brauchte lediglich mit der Pfote dagegen zu drücken und schon schwang sie auf. Das ließ alle möglichen Warnsirenen in meinem Kopf aufheulen, aber ich war zu müde, um darauf zu hören. Ich empfand nur Erleichterung angesichts der Tatsache, dass ich endlich aus dem Gewitter heraus war.

Ich befand mich in einem hohen Raum, der so groß war, dass das Klicken meiner Krallen auf dem marmorgefliesten Boden widerhallte. Der Raum war von einem erstickend süßen Geruch erfüllt, bei dem meine Nüstern juckten: Sandelholz-Räucherwerk. Eine große Portion davon glimmte im Maul einer drachenförmigen Kristallfigur in der Mitte des Raumes und aus den Nüstern des Drachen kräuselte sich Rauch. Wahrscheinlich hatten ihn die Verwalter des Anwesens brennen lassen. Das Gewitter musste ihnen solche Angst eingejagt haben, dass sie die Tür nicht geschlossen hatten.

Kronleuchter funkelten an der Decke, als ein Blitz eine weitere Windmühle zerschmetterte und den Boden erzittern ließ. Der neonblaue Blitz musste in das elektrische System des Anwesens eingeschlagen sein oder es überladen haben. Links und rechts von mir leuchteten plötzlich die Wände auf, als die vom Boden bis zur Decke reichenden Monitore allesamt aufflackerten, um gleich darauf wieder zu erlöschen.

Ich kauerte mich nieder, eine instinktive Reaktion auf den Lichtblitz. Das brachte meine Nase so nah an den Boden, dass ich etwas anderes roch als das Räucherwerk. Einen Geruch, den ich augenblicklich erkannte: Jane.

Er war frisch – Jane war vor Minuten hier gewesen. Ich spitzte die Ohren und wedelte mit dem Schwanz. Jane war *hier*. Sie war in das Haus gekommen, um sich mit mir zu treffen, wie der Zwerg versprochen hatte.

Ich folgte ihrer Witterung in einen Korridor und einen Plüschteppich entlang, dessen Flor noch die Vertiefungen der schweren Möbel aufwies, die früher einmal hier gestanden hatten, dann eine breite Treppe hinauf, deren Wände hellere Stellen aufwiesen, wo Gemälde gehangen hatten. Die Flure waren dunkel. Die Notbeleuchtung flackerte an und aus, offenbar ein Opfer des Gewitters. Aber ich brauchte nur meine Nase, um den Weg zu finden.

Die Spur führte zu einer zweiten Treppe und dann wieder durch einen Korridor zu einer Tür, die mit einem komplizierten Magnetschloss mit Netzhautscanner und Mikrofon für Stimmenerkennung ausgerüstet war. Neben dem Scanner blinkte ein grünes Lämpchen. Ich hörte ein leises Quietschen und erkannte, dass die Tür offen war, aber gerade zuschwang, nur Millimeter davon entfernt, ins Schloss zu fallen. Ich warf mich dagegen und traf die Tür mit beiden Pfoten. Ich wehrte mich gegen den Schließmechanismus der Tür und zwängte mich durch den Spalt. Einen Moment später hörte ich, wie sich die Tür mit einem leisen Klicken hinter mir schloss. Ich befand mich in völliger Dunkelheit in einem Raum, der mir noch größer vorkam als derjenige mit den Wandmonitoren. Ich hörte jemanden atmen und witterte Janes unverkennbaren Geruch: sie war nicht mehr als ein paar Meter entfernt. Ich grinste breit. Die lange Suche hatte endlich ein Ende gefunden. Voller Vorfreude auf das Wiedersehen wedelte ich heftig mit dem Schwanz. Ich wechselte auf Astralsicht, um sie sehen zu können …

Meine Umgebung explodierte zu einer Million strahlender Lichtfunken. Etwas hatte mich umgeben – ein amorpher Geist, dessen leuchtende Aura mein astrales Blickfeld ausfüllte und mich blendete. Ich spürte, wie meine Pfoten den Boden verließen, als ich hochgehoben und hin und her gewirbelt wurde wie ein Blatt in einem Orkan. Ich fing an zu keuchen und plötzlich füllten sich meine Lungen mit einem giftigen

Gestank. Es roch nach ätzenden Chemikalien, als sei ich in einen winzigen Raum eingesperrt, in dem ein Dutzend giftige Reinigungsmittel ausgeleert worden waren. Der Gestank jagte meine empfindlichen Geruchsnerven entlang wie ein Schwall ultrahoch erhitzter Luft, verbrannte meine Nebenhöhlen und ließ beinahe meine Lunge explodieren. Gleichzeitig wurde ich so schnell durch die Luft gewirbelt, dass meine Ohren klingelten. Ich war kurz davor, das Bewusstsein zu verlieren …

»Vata, hör auf!«

Janes Stimme war kaum erklungen, als ich ruckartig zum Stillstand kam. Ich hing mit dem Bauch nach oben und hängenden Ohren und Schwanz in der Luft. Die Welt drehte sich immer noch um mich, aber ich konnte wieder atmen. Der furchtbare giftige Gestank war verschwunden.

Eine Halogentaschenlampe wurde eingeschaltet und blendete mich mit bläulich weißem Licht. Ich schloss die Augen.

»Es ist alles in Ordnung, Vata«, hörte ich Jane sagen. »Er ist kein Eindringling. Setz ihn behutsam ab.«

Ich schwebte zu Boden, da mich der unsichtbare Geist, der mich angegriffen hatte – wahrscheinlich ein Luftelementar –, freigab. Ich rappelte mich auf und nahm Menschengestalt an. Jane leuchtete mit der Taschenlampe in eine andere Richtung, dann fächerte sie den Strahl und dämpfte ihn, sodass der ganze Raum schwach beleuchtet wurde. Er war achteckig und hatte eine hohe Decke – eine der Kuppeln des Anwesens.

Ich stand auf. Jane war nur ein oder zwei Meter von mir entfernt. Trotz meiner Erschöpfung und der Karusselfahrt, die ich soeben hatte über mich ergehen lassen müssen, lächelte ich sie an. Sie war so wunderschön, wie ich sie in Erinnerung hatte. Ihr Haar war vom Regen durchweicht und vom Wind zerzaust. Ich konnte seinen feuchten Geruch wahrnehmen. Nasse Haarsträhnen rahmten ihre hohen Wangenknochen und sinnlichen Lippen ein. Der Regen hatte ihr schlichtes graues T-Shirt durchnässt, sodass die Rundungen ihres Körpers deutlich hervortraten. Das silberne Medaillon hing glitzernd zwischen ihren Brüsten. Das Licht ihrer Taschenlampe – heruntergedreht zu einem gelblichen Schein von der Helligkeit einer Kerze – verlieh ihrem Körper Wärme und Weichheit.

Ich trat einen Schritt vor …

»Halt! Komm nicht näher!«

Vom Tonfall in ihrer Stimme erschreckt, blieb ich abrupt stehen. Und dann wurde mir klar, dass dies Jane war … und doch nicht Jane. Ihre Stimme hatte den zögerlichen, gedämpften Unterton verloren und ihre Körpersprache drückte nicht mehr Abwehr und Vorsicht aus. Sie stand voller Selbstvertrauen da und in ihren Augen funkelten Kraft und Entschlossenheit, obwohl die dunklen Ringe darunter vermuten ließen, dass sie fast ebenso müde sein musste, wie ich es war. Jede Nuance ihrer Haltung, jede Geste deutete an, dass dies eine Frau war, die auf sich aufpassen konnte. Sie brauchte mich nicht mehr. Die Erkenntnis versetzte mir einen Stich. In meiner Wolfsgestalt hätte ich jetzt den Schwanz zwischen die Beine geklemmt.

Jane richtete den Strahl ihrer Taschenlampe auf den Boden. »Du wärst beinahe auf den Kreis getreten.«

Ich schaute auf den Boden und sah ein komplexes Muster aus Furchen auf dem Boden, die mit Metall ausgegossen waren. Sie bildeten ein kompliziertes Netz keltischer Knoten – ein meterbreites Band, das einen Kreis mit einem Durchmesser von fast zehn Metern bildete. Ich erkannte das Metall sofort an seinem unverkennbaren bräunlichen Schimmer: Silber. Ich zuckte zurück und zog meinen nackten Fuß zurück.

»Danke«, sagte ich. »Das hätte eine hässliche Verbrennung gegeben.«

Ihre perfekt gerundeten Augenbrauen zogen sich in einem leichten Stirnrunzeln zusammen, als habe sie gar nicht die Absicht gehabt, mich vor dem Silber zu warnen. Mir war immer noch schwindlig vom Angriff des Elementars, aber mein Kopf war klar genug, um mir zusammenreimen zu können, worum es sich bei dem Muster auf dem Boden handelte: um einen hermetischen Kreis, der für Spruchzauberei benötigt wurde. Was eine weitere Frage in meinem müden Verstand aufwarf …

»Was tust du hier, Jane? Hat Pelig dich hierher gebracht?«

»Pelig?« Sie lachte. »Der ist viel zu sehr damit beschäftigt, das Gewitter zu dirigieren, um irgendjemanden irgendwohin zu bringen. Ich bin aus eigenem Antrieb gekommen, um den Kreis zu benutzen.«

Pelig dirigierte das Gewitter? Ich hatte richtig vermutet: Der Orkan war in der Tat magischen Ursprungs. War *dies* der Angriff in einem dem großen Geistertanz entsprechenden Maßstab, mit dem die Mi'kmaq-Rebellen gedroht hatten?

Ich empfand unwillkürlich Besorgnis um die Rigger Lone Stars, die aufgrund des Notstands auf die Insel geschickt worden waren. Jeder, der mit einem Hubschrauber in dieses Gewitter geraten war, würde zerquetscht worden sein wie eine Wanze. Ich dachte an Hunt: dass er jedes Vehikel überallhin steuern würde – sogar mitten in einen Wirbelsturm. Ich hoffte, dass er in Halifax und in Sicherheit war.

»Und nenn mich nicht Jane«, fügte sie hinzu. »Das war nur ein Name, den ich zur Tarnung benutzt habe. Nenn mich Mareth'riel.«

Ich nickte. Der Name Jane schien jetzt nicht mehr zu ihr zu passen. Sie war nicht mehr meine Jane Doe.

»Wie bist du ins Haus gekommen?«, fragte ich sie. »Die Schlösser … und der Elementar …« Ich wechselte kurz auf Astralsicht und sah mich in dem Raum um, aber der Geist war nirgendwo zu sehen. Er musste gerade in einem anderen Bereich des Anwesens nach Eindringlingen Ausschau halten.

Mareth'riel zuckte die Achseln. »Ich war einmal eine – Mitarbeiterin – Dunkelzahns.«

Sie sagte es so, als sei keine weitere Erklärung nötig. Ich konnte nur annehmen, dass sie hier regelmäßiger Besucher gewesen war und dass die Schlösser darauf programmiert worden waren, sie als Befugte anzuerkennen. Es hatte den Anschein, dass sogar die Geister, die dieses Anwesen bewachten, sie kannten und ihr gehorchten.

Sie musste sich in ziemlich exklusiven Kreisen bewegt haben, wenn sie ein so enger Freund des ehemaligen Präsidenten der UCAS war.

Draußen krachte ein Donner so laut, dass das Gebäude von einem Blitz getroffen worden sein musste. Der Boden unter meinen nackten Füßen bebte.

Mareth'riel fixierte mich. »Es ist besser, wenn du gehst, Romulus. Das Gewitter wird bald aufhören und dann werden Leute kommen und mich suchen. Sie wissen bereits, dass ich meine Erinnerungen zurückhabe – dass ich wieder im Spiel bin. Vor meiner Verhaftung hatte ich damit gedroht, an die Öffentlichkeit zu gehen, und jetzt werden sie annehmen, dass ich genau das vorhabe. Sie werden jede Waffe einsetzen, die ihnen zur Verfügung steht, um mich zur Vernunft zu bringen und Stillschweigen über meine Forschungen zu bewahren.«

Sie deutete auf den Boden. »In diesem Kreis bin ich einigermaßen sicher. Sobald das Gewitter aufgehört hat, werde ich die Magie des Kreises und damit eine Schutzbarriere aktivieren. Aber dich wird der Kreis nicht schützen. Sie werden dich wegfegen wie ein lästiges Insekt, wenn du ihnen im Weg bist.«

»Was für Leute?«, fragte ich. »Wer will mich wegfegen?«

Sie antwortete nicht. Stattdessen leuchtete sie mit ihrer Taschenlampe den Kreis ab, als inspiziere sie ihn auf Mängel.

»Jane«, knurrte ich enttäuscht. »*Mareth'riel.* Ich bin dir die ganze Zeit in dem Bemühen gefolgt, dir zu helfen und dich zu beschützen, und jetzt ... tätschelst du einmal meinen Kopf und sagst mir, ich soll verschwinden?«

Sie sah mich mit einem wehmütigen Lächeln an. »Ich weiß genau, was du für mich getan hast, Romulus. Wie könnte ich das je vergessen? Du warst mir ein wahrer *Milessaratish.* Du hast getan, was niemand sonst geschafft hätte. Und dafür schulde ich dir wohl eine Erklärung. Es besteht kein Grund, Geheimnisse vor dir zu haben. Besonders nicht, nachdem wir im Innern des Kristalls so ... intim miteinander waren. Und ganz besonders nicht jetzt, wenn man bedenkt, was ich vorhabe.«

Sie zeigte auf den Boden. »Dieser Kreis wurde erschaffen, damit Dunkelzahn mit gewissen ... Kollegen ... Verbindung halten konnte, die alle Forschungen auf dem Gebiet der Langlebigkeit betrieben haben. Der Drache hat uns von Zeit zu Zeit kontaktiert und machte dann, wenn wir ihm unsere Resultate mitgeteilt hatten, Vorschläge, die unserer Arbeit Richtung gaben und sie vorantrieben. Und diese Forschung muss fortgesetzt werden.«

»Aber Dunkelzahn ist tot«, wandte ich ein.

»Ja. Der Anschlag auf ihn war eine Katastrophe, denn es hatte den Anschein, als stehe er kurz vor einem großen Durchbruch. Er hatte versucht, in anderen Rassen die Immunität gegen das Altern zu duplizieren, die Drachen auszeichnet – ich hatte vor meiner Verhaftung dabei geholfen, einige seiner Versuchspersonen zu überwachen. Aber die Gentherapie, die Dunkelzahn entwickelt hatte, war fehlerhaft. Sie ermöglichte Menschen, viel jünger auszusehen, als es ihrem Alter entsprochen hätte, und auch noch mit achtzig und neunzig Jahren gesund und aktiv zu sein, aber sie verschob den Beginn des Alterungsvorgangs lediglich um einige Jahre. Die Personen, die der Behandlung unterzogen wurden, altern immer noch und werden schließlich sterben.«

»Wie Crazy John?«, fragte ich. Als sie mich verständnislos ansah, fuhr ich fort: »Der alte Bursche, der sich unweit von Short Beach seinen Magierturm gebaut hat. War er einer von Dunkelzahns Versuchspersonen?«

Mareth'riel nickte. »Einer der Fehlschläge. Es war ein Fehler, das Verfahren an Erwachsenen zu testen. Dunkelzahn machte den Vorschlag, mit Neugeborenen zu arbeiten und die Gentherapie-Experimente als Impfprogramm zu tarnen. Er wollte im letzten Jahr ein eigenes, von den UCAS finanziertes ›Impf‹-Programm auf die Beine stellen. Er dachte, wenn die Therapie früh genug erfolgte, könne sich die normale menschliche und metamenschliche Lebensspanne verdoppeln oder sogar verdreifachen …

Sag mir«, fuhr sie eifrig fort. »Ist das Programm je gestartet worden? Ich kann mich nicht erinnern, in meiner Zeit im Gefängnis etwas darüber gehört zu haben. Ich war …« Sie zuckte zusammen. »Ich konnte kein Trideo sehen.«

»Äh … ich interessiere mich nicht für menschliche Medizin«, sagte ich entschuldigend. »Und ich weiß auch nicht viel über Impfungen. Die Welpen, die ich gezeugt habe, sind alle gegen Tollwut geimpft worden, aber …« Ich hielt inne, da ich mich darüber ärgerte, dass ich errötete. Was interessierte es mich jetzt noch, ob Mareth'riel wusste, dass ich mich mit Haley gepaart hatte?

Mareth'riel nahm meine Entschuldigungen gar nicht zur Kenntnis. Sie wollte Informationen.

»Das Impfprogramm für Neugeborene hätte am 31. Oktober beginnen müssen«, fuhr sie fort. »Der Zeitpunkt war entscheidend – das Mananiveau musste genau richtig sein. Magie spielte eine entscheidende Rolle bei der Aktivierung der Enzyme. Nach diesem Datum wäre das Mananiveau hoch genug gewesen.«

»Oh.« Etwas klickte in mir. Das Datum hatte eine Erinnerung geweckt. »Ich weiß noch, dass ich etwas über eine kostenlose Impfung gehört habe, als Dunkelzahns Testament im Trid verlesen wurde«, sagte ich. »Dabei ging es um ein Immunisierungsprogramm unter der Aufsicht der Weltgesundheitsorganisation. Eine Impfung für Kinder, die nach dem 31. Oktober 2060 geboren würden. Das weiß ich noch, weil ich am 31. Oktober Geburtstag habe – oder wenigstens haben meine ersten Pflegeeltern dieses Datum als meinen Geburtstag festgelegt. Als ich die Sendung sah, fragte ich mich noch, woher die Ärzte wissen sollten, wann ein Gestaltwandlerbaby geboren wurde. Unsere Eltern füllen mit Sicherheit keine Geburtsurkunden für uns aus.«

Ich zuckte die Achseln. »Jedenfalls ist die Formel für den Impfstoff nie in die Hände der Weltgesundheitsorganisation gelangt. Die Räumlichkeiten der Draco Foundation, in denen sie bis zu ihrer Veröffentlichung aufbewahrt werden sollte, wurden bei einem Angriff des Humanis Policlub vollkommen zerstört. Die Wichser, die es getan haben, sagten anschließend, sie wollten nicht, dass ihre Kinder durch ›Drachenblut‹ verschandelt und in Mutanten verwandelt würden.«

Mareth'riels Augen weiteten sich. »Das ist unmöglich«, sagte sie. »Der Policlub konnte gar nicht wissen, dass der Impfstoff auf Verbindungen beruhte, die nur in Drachenblut vorkommen. Dunkelzahn hat es nicht einmal mir anvertraut – ich habe es selbst herausgefunden, nachdem mir der Verdacht kam, das Mittel könne einen neuen Metatypus züchten.«

»Vielleicht hat der Policlub nur gut geraten?«, wandte ich ein.

»Nein.« Sie sagte das mit äußerster Überzeugung. »Die Vernichtung der Formel für Dunkelzahns ›Impfstoff‹ muss von jemand anderem als dem Humanis Policlub gesteuert worden sein. Von jemandem mit einem besonderen Interesse, andere Langlebigkeitsforschungen außer der eigenen zu unterdrücken. Von jemandem, dem es nicht gefallen haben wird, dass ich Dunkelzahn von den Ergebnissen meiner von diesem Jemand finanzierten Forschung unterrichtet habe.«

»Die Leute, die du vorhin erwähnt hast?«, riet ich. »Die dich holen wollen? Was sind das für Leute?«

Mareth'riel sah mich einen langen Augenblick schweigend an, bevor sie antwortete. »Die Illuminaten des New Dawn.«

»New Dawn?« Ich war verwirrt. »Ist das nicht der Konzern, für den du gearbeitet hast?«

Sie blinzelte, als sei sie überrascht, dass ich das wusste. »Die New Dawn Corporation ist nur eine ihrer Besitzungen. Der Konzern wurde in den dreißiger Jahren kurz nach der Bildung Tir Tairngires gegründet, um dort Fuß zu fassen. Die Gruppe, die dahinter steht – die Illuminaten –, ist ein hermetischer Orden von extrem mächtigen Magiern, der in den UCAS beheimatet ist. Dieser Orden hat beispielsweise die Mittel für Rozilyn Hernandez Präsidentschaftswahlkampf von 2057 zur Verfügung gestellt. Außerdem hat er meine Forschungen finanziert und dabei geholfen, die Testreihen in den UCAS zu organisieren. Es gab nur eine Bedingung: Wenn das Enzym, das ich entwickelte, tatsächlich zur Unsterblichkeit führte, wollten die Mitglieder des Ordens die Einzigen sein, die es bekommen würden.«

Sie hielt inne, um mich die Informationen verdauen zu lassen. Ich hatte von Hernandez gehört – wer hatte das nach der letzten Präsidentschaftswahl nicht? Sie war eine hermetische Magierin, die unter dem Banner der Partei des Neuen Jahrhunderts kandidierte, einer Partei, die etwas links von der Mitte stand und im Wahlkampf versprochen hatte, Magie und Technologie einzusetzen, um die UCAS in ein Utopia zu verwandeln. Ihr Wahlprogramm hatte volle Rechte für alle Metas beinhaltet, auch für Gestaltwandler. Die Ironie hatte darin bestanden, dass keiner von uns eine SIN hatte, wir sie also auch nicht wählen konnten. Hernandez hatte viel Zuspruch unter Metas und magisch aktiven Leuten gefunden, bis Dunkelzahn seine Kandidatur bekannt gegeben und ihr den Wind aus den Segeln genommen hatte. Danach hatten sich die Wahlprognosen für sie drastisch verschlechtert.

Ich fragte mich, was eine Präsidentschaftskandidatin mit der Unsterblichkeit anfangen würde. Ich nehme an, sie würde ihre Machtbasis ausbauen und einfach immer wieder antreten, bis sie endlich gewählt wurde. Und dann … vielleicht die Regeln ändern, sodass der Präsident auf Lebenszeit regierte?

Dies zeigte wieder einmal, wie wenig Ahnung ich von Politik hatte.

»Du hast die Illuminaten irgendwie verärgert?«, fragte ich.

Mareth'riel nickte. »Wie Dunkelzahn wollte auch ich die Unsterblichkeit allen Leuten zugänglich machen.« Ihre Augen blitzten. »Kostenlos.«

»Dieses Mittel – dieses Enzym, das du entwickelt hast«, sagte ich zögernd. »Funktioniert es? Macht es die Leute tatsächlich unsterblich?«

Ich versuchte mir vorzustellen, wie mein Leben sich ändern würde, wenn ich ewig leben könnte – natürlich von tödlichen Unfällen oder Krankheiten abgesehen. Ich hatte bereits eine leise Ahnung, wie es sein würde: meine regenerativen Kräfte verliehen mir eine begrenzte Form der Unsterblichkeit. Doch ich konnte zwar die meisten Wunden und Verletzungen heilen, aber ich würde dennoch altern und sterben.

Ich versuchte mir eine Welt vorzustellen, in der niemand altern würde. Ich nahm an, dass genau dies das Utopia sein sollte, welches die Partei des Neuen Jahrhunderts versprochen hatte. Ich hatte bereits mitbekommen, dass die Leute sich umso weniger für die Umwelt und den Lauf der Welt interessierten, je älter sie wurden.

Sie wussten, dass ihnen nur noch dreißig, zwanzig, zehn Jahre blieben. Warum versuchen, die Welt zu einem besseren Ort zu machen, wenn man nicht mehr da war, um daran teilzuhaben? Aber wenn die Leute jahrhundertelang lebten, würden sie sich mit den Langzeitproblemen herumschlagen müssen, die ihre Kurzzeitvorlieben mit sich brachten.

Und man stelle sich die Weisheit vor, die sie erwerben würden. Ich dachte an Mareth'riel, wie sie jahrhundertelang medizinisches Wissen angehäuft und die Forschung vorangetrieben hatte. Und was ich im Laufe meines eigenen Lebens alles gelernt hatte, so kurz es im Vergleich zu Mareth'riels auch war. Je älter ich wurde, desto mehr wusste ich über den Lauf der Welt und über mein Fachgebiet: das Einfangen paranormaler Tiere.

Langlebigkeit war Wissen und Wissen war Macht.

Und die Illuminaten des New Dawn wollten alles für sich selbst.

»Irgendwas ist mit meiner Forschung fehlgeschlagen«, sagte Mareth'riel. »Die getesteten Enzyme führten zu … bedauerlichen Ergebnissen. Sie hatte eine Wirkung, die ich nicht vorhergesehen hatte.«

Ihre Augen bekamen einen traurigen Ausdruck. »Diese armen Kinder. Hätte ich doch nur eine Möglichkeit …«

»Das war nicht deine Schuld«, sagte ich zu ihr. »Jemand hat deine Arbeit verfälscht. Das Enzym ist absichtlich abgewandelt worden.«

Mareth'riels geweitete Augen stellten eine stumme Frage.

»Der Drache Lofwyr«, antwortete ich. »Er hat es getan, um New Dawn in Misskredit zu bringen und dann die fünfundzwanzig Prozent Aktienanteil der Regierung von Tir aufzukaufen.«

»Ah.« Mareth'riels Lippen pressten sich zu einem dünnen Strich zusammen. Ich konnte die Wut sehen, die sich wie eine Gewitterwolke hinter ihren Augen aufbaute. »Natürlich«, sagte sie leise. »Er ist genauso schlimm wie die Illuminaten. Sie wollten meine Forschung als Mittel benutzen, um an die Macht zu gelangen, und Lofwyr wollte damit Gewinn machen. Keinem von ihnen lag etwas an den Leuten, die von meiner Forschung profitieren sollten.«

Sie dachte noch einen Augenblick länger nach. »Also *deswegen* wollte Galdenistal, dass ich mit zurück nach Tir Tairngire komme und mit Laverty rede. Damit ich den Rat überzeugen konnte, die Anteile *nicht* zu verkaufen.« Sie schüttelte wehmütig den Kopf. »Und ich dachte, ich sollte zurückkommen, um mich mit Laverty endgültig auszusprechen.«

»Sean Laverty?«, fragte ich. »War er auch einer von Dunkelzahns ›Kollegen‹?«

»Nein – wenigstens bezweifle ich das«, erwiderte Mareth'riel. »Laverty betrieb ähnliche Forschungen, aber er hatte nicht wie Dunkelzahn ein Interesse daran, die Lebenserwartung anderer zu verlängern. Er wollte nur den Grund für seine eigene Langlebigkeit in Erfahrung bringen. Er war fasziniert von … gewissen Elfen.«

Ich füllte die Leerstelle. »… von den Spikebabys. Laverty benutzte die Xavier Foundation, um sie zu studieren.«

Mareth'riel hob die Augenbrauen.

»Galdenistal hat es mir verraten«, fügte ich noch hinzu.

Ihre Augenbrauen hoben sich noch weiter. »Ich bin beeindruckt«, sagte Mareth'riel leise. »Galdenistal ist eine harte Nuss.«

Ich fühlte mich gleich ein wenig größer, denn ich war selbst ziemlich zufrieden mit dieser Leistung. Es entsprach der Beherrschung des zähesten Alphamännchens im Rudel.

»Aber die Xavier Foundation ist Geschichte«, sagte Mareth'riel. »Laverty hat das Waisenhaus um 1920 geschlossen. Danach sind wir getrennte Wege gegangen. Wir sind nicht im Guten auseinander gegangen – man könnte sagen, dass er mich gefeuert hat, nachdem ich die Unverfrorenheit besaß vorzuschlagen, das Wissen, das wir uns mit Hilfe unserer Studien bei der Xavier Foundation angeeignet hatten, mit anderen Forschern zu teilen. Außerdem waren wir unterschiedlicher Ansicht über das Tempo, mit dem die Forschung betrieben werden sollte. Laverty wollte alle weiteren Forschungen so lange aufschieben, bis sich das Manianiveau so weit gehoben haben würde, dass es wieder Magie in der Welt gab. Er glaubte an eine strikt magische Herangehensweise – schon in diesem frühen Stadium der technologischen Revolution war er beunruhigt über das, was er die ›entmenschlichenden Aspekte‹ der Technologie nannte. Ich war gegenteiliger Auffassung: Das 20. Jahrhundert war eine Zeit mirakulöser Fortschritte und ich glaubte fest an die

Technologie. Ich bezweifelte, dass die Magie je das von Laverty prophezeite Niveau erreichen würde.«

Sie lächelte. »Überflüssig zu sagen, dass ich nach dem Erwachen einen Gesinnungswandel durchmachte. Jetzt weiß ich, dass jede Antwort auf die Unsterblichkeitsfrage sowohl auf Magie als auch auf Technologie beruhen muss.«

»Du hast meine Frage noch nicht beantwortet«, sagte ich. »Gibt es ein Mittel, das Unsterblichkeit bewirkt?«

»Noch nicht«, antwortete sie. »Aber ich weiß, was schiefgelaufen ist – weshalb die getesteten Kinder rascher alterten. Ich wollte den Fehler im Enzym gerade korrigieren, als ich verhaftet wurde.«

Sie seufzte. »Diese vier Jahre, in denen diese Kinder auf ein Gegenmittel gewartet haben, sind eine lange Zeit – zu lang. Ich kann sie nicht wieder jung machen, aber ich glaube, ich kann die beschleunigte Alterung rückgängig machen. Wenigstens das bin ich ihnen schuldig.«

»Wenn du wieder nach Eskwader gehst, werden die Illuminaten dich dann nicht finden?«, fragte ich. »Ich dachte, sie wollen deine Forschungsergebnisse unter Verschluss halten.«

Jane bedachte mich mit einem merkwürdigen Lächeln. »Ich werde längst nicht mehr so wertvoll für sie sein, nachdem ich das hier benutzt habe.« Sie ließ den Strahl ihrer Taschenlampe über den hermetischen Kreis auf dem Boden wandern. »Dunkelzahn hat ihn als eine Art … Verstärker … für einen Zauber erschaffen, der es ihm gestattete, geistige Verbindung mit jenen herzustellen, die ihm Bericht erstatteten. Er ließ uns bei der Anlage helfen, sodass der Kreis unsere astrale Signatur trägt. Normalerweise ist der Zauber auf Sichtweite beschränkt, aber wenn ich in diesen Kreis trete und astral projiziere, kann ich den Zauber auch auf größere Entfernung wirken lassen. Damit werde ich anderen, die sich ebenfalls mit der Langlebigkeitsforschung befassen, die Einzelheiten meiner Erkenntnisse enthüllen«, fuhr sie fort. »Ich weiß nicht, wie viele ich erreichen kann, bevor der Zauber mich zu sehr erschöpft. Aber selbst wenn es nur ein oder zwei sind, reicht das völlig aus. Die Illuminaten – oder Lofwyr, sollte er ihnen zuvorkommen – werden nicht die einzigen sein, die mein Enzym herstellen können.«

Sie hielt inne und neigte den Kopf, als lausche sie auf das Donnergrollen. In dem Raum war es während unserer Unterhaltung ruhiger geworden. Das Gewitter schien sich zu entfernen. Mareth'riel nickte und hob warnend die Hand.

»Ich kann dich nicht zwingen zu gehen«, sagte sie. »Obwohl ich wünschte, du würdest es tun. Wenn du bleibst, durchbrich den Kreis nicht. Was auch passiert, ich kann auf mich aufpassen.«

Ich nickte und ließ dann den Kopf hängen. »Ich weiß.«

Mareth'riel beugte sich über den Kreis und küsste mich auf die Lippen. »*Sielle,* Romulus«, flüsterte sie. »*Imo herme, od imo raeint sa.* Mach es gut und bleib dir treu.«

Ich schaute verdutzt auf. Mein Atem hing irgendwo zwischen Lippen und Lunge fest und meine Lippen brannten. Ich spürte, wie sich Wärme in mir ausbreitete.

Verlegen nahm ich Wolfsgestalt an.

Bis mir wieder eingefallen war, wie man atmete, saß Jane mit gekreuzten Beinen in der Mitte des Kreises. Sie legte die Taschenlampe neben sich und schaltete sie dann aus. Als ich auf Astralsicht wechselte, sah ich, wie der Kreis zu leuchten begann. Im gleichen Augenblick hörte ich das Surren arbeitender Maschinen über mir. Das gewölbte Dach glitt zurück und enthüllte einen klaren Nachthimmel, an dem hell der Mond schien.

Plötzlich wurde die Luft drückend heiß. Die Hitze ging von dem Silber aus, das seine Mattigkeit verloren hatte und schmolz. Dünne Rinnsale liefen bereits durch die Furchen im Boden.

Eine Kuppel aus Silberdämpfen bildete sich über Mareth'riel und schloss sie darin ein. Die Dämpfe drangen mir in die Nase und stachen noch schmerzhafter als der Gifthauch, mit dem der Luftelementar mich angegriffen hatte. Ich hielt den Atem an und zog mich zur Tür zurück, dann nahm ich kurz Menschengestalt an, um sie zu öffnen – den Geistern sei Dank war sie von innen nicht abgesperrt –, und wankte auf den Flur.

Da ich wieder atmen konnte, hielt ich die Tür auf und warf noch einen letzten Blick auf Jane. Ihre Augen waren geschlossen, die Hände erhoben, die Handflächen nach außen gewandt, sodass die Fingerspitzen die Schläfen berührten. Von jeder Handfläche ging ein Faden magischer Energie aus wie ein Laser, der die umgebenden Wände durchdrang. Als sie die Hände vom Kopf nahm, spannte sich ein Bogen knisternder magischer Energie zwischen ihren Fingerspitzen und Schläfen. Ich sah, wie ihre Lippen sich mit unglaublicher Geschwindigkeit bewegten, als diktiere sie lautlos einer Person am anderen Ende des Zaubers. Die Ringe unter ihren Augen wurden dunkler und ihre Schultern fielen ein wenig mehr herab. Dann fingen ihre Hände an zu zittern …

Jemand – oder etwas – übernahm die Herrschaft über meinen Körper. Ich spürte, wie meine Beine einen Schritt zurückwichen, während mein Arm die Tür weit aufstieß. Ich stand steif wie ein Butler da und hielt einem Mann die Tür auf, der lautlos den Flur entlang und zu dem Raum ging, in dem Mareth'riel ihre Magie wirkte.

Als er an mir vorbeischritt, sträubten sich meine Nackenhaare. Er sah untadelig aus in seinem perfekt geschnittenen Anzug mit hohem Kragen. Sein federnder Gang kündete von Macht und Dominanz – er hatte absolutes Vertrauen in sich und seine Fähigkeiten. Ich konnte sein Gesicht nicht deutlich erkennen, obwohl das Mondlicht durch die offene Decke fiel und es einigermaßen hell in dem Raum war. Es sah menschlich aus, enthielt aber die Andeutung von ... etwas anderem. Sein Geruch war nur vage menschlich und mit einem stechenden, ledrigen Aroma unterlegt. Als ich ihn im Astralraum betrachtete, schien sich sein menschliches Gesicht zu einer echsenähnlichen Schnauze zu verlängern, während sich die Augen zu geschlitzten Pupillen zusammenzogen. Seine Aura leuchtete hell und pulsierte vor magischer Macht.

Ich wehrte mich gegen den Zauber, der mich in dieser Starre hielt. Mein Körper war zwar bewegungsunfähig, aber meine Gedanken überschlugen sich. Wer war dieser Mann? Wie hatte er mich so vollkommen überrumpeln können? Mir brach der Schweiß aus, da ich gegen den Zauber ankämpfte. Ich hätte ebensogut eine Fliege sein können, die in einem Netz aus klebrigem Stahl festhing. Ich konnte nur leise winseln.

Der Eindringling blieb gleich hinter der Tür stehen und winkte mit der Hand. Die Geste war beiläufig, fast verächtlich. Aber sie hatte eine augenblickliche Wirkung. Die Kuppel aus silberner Energie, die Mareth'riel umgab, verwandelte sich plötzlich in eine statische Wolke aus winzigsten Silberfünkchen, als sei sie millionenfach gesplittert. Dann fiel die Kuppel in sich zusammen. Das geschmolzene Silber in den Furchen auf dem Boden floss weiter, aber es taten sich

Lücken in seinem Fluss auf. Der Kreis war durchbrochen worden.

Mareth'riel erschrak, als die astrale Barriere rings um sie zusammenbrach. Sie starrte auf ihre Hände, als versuche sie zu verstehen, wo die Magie geblieben war. Dann schaute sie auf und sah den Mann, der vor dem Kreis stand. Ihr Gesicht, das ohnehin blass vor Erschöpfung war, wurde noch bleicher. Ihre Augen weiteten sich, da sie den Mann erkannte, und die Kinnlade fiel ihr herunter.

»Lofwyr«, flüsterte sie.

Der Mann vor ihr – ein Drache in Menschengestalt – verbeugte sich leicht. »Derselbe«, sagte er mit spöttischem Unterton.

Ich winselte, da ich gegen den lähmenden Zauber ankämpfte, der mich umfangen hielt. Die Hand, welche die Tür offen hielt, zitterte vor Anstrengung und ich keuchte laut, während sich mein Blickfeld verdunkelte. Die Summe meiner Bemühungen bewirkte, dass meine Finger einmal zuckten und sich dann wieder entspannten.

Mareth'riel stand auf. Sie war ziemlich wacklig auf den Beinen und erschöpft. Aber trotzig.

»Du kommst zu spät«, sagte sie zu dem Drachen. »Die anderen wissen alles über ... meine Arbeit. Meine Forschungen sind kein Geheimnis mehr. Der Konzern, den du dir unter so großen Mühen ... angeeignet ... hast, ist nicht mehr der einzige, der die Formel meines Enzyms besitzt.«

Lofwyr zuckte die Achseln, als sei dies ein bedeutungsloses Detail – eine nebensächliche Angelegenheit, die sich mit Leichtigkeit bereinigen ließ. Ich knurrte leise, während er ein imaginäres Stäubchen von seinem Revers wischte.

Eine Sorgenfalte bildete sich auf Mareth'riels Stirn, doch ihre Haltung blieb trotzig. »Was du auch tust, die

Forschungsergebnisse werden auch weiterhin geteilt«, sagte sie zu dem Drachen. »Langlebigkeit für alle. Dunkelzahns Traum wird sich erfüllen.«

Lofwyr kicherte. »Glaubst du wirklich, *das* hätte Dunkelzahn gewollt?« Er schüttelte den Kopf, als sei er zugleich betrübt und belustigt. »Für jemanden, der so lange gelebt hat wie du, Mareth'riel, ist das eine ziemlich naive Auffassung. Dunkelzahn wollte nicht der Menschheit dienen. Nein, eigentlich war es genau umgekehrt. Du hast ihm in die Hände gespielt und dabei geholfen, eine neue Rasse von Dienern zu züchten. Die Elfen waren nämlich zu unabhängig geworden und die Drakos, nun ja … sie haben ihre Grenzen.«

»Ich glaube dir nicht«, sagte Mareth'riel. »Dunkelzahn würde nicht …«

Aber ich konnte in ihren Augen lesen, dass sie es doch tat. Oder dass sie zumindest bezweifelte, was sie einmal geglaubt hatte.

Lofwyr streckte eine Hand aus. »Komm, Mareth'riel. Du bist ein wertvolles Gut. Es wird Zeit, dass du dich wieder an die Arbeit machst.« Er neigte den Kopf. »Natürlich für das Wohl der Menschheit.«

Mareth'riel krümmte sich und wich zurück. Doch im gleichen Augenblick – im Zeitraum eines Herzschlags – verwandelte sich Lofwyr. Sein Körper zog sich in die Länge und ihm wuchsen Schuppen und ein peitschenartiger Schwanz. Seine Arme und Beine wurden länger und aus seinen Fingerspitzen wuchsen gekrümmte Krallen. Ledrige Flügel tauchten auf, die auf dem massigen Rücken zusammengefaltet waren. Der Echsengeruch wurde überwältigend heiß und stickig in dem kleinen Raum, den Lofwyrs Leib jetzt ausfüllte. Ein riesiges geschlitztes Auge sah Mareth'riel an und fixierte sie mit boshaftem Blick.

Lofwyr griff über den hermetischen Kreis hinweg. Mareth'riel gestikulierte, als wolle sie einen Zauber wirken, aber ihr blieb nicht genug Zeit, ihn zu vollenden. Die Klaue des Drachen schloss sich um ihre Hüfte und riss sie vom Boden. Dann kauerte der Drache sich auf die Hinterbeine und schlug einmal mit den Flügeln, da er sich darauf vorbereitete, durch das geöffnete Dach zu springen.

Der Zauber, der mich bewegungsunfähig machte, fiel in sich zusammen. Mareth'riel stöhnte vor Entsetzen und sie wurde so starr, wie ich es bis vor einem Augenblick noch gewesen war.

»Nein!«, rief ich und nahm im nächsten Moment meine Wolfsgestalt an. Adrenalin durchzuckte mich und spülte meine Erschöpfung weg. Ich sprang in den Raum und versenkte die Zähne in den Schwanz des Drachen.

Meine Erinnerungen daran, was danach geschah, sind nebulös und verschwommen. Ich spürte, wie meine Zähne die Drachenhaut durchbissen, und schmeckte merkwürdiges metallisches Blut. Dann peitschte der Schwanz zur Seite und schleuderte mich weg wie einen Floh, sodass ich durch den Raum flog.

Ich heulte auf, als mich das geschmolzene Silber des Kreises traf. Es brannte mit einem Feuer, das mich bis auf die Knochen zu verzehren schien. An den Stellen, auf die das Silber gespritzt war, wurden Haut und Muskeln förmlich weggeätzt. Ich roch mein verbranntes Fell und die Flüssigkeit, die aus meiner Blasen werfenden Haut quoll. Schwankend rappelte ich mich auf und brach dann an einer sauberen Stelle zusammen.

Auch mein Gesicht war von ein paar Spritzern getroffen worden und mein linkes Auge war zugeschwollen. Mit dem rechten Auge schaute ich durch das offene Dach – und sah die Silhouette des Drachen am mondhellen Himmel. Er hatte die Vorderpfoten an die mächtige Brust gezogen. Ich wusste nicht, ob er Mareth'riel noch in den Klauen hielt oder nicht.

So oder so, sie war nicht mehr da. Ich sah sie nirgendwo in dem Raum.

Ich legte das Kinn auf den Boden und gab mich ganz der Erschöpfung hin.

21

Der Arzt starrte auf mich herab, das Gesicht unter einer Chirurgenmaske und die Haare unter einer Papiermütze verborgen. In einer Hand hielt er eine Spritze, die mit einer hellgrünen Flüssigkeit gefüllt war. Seine andere Hand lag locker auf meiner Schulter.

»Willkommen zurück, Romulus«, sagte er. »Sie waren ziemlich lange weggetreten. Was ist das Letzte, woran Sie sich erinnern?«

Ich sah mich in dem Krankenhaus mit den kahlen weißen Wänden um. Mein Bett stand hinter einem geschlossenen Vorhang. Ich nahm einen schwachen Kräutergeruch wahr – vermutlich das Medikament in der Spritze – und dazu die Gerüche verschiedener Desinfektionsmittel und der Stärke in den Laken auf meinem Bett. Ich lag in meiner menschlichen Gestalt in einem Krankenbett unter einem Laken, das von Aluminiumstäben, die eine Art Zelt bildeten, gehalten wurde, sodass es nicht mit meiner nackten Haut in Berührung kam. Meine Hand- und Fußgelenke waren festgeschnallt und über meine Brust zog sich ein Halteriemen. Die Riemen verstellten sich automatisch: ich konnte ihnen selbst dann nicht entkommen, wenn ich meine Wolfsgestalt annahm.

Meine Hand- und Fußgelenke waren aufgeschürft, als hätte ich versucht, mich zu befreien. Der Riemen um mein rechtes Handgelenk sah angenagt aus. In meiner rechten Armbeuge sah ich eine Reihe winziger roter Punkte wie von Einstichen.

Der Arzt bemerkte, dass ich die Halteriemen anstarrte.

»Tut mir leid wegen der Riemen, Romulus«, sagte er. »Sie haben zwar im Koma gelegen, aber Sie haben trotzdem versucht, an Ihren Brandwunden zu kratzen. Wir mussten Sie festschnallen, damit Sie die Kunsthaut nicht abreißen.«

Brandwunden? Daher also die starken Schmerzen. Meine linke Gesichtshälfte fühlte sich komisch an, wie Gummi, als sei Plastikfolie über die Haut gespannt. Sie schmerzte und juckte zugleich. Zahlreiche andere Stellen auf Brust, Seite und Oberschenkel mussten ebenfalls verbrannt worden sein. Jedesmal wenn ich mich zu bewegen versuchte, verspürte ich ein Stechen und das Ziehen der künstlichen Haut, mit der meine Brandwunden behandelt worden waren. Die Wundränder juckten gewaltig, wie gigantische Mückenstiche.

»Ich ... kann mich nicht erinnern, Verbrennungen erlitten zu haben«, sagte ich. »Was ist passiert? Wo bin ich?«

Der Arzt beugte sich vor. Seine Augen über der Maske waren golden. Er trug eine weite Krankenhausuniform und roch nach teurem Rasierwasser. »Was ist *Ihre* letzte Erinnerung, Romulus?«

»Ich ...« Die Erinnerung war vage wie ein halb vergessener Traum. »Ich war in einer Tiefgarage. Da war ein Elfenmädchen und ... und eine leuchtende Lichtkugel. Nein, warten Sie. Es war irgendein paranormales Tier, das wie ein Oktopus mit Fangarmen aussah. Es hat die Elfe getötet ...«

»An welchem Tag war das?«, fragte der Arzt. »Können Sie sich daran noch erinnern?«

Darüber musste ich erst einmal nachdenken. Ich war

auf dem Weg zum Polizeirevier gewesen, um nachzusehen, ob Sergeant Raymond irgendwelche Aufträge für mich hatte, und dabei hatte ich einen Spaziergang durch North End gemacht. Auf den Straßen hatte es von UCAS-Matrosen gewimmelt …

»Das war an dem Tag, als die *Leviathan* angelegt hat«, antwortete ich. »Am 25. Juli.«

»Wie viel Uhr war es?«

»Das weiß ich nicht mehr. Es wurde gerade dunkel. Früher Abend, würde ich sagen.«

Der Arzt lächelte. »Das ist gut, Romulus. Sehr gut. Die Lichtkugel hat Sie verbrannt. Ihr magischer Angriff hat Sie in ein Koma versetzt. Deshalb sind Sie hier in der Klinik gelandet.« Er legte die Spritze auf ein Stahltischchen neben dem Bett. »Sie scheinen sich jetzt auf dem Weg der Besserung zu befinden. Ich glaube, wir können Sie entlassen.«

»Äh …« Ich stellte diese Frage nur ungern, aber ich musste es wissen. »Wer bezahlt das alles?«

Die Papiermaske verschob sich ein wenig. Der Elf musste gelächelt haben. »Lone Star«, erklärte er. »Sie wurden in Ausübung Ihrer Pflicht verletzt. Der Konzern zahlt die Rechnung.«

Er nahm einen Plastikbecher von dem Tisch, auf den er die Spritze gelegt hatte. Als er ihn mir an die Lippen hielt, stieg mir ein bitterer Geruch in die Nase. »Ein leichtes Schmerzmittel«, sagte er zu mir. »Es hilft Ihnen dabei, sich zu entspannen, während ich Ihre Verbände wechsle. Dann können Sie das Krankenhaus verlassen. Ich lasse eine der Schwestern ein Taxi für Sie rufen.«

Er kippte den Becher und eine scharf schmeckende Flüssigkeit befeuchtete meine Lippen. Die Hand, die den Becher hielt, befand sich direkt unter meiner Nase. Der Geruch des Arztes kam mir vage bekannt vor – es war ein Elfengeruch. Ich schaute in seine goldenen

Pupillen, während ich das Schmerzmittel trank, und fragte mich, ob ich schon einmal aus dem Koma erwacht war und ihn da schon gesehen …

Das Schmerzmittel musste mich umgehauen haben. Als ich wieder zu mir kam, lag ich bäuchlings auf einem Gehsteig, der nach Stadtschmutz und hundert verschiedenen Leuten roch – nach all den Leuten, die an diesem Tag hier entlang gegangen waren. Ich richtete mich auf Hände und Knie auf und sah an mir herab. Ich trug Kleider, die ich nicht kannte: einen weiten, nichtssagenden Trainingsanzug. Ich fühlte mich ziemlich schwach und hatte keine Ahnung, wie ich vom Krankenhaus hierher gekommen war. Hatte ich das Krankenhaus zu Fuß verlassen und dann das Bewusstsein verloren? Die Umgebung verschwamm immer wieder vor meinen Augen. Erst als ich angestrengt blinzelte, konnte ich die Straßenschilder an der nächsten Kreuzung lesen: Barrington und Rector, nicht weit von den Docks. Meine Zunge fühlte sich geschwollen und pelzig an und ich konnte mich nicht konzentrieren. Waren das die Nachwirkungen des Angriffs der Kreatur mit den Fangarmen?

Mir kam ein Gedanke: Dass würde es wissen. Sie war der beste Klassifizierungsspezialist für paranormale Wesen, den das Dezernat für Paranormale Untersuchungen hatte. Sie würde mir sagen können, worum es sich bei der Kreatur mit den Fangarmen handelte und was sie mit mir angestellt hatte. Ich ließ mich wieder auf den Gehsteig sinken und legte meine unverbrannte Wange auf den kühlen Zement.

Ich weiß nicht, wie lange es dauerte, bis ein Streifenwagen neben mir hielt. Zuerst schikanierten mich die beiden Beamten, aber nachdem ich sie davon überzeugt hatte, dass ich ein irregulärer Mitarbeiter Lone Stars war, erklärten sie sich bereit, mich zum Revier zu fahren. Die Fahrt half mir dabei, wieder einen klaren

Kopf zu bekommen. Die unerträgliche Hitzewelle schien vorbei zu sein. Die Luft in der Stadt war kühl und sauber. Ich hielt den Kopf aus dem Fenster und ließ die Nachtluft durch meine Haare wehen.

Als ich schließlich vor Dass' Büro stand, fühlte ich mich bereits wieder fast normal. Nicht hundertprozentig normal – aber besser. Dass telefonierte mit jemandem – der Fachsimpelei über thaumaturgische Läden nach zu urteilen wahrscheinlich mit einem anderen Detective aus dem DPU –, aber sie bedeutete mir, dass ich mich setzen solle, und beendete ihr Gespräch ziemlich abrupt. Als sie sich schließlich mir zuwandte, war ihr Geruch mit Erleichterung unterlegt – und mit Besorgnis.

»Rom!«, sagte sie. »Wo, zum Teufel, hast du die ganze Woche gesteckt? Der Schmugglerring wurde gesprengt – wir haben die europäische Connection gefunden. Die Küstenwache hat auf den Notruf eines Containerschiffs reagiert, das in den Orkan geraten war, und als die Rettungsmannschaften an Bord gingen, um die Besatzung von dem sinkenden Schiff zu holen, fanden sie ein Dutzend Brombeerkatzen an Bord. Die Katzen sollten in einem Container in die UCAS geschmuggelt werden und konnten entkommen, als der Container während des Sturms zu Bruch ging. Sie haben die Beamten der Küstenwache gezwungen, sie an Land zu bringen und mit dem Patrouillenboot auf Grund zu laufen, und in den letzten beiden Tagen sind überall an der Küste Brombeerkatzen gesichtet worden. Raymond wollte, dass du sie einfängst, und ist violett angelaufen, als deine Vermieterin sagte, sie wüsste nicht, wo du steckst.«

Ich krümmte mich innerlich. Als irregulärer Mitarbeiter ist man ständig auf Abruf. Bisher hatte ich noch jeden Anruf beantwortet – auch diejenigen, in denen es um Katzen ging, die ich verabscheue. Der

Auftrag, ein Dutzend Brombeerkatzen einzufangen, hätte mir einen Haufen Nuyen eingebracht. Ich hatte nicht nur dic Gelegenheit verpasst, eine Menge Geld zu verdienen, sondern mir auch die Chance entgehen lassen, meine Vorgesetzten zu beeindrucken. Mir war klar, dass ich jetzt ziemlich in der Tinte saß.

»Aber der Sergeant muss gewusst haben, dass ich im Krankenhaus liege«, sagte ich. »Er hat doch genehmigt, dass Lone Star die Rechnung übernimmt.«

»Krankenhaus?« Dass betrachtete mich eingehender und registrierte die künstliche Haut auf der kahlen Stelle in meinem Bart, wo ich mich verbrannt hatte. »Du hast im Krankenhaus gelegen? Siehst du deswegen so mitgenommen aus? Wo warst du in der letzten Woche – bist du den Spuren in deinem Jane-Doe-Fall nachgegangen? Gibt es zwischen ihr und den Schmugglern doch eine Verbindung?«

»Mein was?« Die Sache wurde von Sekunde zu Sekunde verwirrender. Ich hatte keine Ahnung, wovon Dass redete. »Wer ist Jane Doe? Und wer sind diese Schmuggler, die du andauernd erwähnst?«

Ich roch, wie Dass nervöser Schweiß ausbrach. Sie musterte mich mit einem seltsamen Blick, der kurz auf meiner rechten Armbeuge mit den Einstichmalen verharrte, und sie runzelte die Stirn. Dann stand sie auf und schloss ihre Bürotür.

»Was ist das Letzte, woran du dich erinnerst, Rom?« Ihre Augen hatten einen Ausdruck der Besorgnis.

»Komisch«, sagte ich. »Diese Frage hat mir der Arzt auch gestellt.«

Ich erzählte Dass von der leuchtenden Lichtkugel in der Tiefgarage. Ich hatte kaum mit meiner Geschichte begonnen, als sie mich unterbrach. »Das ist das Letzte, woran du dich erinnerst? Das ist zweieinhalb *Wochen* her, Rom. Dein Gedächtnis weist eine Lücke von achtzehn Tagen auf.«

»Ich weiß«, sagte ich. »Ich habe im Koma gelegen. Im Krankenhaus, nachdem die Lichtkugel mich verbrannt hat …«

»Das Irrlicht hat dich nicht verbrannt«, sagte Dass mit grimmiger Stimme. »Und du hast auch nicht achtzehn Tage lang im Koma gelegen. Vor neun Tagen hast du an einer Razzia auf ein Boot mit vom Aussterben bedrohten paranormalen Tieren an Bord teilgenommen. Ich war ebenfalls dabei. Zwei Tage später warst du hier auf dem Revier und hast mich gefragt, ob meine Vernehmungen der Schmuggler Informationen über deine Jane Doe erbracht hätten. Und bei dieser Gelegenheit habe ich dich zum letzten Mal gesehen: am 4. August. Und jetzt tauchst du mit Gedächtnisschwund wieder auf – genau wie Jane Doe.«

Ich befeuchtete meine Lippen. Das klang nicht sehr gut.

Dass zeigte auf meinen Arm. »Es sieht ganz so aus, als hätte dir jemand *Laes* verabreicht. Massive Dosen. Weißt du noch, wie dieser Arzt aussah?«

»Äh … ich würde sein Rasierwasser wiedererkennen«, sagte ich. »Und seinen Geruch: Er war ein Elf. Aber er hat eine chirurgische Maske und eine Papiermütze getragen. Ich konnte lediglich seine Augen sehen.«

»Wo war dieses Krankenhaus?«

»Das weiß ich nicht. Gerade lag ich dort noch in einem Bett und dann bin ich auf dem Gehsteig aufgewacht.«

»Drek«, sagte Dass. »Das gibt uns keine nützlichen Anhaltspunkte.«

Ich hatte ein flaues Gefühl im Magen. Es fühlte sich an, als habe jemand die ganze Welt gekippt, als ich einen Augenblick nicht hingesehen hatte. Ich hielt mich an den Armlehnen meines Stuhls fest.

»Dass«, sagte ich zögernd. »Du erzählst mir besser, was eigentlich los ist. Welche Erinnerungen sind gelöscht worden? Was weiß ich nicht mehr?«

Zwanzig Minuten später kam ich mir auch nicht viel klüger vor. Dass konnte mir nur berichten, dass ich vor achtzehn Tagen routinemäßig eine Brombeerkatze einfangen sollte – und mit einer Frau zurückgekehrt war, die weder wusste, wer sie war, noch woher sie kam.

Wir hatten einen Netzhautscan von ihr gemacht und eine Übereinstimmung mit dem Scan einer gewissen Margaret Hersey festgestellt, einer Frau, die nach einer dreimonatigen Haftstrafe wegen der unlizenzierten Benutzung eines Manipulationszaubers gerade aus der Zitadelle entlassen worden war. Doch diese Übereinstimmung war ein Schwindel, eine Fälschung. Offenbar hatte ich dann den richtigen Namen meiner Jane Doe herausgefunden: Mareth'riel Salvail, eine Elfe und Staatsbürgerin Tir Tairngires. Doch wir hatten keine Scans für diese Person gefunden. Und Lone Stars Datenbanken zufolge war Salvail im Jahre 2057 bei einem Flugzeugabsturz ums Leben gekommen. Trotzdem hatte ich darauf bestanden, dass sie noch am Leben sei, dass *Salvail* Jane Doe sei. Und ich hatte mich aufgemacht, sie zu finden …

Um eine Woche später mit einer riesigen Erinnerungslücke aufzutauchen.

Man hatte meinen Verstand vergewaltigt. Ich musste über ziemlich heftigen Drek gestolpert sein. Wahrscheinlich konnte ich von Glück sagen, dass ich überhaupt noch lebte.

»Da ist noch etwas anderes, Rom«, sagte Dass. »Heute früh hat die Hafenpolizei eine Wasserleiche gefunden, deren Beschreibung deiner Jane Doe entspricht: Elfe, Mitte dreißig bis Mitte vierzig, dunkle Haare und mittelgroße Augen. Den Verletzungen nach zu urteilen, ist sie von der alten Brücke gesprungen.«

Ich horchte auf. »Ihre Ohren … waren sie …«

Dass sah mich erwartungsvoll an. »Was?«

Ich wusste nicht mehr, was ich hatte fragen wollen. »Ich weiß es nicht.«

Dass zuckte die Achseln und fuhr fort. »Eine DNA-Probe der Wasserleiche hat keine Übereinstimmung mit einer DNA ergeben, die in Lone Stars Datenbanken gespeichert sind – nicht einmal mit Herseys. Für einen Netzhautscan hat die Leiche bereits zu lange im Wasser gelegen – was die einzige Möglichkeit gewesen wäre, sie mit Sicherheit als deine Jane Doe zu identifizieren. Ihre Zähne sind vollkommen unbehandelt – perfekt, wenn man so etwas überhaupt glauben kann – und sie hat auch keine besonderen Kennzeichen wie Narben oder Muttermale. Aber bei der Leiche wurde etwas gefunden, das das DPU bekommen hat, um mit Hilfe eines Wahrnehmungszaubers etwas darüber herauszufinden.«

Dass öffnete eine Schublade ihres Schreibtischs. Einem durchsichtigen Plastikbeutel entnahm sie ein silbernes Medaillon an einer Kette. Ich streckte die Hand aus und berührte es – und riss meine Finger abrupt zurück, als das Metall meine Fingerspitzen verbrannte.

»*Kusikitika* – entschuldige«, sagte sie. »Das war dumm von mir. Lass es mich machen.«

Ich sog an meinen Fingern, während Dass das Medaillon öffnete. Was hatte ich mir nur dabei gedacht? Ich hatte die Hand ausgestreckt, um das Medaillon zu berühren, als sei es das Natürlichste auf der Welt, obwohl ich *gewusst* hatte, dass es aus Silber war. Dieser Blackout setzte mir wirklich zu. Ich konnte nicht mehr klar denken.

Dass schob das Medaillon wieder in den Plastikbeutel, damit ich es anfassen konnte. Sie sah mich erwartungsvoll an, während ich es betrachtete. »Erkennst du es wieder?«, fragte sie. »Es sieht wie jenes aus, das deine Jane Doe getragen hat, aber ich habe ihres in der Nacht, als sie hier auf dem Revier war, kaum gesehen.«

Ich starrte durch das klare Plastik auf die alte Schwarzweiß-Fotografie einer Frau in einem langen Kleid. Ihre Augen kamen mir auf unheimliche Weise bekannt vor. Auf dem Foto waren sie schwarz, aber ich stellte mir vor, dass sie dunkelbraun und golden gesprenkelt waren. Ich betrachtete das Medaillon mit meiner Astralsicht. Eine Spur Trauer und Verlustgefühl haftete ihm an ...

Ich gab Dass das Medaillon zurück. »Tut mir leid«, sagte ich. »Das sehe ich zum ersten Mal.«

»Willst du versuchen, die Leiche zu identifizieren?«, fragte Dass.

Ich schüttelte den Kopf. »Das hätte keinen Sinn. Ich kann mich nicht mehr erinnern, wie diese Jane Doe ausgesehen hat, von der du redest. Ich würde sie nicht einmal wiedererkennen, wenn sie mir auf der Straße begegnete, geschweige denn nachdem sie mehrere Tage im Wasser gelegen hat. Und ich habe keine Möglichkeit, meine Erinnerungen an sie wiederzubekommen, besonders dann nicht, wenn sie mit *Laes* gelöscht worden sind. Der Schaden, den diese Droge anrichtet, ist dauerhaft.«

Dass seufzte. »Tja, wenn dieses Medaillon tatsächlich deiner Jane Doe gehört hat, ist sie tot. Ich denke, damit ist dein Fall abgeschlossen.«

»Ich denke, das ist er«, sagte ich.

Und das war mir auch recht so. Ich hatte nicht die Absicht, für eine Frau, an die ich mich nicht einmal erinnern konnte, meinen Hals zu riskieren. Ich empfand nicht einmal Neugier bei dem Gedanken an sie. Neugier kann in diesem Geschäft eine schlimme Sache sein – darum heißt es auch, dass sie die Katze umbringt. Außerdem gab es andere Dinge, um die ich mich kümmern musste. Brombeerkatzen warteten darauf, eingefangen zu werden – und ich musste einen wütenden Sergeant beschwichtigen.

Ich stand auf. »Ich schätze, ich gehe besser zu Sergeant Raymond und frage ihn nach den jüngsten Brombeerkatzen-Sichtungen«, sagte ich zu Dass. »Es sei denn, auf mich wartet etwas Besseres.« Ich hob hoffnungsvoll eine Augenbraue.

Dass dachte kurz nach. »Fast hätte sich etwas ergeben«, sagte sie. »Ein Vertreter der Partei des Neuen Jahrhunderts ist gestern vorbeigekommen und hat eine Vermisstenanzeige aufgegeben. Vor zwei Tagen ist eine ihrer Wahlkampfhelferinnen auf einer Reise nach Prince Edward Island verschwunden. Sie hat dort Urlaub gemacht und saß während des Aufstands auf der Insel fest. Zuletzt haben sie in der Nacht des Orkans von ihr gehört. Sie machen sich Sorgen, die Rebellen könnten sie aus politischen Motiven entführt haben. Sie wollten Hilfe bei ihren Bemühungen, sie zu finden, und haben ausdrücklich nach dir gefragt. Sie wären bereit gewesen, dir alle deine Spesen zu zahlen. Aber Sergeant Raymond hat ihnen gesagt, du würdest nur lokale Fälle bearbeiten und dann auch nur für Lone Star – an selbständiger Arbeit hättest du kein Interesse.«

Ich runzelte die Stirn. Orkan? Rebellen? Ich musste eine Menge nachholen. Das Angebot selbständiger Arbeit reizte mich und es schmeichelte mir, dass mein Ruf eine bekannte politische Organisation veranlasst hatte, sich meiner Dienste versichern zu wollen. Und ich war ein wenig sauer auf den Sergeant, weil er für mich entschieden hatte. Aber ich hasste Politik noch mehr als Katzen. Und Sergeant Raymond hatte Recht: PEI lag außerhalb meines Zuständigkeitsbereichs.

»Ich habe kein Interesse«, sagte ich zu Dass. »Ich habe hier Pflichten, um die ich mich kümmern muss.«

Dann grinste ich. »Außerdem wird es viel mehr Spaß machen, diese kleinen Bestien zu jagen.«

Von **SHADOWRUN™** erschienen in der Reihe
HEYNE SCIENCE FICTION & FANTASY:

1. Jordan K. Weisman (Hrsg.): *Der Weg in die Schatten* · 06/4844

TRILOGIE GEHEIMNISSE DER MACHT

2. Robert N. Charrette: *Laß ab von Drachen* · 06/4845
3. Robert N. Charrette: *Wähl deine Feinde mit Bedacht* · 06/4846
4. Robert N. Charrette: *Such deine eigene Wahrheit* · 06/4847

5. Nigel Findley: *2 X S* · 06/4983
6. Chris Kubasik: *Der Wechselbalg* · 06/4984
7. Robert N. Charrette: *Trau keinem Elf* · 06/4985
8. Nigel Findley: *Schattenspiele* · 06/5068
9. Carl Sargent: *Blutige Straßen* · 06/5087

TRILOGIE DEUTSCHLAND IN DEN SCHATTEN

10. Hans Joachim Alpers: *Das zerrissene Land* · 06/5104
11. Hans Joachim Alpers: *Die Augen des Riggers* · 06/5105
12. Hans Joachim Alpers: *Die graue Eminenz* · 06/5106

13. Tom Dowd: *Spielball der Nacht* · 06/5186
14. Nyx Smith: *Die Attentäterin* · 06/5294
15. Nigel Findley: *Der Einzelgänger* · 06/5305
16. Nyx Smith: *In die Dunkelheit* · 06/5324
17. Carl Sargent/Marc Gascoigne: *Nosferatu 2055* · 06/5343
18. Tom Dowd: *Nuke City* · 06/5354

19. Nyx Smith: *Jäger und Gejagte* · 06/5384
20. Nigel Findley: *Haus der Sonne* · 06/5411
21. Caroline Spector: *Die endlosen Welten* · 06/5482
22. Robert N. Charrette: *Gerade noch ein Patt* · 06/5483
23. Carl Sargent/Marc Gascoigne: *Schwarze Madonna* · 06/5539
24. Mel Odom: *Auf Beutezug* · 06/5659
25. Jak Koke: *Funkstille* · 06/5667
26. Lisa Smedman: *Das Luzifer Deck* · 06/5889
27. Nyx Smith: *Stahlregen* · 06/6127
28. Nick Polotta: *Schattenboxer* · 06/6128
29. Jak Koke: *Fremde Seelen* · 06/6129
30. Mel Odom: *Kopfjäger* · 06/6130
31. Jak Koke: *Der Cyberzombie* · 06/6131
32. Lisa Smedman: *Blutige Jagd* · 06/6132
33. Jak Koke: *Bis zum bitteren Ende* · 06/6133
34. Stephen Kenson: *Technobabel* · 06/6134
35. Lisa Smedman: *Psychotrop* · 06/6135
36. Stephen Kenson: *Am Kreuzweg* · 06/6136
37. Michael Stackpole: *Wolf und Rabe* · 06/6137
38. Jonathan Bond/Jak Koke: *Das Terminus-Experiment* · 06/6138
39. Lisa Smedman: *Das neunte Leben* · 06/6139